L'Espionne de Berlin

L'Espionne de Berlin

MANDY ROBOTHAM

Traduit de l'anglais (Royaume-Uni)
par Ève Martinolle

City
Poche

Publié pour la première fois en anglais par Avon, une division
de HarperCollinsPublishers, Ltd., sous le titre *The Berlin Girl.*
Couverture : HarperCollins

ISBN : 978-2-8246-2022-0
Code Hachette : 32 1173 0

Collection dirigée par Christian English & Frédéric Thibaud.
Catalogue et manuscrits : city-editions.com

Dépôt légal : Mars 2022

À Hayley, une amie fidèle.
Merci pour tous nos échanges autour
d'une bonne tasse de café.

Note de l'auteure

Prendre du recul est une bonne chose, c'est bien connu. C'est le cas lorsqu'on évoque la Seconde Guerre mondiale. Personne n'aurait pu prédire les atrocités qui ont été commises à cette époque, et qui se sont greffées au cours parfois sombre de l'histoire.

C'est l'époque d'avant la guerre que j'ai voulu capturer dans ce roman, une période où l'humanité avait déjà commis des atrocités, mais rien de comparable à l'Holocauste. Il y a un avant et un après Auschwitz, Dachau et Sachsenhausen. Avant cela, personne n'avait imaginé à quel point l'humanité pouvait sombrer.

Ce degré d'horreur ne pouvait être prédit, mais il y a eu ceux qui observaient les faits et qui ont averti les autres de la soif de pouvoir d'Hitler. Ceux qui étaient dans l'œil du cyclone au tout début. Au cours de mes recherches, quand j'ai lu des journaux intimes et des biographies, j'ai réalisé que ce sont les journalistes basés à Berlin et aux alentours qui ont sonné l'alerte et prévenu le reste du monde qu'un conflit aurait lieu. Parmi eux, l'éminent William Lawrence Shirer, de la CBS, dans ses Mémoires intitulés *Berlin Diary*.

Malheureusement, le monde n'était pas prêt à écouter, tout particulièrement les politiciens.

Dans les années 1930, parmi les journalistes, il y avait bon nombre de femmes, décrites de la plus superbe des manières dans l'ouvrage de Nancy Caldwell, *The Women Who Wrote the War* : Sigrid Schultz, habile journaliste juive qui travaillait pour un journal américain, qui parvint à être à la fois l'amie et l'ennemie de l'élite nazie ; Clare Hollingworth, qui a bluffé tout le monde avec son article sur l'invasion allemande en Pologne ; Martha Gellhorn, cette Mme Hemingway malgré elle, qui ne faisait pas partie du cercle berlinois mais demeure l'une de mes héroïnes. Son excellente biographie, rédigée par Caroline Moorehaed, fut pour moi un aperçu de ce qui se passait dans l'esprit d'une correspondante, mais aussi une aventure palpitante.

J'ai été journaliste avant d'être sage-femme puis écrivaine, et je ne couvrais rien de très excitant, seulement des événements locaux, et je ne peux qu'imaginer le courage de ces femmes, victimes de préjugés liés à leur sexe et de ridicules règles de bienséance. Elles ont franchi de nombreux obstacles et ont fait avancer le droit des femmes, de manière générale.

Il n'y avait pas de réseaux sociaux, les lecteurs se fiaient aux journaux ou à la radio : c'était leur fenêtre sur le monde avant que le monde ne bénéficie du luxe de la télévision, de Twitter ou de Facebook.

Comme mon personnage, Georgie, j'ai voulu explorer l'aspect humain derrière le conflit : montrer ce que vivaient ces familles, comme celle des Amsel. Avancer sur le fil du rasoir pendant des mois et des années, sans savoir si l'existence basculerait en une fraction de seconde, à cause d'un voisin malveillant ou d'une remarque imprudente à l'adresse d'un membre de la

Gestapo. Ce sentiment de menace a été abordé dans les Mémoires d'Irene Matthews, *Out of Nazi Germany and Trying to Find My Way.*

J'ai écrit ce roman pendant le confinement : cela m'a poussée à considérer le sentiment de perte différemment. Nous n'étions séparés de nos proches que pour quelques semaines ou quelques mois, mais imaginer que cela soit pour la vie… Pour toujours… Et pas à cause d'un caprice de la nature, mais de la volonté d'un seul homme. J'ai toujours du mal à y croire.

Je ne me suis pas vraiment inspirée de mon histoire familiale pour l'histoire des Amsel, mais j'ai découvert il y a peu de temps que mon grand-père paternel était juif et vivait au nord de Londres pendant la guerre. Mon père ne l'a que très peu connu et n'a pas été élevé comme juif pratiquant, mais je ne peux m'empêcher de me demander ce qui a amené mon grand-père ici et si sa famille et lui-même ont été chassés d'Europe pendant la montée du fascisme.

Encore une fois, mon travail de recherche a été fascinant. J'ai découvert les esprits vifs et intelligents des journalistes étrangers, mais j'ai aussi lu des centaines de pages de vieux journaux.

Le *News Chronicle* était dynamique et a été une sacrée bonne lecture : les articles publiés étaient féroces et courageux. On y trouvait aussi des publicités pour les *Bile Beans*[1] !

Bien sûr, tout lecteur fidèle sait que je suis irrésistiblement attirée par les salles de rédaction : le rush fébrile avant le rendu, les claquements furieux des machines à écrire ou le bruit des claviers d'ordinateur, plus tard. Je me souviens de cet esprit de franche camaraderie

---

1 Un produit présenté comme énergisant et purifiant. (N.D.E.)

quand nous devions boucler avant la date limite et du bourdonnement qui régnait dans le vaste *open space* de l'*Evening Standard*, où j'ai travaillé durant une courte période. Laissons certains dire que le journal n'est qu'un amas de papier voué à finir dans une poubelle. Le journal est quelque chose dont visiblement nous ne pouvons pas nous passer. Fort heureusement. Longue vie à la presse imprimée.

PROLOGUE

Plans

Berlin, 23 juillet 1938

Laissant derrière lui les râles d'agonie qui provenaient de la cellule et le bruit du claquement des portes enfermant le prisonnier, le major Hugo Schenk rengaina son pistolet puis gravit l'escalier, échappant aux ténèbres du sous-sol avec une énergie renouvelée.

Ragaillardi par la lumière provenant des étages, il aperçut pourtant du coin de l'œil une minuscule goutte pourpre. Impossible de l'ignorer : elle souillait la manchette de son uniforme impeccable et repassé. Malgré sa toute petite taille, elle bougeait dans son champ de vision comme un signal lumineux. Il la gratta, et son irritation augmenta quand elle resta incrustée dans le tissu fin et gris. Cela faisait un moment qu'il ne s'était pas sali les mains, mais aujourd'hui, sa quête d'informations vitales pour le Parti s'était révélée extrêmement frustrante : sa cible était têtue comme une mule et il avait agi avec précipitation. D'où l'éclaboussure. Il était soulagé d'avoir quitté la mare de sang qui s'étalait sur les carreaux sales de la prison. Au sous-sol, on devait déjà être en train de nettoyer ce carnage et de s'occuper du corps affaissé du prisonnier qui se vidait de son sang et à qui on avait réussi à soutirer des informations avant qu'il ne perde patience. Cette petite tache de sang tombait mal : il avait rendez-vous avec Himmler plus tard dans l'après-midi. En dépit de la chaleur torride du jour, le chef de la Gestapo l'attendrait en uniforme complet, col et chemise impeccables.

De retour à son bureau, il contempla avec satisfaction la jolie pile de fichiers posés non loin de lui, méticuleusement classés et prêts à être tamponnés par Himmler. Ils étaient classés par ordre de taille : le gros dossier étiqueté « Juifs » en bas, surmonté de « Roms », de « Manouches » et de « Témoins de Jéhovah ». Tout en haut, un dossier plus mince : « Indésirables ». Avec un hochement de tête satisfait, il parcourut des yeux le plan qui s'étalait sur son bureau : un projet d'extension. Ils pourraient faire bien plus de choses. Être bien plus créatifs. Himmler serait satisfait.

Il gratta de nouveau la tache de sang alors que le téléphone sonnait.

— Oui ?

— Major Schenk, désolé de vous déranger. Un mot sur votre second. J'ai bien peur de vous annoncer une mauvaise nouvelle : il a eu un accident de voiture ce matin. Il est mort sur le coup, comme la femme qui l'accompagnait.

Il ressentit de l'ennui, un peu comme la contrariété provoquée par cette tache de sang, mais aussi du désagrément. Bon sang, c'était dommage de perdre un conseiller efficace, qui savait arrondir les angles et qui était un diplomate de valeur. Efficace et obéissant. Un bon nazi.

Schenk eut soudain conscience qu'il lui fallait faire preuve d'un minimum de compassion. Il ne fallait pas paraître dénué de sentiments.

— Ah, c'est une bien triste nouvelle. Je crois qu'il avait des enfants. Seront-ils pris en charge par d'autres membres de la famille ?

À l'autre bout du fil, il y eut une toux embarrassée.

— Heu, la femme dans la voiture n'était pas son épouse, monsieur.

— Oh, je vois. Eh bien, envoyez mes condoléances et des fleurs à sa femme. Et assurez-vous que nous prenons en charge l'enterrement.

— Oui, monsieur.

— Avons-nous envisagé quelqu'un pour le remplacer ?

— Oui, major, j'ai quelqu'un en tête. Jeune, mais très vif. Je vais m'occuper de la paperasse et organiser un rendez-vous pour que vous puissiez le rencontrer.

— Bon travail. *Heil Hitler*.

Il raccrocha et son œil se porta de nouveau sur la tache de sang. *Maudits Juifs.* Pourquoi saignaient-ils autant ?

1

Chaleur et poussière

Londres, 23 juillet 1938

Georgie était assise, les yeux fixés sur le chandelier aux lumières chatoyantes. Elle repéra quelques toiles d'araignée oubliées par le personnel de ménage, qui avait officié avant le bal de ce soir. La glorieuse réputation du Ritz londonien restait intacte, mais cet endroit renommé s'était peut-être légèrement dégradé. Comme quoi, la saleté et la poussière atteignaient même les riches. C'était une évidence… étrangement réconfortante. Si cet endroit chic, qui s'apparentait à un rêve quand elle était petite, cachait sa vraie nature derrière une façade, alors quantité de gens en faisaient peut-être de même.

Peut-être la majorité de l'assemblée peuplant cette salle de bal ?

À cette pensée, son sentiment d'imposture se fit moins pesant. Elle s'agita sur son tabouret de bar pour calmer ses incessantes bouffées de chaleur. Le barman croisa son regard. Elle lui sourit avec douceur, afin de ne pas donner l'impression d'être esseulée. Car ce n'était pas le cas.

Malgré tout, il la contempla avec compassion. Clairvoyant. Mais peut-être que le reste de la salle n'avait pas remarqué sa gêne… Et pourtant. La bretelle de sa robe, prêtée par une cousine qui faisait une taille de moins, sciait son épaule. Ses chaussures compressaient ses orteils, mordaient sa chair et l'avaient fait doublement souffrir quand elle avait enduré une valse dans les bras du don Juan du bureau, qui avait deux pieds gauches. Elle avait réussi à s'excuser après une longue et douloureuse danse, et avait battu en retraite au bar. Elle s'y trouvait depuis, un Martini dans les mains.

La piste de danse était à nouveau remplie : les correspondants se mêlaient aux journalistes et aux photographes. Les rédacteurs en chef et leur femme virevoltaient dans le bavardage étourdissant de ces manieurs de mots qui refaisaient le monde autour d'une table.

Le bal d'été des journalistes était l'occasion pour les journalistes londoniens les plus endurcis de se laisser aller, juste pour une nuit. Ils oubliaient la rivalité frémissante de Fleet Street, siège de l'information, de l'exclusivité et des gros titres. Georgie trouvait l'ambiance enivrante, mais pas autant que le cocktail très fort préparé par le barman qui, dans un élan de pitié, y avait ajouté une double dose de vodka. La musique et la chaleur lui faisaient tourner la tête, mais elle appréciait trop le spectacle pour partir.

— Vous ne dansez pas ?

Georgie tourna la tête en direction de la voix qui l'interpellait, ses boucles blondes et courtes se balançant dans un mouvement brusque. Un instant, elle se demanda s'il s'agissait du don Juan qui l'invitait de nouveau à danser, mais la voix lui était inconnue. Quand ses yeux se posèrent sur son propriétaire, elle nota qu'il souriait à peine. D'un signe du menton, elle désigna ses pieds, perchés sur le barreau du haut tabouret.

— Ce ne serait pas de refus, mais mes chaussures s'y opposent formellement.

— Oh, répondit-il en s'accoudant au bar, l'index levé à l'attention du barman.

Rien de plus. Deux options : sa réplique lui avait paru amère, ou il n'avait fait preuve que de politesse en l'invitant et ne comptait pas insister. Georgie continua donc à observer des danseurs. Pourtant, quelque chose la poussa à lui jeter un coup d'œil. Il était grand, mince et semblait étonnamment à l'aise dans son smoking de soirée. Il sembla réaliser qu'elle l'observait et, saisissant son propre cocktail, il se tourna face à elle.

— Êtes-vous l'invitée de quelqu'un ?

Il ne réalisait pas à quel point il se montrait désagréable. Toute autre femme l'aurait considéré comme impoli, mais cela n'eut aucun impact sur l'armure sans faille que Georgie s'était construite. *Me voit-il comme une imposture ? Une intruse qui n'a rien à faire ici, dans le monde du journalisme ?* À cette idée, elle ressentit une pointe d'irritation qui s'évanouit pour laisser place à son sens de l'humour pétillant.

— Non, je suis ici avec mon patron. Je travaille au *Chronicle*.

— Oh.

Cette fois, le « Oh » était plus engageant.

— De qui êtes-vous la secrétaire ?

Parmi sa réserve inépuisable de sourires à arborer selon la situation, Georgie choisit celui qui dissimulait le mieux son mépris.

— Je travaille avec Henry Peters.

Quelle que soit l'identité de ce jeune homme, il était impossible qu'il ne connaisse pas le nom d'un des hommes les plus vénérés de Fleet Street, et qui travaillait au service Étranger du *Chronicle*.

— Oh, répéta son interlocuteur.

N'avait-il que ce mot à la bouche ? Il ne pouvait être journaliste, avec si peu de vocabulaire !

— Et vous ? demanda-t-elle, les yeux rivés sur son Martini comme si celui-ci était nettement plus intéressant que son interlocuteur.

Elle n'était pas d'humeur à flatter son ego, mais l'alcool la rendait espiègle.

— J'écris pour le *Telegraph*, répondit-il en bombant le torse. Service Étranger.

Tout en lui, l'intonation de sa voix, son attitude et sa tenue, montrait qu'il sortait tout droit d'une école privée réputée.

— Oh, répliqua Georgie.

Après tout, elle aussi pouvait jouer à ce petit jeu.

Ils se mirent à contempler la piste de danse. Le silence pesait sur eux comme un brouillard épais et glacial.

— Inhabituel, de voir tant de journalistes en compagnie de leur épouse, dit finalement Georgie, quand le brouillard commença à devenir étouffant. C'est pour ça qu'ils sont irréprochables ou qu'ils sourient.

Elle le regarda, pour voir s'il appréciait la pointe d'humour. Un grognement bourru lui indiqua le contraire. Pourtant, il ne semblait pas décidé à partir.

— Le mariage ne vous tente pas ? insista-t-elle, après avoir noté qu'il ne portait pas d'alliance.

Elle le faisait rôtir à petit feu et ressentit une brève culpabilité de constater à quel point cela l'amusait.

Il la regarda d'un air hautain, avant de prendre la parole d'un ton résolu.

— Moi ? Oh non. J'ignore comment un journaliste sérieux pourrait l'envisager. Pas en ce moment, pas dans le monde dans lequel nous vivons. Une épouse ne peut pas voyager à l'étranger. Ni aucune femme, d'ailleurs. Ce n'est pas leur place.

Ses yeux bleus et durs reflétaient son intense conviction.

— Vraiment ?

Georgie voulait le pousser dans ses retranchements. D'une secousse violente. En le menaçant avec un objet pointu, tant qu'à faire.

— Vous n'êtes donc pas un grand fan de Martha Gellhorn, *a priori*.

— La fiancée d'Hemingway ?

Cette façon présomptueuse de la réduire à ça aurait attisé la colère de la célèbre correspondante. C'était ce que ressentait Georgie, en tout cas.

— Je suis certaine que Miss Gellhorn vous en voudrait d'affirmer qu'elle écrit dans l'ombre d'Ernest.

Sa réplique fusa entre ses dents, avant qu'elle ne poursuive à voix haute :

— J'ai tendance à penser que ses dépêches du front espagnol sont aussi bonnes, voire meilleures, que celles de son compagnon.

Il posa son regard sur elle, sourcils froncés en signe de confusion. Il était facile de deviner ce qu'il pensait : comment diable une simple secrétaire pouvait-elle le savoir ?

— Eh bien, chacun son opinion. L'étranger est dangereux. Il faut sans cesse garder son sang-froid dans des situations périlleuses. Et par-dessus tout, je ne suis pas fait pour le mariage.

— Oh, répéta Georgie sans insister plus.

Pas de déploiement d'ironie : il n'en valait pas la peine. Elle observa à nouveau la piste de danse, véritable kaléidoscope coloré et mouvant. La musique envahissait chaque recoin de la salle. Les gouttelettes en cristal du chandelier se balançaient dans la fumée de cigarette et la chaleur humaine.

Il termina son cocktail d'un trait, y puisant peut-être du courage, puis il lui tendit une main confiante.

— Voulez-vous danser ?

Georgie désigna ses pieds et fronça le nez.

— Merci, mais mes pieds me soufflent que la piste de danse est bien trop dangereuse pour moi.

Une seconde, il plongea ses yeux d'un bleu intense dans les siens. Réalisant qu'il avait été snobé, il fit volte-face sans un mot, puis marcha jusqu'à la première femme seule au bord de la piste. Il la força presque à le suivre dans la foule des danseurs.

Georgie vida son verre avant d'en commander un autre. Malgré ses orteils endoloris et sa robe trop petite, la soirée avait été particulièrement divertissante.

2
Paranoïa

Berlin, 28 juillet 1938

Les battements de son cœur s'accélérèrent. Il pressait le pas dans la rue animée. Sa respiration saccadée l'oppressait. Des filets de sueur ruisselaient entre ses omoplates, et sa chemise lui collait à la peau alors qu'il s'élançait sous le soleil dont les derniers rayons éclairaient l'horizon berlinois. Son cerveau était en ébullition, ses jambes agissaient d'elles-mêmes – la paranoïa et la peur étaient un carburant efficace. Devait-il jeter un œil derrière lui pour vérifier s'il était suivi ? Pourrait-il semer son poursuivant si tel était le cas ? Un seul but : rentrer chez lui. Au dernier tournant avant d'atteindre sa rue, il s'arrêta devant une colonne recouverte d'affiches politiques. Il fit semblant de lire tout en se déplaçant afin de regarder derrière lui de manière naturelle. Au plus profond de son cœur, il savait que cette peur soudaine, qui le consumait, était irrationnelle, mais il ne pourrait s'en débarrasser avant d'être chez lui. Heureusement, aucun membre de la Gestapo ne faisait mine de flâner en le surveillant du coin de l'œil. Quoique… Comment reconnaître un membre de la Gestapo ? C'était l'été et ils ne portaient plus ces manteaux en cuir typiques. De plus, ils n'étaient pas du genre à s'annoncer. Il s'élança de nouveau dans sa rue.

— Rubin ! Que fais-tu à la maison si tôt ? lança Sara, qui émergea de la cuisine en s'essuyant les mains sur un torchon. Tu as été renvoyé ?

Son épouse parut soudain alarmée : et s'ils n'avaient plus de quoi se payer à manger ? Ces derniers temps, n'importe quel travail était vital.

— Non, tout va bien, Sara, mentit-il. J'étais dans le coin. Comment va Elias ?

— Bien. Plus stable aujourd'hui. Il somnole, là.

— Bien, répondit Rubin en soupirant de soulagement. Il n'y a pas eu d'appels ? Personne n'a cherché à le voir ?

— Non, pourquoi ? Qu'est-ce qui se passe ? demanda-t-elle avec un malaise croissant. Tu es rentré juste pour me demander comment il va ?

Rubin était dehors quasiment du matin au soir, cherchant sans cesse du travail : chauffeur, traducteur… Il était prêt à décharger et ranger des marchandises. À n'importe quoi.

— Non, avoua-t-il, le visage crispé d'inquiétude. Mais j'ai besoin de te parler. Viens dans la cuisine.

— Mais je ne comprends pas, gémit Sara en serrant sa tasse de café dans ses mains. Tu veux dire qu'ils l'emmèneraient, juste parce qu'il ne peut pas travailler ? Ils le mettraient en prison pour ça ? Il est malade, Rubin. Ce n'est pas un criminel.

Rubin remplit de nouveau leurs tasses de café. Il était marron clair, bien trop léger.

Sara n'était pas naïve et savait de quels excès était capable le Reich, mais elle était de nature optimiste.

— Ils n'appellent pas ça une prison, mais un camp de détention préventive.

— Préventive ? Pour les protéger de quoi ?

Les traits de Sara, déjà creusés, se froissèrent dans une expression d'incompréhension.

— Nous nous occupons d'Elias depuis son accident. Ce n'est un fardeau pour personne, surtout pas pour ce maudit gouvernement.

— Je sais, ma chérie, mais ce n'est pas ce que pensent les nazis. Et il est juif. Deux choses contre lui.

— Tu en es certain ? dit-elle, horrifiée. Ce n'est pas une simple rumeur ?

— Non. Je n'en suis pas absolument sûr, mais nous ne pouvons pas nous permettre de prendre le risque. Nous devons protéger Elias autant que possible.

— Qu'est-ce que nous allons faire ? demanda-t-elle, à court d'idées. Personne d'autre que nous ne peut s'occuper de lui. Où ira-t-il ?

Rubin leva les yeux au plafond : au-dessus de leur appartement, situé au troisième étage du bâtiment, il y avait un grenier envahi de toiles d'araignée. On y accédait par une trappe en bois. Des bribes de lumière filtraient au travers des tuiles, un courant d'air glacial également, durant l'hiver.

— Rubin, non ! protesta Sara, avec incrédulité. C'est mon frère. On ne peut pas l'enfermer dans le grenier. Pas avec cette chaleur. Jamais ! Sa vie est déjà assez pénible comme ça.

Rubin n'osa formuler sa pensée. Ce serait pire s'il était emmené : il mourrait.

Quelques jours plus tôt, au bar, il avait entendu deux hommes parler du fils d'un de leurs voisins, un adolescent qui avait toujours été considéré comme « un peu lent ». Du jour au lendemain, il avait été arraché de sa maison par des soldats de la Wehrmacht sans aucune explication. Ses parents, désemparés, ne savaient pas pourquoi ni où il avait été emmené. Rubin ne s'était pas trop attardé sur le sujet. Il s'était senti triste, comme tous les Juifs dans l'Allemagne nazie. Mais ce matin-là, il avait surpris une autre conversation qui lui avait causé un violent haut-le-cœur. Deux officiers SS se trouvaient devant l'hôtel Kaiserhof, le repaire favori d'Hitler et de ses proches. Ils fumaient nonchalamment, ne prêtant pas attention à Rubin. L'un avait mentionné une opération de « nettoyage », simple étape d'une épuration plus large. Au début, Rubin avait eu du mal à comprendre de quoi ils parlaient et qui était visé, mais lorsque l'officier avait poursuivi, un frisson glacial avait assailli Rubin.

— Ils vont commencer avec les retardés mentaux, avait affirmé l'officier, puis les malades incurables et tous ceux qui ne peuvent pas travailler. Évacués ! Qui sait ? On pourrait avoir un balai assez costaud pour nous débarrasser de tous ces Juifs, hein ?

Les deux officiers avaient ricané en recrachant leur fumée alors que Rubin osait à peine respirer. Ils avaient jeté leur cigarette et étaient rentrés. Rubin avait alors couru à en perdre haleine, loin de leur aura sombre, jusqu'à sa maison, jusqu'à sa femme.

Plantée dans la cuisine, Sara le regarda avec incrédulité et terreur.

— Il n'y a pas d'autre solution ?

— J'irai arranger le grenier aussi vite que possible. Je ferai au mieux en évitant d'attirer l'attention.

3
Révélation

Aérodrome de Croydon[1]*, 2 août 1938*

Elle était penchée, tirant sur son bas filé, quand elles envahirent son champ de vision : des Richelieu brunes, usées et tannées, passables grâce à la qualité du cuir. Elle ne reconnaissait pas ces chaussures. Mais la voix de leur propriétaire, qui résonna au-dessus de son crâne, la reconnut, elle.

— Bonjour ! Vous ici ?

Georgie se redressa et adopta la même expression que lors de leur première rencontre au Ritz : un demi-sourire forcé tout à fait maîtrisé. Celui de l'homme était plus chaleureux, mais tout aussi artificiel. Ses yeux erraient dans le salon de l'aéroport.

— Vos pieds ne vous martyrisent pas à nouveau, si ? s'enquit-il avec indifférence.

— Ce sont mes bas qui n'obéissent pas cette fois, répliqua-t-elle, irritée que l'étiquette exige qu'elle en porte par cette chaleur.

— Vous partez en vacances ? poursuivit-il.

— Non, non, balbutia-t-elle. Voyage d'affaires.

1 Dans la banlieue de Londres. (N.D.E.)

— Oh, répondit-il, concentré sur un petit groupe de voyageurs qui se pressaient autour de la porte d'embarquement.

Pour Georgie, c'était plus qu'une coïncidence. Elle plongea tête la première dans la réalité avec la force d'une enclume lancée dans un océan sombre et profond. L'homme face à elle n'avait toujours pas compris. Son visage était illuminé par une bienheureuse ignorance alors qu'il continuait à scruter les alentours. Elle pria pour se tromper. Si ce n'était pas le cas, l'ironie était cruelle : la vie, et son éditeur, se jouaient d'elle.

— Je suis également en voyage d'affaires, dit-il. Je dois rencontrer quelqu'un ici, mais j'ignore à quoi il ressemble. Il fait partie de votre équipe, au *Chronicle*. Vous le connaissez probablement, non ? Georges Young ?

C'est maintenant ou jamais, songea-t-elle. Mieux valait éclairer sa chandelle, sinon ils en seraient toujours au même point quand ils embarqueraient. Elle tendit une main pour se présenter.

— Georgina Young. La plupart des gens me surnomment Georgie…

Enfin, il la regarda, comme frappé de stupeur : il écarquilla les yeux en signe d'incompréhension. Sa mâchoire lui en tombait et, de surprise, il lâcha sa main.

— Ou George, poursuivit-elle pour combler le gouffre vertigineux que la gêne avait creusé entre eux.

— Oh, réussit-il à articuler.

Était-ce vraiment tout ce dont il était capable ? Se montrerait-il toujours si peu loquace ?

Enfin, sa bouche grande ouverte se referma et il fut capable de prononcer quelques mots.

— Je… J'avais imaginé que…

— Oui, comme la plupart des gens, s'empressa de répondre Georgie. Vous n'êtes pas le premier et ne serez pas le dernier. J'y suis plus ou moins habituée.

Il la regarda bien en face. Dans son regard, aucune trace d'excuse. Aucune trace de malveillance non plus. Il s'agissait plutôt d'un sentiment de déception qu'elle ne connaissait que trop bien. Depuis leur rencontre, elle le soupçonnait de partager l'opinion de la majorité des journalistes de Fleet Street qui croyaient fermement que les femmes étaient incapables d'être des journalistes sérieuses, et qu'elles devaient être reléguées à la presse mondaine ou aux pages de mode. Elle avait en tête une longue liste de journalistes, à la fois icônes et héroïnes, mais elle ne se donnait plus la peine d'en parler : c'était trop ennuyeux.

Elle redressa les épaules et se tint bien droite : Georgie Young avait gravi les échelons et méritait son poste. Elle devait juste le prouver. Et visiblement, il était temps. Il se remit enfin de ses émotions et se ressaisit, en bon gentleman. Ses bonnes manières prirent le dessus sur le préjudice ressenti et il lui tendit la main.

— Max Spender.

Elle remarqua que sa paume était froide alors que la sienne était moite, à cause de l'embarquement imminent. Sa main était toujours dans la sienne, il hésita. Puis, il se rembrunit, fouillant probablement les recoins sombres de sa mémoire.

— C'était vous qui aviez obtenu l'exclusivité avec Diana Mosley, non ?

Son visage s'assombrit encore, n'exprimant pas la moindre admiration : il était désormais suspicieux.

— Oui.

À l'époque, Georgie avait été enchantée d'être la seule à pouvoir interviewer l'aristocratique épouse du fasciste le plus important, même si elle avait conscience que les autres journalistes étaient consternés d'avoir raté l'exclusivité. Des rumeurs avaient alors circulé : on disait qu'elle avait utilisé des moyens peu recommandables pour obtenir l'information.

— J'avais de bons contacts, se justifia-t-elle.

Et c'était entièrement vrai… mais visiblement, Max Spender n'en croyait pas un mot. Ses traits étaient accusateurs et elle dut s'armer de courage pour soutenir son regard ferme. Qui baisserait les yeux le premier ?

— Alors… À ce qu'il paraît, nous allons travailler ensemble, dit-il enfin d'un ton qui laissait supposer qu'il faisait contre mauvaise fortune bon cœur.

Il n'entrait pas en guerre contre elle : il mettait temporairement ce sujet épineux de côté.

— Vous avez déjà été envoyée à Berlin en mission, m'a dit mon patron. Et vous parlez allemand ?

— Oui, répliqua Georgie. J'y suis allée en 1936 pour les Jeux olympiques. Bien sûr, je n'avais pas mes quartiers au centre-ville comme bon nombre de correspondants de presse, mais j'ai pu assister un peu à l'événement. Et j'ai un plan. Je peux affirmer sans risque que nous ne nous perdrons pas.

— Je suis certain que nous serons capables de nous débrouiller tout seuls en un rien de temps, répondit-il rapidement, ne prenant même pas la peine de sourire.

C'était un indice de taille : il envisageait vraiment d'avoir le moins de contacts possible avec elle. Comme si elle était infréquentable et indigne de confiance.

Bien joué, Georgie ! Bon début !

— Quel est votre niveau en allemand ? lança-t-elle avec une curiosité non feinte.

Ses traits se durcirent. Cette fois, il ne put rester impassible.

— Passable.

— Mauvais, donc ? répliqua-t-elle avec un sourire artificiel, teinté d'une suffisance qu'elle ne put contenir.

C'était presque cruel, mais il avait la monnaie de sa pièce. C'était une petite vengeance, pour toutes les fois où ses consœurs et elle-même avaient été obligées d'endurer des plaisanteries masculines douteuses, un sourire de circonstance plaqué sur leurs bouches soigneusement recouvertes de rouge à lèvres.

Cette fois, Max entrouvrit les lèvres, qui dévoilèrent ses dents blanches et bien alignées. Un soupir s'en échappa.

— J'ai passé des semaines à lire un dictionnaire allemand, mais je ne sais que dire bonjour et commander une bière.

— Eh bien, ça pourrait vous mener plus loin que vous ne le pensez ! Quoi qu'il en soit, mon allemand est un peu rouillé. Mais je suis capable d'au moins une chose : nous commander à dîner. Alors restez près de moi et, au moins, nous ne mourrons pas de faim !

L'espace d'un instant, Georgie supposa qu'il s'adoucissait un peu : il acquiesça, l'air vaguement reconnaissant.

— Peut-être pourrions-nous boire un verre avant d'embarquer ? suggéra-t-il.

— Je suis tout à fait d'accord, dit-elle, heureuse de cette opportunité.

Elle ne buvait guère, n'avait jamais eu besoin d'alcool, mais la perspective de son premier vol dans un gigantesque tube de métal à plusieurs milliers de mètres au-dessus du sol était bien plus intimidante que leur destination, à ses yeux. Un petit verre pourrait peut-être relâcher les nœuds dans son estomac.

D'un trait, elle vida son whisky, et la glace qui fila droit dans sa gorge la fit hoqueter et avaler péniblement.

— Doucement ! dit Max. Seriez-vous nerveuse ?

Elle ne pouvait décemment le nier : c'était son tour à lui d'avoir la main, lui qui était un vétéran en la matière. Elle lui avoua qu'elle n'avait jamais pris l'avion. Il ne s'attarda pas là-dessus et cette fois, il se montra magnanime en lui donnant un conseil.

— Occupez-vous pendant le décollage et l'atterrissage. Avez-vous emporté un livre ?

Elle acquiesça.

— Bien. Et si ça ne va vraiment pas, pensez aux pilotes. Ils ne sont pas nerveux et pourtant ce sont eux qui conduisent ce foutu engin ! C'est ce que ma mère m'a toujours dit.

Il sourit brièvement, soudain ailleurs, fixant son verre avec nostalgie.

— Merci, je m'en souviendrai.

Mais quand ils marchèrent sur le tarmac, son angoisse la saisit de nouveau. L'avion n'était guère plus que de la tôle ondulée. Des gouttelettes de sueur mouillèrent sa nuque. Elle fixa d'un œil méfiant les trois hélices, paraissant si minuscules et pourtant censées propulser une charge aussi immense en plein ciel. Charge dont elle faisait partie. Les autres passagers semblaient relativement détendus. Elle devait se rappeler les propos rassurants de Max : des milliers de gens prenaient l'avion tous les jours et survivaient. Quand le moteur se mit à vrombir en prévision du décollage, elle ouvrit son livre et tenta de maîtriser sa respiration. Elle espéra dégager un calme absolu alors qu'elle ressentait tout le contraire.

Une fois dans les airs, alors que le whisky adoucissait gentiment son angoisse, Georgie s'immergea dans sa lecture. Son choix – *The Trouble I've seen*, de son héroïne Martha Gellhorn – n'était pas un choix délibéré pour irriter Max Spender, mais la coïncidence était plaisante. Elle tenait l'ouvrage à hauteur du visage, bien visible, en partie pour s'amuser, mais aussi pour afficher les couleurs du drapeau féminin qu'elle brandissait fermement. Quant à Max, il lisait le *Daily Express*. Il fronçait les sourcils devant un article mentionnant la nouvelle Autriche, encore à ses balbutiements. Les nazis l'avaient tout simplement envahie en mars, déclarant qu'elle appartenait désormais au territoire allemand. Encouragés par cette action, les Allemands vivant dans les Sudètes tchèques se battaient pour s'allier à leur pays d'origine et semblaient gagner en puissance. Il y avait eu peu de protestations au niveau mondial, semblait-il. Surtout pas un mot des politiciens anglais. Ils étaient en mauvaise position puisque les gouvernements américain et anglais refusaient les réfugiés juifs.

Même si l'été n'avait pas été étouffant, Berlin promettait d'être sur des charbons ardents. Pourtant, aux yeux de la population anglaise, le chancelier Hitler était un petit homme étrange et moustachu, qui aimait se promener en short et aboyer au micro devant de grandes foules qui l'idolâtraient. Les correspondants parlaient d'une réelle menace : il s'agissait d'écrivains et d'analystes qui suivaient son ascension fulgurante et les mesures sévères qu'il transformait en lois, dirigées essentiellement contre les Juifs. Aux yeux de Georgie, Hitler était à la fois étrange et effrayant et elle souhaitait faire part de cette impression à travers ses écrits. De manière objective et professionnelle.

Elle ressentait déjà ce mélange d'appréhension et d'excitation à l'idée d'être celle qui rendrait compte de la politique en Allemagne. Ce n'était pas simplement parce qu'elle signerait ses articles en son propre nom, même si cela l'enchantait… C'était aussi et surtout dû au fait que ses mots pourraient éclairer la pensée de quelqu'un. Endosser la responsabilité de dire la vérité était une sensation folle : elle allait façonner une infime partie de l'histoire. Elle en connaissait un rayon sur le débat au sujet de la subjectivité journalistique. Malgré tout, elle croyait ardemment en une presse libre. C'était la raison pour laquelle elle était devenue journaliste. Et si on avait besoin de liberté d'expression et d'objectivité, c'était bien au sein d'une dictature menée par un petit homme aux idées mégalos.

Le vol dura trois heures et fut seulement interrompu par une descente saccadée et un plein de carburant à Paris. Trois heures durant lesquelles ils défièrent les lois de la gravité dans leur caisson amélioré. Ils traversèrent les nuages et Georgie observa la mer et la terre, tout en bas, à peine visibles.

Pendant l'atterrissage, elle se sentit nerveuse et excitée. Le patchwork de champs verts avait laissé place à des pistes d'atterrissage en béton gris : ils atteignaient leur destination. Le hublot était recouvert de gouttelettes de brouillard. Elle colla son nez contre la vitre, désireuse d'en voir plus, et c'est à ce moment-là qu'elle vit quelque chose, à travers une brume blanche : une balise rouge perçant à travers le ciel opaque, une longue ligne qui semblait se balancer en rythme. Quand l'avion s'immobilisa, tout devint clair dans la chaleur de midi : la ligne bougeait. Il s'agissait en fait d'énormes drapeaux rouge sang qui flottaient au-dessus du terminal. Chacun était orné en son centre d'une croix gammée noire, dans son cercle blanc. Le spectacle était à la fois austère et impressionnant. C'était l'effet escompté. Peut-être s'agissait-il d'accueillir chaleureusement les nouveaux arrivants… Mais Georgie en doutait. L'éclat du soleil formait une toile de fond éblouissante et pourtant, pour elle, la bande rouge écrasant la façade beige du terminal était un nuage sombre et menaçant. Une tempête de croix gammées. Et elle était sur le point d'entrer au cœur de cette tempête. De son plein gré.

Une voix résonna dans le petit haut-parleur de l'avion :

— Merci d'avoir voyagé avec Lufthansa, mesdames, messieurs, lança l'hôtesse d'une voix vive et accentuée. Bienvenue dans la grande capitale allemande. Berlin.

À l'arrière de l'avion, une voix retentit, claire et bien audible :

— *Heil Hitler !*

4

Le chaudron de la ville

Berlin, 2 août 1938

Ce n'était que la deuxième fois que Georgie se rendait sur le territoire allemand, mais elle sentit un changement dans l'air : il était lourd à cause de la chaleur estivale, mais aussi à cause des changements politiques. Jetant un œil à l'avion derrière elle, elle remarqua qu'une grande croix gammée était peinte à l'arrière. Son ventre se noua à l'idée d'avoir emprunté sans le vouloir une publicité ambulante pour un parti qu'elle voyait d'un mauvais œil. La queue clairsemée des passagers se dirigea vers le bâtiment. Même s'il portait les couleurs nazies, il était impressionnant. Imposant, mais élégant. Le design Art déco des grandes fenêtres fines tranchait de manière sophistiquée avec la façade de brique couleur fauve qui étincelait au soleil.

Les agents civils qu'ils dépassaient étaient souriants et les accueillaient chaleureusement, leur souhaitant un agréable séjour. Mais la méfiance planait dans l'air.

Un garde-frontière en uniforme tendit la main pour vérifier le passeport de Georgie. C'était comme si son regard perçant y cherchait un message secret. Il soutint son regard avec provocation. Le message était clair : « Nous vous accueillons, étrangers. Mais nous vous avons à l'œil. » On aurait pu croire que le pays était en guerre.

Une grande partie de l'aéroport de Tempelhof était en construction, et les ouvriers se mêlaient au personnel de vol. Les SA[1] étaient assez nombreux, tout comme les membres de l'armée, facilement identifiables : le brassard nazi rouge et blanc se détachait sur l'uniforme d'un gris terne des troupes SS. Leurs yeux plissés scrutaient la foule sous leur casquette. Bouche bée, Georgie contemplait ce spectacle. Quant à Max, en bon voyageur chevronné, il pénétrait d'un pas décidé dans le bâtiment, en quête du chauffeur qu'ils devaient retrouver et qui devait les amener au centre-ville. Constatant qu'il n'était pas là, il s'arrêta et piétina maladroitement.

Georgie s'émerveillait devant l'intérieur du bâtiment : son plafond haut et sa fraîcheur, ses élégants bureaux chromés, rehaussés d'un beige très doux. Son personnel en tenue impeccable. À cela se mêlait une sorte d'agitation, d'excitation qu'elle ne ressentait que quand elle était à l'étranger et que des changements étaient imminents. Rien à voir avec sa vie routinière à Londres. C'était merveilleusement cosmopolite.

— Un café en attendant ? proposa finalement Max, désignant un petit bar juste à côté.

Encore une fois, elle accepta sans hésiter. C'était une des choses qui lui manquaient le plus, à Londres : à l'instar des Français, les Allemands savaient préparer un café fort, aux arômes puissants, qui n'avait rien à voir avec la boisson insipide qu'on servait en Angleterre. C'était un

1 *Sturmabteilung*, « section d'assaut » : organisation paramilitaire du parti nazi. (N.D.E.)

café solide, sans compromis, un peu comme la politique actuelle du pays. Elle avait soif d'eau, mais opta pour cette délicieuse boisson. Le barman leva les sourcils, dans l'attente de leur commande, mais Max détourna le regard, mal à l'aise et se tourna vers elle.

— Que voulez-vous ?

Tout à coup, il ne semblait plus autoritaire, ni sûr de lui. Georgie prit les choses en main :

— *Zwei Milchkaffee bitte*[1], dit-elle, surprise par la facilité avec laquelle les mots lui revenaient.

Max sortit une liasse de reichsmarks de sa poche avant qu'elle n'ait le temps de fouiller dans son sac à main. Elle laissa passer, cette fois. Elle paierait le taxi. Perchés sur des tabourets de bar, ils sirotèrent le café qui les revigora.

— Alors, George, comment avez-vous obtenu ce poste ?

— Pas de la façon dont vous l'imaginez sans doute, répondit-elle avec finesse.

Les journalistes, presque toujours des hommes, lui posaient souvent cette question.

— C'est-à-dire ?

Georgie le regarda bien en face, essayant de lire en lui. Même s'ils auraient peu de contacts à l'avenir, elle était agacée de ne pas réussir à le cerner. Elle aimait se faire son opinion sur les gens : sa survie en dépendait. C'était impossible avec Max. Il était arrogant à outrance, ça oui, mais il y avait autre chose… Il avait l'air d'en vouloir au monde entier, mais elle sentait aussi de la peur en lui.

— Eh bien, vous imaginez sûrement que j'ai une liaison avec un rédacteur en chef ou un éditeur. Bref, avec quelqu'un qui est capable de m'offrir un poste comme celui-là pour me tenir éloignée de son épouse. Ou alors,

1 « Deux cafés au lait, s'il vous plaît ». (N.D.E.)

vous pensez que j'ai un riche papa qui a usé de son influence pour que j'en arrive là.

Elle but une gorgée de café sans le quitter des yeux. Avait-elle rêvé ? Ses yeux s'étaient-il plissés en signe d'amusement, juste une demi-seconde ? Peut-être. Il la taquinait, mais elle n'arrivait pas à savoir s'il le faisait avec humour ou suffisance.

— Alors ? Quelle est la bonne version ?

— Aucune des deux. Le croiriez-vous ?

— Je peux toujours essayer.

Sa confiance en elle augmentait à mesure que la caféine coulait dans ses veines.

— D'accord. J'ai fait des études d'anglais à l'université. Ensuite, j'ai travaillé pour un journal local et j'ai gravi les échelons jusqu'à intégrer l'équipe du *Chronicle*. J'ai commencé tout en bas de l'échelle.

— Ne me dites pas que vous avez commencé en servant le thé à ces messieurs ?

Ses yeux pétillèrent. Mais Georgie ne rit pas.

— Si. Vous seriez surpris du nombre de tasses que j'ai dû remplir, juste pour attirer l'attention sur mon travail.

Il comprit visiblement qu'elle était vexée.

— Vous avez fait vos armes dans un journal régional, alors ?

Elle détourna le regard et sa confiance l'abandonna. Elle n'avait pas honte mais avait du mal à avouer dans quel domaine elle s'était illustrée avant sa promotion aux nouvelles étrangères. Relevant la tête, elle prit une longue inspiration.

— En fait, j'ai commencé dans la mode, dit-elle avec âpreté, le défiant du regard.

Il s'accorda un instant pour digérer l'information.

— Vous étiez ici, lors des Jeux olympiques, en tant que correspondante de mode ? demanda-t-il en se retenant de rire.

— Exactement.

Garde ton calme, Georgie, songea-t-elle fermement. *Ne les laisse pas t'atteindre.*

C'était son mantra depuis son arrivée au *Chronicle*, deux ans auparavant, quand on lui avait tendu une liasse de feuillets dactylographiés en lui demandant de « taper ça au propre ». Elle l'avait rendue en expliquant calmement qu'elle était journaliste et non dactylo. Elle s'était donné beaucoup de mal pour que ça rentre dans les esprits. Mais après tout, cela avait été un bon entraînement en tant que journaliste.

— Et nous avons entendu un bon nombre de scoops qu'ignoraient les journalistes chevronnés, ajouta-t-elle avec une fierté non dissimulée. Ça vaut la peine d'être invité aux soirées mondaines et de se mêler aux bavardages. C'est là que les langues se délient, sous l'effet du champagne. Au final, les journalistes venaient nous voir pour avoir les infos.

C'était là également qu'elle avait noué contact avec la personne qui lui avait permis d'obtenir l'exclusivité avec Diana Mosley, mais elle ne révéla pas ce secret. Max ne savait visiblement pas comment réagir. Il fronçait les sourcils : apparemment, c'était pire que ce qu'il avait imaginé. Il se retrouvait coincé avec une femme qui écrivait sur le tweed ou le lin, au lieu d'un reporter traquant la dure réalité du monde. Mais Georgie ne comptait pas s'excuser. Il valait mieux qu'il sache la vérité maintenant, de sa propre bouche, que par un journaliste quelconque lors d'une soirée trop arrosée. En tête à tête, elle était plus forte pour dire les choses.

Malgré les préjugés de certains de ses collègues, Georgie aimait réellement le *Chronicle*. C'était un journal populaire : les actualités, les articles variés et les fictions côtoyaient les publicités pour les *Bile Beans*, la crème anglaise et les tondeuses à gazon. Mais le *Chronicle* publiait aussi des éditoriaux sur les réussites professionnelles des femmes et n'avait pas peur d'engager des « sales Juifs ». L'orientation du journal était clairement humaniste.

— Je sais que j'ai beaucoup à apprendre et que je dois faire mes preuves, dit-elle pour briser le silence qui devenait gênant.

Toi aussi, d'ailleurs, songea-t-elle alors qu'il marmonnait, le nez dans sa tasse.

Soudain, il bondit de son tabouret et se dirigea vers un homme, dans le hall, qui lui adressait un signe de bienvenue. Le chauffeur était enfin arrivé.

Ils traversèrent des quartiers résidentiels puis le centre-ville, très animé. Max s'était installé à l'avant et discutait avec le chauffeur qui maîtrisait assez bien l'anglais. Georgie, à l'arrière, était heureuse de goûter l'air à travers la vitre ouverte et savourait la brise qui caressait ses joues. Elle se sentait chanceuse de pouvoir observer la ville.

C'était incroyable et cela dépassait ce qu'elle avait vu en août 1936, quand le monde du sport s'était accordé sur le choix improbable de Berlin comme hôte des Jeux olympiques. La cérémonie d'ouverture s'était faite en grande pompe et pour un œil averti, les signes nazis étaient déjà inquiétants. Les rues de la ville et le stade, spécialement construit pour l'occasion et destiné à accueillir 100 000 spectateurs, étaient envahis de symboles. Les drapeaux, parfaitement alignés, semblaient programmés pour flotter les uns après les autres. Tout était net et à sa place. La perfection absolue.

Le monde regardait les nazis orchestrer un spectacle imposant : un défilé au son de Wagner, surplombé par le *Hindenburg*, cet imposant dirigeable qui formait un nuage d'argent. Montée en puissance jusqu'à l'arrivée d'Hitler lui-même, qui s'était installé dans sa loge à la manière d'un empereur. Même lorsque l'athlète afro-américain Jesse Owens avait remporté quatre médailles d'or, menaçant de salir la démonstration plus blanche que blanche de la force aryenne, les nazis n'avaient pas tressailli. Georgie avait entendu des touristes marmonner que peut-être la France, la Grande-Bretagne et les États-Unis avaient tort de les juger trop sévèrement. L'Allemagne semblait être un endroit où l'on pouvait se sentir en sécurité. La machine de propagande nazie avait triomphé. Ce que les touristes ignoraient, mais dont les journalistes avaient conscience, était plus révélateur. Il y avait eu ces athlètes juifs « convaincus » de ne pas participer… Ou encore ces touristes qui avaient assisté en toute innocence à une parade nazie sans esquisser de salut hitlérien, et qui avaient été pris à part par les SA. Ceux-ci les avaient agressés verbalement, voire physiquement. Voilà le genre d'histoires qui parvenaient aux oreilles de Georgie, au cœur du tourbillon des rassemblements mondains et de l'univers si trivial du journalisme de mode. Ces histoires qui faisaient parfois leurs apparitions dans les journaux, résumées en quelques lignes, bien loin de la une des journaux, toujours éclipsées par la pseudo-fiction du ministre allemand de la Propagande, Joseph Goebbels, et de son armée de publicistes bien rodés.

Deux ans s'étaient écoulés et Berlin n'avait plus le même éclat. La ville était tout aussi surprenante, mais différemment. Il y avait toujours cet ordre, ces larges rues impressionnantes qui formaient des lignes nettes, et ces buildings grandioses et imposants. Mais il n'y avait plus de voile, aucun besoin de cacher le but du Parti national-socialiste des travailleurs allemands – des nazis. Leur désir de dominer devint évident quand le taxi s'engagea dans l'artère principale du centre-ville : Unter den Linden.

Des colonnes blanches bordaient toute la longueur du boulevard. Elles étaient surmontées de l'aigle emblématique nazi, peint en blanc ou en doré, brillant dans la lumière du zénith. Levant les yeux vers ces symboles de pouvoir, elle n'eut pas besoin de réfléchir longtemps pour les associer aux images de la Rome antique, qu'elle avait étudiée dans ses manuels d'histoire, et l'expression « folie des grandeurs » lui vint immédiatement à l'esprit. Elle se sentit mal à l'aise, mais garda ce sentiment pour elle.

Le chauffeur se gara au bout d'Unter den Linden, sur l'inimitable Pariser Platz, qui précédait l'impressionnante porte de Brandebourg, d'où partait une allée bordée de colonnes menant à Tiergarten, le pendant allemand de Hyde Park. La porte était surmontée par la statue de la déesse de la Paix, sur son char tiré par quatre chevaux, désormais décoré de l'emblème nazi. Quelle ironie ! Quand on songeait à la guerre dont la menace, tel un nuage gris, se profilait…

— Je crois que mon hôtel est un peu plus loin, dit Georgie.

Ils étaient garés juste devant le célèbre hôtel Aldon, et bien que le *Chronicle* se soit montré généreux, elle ne serait certainement pas logée dans l'hôtel le plus chic de Berlin.

— Il semblerait qu'il y ait une petite fête de bienvenue, organisée pour nous après le déjeuner, répondit Max. Le chauffeur m'a dit qu'il s'occuperait de nos bagages.

Elle se sentit comme une reine lorsque le personnel, vêtu d'une livrée bleue impeccable, l'accueillit et la débarrassa de son manteau. Sa tenue, jupe et chemisier bien coupés, mais ordinaires, lui parurent inadaptés.

— Bienvenue, madame, lança le portier dans un anglais parfait.

Elle le remercia en allemand. Pénétrer dans le couloir de l'hôtel était comme entrer dans un labyrinthe à l'incroyable opulence. Ses yeux balayèrent les plafonds voûtés et peints dans un style baroque alors qu'elle marchait sur des tapis turcs aux motifs complexes. Des statues ruisselantes de dorures ornaient les couloirs. Le personnel, silencieux et efficace, servait les clients. Les verres tintaient joyeusement. Tout respirait la richesse. Elle percevait, plus loin, le doux bruit d'une fontaine d'eau. Et autre chose aussi : pas besoin d'un flair de journaliste pour localiser la fête. Il suffisait de se diriger vers le bourdonnement des conversations.

— Nos confrères ! dit Max qui les mena au bar avec impatience.

— Voilà un autre couple d'agneaux, prêts au sacrifice !

La voix était retentissante, pleine de bonne humeur. Un long bras émergea de la foule et leur barra le chemin.

— Vous buvez quoi ?

Leur commande – eau pétillante pour Georgie, bière allemande bien fraîche pour Max – apparut comme par magie devant eux et avant même de pouvoir le réaliser, ils faisaient partie de ce groupe de journalistes anglais, américains et français. Il y avait quelques journalistes radio également. On les interrogea. S'agissait-il de leur première mission à l'étranger ? Qu'est-ce que l'Angleterre pensait de tout ça ? Est-ce que, chez eux, on parlait beaucoup de l'Allemagne, d'Hitler ou de la guerre ? On fit les présentations, mais Georgie, fatiguée, ne parvint pas à retenir la plupart des prénoms. Elle fut heureuse de voir deux femmes, un peu à part, qui discutaient. Elle se sentit moins seule. Elle eut envie de les rejoindre pour leur demander comment elles vivaient leur métier de journaliste en tant que femmes, comment on se comportait avec elles, mais elles semblaient occupées, presque distantes, et elle n'osa pas s'immiscer.

J'en aurai l'occasion plus tard, se dit-elle.

Max semblait très à l'aise, comme s'il connaissait déjà ceux avec qui il discutait. On lui parla plusieurs fois de son père, mais chaque fois, il se contenta de répondre brièvement, détournant la conversation sur ce qui se passait à Berlin.

— Je suis censé rencontrer mon chef de bureau, aujourd'hui. Cliff Sutton, c'est ça ? demanda Max en terminant sa bière.

Il était absent. On échangea des regards. Certains baissaient les yeux.

— Eh bien, vous l'avez raté, aujourd'hui, dit Rod Faber.

C'était un correspondant du *New York Times*, un véritable vétéran. C'était lui qui les avait accueillis. Sa barbe était fournie et sa voix forte.

— En général, il est ici jusqu'à midi. Il doit être chez lui. Je ne pense pas que vous puissiez le rencontrer avant demain.

Max se rembrunit. Lire entre les lignes était essentiel pour un journaliste et Max, quelle que soit son expérience, y parvenait. La conclusion était facile : quelqu'un qui traînait au bar jusqu'à midi et avait besoin d'une sieste ensuite était un alcoolique. Pas étonnant que le bureau, à Londres, ait envoyé un petit jeune bien dynamique à Berlin. Ils voulaient quelqu'un qui s'impliquerait.

— Et mon contact ? Paul Adamson ? Est-ce qu'il va venir ? demanda Georgie.

Ils ne pouvaient pas avoir la malchance de tomber sur deux journalistes de pacotille mariés à la bouteille, si ?

— Hmm, Paul est un peu… confus, intervint un homme derrière elle.

Georgie se pencha vers lui avec intérêt.

— Il est tombé amoureux fou d'une actrice allemande, continua l'homme avant de s'interrompre un instant. Et son épouse est sur le point d'accoucher en Angleterre, alors vous ne le croiserez peut-être pas beaucoup.

Il posa son verre vide sur le bar.

— Mais vous pouvez compter sur nous pour vous guider, hein, les gars ?

Ils acclamèrent cette suggestion et levèrent leur verre.

Georgie ne parvint pas à esquisser un sourire malgré ce témoignage amical. Elle jeta un coup d'œil inquiet à Max, qui semblait être dans le même état. Elle s'était attendue à se débrouiller toute seule, et avait même pensé qu'elle apprécierait le défi. Mais avoir un guide dans une ville étrangère était primordial. Elle n'avait aucun contact et il serait presque impossible qu'elle s'en trouve toute seule. Leurs collègues semblaient sympathiques, voire généreux, mais ils garderaient leurs pistes et leurs scoops pour eux. Logique. Elle observa l'intérieur luxueux de l'Aldon et ses clients d'une élégance folle qui sirotaient cafés et cocktails : tout semblait tellement parfait. Et pourtant, c'était loin d'être le cas dans la vraie vie. Et c'était ça qui intéressait Georgie. Pas les soirées mondaines nazies au cours desquelles elle devait débattre de l'élégance de l'organza ou de la dentelle. Ça s'annonçait difficile et elle aurait tout intérêt à gagner en maturité rapidement. Sinon, Berlin l'avalerait toute crue.

Les heures passèrent. Certains partirent. Ils devaient transmettre leurs articles à leurs rédactions respectives, à travers le monde. Le bar se vida. Georgie et Max s'excusèrent et partirent ensemble. L'hôtel Bristol était à côté et ils pouvaient y aller à pied, en empruntant Unter den Linden. Georgie ne souhaitait pas perdre de temps. Elle avait hâte de découvrir la ville pour s'y repérer rapidement. Ils marchèrent en silence. Max était plongé dans ses pensées et pour la première fois, il semblait découragé. Georgie ne pouvait s'empêcher de lever les yeux vers la bande rouge drapant chaque colonne de pierre : des drapeaux nazis, alignés, à la verticale, qui ondulaient dans la brise, comme de larges rideaux balayant une scène. Elle eut la même pensée que deux ans auparavant. On disait qu'Hitler réarmait l'Allemagne et qu'on stockait des chars et de l'artillerie dans les usines. Mais ces usines ne servaient pas qu'à cela : combien de femmes étaient employées à la fabrication de l'insigne nazi, tissant et cousant le symbole de leur Führer sur des vêtements ? Combien croyaient vraiment en sa puissance ? En lui ?

Elle ne fit pas part de ses réflexions à Max, qui demeurait silencieux. Il s'était montré ouvert à l'Aldon, mais était sombre désormais. Ils approchaient du grand bâtiment abritant le Bristol. Comme partout à Berlin, il affichait les couleurs nazies et témoignait ainsi de son allégeance.

— Alors ? Est-ce que tu veux jeter un œil aux alentours après qu'on se sera un peu reposé ? On pourrait en profiter pour trouver de quoi dîner ? demanda Georgie.

Il sembla réticent. Ils se présentèrent à l'accueil. Vraisemblablement, on les avait envoyés dans le même hôtel pour qu'ils puissent s'entraider. À vrai dire, elle aurait préféré explorer les environs toute seule, mais elle se sentit obligée de le lui proposer : elle souhaitait qu'ils restent en bons termes et elle maîtrisait mieux l'allemand que lui.

— Heu, je pense que je vais manger quelque chose sur le pouce au bar ou dans ma chambre. Je n'ai pas très faim et je suis assez fatigué.

Il se détourna et se dirigea vers l'escalier sans un mot de plus.

Comme vous voulez, pensa Georgie.

Elle se sentait soulagée et offensée à la fois. Elle lui avait offert le calumet de la paix et il l'avait brusquement refusé. C'était quoi, son problème ? Enfin… si c'était comme ça, elle ferait mieux de s'habituer à être seule. Elle se rendit dans sa chambre, qui faisait au moins deux fois la taille de son studio exigu situé au nord de Londres. Elle déballa rapidement ses affaires, releva ses cheveux, troqua ses chaussures contre des mocassins à talons plats et descendit dans le hall, certes un peu moins grand que celui de l'Aldon, mais appartenant définitivement à la catégorie « Pince-moi, je rêve ». Comme avant chaque défi qu'elle avait dû relever, du haut de ses vingt-six ans, elle prit une longue inspiration et souffla entre ses dents : *Allez, George, tu peux le faire.*

Ensuite, elle sortit et s'immergea dans le centre-ville qui, auparavant, à cette heure, était si excitant, débauché, cosmopolite… Si allemand. Désormais, la ville portait les couleurs d'Hitler et ployait sous son poids.

Carte en main, Georgie avança vers l'est. Elle s'éloigna de l'Aldon, passa le canal de la Spree et traversa l'île aux Musées. Elle regardait tout, absorbait chaque détail. Elle atteignit l'énorme et rectangulaire Alexanderplatz et se tint là, émerveillée, au niveau de l'échangeur de tramways qui ressemblait à la plaque tournante d'un train en bois. Les immenses bus à six roues sillonnaient la périphérie et leurs museaux métalliques proéminents vrombissaient. C'était une métropole, comme Londres, et pourtant, les drapeaux, recouvrant tout, semblaient étouffer le bruit brut de la ville.

Avide d'en voir plus, mourant de faim, Georgie poursuivit sa marche, virant vers le nord, scrutant les vitrines des magasins, ravie quand elle parvenait à décrypter des inscriptions en allemand ou des bribes de conversations. Elle continua, si enchantée qu'elle réalisa à peine que le paysage se modifiait. Les bâtiments étaient moins décorés : ordinaires, puis délabrés. Les gens étaient différents, eux aussi : ils ralentissaient le pas et la fixaient, yeux grands ouverts. Physiquement, ils étaient différents des badauds sur Unter den Linden : leurs traits étaient plus prononcés, moins allemands. Elle finit par cacher ses cheveux blonds sous son chapeau. Les regards étaient appuyés et la suivaient, et pourtant, elle avait du mal à savoir si elle inspirait la méfiance ou la peur. Peut-être les deux.

S'appuyant contre un mur, elle consulta sa carte. Jusqu'où était-elle allée et où se trouvait-elle ? Le crépuscule approchait, le ciel s'obscurcissait. Elle commençait à regretter son vagabondage insouciant.

— Fräulein[1] ?

Elle leva brusquement la tête à cette question, aboyée d'un ton bourru.

Deux SA la regardaient d'en haut. La prenaient de haut, plutôt. Leur expression était aussi sombre que leurs chemises.

1 « Mademoiselle ». (N.D.E.)

— Êtes-vous perdue ? Vous ne devriez pas vous trouver ici.

Le ton était irrité, pas inquiet.

— C'est ici… Ici qu'habitent les Juifs. Est-ce que vous vivez ici ?

— N… Non, balbutia-t-elle maladroitement. Je viens juste d'arriver d'Angleterre.

Elle leur offrit un large sourire, espérant repartir sur un bon pied.

— Vos papiers ?

Ils n'étaient pas d'humeur à bavarder courtoisement. Leurs regards perçants plongeaient en elle, comme pour la sonder.

— Heu… Je n'ai pas encore ma carte de presse… Seulement ça.

Elle fouilla son sac en quête de son passeport.

— Presse anglaise ? ironisa l'un d'eux. Vous ne devriez définitivement pas vous trouver ici.

Voulait-il parler de Berlin ou de cette rue en particulier ? Pour quelle raison disait-il cela ? Considérait-il sa présence comme un délit ou un simple affront ?

— Je suppose, oui. Je me suis égarée en me baladant. Pouvez-vous m'indiquer le chemin pour rentrer à l'hôtel Bristol ?

Son deuxième interlocuteur grogna de dégoût : en tant que Britannique, elle était une étrangère, elle était sale, comme les Juifs. Et pourtant assez riche pour être logée au Bristol. À court de grimaces, ils lui indiquèrent la direction d'où elle venait.

— Par là, vous continuez. Et nous vous conseillons de ne plus revenir ici.

Ce n'était pas un ordre. Pas non plus une simple suggestion.

Georgie repartit d'un pas affolé. Sa respiration se calma seulement quand elle aperçut les lumières réconfortantes d'Alexanderplatz. Elle poussa un grand soupir de soulagement quand elle atteignit le Bristol et son hall rassurant. Elle avait eu un avant-goût de la nouvelle Allemagne, avant-goût que l'on pouvait qualifier, au mieux, de doux-amer.

— Bienvenue à Berlin, Georgie Young, soupira-t-elle dans sa barbe. Premier aperçu du Reich.

5
Se cacher

Berlin, 2 août 1938

Rubin Amsel émergea du grenier, des toiles d'araignée plein les cheveux et la peau maculée de saleté. Cette pièce avait été si négligée auparavant.

— Alors ?

Sara se tenait au pied de l'escalier de fortune que Rubin et son fils de douze ans, Leon, avaient fabriqué. Jamais marteau n'avait été manié aussi silencieusement. Personne, pas même leurs voisins les plus proches, ne devaient savoir ce qu'ils comptaient faire. Mieux valait pour leur propre sécurité qu'ils restent ignorants.

— J'ai réparé les ouvertures dans le toit du mieux que j'ai pu. Et j'ai dégagé un peu de place pour le lit et le pot de chambre. C'est nettoyé. Il devra utiliser une lampe à huile pour s'éclairer.

Malgré ces progrès, il gonfla les joues en signe de découragement.

— Mais tu as raison, Sara, il ne peut pas vivre là-haut. C'est une véritable serre, avec la chaleur. Et en hiver, il se gèlera. Même un chien ne tiendrait pas.

— Alors qu'allons-nous faire ? demanda-t-elle avec préoccupation. Tu sais qu'Elias a du mal à bouger ces jours-ci, même quand c'est nécessaire. Ça nous prendrait au moins deux heures pour l'aider à monter. Et tu n'es pas souvent à la maison.

Rubin songea au frère cadet de Sara, affalé dans leur petit salon, le cerveau toujours actif, mais le corps brisé par une mauvaise chute l'année précédente. Lui qui autrefois était si dynamique, si vivant. Sa hanche et sa jambe, violemment fracturées, avaient été opérées par un médecin âgé, complètement dépassé, qui lui avait fait plus de mal que de bien. Les lésions nerveuses étaient irréparables.

Elias serait toujours capable de travailler, dans un bureau peut-être, si le décret nazi ne l'interdisait pas. Ceux qui étaient en forme et en bonne santé effectuaient toutes les tâches qui se présentaient à eux, mais Elias quittait rarement l'appartement.

Cet événement tragique lui avait fait perdre son étincelle et son esprit vif. Son intelligence l'avait conduit à avoir cet accident. Elias n'avait jamais expliqué pourquoi il se trouvait sur un mur très haut, très proche de la maison de Heinrich Himmler, le chef des services de police, cet homme au physique si peu imposant, et pourtant si redouté.

Les Amsel parlaient rarement de la nuit où Elias leur avait été amené inconscient et en sang, sa peau trouée par une balle qui avait frôlé sa tête. Rubin et Sara avaient pensé qu'ils attireraient les soupçons s'ils l'amenaient à l'hôpital, et que ce serait dangereux. Pourtant, ils n'avaient jamais osé l'interroger sur les détails de cet accident. Parfois, c'était plus sûr de ne pas savoir.

Rubin avait longuement réfléchi.

— On devra être très vigilants. Si on frappe à la porte, on devra retarder le moment d'ouvrir et le monter au grenier. Les enfants aideront s'il le faut.

— Est-ce que tu lui expliqueras ce que nous ferons ? Les conséquences si nous n'agissons pas ?

— Je ne pense pas. Quand il s'agit d'imaginer de quoi sont capables les nazis, il n'y a aucun souci avec le cerveau d'Elias.

6

Bienvenue au ministère

5 août 1938

Georgie et Max s'y attendaient : les jours qui suivirent furent longs et difficiles. L'apprentissage fut brutal. Après plusieurs tentatives, Georgie finit par rencontrer son chef de bureau. Comme le disaient ses confrères de l'Aldon, Paul Adamson était un journaliste compétent… devenu désespérément distrait. Il n'avait pas le physique d'un acteur, plutôt celui d'un courtier en assurance, et Georgie se demandait comment une starlette allemande avait pu tomber sous son charme.

— Peut-être que c'est son visa anglais qui fait son charme, avait-on murmuré.

Georgie s'était sentie triste pour l'actrice et l'épouse enceinte, qui, chacune de leur côté, envisageaient un avenir radieux. Elles se faisaient toutes les deux avoir. Paul n'était pas désinvolte, seulement préoccupé. Il ne lui avait pas dit grand-chose, sinon d'acheter un plan plus précis des lieux, et comment obtenir sa carte de presse, indispensable pour accéder à l'une des nombreuses conférences de presse organisées par la machine à propagande nazie.

— Donc, si vous pouviez couvrir les événements inscrits dans l'agenda, ça me permettrait de m'occuper du reste.

— C'est-à-dire ? répliqua Georgie avec ostentation.

Elle n'avait pu s'en empêcher. Il était parfaitement clair qu'il comptait lui laisser le sale boulot.

— Oh, juste un sujet sur lequel je travaille depuis un moment. Je ne peux en dire plus pour le moment.

Le téléphone sonna et quand il décrocha, sa voix s'adoucit. Il apaisait l'actrice dont la voix exubérante à l'autre bout du fil parvenait aux oreilles de Georgie. *Une histoire prenante, en effet*, songea-t-elle.

Le troisième jour, Max apparut dans la salle à manger du Bristol pour le petit déjeuner. Il se dirigea vers sa table, mais seulement parce qu'il avait conscience du regard de Georgie sur lui et qu'il ne pouvait décemment fuir. Quand il s'assit, elle aperçut un petit dictionnaire allemand dans sa poche. Elle le pointa du doigt.

— Comment allez-vous ? Vous vous en sortez avec ça ?

— Oh, oui, bien ! assura-t-il même s'il était évident qu'il fanfaronnait. Ça avance.

Son sourire penaud disait le contraire.

— Avez-vous rencontré votre chef de bureau ?

Cette fois, Max ne put cacher son jeu et il gonfla les joues en signe de désespoir.

— Ils avaient raison, à l'Aldon : Cliff est un homme sympathique, c'est un peu mon héros en tant qu'écrivain, mais il boit trop. Pas étonnant qu'il y ait eu peu de volontaires pour cette mission. J'ai été bête de ne pas me demander pourquoi. Je croyais être chanceux.

Il sourit humblement, le nez dans sa tasse, et Georgie ressentit de la compassion pour lui, même s'il l'avait habituée à la plus grande désinvolture. Lui qui était grand et autoritaire, il ressemblait à cet instant à un petit garçon perdu, et elle se demanda si son habituelle confiance en lui n'était qu'une façade.

— Pareil de mon côté, tenta-t-elle de le rassurer. À Londres, plusieurs collègues m'ont demandé pourquoi je m'étais portée volontaire pour cette galère. J'ai pensé qu'ils étaient jaloux ou qu'ils plaisantaient.

— Le temps nous dira si nous avons eu tort. Nous devrions nous accommoder de tout ça et en faire une expérience enrichissante. Et trouver le scoop qui nous vaudra un prix, et nous fera connaître. Voilà notre but.

Cette pointe d'autodérision le fit sourire. Puis, il soupira profondément avant de mordre à pleines dents dans sa tranche de pain complet.

— Est-ce que vous avez votre carte de presse ?

— Je dois la récupérer ce matin.

— Moi aussi. Vous voulez qu'on y aille ensemble ? demanda-t-elle, espérant n'avoir l'air ni trop insistante, ni trop désespérée.

Elle avait hâte de comprendre le fonctionnement de la machine nazie, mais il fallait se méfier du contrôle exercé par le ministère de la Propagande sur les journalistes.

— Euh, je dois récupérer quelque chose en chemin, et ça prendra un certain temps. Donc…, balbutia Max en posant sa serviette sur la table.

Évidemment, c'était un prétexte. Après son départ, Georgie resta à table un bon moment.

Il ne veut pas être avec moi parce que je suis une femme ou parce qu'il ne m'apprécie pas ou encore parce qu'il n'a pas confiance en moi. Peut-être les trois en même temps. Mais quoi qu'il en soit, elle se retrouvait à nouveau seule.

Au final, sa solitude ne dura pas. Elle gravissait les marches du ministère quand elle aperçut la silhouette d'ours de Rod Faber, le journaliste du *New York Times* qui les avait accueillis chaleureusement à l'Aldon. Il sortait du bâtiment et la salua comme une vieille connaissance. Quand elle lui expliqua que c'était la première fois qu'elle venait là et que Paul Adamson ne l'accompagnait pas, il n'eut pas l'air étonné et lui offrit son aide. Au départ, Georgie refusa : elle ne voulait pas qu'on la traite de manière différente parce qu'elle était une femme et elle n'avait pas peur de le dire, d'un ton poli, évidemment.

— Bon sang, non ! Ce n'est pas parce que vous êtes une femme ! s'exclama Rod avec un fort accent américain. C'est parce que vous devez à tout prix savoir qui corrompre, à qui parler et à qui faire la lèche. On m'aurait mangé tout cru si je n'avais pas eu un guide, à l'époque.

Ses propos pleins de bon sens furent vérifiés dès leur entrée dans le grand hall d'accueil où se trouvaient deux SS postés à côté de deux statues de granit. Leurs visages étaient aussi impassibles que ceux de leurs compagnons de pierre. Georgie et Rod montèrent un grand escalier qui donnait sur une large porte sombre et intimidante, la première de toute une série que Georgie dut franchir.

— Vos papiers ! aboya le militaire qui y était posté.

Il scruta sa photo, son passeport, la lettre du *Chronicle* qui certifiait qu'elle était en mission puis son visage. Ses yeux d'acier rampèrent sur elle : ses cheveux, ses épaules… Le contrôle était méticuleux.

— Que diable cherchait-il ? souffla-t-elle à Rod alors qu'ils longeaient le couloir les menant à l'étape suivante.

J'ai eu l'impression qu'il essayait de lire dans mes pensées.

— Il vérifiait si tu n'avais pas les traits juifs. Tes cheveux blonds t'ont sauvé la mise.

Elle était sous le choc, même si elle connaissait le décret nazi qui, depuis 1934, interdisait aux Juifs allemands de travailler dans les journaux et dans le milieu de l'édition, tout comme dans beaucoup d'autres secteurs : la médecine, l'enseignement et la justice.

— Mais cette loi ne s'applique pas aux journalistes étrangers, si ?

— Pas officiellement, mais depuis quand les nazis s'enquiquinent avec ce qui est légal ou pas ? S'il n'avait pas aimé ton physique, il aurait pu simplement refuser de te donner ta carte de presse. Il n'a pas besoin de prétexte. Il est soutenu par le Reich.

Georgie fut consternée. Rod lui tapota l'épaule avec légèreté.

— Bienvenue au paradis d'Hitler.

L'attente aux guichets dura une éternité, ce qui permit à son guide improvisé de disserter sur chaque département et ses occupants.

— Attention, le mini-Führer approche, souffla Rod alors qu'un homme vêtu d'un costume sombre trois-pièces approchait.

Il était à deux doigts de claquer des talons pour signaler son arrivée. Il était plus rond et plus petit qu'Adolf Hitler, mais ses tentatives pour imiter son héros lui donnaient un air légèrement comique. Comme le sosie pathétique d'un numéro de cirque. Sa moustache bougea, au garde-à-vous, alors qu'il faisait une tentative ratée pour leur adresser un sourire franc.

— Herr[1] Faber, dit-il d'un ton brusque. Enchanté de vous revoir.

Son expression disait tout le contraire.

— Enchanté également.

Mensonge de la part de Rod.

— Puis-je vous présenter une nouvelle venue au sein de l'équipe de presse ? Miss Georgie Young ? poursuivit-il. Elle travaille pour le *London News Chronicle*.

— Ah. Bienvenue à Berlin, Fräulein Young. Je suppose que vous trouvez la ville agréable ?

— Tout à fait, répondit cette dernière. Elle est vraiment… impeccable. Très attrayante.

Il prit cela pour un compliment, ne doutant pas des merveilleux changements opérés par le parti nazi. Il sourit brièvement, dévoilant un instant ses minuscules dents tordues avant de retrouver très vite son sérieux. Comme si la gaieté, la moindre trace de gaieté, devait forcément être rationnée.

— Pas trop attrayante, j'espère, poursuivit-il. Pas au point de nous priver de vous ici. J'espère que nous vous verrons plus lors de nos conférences de presse que votre confrère Herr Adamson. Ces derniers temps, il s'est fait rare.

Ses prunelles, perles noires et rondes, ressemblaient à celles d'un corbeau.

— Ne vous inquiétez pas : nous veillerons à ce qu'elle reste sur le droit chemin, intervint Rod afin d'alléger l'atmosphère. Et qu'elle soit là aux bons endroits, aux bons moments.

Herr Bauer sourit encore, les lèvres serrées. Puis il acquiesça sèchement, se détourna et s'éloigna.

Rod soupira.

---

1 « Monsieur ». (N.D.E.)

— Lui, c'était Bruno Bauer. Une espèce de petit crapaud. Malheureusement, il gère la presse étrangère. Il a donc un certain pouvoir sur nous. Il vaut mieux être de son côté. Sinon, tu ne seras pas tranquille. Mais ne t'inquiète pas, je pense qu'il t'a appréciée.

— Est-ce qu'ils sont tous comme ça… Heu…

Souvent, Georgie était à court de mots quand elle devait décrire quelqu'un.

— Effrayant ? tenta-t-elle.

Elle ne faisait pas allusion aux Allemands, ni même aux hommes allemands, mais aux nazis dévoués, farcis de haine. Rod rit sous cape.

— Oh, ce n'est pas le pire, et de loin. C'est un idiot obséquieux. Et, oui : il y en a d'autres qui sont horribles. Mais c'est très amusant de les rouler dans la farine, de temps en temps.

Trois heures plus tard, après être passés dans plusieurs bureaux et par plusieurs interrogatoires, ils se retrouvèrent sur les marches extérieures du ministère. Georgie était à bout de nerfs, mais soulagée. Elle serra dans sa main sa carte de presse, si importante pour elle : elle était ratifiée. L'aigle nazi était tamponné dessus. C'était un sentiment étrange d'être accréditée par le Troisième Reich, mais désormais, elle faisait partie de l'équipe de presse. Officiellement.

— C'est l'heure de déjeuner, non ? lança Rod.

Le ventre de Georgie gargouillait, mais elle avait rendez-vous à 13 heures au Tiergarten : un fonctionnaire nazi inspectait la Ligue des filles allemandes, à l'occasion d'une démonstration de gymnastique. Paul avait été clair : c'était à elle de s'en charger.

— Ça ? s'esclaffa Rod. Je t'assure : des filles qui font des cabrioles, ça ne fera pas un bon article. Il vaudrait mieux que je te montre les meilleurs cafés dans Berlin. Ce sont des endroits où tu pourras trouver de vrais contacts.

La faim qui la tenaillait, la perspective d'un café, ainsi que la compagnie agréable de Rod la firent se décider. Elle ne risquait guère de croiser Paul et d'avoir à se trouver des excuses.

Ils remontèrent la Wilhelmstrasse et revinrent sur Unter den Linden, où les drapeaux rouges ondulaient dans le vent. Rod la conduisit au café Kranzler, un restaurant populaire. La terrasse extérieure était délimitée par des petits arbres en pots et les petits lampadaires étaient parfaitement alignés avec les colonnes du Reich que l'on apercevait plus loin. Ils s'installèrent dehors et Georgie fut immédiatement séduite par l'atmosphère vibrante du café, typiquement berlinoise. Les bruits des tasses qui s'entrechoquaient, le bourdonnement des conversations et les femmes vêtues avec la plus grande élégance auraient pu faire croire que tout allait parfaitement bien. Ici comme ailleurs. Pas d'oppression. Liberté totale.

— Je ne dirai rien à personne si vous commandez une pâtisserie pour le déjeuner, lança Rod, qui alluma une cigarette, dont la fumée forma un nuage sous l'auvent qui les abritait. Leur strudel est excellent, tout le monde le dit.

Il tapota son ventre rebondi.

— Ma fille me dit tout le temps de ne pas en manger trop.

— Quel âge a-t-elle ? Est-ce qu'elle est ici ?

— Non, non. Elle est à la maison, à New York, avec mon fils. Tout comme mes deux ex-femmes.

Il ne semblait pas triste. Résigné, peut-être. Conscient des répercussions de son métier sur sa vie personnelle.

— Elle a dix-neuf ans. Elle veut devenir journaliste. Elle est à l'université.

Son visage n'exprimait aucun enthousiasme.

— Vous n'approuvez pas ?

Peut-être que Rod me voit comme la plupart de mes confrères, songea-t-elle. *Une femme qui ne sera jamais à la hauteur de son poste.*

— Pas parce qu'elle est une femme, ajouta-t-il vivement. Mais parce que c'est ma fille. J'imagine que votre père éprouve la même chose ?

Dans le mille. Georgie songea à son enfance : elle avait grandi dans une petite ville de province des Cotswolds[1]. Son père était instituteur et sa mère femme au foyer. Ils avaient vu d'un mauvais œil qu'elle s'installe à Londres. Mais quand elle leur avait annoncé son départ pour Berlin… Jamais elle n'oublierait l'expression de leurs visages, l'inquiétude qu'elle leur avait causée. C'était pour eux qu'elle avait envie de faire ses preuves, qu'elle voulait à la fois survivre et réussir.

— Je pense, oui, répondit-elle en ravalant sa culpabilité.

Elle mangea une part de strudel. Rod avait raison : c'était divin. La pâte était légère et aérée. Tout le contraire de l'ambiance berlinoise.

Ils restèrent au Kranzler un bon moment. Georgie était fascinée par ce que lui racontait Rod. Il était à Berlin depuis dix ans. C'était un puits de science concernant la manière d'y survivre. Georgie ne regretta pas d'avoir séché le spectacle de gymnastique de la jeunesse hitlérienne. Elle n'avait pas perdu son temps.

Un serveur s'approcha d'eux. Il était grand, avait des cheveux noirs et lisses et des yeux bruns intenses.

---

1 Une région de collines du sud-ouest de l'Angleterre. (N.D.E.)

— Autre chose, monsieur ?

Rod leva à peine les yeux. Il n'avait pas l'air de le connaître et pourtant…

— Non. Merci, Karl, dit-il à voix basse, les yeux sur le menu. Mais ma nouvelle amie, Fräulein Young, pourrait vouloir quelque chose.

Georgie leva les yeux, un peu confuse. Après le strudel et le café, elle était incapable d'avaler quoi que ce soit. Mais elle comprit au ton de leurs voix qu'il n'était pas question de nourriture.

— Pas pour le moment, dit-elle à voix basse.

Elle le regarda bien en face et il soutint son regard.

— Mais peut-être plus tard, poursuivit-elle.

— Très bien, Fräulein, répondit-il d'une voix monotone, avant de s'éloigner.

Georgie se pencha vers Rod.

— Qu'est-ce qui vient de se passer, là ? murmura-t-elle.

— Tu viens d'obtenir ton premier contact, répondit-il, visiblement satisfait. Regarde autour de toi : il y a des dizaines de nazis, de SS et de soldats de la Wehrmacht tous les jours, ici. Ils viennent trouver des femmes sur qui exercer leurs charmes.

Georgie observa les clients du Kranzler : effectivement, des hommes en uniformes gris ou verts se trouvaient en bonne compagnie. Assis en terrasse ou à l'intérieur, ils riaient, fumaient et flirtaient.

— Ils se sentent libres. Avec leurs reichsmarks et leurs grands discours pour impressionner la gent féminine. Et Karl a une excellente oreille. Si j'étais toi, je deviendrais une habituée. Je viendrais une ou deux fois par semaine et je m'assiérais à la même place, toute seule. Si Karl te trouve à son goût, il t'offrira de la crème pour ton café.

Ses yeux pétillèrent.

— Rod, comment puis-je vous remercier ?

— En me tutoyant. À part ça, tu n'as pas à le faire, dit-il, jovial. Ça m'amuse de faire un doigt d'honneur à Hitler et à ses brutes dès que j'en ai l'occasion. Fais juste en sorte d'utiliser tes contacts avec discernement.

Ils parcoururent à nouveau Unter den Linden. Les rayons du soleil s'infiltraient entre les bâtiments de style baroque. Georgie avait le ventre lourd et elle se sentait fatiguée, malgré le café. Pourtant, elle devait envoyer au moins un article à son éditeur, à Londres. Elle suivit Rod dans une petite rue adjacente, en direction des bureaux qui se trouvaient non loin. Ils y étaient presque quand Georgie perçut les bruits d'une bagarre dans la rue voisine. S'agissait-il de chats ? Il y eut un nouveau hurlement. Non, ce n'était pas ça. Elle ralentit le pas, scrutant l'espace étroit et sombre entre deux grands immeubles. Les silhouettes étaient imposantes et elle pouvait entendre des voix étouffées, des mots aboyés avec une haine palpable :

— Youpin ! Sale Juif !

Un cri sourd résonna. Puis un gémissement de douleur. Quelqu'un était pris au piège.

— Non, non, je vous en prie, supplia-t-on. Je suis désolé. Je ne déra…

La voix se transforma en un cri de souffrance aigu.

Le coup avait été porté avec puissance.

— Rod ?

Il s'arrêta et se tourna vers elle. Son visage souriant était désormais triste, écœuré. Il avait tout entendu, lui aussi.

— Laisse tomber, Georgie. Tu ne peux rien faire.

— Mais, mais… Quelqu'un a besoin d'aide, insista-t-elle d'un ton pressant.

— Des milliers de gens dans cette ville ont besoin d'aide, rétorqua-t-il d'un ton grave. Tu dois choisir ton combat, celui que tu pourras gagner. Tu ne peux pas être sur tous les fronts.

Elle resta immobile, totalement impuissante, alors que les manifestations de violence se poursuivaient. C'était si douloureux d'assister à cela. Et ça devait l'être encore plus pour celui qui était ainsi maltraité.

— Georgie, s'il te plaît. Si tu interviens, tu rentreras directement en Angleterre. Dans la minute. Je te jure que tu seras bien plus utile si tu restes.

Elle avait l'impression que ses pieds pesaient une tonne, que son corps était englué dans la honte. Mais elle le fit : elle s'éloigna, jusqu'à ce que les bruits se dissipent et qu'ils soient remplacés par un écho désagréable qui résonnait encore à ses oreilles.

Pas étonnant que ses collègues aient qualifié cet endroit de nid de vipères.

Le petit bureau du *Chronicle*, situé non loin de la Taubenstrasse, était vide, comme elle s'y attendait. Elle trouva un mot de Paul Adamson :

Je suis parti trois jours à Munich. S'il vous plaît, prenez en charge les missions fixées dans l'agenda.

Il ne précisait pas s'il partait pour le travail ou s'il s'accordait des vacances de dernière minute avant d'endosser son costume de père. Georgie s'en fichait, de toute façon. Elle s'était vite résignée et n'était pas en colère de se retrouver seule. Rod et la bande de l'Aldon seraient comme une famille pour elle. Elle devait voir les choses de manière positive : elle pourrait montrer à ses confrères, à Londres, qu'elle pouvait travailler aussi bien que n'importe qui. Le problème ? Elle n'avait aucun sujet valable pour le moment.

Elle inséra une feuille de papier dans la machine à écrire, une Deutscher Mechaniker récente. Le rouleau à encre portait l'insigne DM en lettres gothiques. Comme pour lui rappeler qu'elle était en territoire nazi et que, à chaque instant, elle était surveillée par le Reich. Elle leva les yeux vers la fenêtre et croisa le regard d'une femme, au deuxième étage de l'immeuble d'en face. Elle détourna très vite les yeux. Ses cheveux noirs lui étaient familiers. Georgie l'avait-elle aperçue au Bristol ou au Kranzler ?

Arrête tes bêtises, se dit-elle. *C'est juste une femme qui travaille*. Pourtant, elle ne pouvait s'empêcher de se sentir surveillée. Peut-être était-ce lié à l'apparence intimidante des soldats à l'aéroport. Ou aux deux SA qui l'avaient menacée dans une rue. Elle secoua la tête pour se débarrasser de ce sentiment inconfortable. *Allez, Georgie, concentre-toi !* Puis elle posa ses doigts sur le clavier d'un geste déterminé.

Carte postale de Berlin, écrivit-elle enfin.

Elle n'avait rien de significatif à raconter : pas de nouvelle fraîche. Mais juste avant de quitter l'Angleterre, elle avait persuadé son rédacteur en chef d'accepter des billets d'humeur, de temps en temps. Ça se faisait chez les correspondants étrangers, qui dévoilaient ainsi leurs opinions ou leurs réflexions. Partager ses premières impressions n'était-il pas le meilleur moyen d'offrir au lecteur une vue d'ensemble de la ville ? Ce n'était plus le Berlin de 1936, étincelant, qui offrait son meilleur visage pour les dignitaires et les touristes étrangers, avec un parti nazi arborant une politique raisonnable visant à sortir le pays de la crise économique. Ça ne faisait que trois jours que Georgie était là, mais elle sentait que l'air était lourd, malgré cette volonté de montrer que la ville prospérait. Berlin semblait corrompue. Georgie ne s'était jamais trouvée à court de mots. Quand il fallait agir, elle hésitait parfois, mais jamais devant un clavier. La page blanche ne lui faisait pas peur. Enfin, ses doigts se mirent en mouvement.

Chers lecteurs,
Récemment, je suis devenue une étrangère plongée au cœur d'une terre inconnue et étrange. Une ville vénérable et brillante, qui est désormais entièrement recouverte par les étendards écarlates du parti nazi d'Hitler. On y trouve seulement quelques touches de vert et de gris : les couleurs des uniformes militaires qui diluent ce rouge sang, symbolique de la manière dont Hitler envisage le futur. En Angleterre, nous sommes habitués aux crieurs, postés dans les villes, qui vantent les mérites de leurs journaux. Ici, les Berlinois s'arrêtent devant n'importe quel lampadaire, les yeux fixés sur le haut-parleur métallique qui y est accroché, bien en hauteur, et ils écoutent les petits aboiements rhétoriques censés éveiller les consciences. Consciences bien peu éveillées puisque ces mêmes citoyens semblent ignorer les discriminations qu'on peut lire noir sur blanc sur les bancs des parcs : « Pas de Juifs ». Ils passent devant sans hésiter, alors qu'on piétine le droit d'une personne à s'asseoir auprès d'une autre. Le Troisième Reich est, semble-t-il, partout. Et personne n'a le droit de l'oublier.
Auf Wiedersehen.

Georgie s'adossa contre sa chaise et se relut. Puis elle leva machinalement les yeux. Un frisson monta le long de sa colonne vertébrale et la piqua douloureusement à la nuque : en face, la femme la fixait de nouveau. Elle aurait souhaité que les stores soient fermés pour se cacher. Avec une paranoïa grandissante, elle songea à effacer son article. D'un geste brusque, elle sortit la feuille du rouleau, la froissa et la jeta dans la poubelle. Puis, elle la récupéra, chercha une allumette dans les tiroirs du bureau et y mit le feu, au-dessus d'un cendrier. Alors que le papier se tordait avant de devenir cendres, elle se positionna dos à la fenêtre afin de cacher la lumière orange de la flamme qui éclairait le bureau sombre et pourrait attirer l'attention. Elle soupira profondément. Trois jours, et déjà, elle ne se sentait pas sereine.

Bienvenue à Berlin. Vraiment.

7

Au bercail

6 août 1938

Max ne se montra pas au petit déjeuner et Georgie se demanda s'il avait changé d'hôtel. Elle devrait elle aussi se trouver un studio sans traîner. Mais avant cela, elle devait retourner au ministère de la Propagande, cette fois en tant que reporter accréditée.

Un bâtiment carré et net, juste à côté de la Wilhelmplatz, à quelques pas de la chancellerie du Reich, abritait le ministère de la Culture et de la Propagande (c'était son nom officiel). Cette fois, Georgie passa facilement les points de contrôle tenus par des gardes aux visages de marbre. Elle rejoignit la trentaine de journalistes, déjà assis en rang dans une large pièce, devant une estrade et un pupitre.

— Bonjour, dit Rod à voix basse, avant de désigner un siège à côté de lui.

Georgie se retrouva prise en sandwich entre son nouvel ami américain et un autre homme qu'elle avait croisé à l'Aldon. Il portait une moustache rousse spectaculaire, la salua d'une brève poignée de main et se présenta ainsi :

— Bill Porter, qui commet le péché d'écrire pour le *Chicago Herald Tribune*.

Dans le coin opposé, Max était en grande conversation avec une femme assise à son côté.

— Il semblerait que nous allons rencontrer l'homme en personne, aujourd'hui, souffla Rod.

Georgie eut la main qui trembla d'appréhension.

— Non, c'est Joey. Allez, viens, petit gars ! siffla Bill Porter. Votre attention, s'il vous plaît ! Le canard boiteux est là !

Les regards se tournèrent vers la porte ouverte. Il y eut un silence complet à son arrivée. L'homme de main d'Hitler était là. Joseph Goebbels n'était pas un militaire. Il ne commandait pas une armée, mais sa manière subtile de déformer la réalité pour que les choses paraissent avantageuses pour le Parti faisait de lui un personnage aussi dangereux qu'Hitler. Ce talent lui assurait une place de choix parmi les alliés les plus proches du Führer. Son élégante femme Magda était la petite chérie des pages de mode. Sa blondeur parfaite apparaissait régulièrement dans le magazine *Die Dame* qui l'encensait. Elle donnait des conseils pour être la mère parfaite de sept enfants aryens. Quant à Joey, comme le surnommait la presse de manière moqueuse, il ne possédait ni le charme ni le physique de son épouse. Sa haine pour la presse étrangère était connue.

Il monta sur l'estrade, raide dans son costume marron ajusté, les joues profondément creuses, ses cheveux noir corbeau lissés en arrière : créature à mi-chemin entre la belette et la musaraigne. Ses yeux étaient aussi noirs que ses cheveux. Il observait la pièce, s'arrêtant sur un journaliste, puis un autre. Malgré son manque d'élégance, sa petite silhouette était imposante et respirait l'autorité. Georgie espéra qu'il ne poserait pas son regard sur elle. Qu'il ne le ferait jamais.

Enfin, Herr Goebbels toussa et se redressa de toute sa hauteur, puis se lança dans son discours qui consistait à décrire comment le parti nazi avait réduit le chômage en quatre ans, aidant ainsi les bonnes familles allemandes à prospérer. Il expliqua aussi que l'Allemagne tenait à tout prix à la paix en Europe : on le voyait à la façon dont elle avait signé des accords de non-agression avec les États voisins. Les journalistes griffonnaient furieusement. Georgie aussi, même si ça ne faisait aucun doute : personne n'y croyait. Après tout, ils avaient affaire au ministre de la Propagande. Et Goebbels avait affirmé que la propagande n'avait pas besoin de mensonges, sauf en cas de nécessité absolue, de manière à présenter la vérité de la meilleure des façons. Le pire était que ça fonctionnait. On enrobait la cruelle vérité de manière convaincante et le peuple gobait tout sans problème.

— Il ne précise pas qu'ils ont réduit les chiffres du chômage en créant de faux emplois ou qu'ils n'ont pas comptabilisé les familles qui ne rejoignaient pas le parti, souffla Rod.

— C'est un magicien de la vérité, hein ? murmura Georgie.

— Tu comprends vite, gamine !

Après vingt bonnes minutes d'annonces de ce style, docteur Goebbels – il insistait pour qu'on le nomme ainsi – ramassa ses notes et partit en boitillant. Les journalistes ne furent pas autorisés à poser des questions. Un bourdonnement de conversations s'éleva.

— Eh bien, qu'est-ce que tu comptes faire de ça ? demanda Bill à Rod. Je pense que je vais faire rire les gens, juste en recopiant ce discours tel quel.

— De mon côté, je vais préparer une petite analyse bien salée, répondit Rod, qui se tapota le ventre. Mais d'abord, il est l'heure de manger.

Georgie se joignit à un groupe de journalistes. Ils se rendirent dans un café non loin où ils ressassèrent les détails de la conférence et mirent en lumière la vérité qui se cachait derrière la rhétorique de ce bon docteur Goebbels. Pourquoi les Allemands le croyaient-ils alors que c'était pourtant si clair ?

— La peur, lança un journaliste du *Daily Express*. Peut-être que les Allemands ne le croient pas, mais ils ne le diront pas haut et fort. Pas même à leurs voisins. Ça passe pour de la croyance parce que personne n'ose dire à son voisin qu'il a tort.

Plongée dans ses pensées, Georgie ouvrit la porte du bureau du *Chronicle* et remarqua tout de suite qu'il y avait quelque chose de changé. Est-ce que quelqu'un était venu fouiller ses affaires ? Paul était toujours en déplacement. Son cœur bondit dans sa poitrine. Est-ce qu'il s'agissait de la femme d'en face ? Le cendrier avait été nettoyé. Tout comme la poubelle. Les toilettes dans le coin avaient été aérées. Bien sûr ! La femme de ménage était passée. Sa stupidité la fit soupirer. À ce train-là, son cœur serait HS avant la mine de son crayon, qui avait pourtant été bien employé. Stores tirés, elle travailla sur le compte-rendu de la conférence de presse et dut s'y prendre à plusieurs reprises afin d'atténuer son cynisme qui virait au sarcasme. Il ne lui servait à rien d'écrire un premier article incendiaire. Elle s'en tint donc à un ton sceptique.

Il n'était que 16 heures et pourtant, elle avait encore deux choses à faire avant de retrouver ses compagnons de l'Aldon qui avaient promis de lui présenter quelqu'un. Elle devait trouver un logement ainsi qu'un moyen de locomotion. On lui avait fortement conseillé de prendre un chauffeur : c'était essentiel si elle devait se rendre à des événements en banlieue ou si quelque chose d'intéressant avait soudain lieu, comme une des démonstrations de force non officielles des SA, souvent dirigées contre les Juifs ou d'autres indésirables qui se trouvaient dans leur champ de vision.

Rod proposa de lui fournir des contacts, mais Georgie était bien décidée à ne pas compter sans cesse sur sa générosité. Elle passa en revue son calepin aux pages cornées. Elle s'était rappelé ce chauffeur que son équipe avait employé durant les Jeux olympiques. Il était digne de confiance et savait une mine de choses. C'était il y a un moment, mais il travaillait peut-être toujours dans le coin. Le numéro qu'elle composa n'était plus attribué. Elle écrivit donc un mot et fila le poster : une bonne chose de faite.

En rentrant à l'hôtel, elle acheta un exemplaire du *Berliner Tageblatt* et le parcourut dans le hall de l'hôtel. Son cœur se mit à cogner dans sa poitrine quand elle réalisa que même les appartements les plus petits étaient trop chers pour elle. Elle se résigna alors à prendre une chambre même si cette perspective était peu réjouissante. Un Allemand accepterait-il de lui louer une chambre ? Les relations entre l'Allemagne et l'Europe étaient fragiles et une journaliste anglaise ne serait pas forcément accueillie à bras ouverts.

Dépitée, elle se leva et soupira. Du coin de l'œil, elle vit Max traverser le hall. Leurs regards se croisèrent le temps d'une seconde… ou pas. Rêvait-elle ou avait-il simplement fait semblant de ne pas la voir ? Probablement parce que la même femme que la dernière fois, celle aux cheveux bruns, celle qui était presque collée à lui lors de la conférence, l'accompagnait. Était-elle journaliste ? Non… Trop timide. Elle semblait rester dans son sillage et non marcher à son côté. Avait-il déjà fait une conquête ? Vu son comportement au Ritz, ce ne serait pas étonnant.

Un instant, Georgie pensa à le saluer : à se planter en face de lui pour voir sa réaction, pour le provoquer un peu. Serait-il embarrassé d'avoir fait mine de l'éviter ? Elle se ravisa. Après tout, quand ils auraient quitté le Bristol, ils ne se croiseraient guère, peut-être seulement à l'occasion de conférences de presse. De temps en temps, elle lirait peut-être ses articles pour le *Telegraph.* Parfait.

Ce fut un délice de découvrir La Taverne en compagnie de Rod, ce soir-là. Ce restaurant lui fit immédiatement penser à la maison. La brume légère de tabac qui flottait au-dessus de leurs têtes, comme dans les pubs londoniens. Ici, les journalistes de l'Aldon tournaient le dos au luxe. Le lieu était bien moins propret, mais vraiment chaleureux. Ils étaient regroupés autour d'une large table dans le coin. Le restaurant, bondé, comptait trois pièces et il était empli de la rumeur des conversations. C'était un restaurant italien, comme le leur suggéraient la décoration et l'odeur des plats qui flottait dans l'air… mais l'homme qui les accueillit, très enrobé et moustachu, avait un physique d'Allemand : à tel point qu'on l'aurait bien vu en costume bavarois.

— *Hallo,* Herr Faber, dit-il alors qu'ils s'installaient à table. Comme d'habitude ?

— *Danke,* Herr Lehmann. Et la même chose pour mon amie.

Le choix était réduit : bière ou bière. Georgie décida de faire attention et se promit d'y aller doucement. La presse étrangère fréquentait l'Aldon, mais là, c'était leur lieu de détente quotidien : un vrai nid douillet au cœur d'un pays étranger. Tous les soirs, le propriétaire leur réservait la même table. Parfois, seuls deux ou trois journalistes s'y installaient ; parfois, toute une assemblée remâchait les nouvelles du jour ou les frustrations que provoquaient en eux Bruno Bauer et sa forteresse de relations publiques. Le nombre de convives dépendait des délais plus ou moins serrés de rendu des articles.

Elle reconnut tout de suite les cheveux roux et touffus et la grosse moustache de Bill Porter, assis au milieu des autres dont elle n'avait pas encore retenu les noms.

— L'alcool est bon, ici, murmura Bill alors que Georgie prenait place à son côté. Mais les pâtes sont encore meilleures. Je vous les conseille.

Pile à ce moment, comme un fait exprès, une femme douloureusement maigre déposa un plat fumant de spaghettis devant lui et lui sourit.

— *Danke.*

Ses yeux verts brillaient : il adorait littéralement sa cuisine.

— Si elle n'était pas mariée au propriétaire, elle serait la femme de mes rêves, soupira-t-il malicieusement.

— Alors je jure que je ne dirai rien à votre femme, rétorqua Georgie.

Elle se sentait détendue, entourée d'amis et, pour la première fois peut-être depuis son arrivée, vraiment à la maison. La conversation était animée, teintée d'une bonne dose de moqueries au sujet du haut commandement nazi et d'Hitler. On caricaturait à souhait Heinrich Himmler, le chef à lunettes de la Gestapo, et Hermann Göring.

— La nuit dernière, j'étais assis derrière ce bon vieux Hermann à un concert et j'ai entendu une vieille rombière dire de lui qu'il avait le cul aussi large que celui d'un éléphant, dit un journaliste du *Daily Herald.*

Sa déclaration fut accueillie par une salve de rires.

— Elle l'a pratiquement crié. Je voulais vraiment le placer dans un article, mais j'ai pensé que la Gestapo pourrait venir frapper à ma porte et m'emmener dans les entrailles de leur QG.

— Peut-être que c'est mieux de garder ça pour soi, dit Bill, la bouche pleine. On ne veut pas te perdre : on apprécie ta compagnie.

Une voix de femme s'éleva :

— Attention à toi et à tes fesses si tu t'approches du vieil Hermann. Certes, il est vieux et gras comme un cochon, mais il a la main leste.

Georgie l'avait repérée en arrivant : elle était à côté d'une autre femme. Elle les avait déjà vues, le premier jour à l'Aldon, en grande conversation. Elles semblaient aujourd'hui parfaitement intégrées à cette assemblée détendue. Elles souriaient et fumaient.

— Frida Borken, dit-elle avec un léger accent allemand, en tendant sa main longue et fine pour serrer celle de Georgie. Journaliste indépendante. Et voici Simone Doucette. Presse libre française.

Georgie balbutia une formule de politesse, mais en réalité, elle était toute à son admiration. Ces deux femmes étaient renversantes, chacune dans son genre. Elles étaient la quintessence de tout ce qu'elle avait admiré au cours de sa formation pour être journaliste à l'étranger : elles étaient pleines de confiance et de certitude.

Le visage de Frida ressemblait à celui d'un lutin : ses immenses yeux de poupée étaient encore agrandis par un trait de khôl ébène et du mascara, et ses minuscules lèvres bien dessinées étaient recouvertes d'un rouge à lèvres brillant. Elle portait une veste de tailleur en tweed, une chemise crème et une cravate rouge vif, comme si elle rentrait tout juste d'une partie de chasse. Pour couronner le tout, elle arborait un carré court et blond qui balayait sa mâchoire. Une vraie créature de rêve, tout droit sortie d'un magazine de mode.

Simone, en revanche, ressemblait à un modèle de peinture préraphaélite : ses longs cheveux roux et ondulés étaient attachés à la va-vite au sommet de son crâne et cascadaient sur ses épaules. Des mèches encadraient son visage pâle. Ses yeux gris étaient soulignés d'un trait de crayon noir et épais. Cela lui donnait une aura fantomatique, presque éthérée. Cette impression était renforcée par le nuage de fumée qui l'entourait et le foulard chatoyant enroulé autour de son cou.

Cependant, quand elles lui adressèrent un sourire chaleureux, le malaise de Georgie, son sentiment de respect mêlé de crainte, se dissipa un peu.

— Bienvenue dans notre petit groupe, dit Frida.

Les conversations reprirent. Georgie parla à ses nouvelles consœurs, qui s'intéressèrent encore plus à elle quand elles apprirent qu'elle avait travaillé dans la presse de mode.

Elles voulurent tout savoir sur les derniers ragots londoniens et parisiens, même si Georgie n'avait rien de récent à leur confier.

— Alors, où est-ce que tu vis ? demanda Frida qui picorait les restes de pâtes de Bill.

Vu ses poignets squelettiques, Georgie se demanda si c'était sa façon habituelle de se nourrir.

— Pour l'instant, à l'hôtel Bristol, mais seulement pour deux jours. Je cherche une location.

Les deux femmes se figèrent et se regardèrent. Elles s'accordèrent silencieusement, et les yeux de Frida s'agrandirent encore.

— Eh bien, une chambre vient de se libérer chez nous. Hier, Clare Howard est partie faire un reportage sur le front espagnol. C'est le destin, non ?

Georgie avait les moyens de payer le montant annoncé et elle avait la certitude que l'appartement serait agréable, vu l'élégance de Frida et de Simone. Enfin, ce n'était qu'à un arrêt de tram du centre de Berlin et du bureau.

— Alors c'est un grand oui ! dit Georgie. Quand pourrai-je emménager ?

Son enthousiasme était dû à la bière ingurgitée, mais aussi à la compagnie des journalistes et à ses exploits de la journée : elle avait trouvé un contact et un appartement en une semaine. Certes, cela était dû au hasard et à l'aide qu'on lui avait apportée, mais c'était fait. Maintenant, tout ce qu'il lui fallait, c'était un chauffeur et un tas d'histoires pour se faire un nom. Elle en était à s'autocongratuler mentalement quand la porte s'ouvrit et que Max Spender fit son apparition, accompagné d'un jeune homme, l'austère journaliste du *Manchester Guardian*.

Son cœur s'accéléra légèrement, peut-être parce que Max faisait irruption dans sa petite bulle de bonheur. Elle avait du mal à comprendre pourquoi il ne l'appréciait pas et sa présence assombrissait cette soirée parfaite. Heureusement, la femme aux cheveux noir corbeau n'était pas là. Les deux hommes furent accueillis à la table et Herr Lehmann apporta plus de chaises et de bières. En un rien de temps, Max était devenu l'un des leurs. Elle se demanda comment il y était parvenu aussi vite et elle se sentit légèrement envieuse, même si elle se détesta de ressentir ça. Pourquoi ça lui avait pris tant de temps pour être prise au sérieux et se joindre à l'ambiance détendue du monde de la presse quand tout le monde semblait y parvenir si facilement ?

En parcourant l'assemblée des yeux, elle capta le regard intense de Max… Mais il ne la regardait pas, elle. Il fixait la silhouette juste à côté et ne pouvait cacher son admiration. Les yeux gris et fantomatiques de Simone Doucette exprimaient le même sentiment.

8

Visage connu, nouvel ami

7 août 1938

L'appartement de Frida ne ressemblait en rien à ce qu'on voyait à Londres : ce n'était pas une maison exiguë, collée à une autre, avec une façade en brique. L'appartement, qui appartenait à sa grand-mère, était situé sur la Herderstrasse verdoyante, à l'ouest du Tiergarten. L'édifice, un palais, était large et moderne, divisé en appartements à hauts plafonds, éclairés par d'élégantes et grandes fenêtres. Les murs blancs étaient égayés par un ensemble excentrique de meubles et de babioles, de bizarreries et d'objets curieux rapportés par Frida. Les plumes d'autruche entourant les lampes étaient probablement la contribution de Simone au décor. Georgie fit un effort pour rester détendue et se retint d'ouvrir en grand la bouche d'émerveillement. Mais quand elle se trouva dans sa nouvelle chambre, elle sauta sur le lit tout en retenant des gloussements de joie. Elle consacra le reste de la journée à déballer ses affaires, à jouir de ce nouvel espace et de la baignoire à pieds. C'était son premier jour de libre depuis son arrivée.

Même si Paul Adamson était toujours absent, elle se sentit plus à l'aise dans le bureau le matin suivant. La pièce était froide et plongée dans l'obscurité, mais déserte, et elle se dit qu'il lui faudrait acheter une plante en pot, au minimum, histoire d'avoir quelqu'un à qui parler en l'absence du chef. Elle fut soulagée de voir qu'en face, il n'y avait personne. Dans la pile de courrier, il y avait une enveloppe, la première adressée à son nom, et elle fut enchantée de constater que c'était une réponse de Herr Amsel, le chauffeur qu'elle avait rencontré en 1936. Oui, il pouvait la rejoindre au bureau à 14 heures, et oui, il serait ravi de discuter avec elle de ses besoins et des conditions de travail.

Elle n'avait rien d'autre de prévu que son rendez-vous avec Herr Amsel. Et en attendant, elle eut besoin d'écrire autre chose qu'un compte-rendu de conférence. Elle était si désireuse de faire ses preuves… Elle avait déjà quelques idées de reportages qui pourraient tenter son éditeur : en tout premier lieu, elle se concentrerait sur les jeunes femmes de la BDM, la Ligue de la jeunesse allemande. Elle avait peu de chances de pouvoir approcher les sections masculines, la Jungvolk et la Jeunesse hitlérienne, auxquelles appartenaient obligatoirement les garçons dès l'âge de dix ans.

Ensuite, elle couvrirait la préparation du rassemblement de Nuremberg début septembre. C'était la grande représentation annuelle du parti nazi, célébrant sa puissance et son leader révéré. Georgie ne présenterait pas le Führer avec une auréole éclatante. Elle ne donnerait aucun crédit à sa politique. Au contraire : elle mettrait en avant les dépenses occasionnées par cet événement, extravagance grotesque pour une nation qui avait encore du mal à se remettre d'une profonde crise économique. C'était son intime conviction.

Ces deux perspectives nécessitaient une visite au ministère de la Propagande, cette fois sans Rod Faber pour lui servir d'ange gardien. Elle devrait s'adresser directement à Bruno Bauer. *Pas de temps à perdre, Georgie !*

En approchant de l'entrée du bâtiment, elle passa en revue son stock de sourires gentillets à arborer à chaque contrôle. Avoir à jouer de son charme lui retournait l'estomac, mais ce serait sûrement utile. Surprise : elle fut reçue immédiatement par Herr Bauer. Elle reprit rapidement ses esprits alors qu'on la menait dans son bureau, qui était au moins deux fois plus grand que celui du rédacteur en chef, au bureau de Londres.

— Fräulein Young, comme je suis heureux de vous revoir, dit-il en anglais.

Quand Georgie lui répondit en allemand, il s'autorisa un demi-sourire qui laissa apparaître ses dents tordues.

— Que puis-je faire pour vous ?

Il s'assit derrière son grand bureau. La statuette de l'aigle en marbre posée dessus cachait presque sa tête. Quand Georgie s'expliqua au sujet de son article, prenant soin de laisser de côté bon nombre de détails, Herr Bauer s'anima. Il décrocha son téléphone et appela les écuries, où les soldats de la cavalerie étaient occupés à polir le matériel équin avant le départ pour Nuremberg. Il leur commanda de se tenir prêts à la visite de Georgie l'après-midi même. Puis il passa un deuxième appel à la section des uniformes et des insignes, avec le même mot d'ordre.

— Vous comprenez que je ne peux pas autoriser une…

Le mot « femme » lui écorchait la bouche.

— Une journaliste d'accéder à la section de l'armement, mais je pense que nous pouvons vous donner un bel aperçu de la façon dont le Reich célèbre dignement sa confiance en l'avenir.

— S'il vous plaît, monsieur Bauer, que rien de spécial ne soit organisé pour moi : je veux découvrir chaque lieu tel qu'il est vraiment, voir les coulisses du décor.

Elle lui offrit un nouveau sourire de commande. Il s'arrêta net, visiblement perplexe, comme si les rouages de son cerveau s'étaient arrêtés à cette requête. Georgie saisit que pour le régime nazi, le naturel n'existait pas. Le col blanc amidonné et impeccable de Herr Bauer en était la preuve. Chaque fois que l'on voyait le Führer « à la maison » ou en compagnie d'enfants, il s'agissait en fait de scènes soigneusement orchestrées pour mettre en avant sa pseudo-humanité. Herr Bauer sortit de ses pensées.

— Comme vous voulez, Fräulein Young, répondit-il en se levant pour signifier que leur entretien était terminé. J'ai hâte de lire votre article.

Il montra encore ses dents, juste celles du dessus cette fois, en un semblant de sourire, et tendit la main. Sa paume était chaude, trop chaude, et Georgie frémit intérieurement. Elle dévala l'escalier, soulagée, et s'acheta un sandwich sur le chemin du retour. Elle était passée d'un agenda vide à un article urgent à écrire, tâche qu'elle s'était imposée à elle-même. Mais ça lui faisait grand bien et elle ressentit cette montée d'adrénaline dont elle avait tant besoin.

Herr Amsel se présenta à 14 heures précises. Son visage amaigri s'éclaira et il sourit en la voyant. Auparavant, il était costaud. Il avait beaucoup minci et ses cheveux grisonnants étaient clairsemés. Sans ses manières affables, Georgie ne l'aurait pas reconnu.

— Fräulein Young ! Je n'avais pas reconnu votre nom, mais je me souviens très bien de votre visage, dit-il en lui tendant la main. Comment allez-vous ? Et qu'est-ce que ça vous fait de revenir ici ?

Quand elle lui expliqua qu'elle cherchait un chauffeur régulier, payé mensuellement, il eut l'air heureux.

— Bien sûr, bien sûr ! J'en serais ravi. Comme pendant les Jeux olympiques, je peux avoir une voiture dès que j'en ai besoin.

— Vous n'avez plus la vôtre ?

Il lui répondit sans fard, mais sans amertume, que très peu de Juifs en possédaient encore. Georgie s'en voulut terriblement de sa naïveté.

— Mais j'ai un arrangement solide avec un garagiste et je ne vous laisserai pas tomber, poursuivit-il rapidement. En fait, je suis venu en voiture, si vous souhaitez faire le tour de la ville.

C'était exactement ce qu'elle avait espéré. Mais ce ne serait pas qu'une balade puisqu'elle était attendue aux écuries militaires puis à la section des uniformes. Elle passa un appel rapide au *Chicago Tribune* pour obtenir un photographe indépendant, tout en espérant ne pas trop entamer le budget qui était alloué au bureau. Mais puisque Paul Adamson n'était pas là pour l'en empêcher, elle avait carte blanche.

Ils partirent aussitôt et roulèrent un long moment à travers la banlieue et les différents quartiers de la ville pour qu'elle commence à se repérer. Herr Amsel lui montra tous les bâtiments gouvernementaux, les rues principales, les cafés fréquentés par les Berlinois « ordinaires », ceux où se rendaient les starlettes ou les SS. Et les Juifs. En d'autres termes, les endroits où il ne fallait pas être vu et ceux qu'il fallait éviter. Bref, comment éviter le danger. Ses paroles et le ton de sa voix en disaient long : le Berlin de 1938 était à des années-lumière de la ville ouverte de 1936, malgré le faux-semblant de modération et de tolérance du parti nazi.

La visite aux écuries et aux uniformes fut, comme prévu, soigneusement organisée : les meilleurs chevaux et les soldats les plus décorés avaient été placés sous le nez de Georgie. Cent mille fidèles sujets étaient attendus pour défiler, 350 000 spectateurs rempliraient le pré transformé en stade. Herr Bauer avait annoncé ces chiffres avec fierté. Les préparatifs commençaient tôt, forcément. Heureusement, le photographe semblait comprendre que Georgie voulait creuser les choses. Il avait pris des gros plans du garçon d'écurie. Ce dernier s'occupait des animaux choyés et bien nourris alors que lui-même n'avait que la peau sur les os. Chaque fois qu'elle pouvait échapper au gardien qui la surveillait, Georgie en profitait pour aborder des employés, notamment une femme dont le front était humide de sueur et qui repassait les uniformes. Elle remerciait le Führer de lui avoir donné la chance de participer à sa gloire et de lui avoir donné un travail à temps plein. Georgie songea qu'il lui faudrait saupoudrer son article d'ironie, perceptible pour un lecteur avisé.

Herr Amsel la reconduisit à son bureau et elle s'attela à l'écriture de son article, profitant d'avoir les choses bien en tête. Il y avait un train postal partant de la gare du Zoo le lendemain après-midi, et le photographe avait promis de l'y rencontrer là-bas pour lui donner ses clichés afin que tout arrive à Londres dans les jours suivants. On ne pourrait pas refuser de la publier sous prétexte que son article était arrivé trop tard. Le soir tombait, mais elle ferma les stores, qui étaient devenus son rempart, et alluma les lumières. Elle n'était pas vraiment à l'abri des regards indiscrets, mais au moins, l'atmosphère était chaleureuse et rassurante.

L'écriture était facile : son style s'accordait naturellement avec les articles de fond, beaucoup plus qu'avec les comptes-rendus d'actualité. Bien entendu, au cours des mois qui suivraient, vu le contexte politique délicat, les éditeurs seraient moins indulgents et useraient sans ménagement de leurs stylos rouges pour la corriger, alors elle tenait sa chance de vraiment jouer avec les mots.

Comme une coïncidence effrayante, le téléphone sonna alors qu'elle sortait la dernière feuille du rouleau : le bruit fut brutal et elle crut avoir une crise cardiaque. Elle tenta de voir ce qui se passait en face, à travers les stores. Qui savait qu'elle se trouvait là ?

— Allô ? dit-elle d'un ton prudent.

— Georgie ! J'espérais que tu décrocherais, dit Henry Peters, l'éditeur du *Chronicle* qui gérait le département Étranger.

Sa voix lui était familière malgré les grésillements dus à la communication longue distance.

— Pourquoi travailles-tu si tard ? poursuivit-il.

— Parce que Berlin ne dort jamais. Tu ne le savais pas, Henry ?

Il rit et Georgie l'entendit tousser en aspirant une bouffée de cigarette.

— Comment ça va ? Adamson est là ? Il t'a aidée à t'installer ?

— Heu… Paul est à Munich. Il y est… depuis un moment.

— Munich ? Qu'est-ce qu'il fout là-bas ? Je ne l'y ai pas envoyé, répondit Henry d'un ton légèrement irrité. Est-ce que ça va quand même ? Tu t'es débrouillée ?

— Je vais bien, Henry. Mes confrères sont d'une grande aide.

— Bien, bien, marmonna-t-il. Les journalistes sont généralement des gens sympas. Et comment ça se passe avec le journaliste du *Telegraph* qui t'accompagne ? Vous vous entendez bien ?

— Oui, ça va, mentit Georgie.

Henry, qui était une vraie maman poule malgré sa réputation féroce, aurait été capable de passer un coup de fil au *Telegraph* s'il avait su à quel point Max était froid avec elle. Et se faire une réputation de pleurnicharde était la dernière chose dont elle avait besoin.

— Il n'y a rien de spécial dans l'agenda en ce moment, Henry. Mais j'ai un contact et je suis sur le point de t'envoyer un photoreportage. Une sorte d'aperçu de Nuremberg. Cette année, le mot d'ordre est d'affirmer la puissance d'Hitler.

— Parfait. Je ne peux rien te promettre, mais j'y jetterai un œil. On se rappelle, Georgie. Prends soin de toi.

Il raccrocha. Elle soupira en jetant un œil à l'article qu'elle tenait en main. Est-ce que ça en valait la peine ? Comme tous les journalistes qui travaillaient pour Henry, elle voulait que ses écrits soient publiés. On écrivait beaucoup sur la montée du fascisme en Europe. La guerre civile espagnole était un sujet brûlant. Elle devait donc présenter les choses sous un angle nouveau pour susciter l'intérêt du lecteur.

— Allez, Georgie, souffla-t-elle. Continue comme ça.

9

Espoir et peur

8 août 1938

— Sara, Sara !

Rubin entra avec précipitation et se trouva face à sa femme, pâle comme une morte.

— Oh, c'est toi ! dit-elle en posant la main sur sa gorge en signe de soulagement.

— Qui pensais-tu que c'était ?

— J'ai entendu ton pas précipité et j'ai cru que c'était la Gestapo.

Sa poitrine se soulevait violemment : elle luttait pour reprendre son souffle.

— Je pensais que j'allais devoir déplacer Elias dans le grenier sans l'aide de personne.

— Je suis désolé, mon amour, répondit Rubin, qui avait du mal à cacher sa joie et mourait d'envie de lui annoncer la bonne nouvelle. Je suis tellement soulagé ! Elle a accepté, Sara ! La journaliste que j'avais rencontrée aux Jeux olympiques m'a engagé ! Le salaire est élevé et je serai payé mensuellement. Ça va aller pour nous, au moins pour un bon moment.

Sara sourit de plaisir même si elle ne ressentait pas l'optimisme fébrile de Rubin : cet apport leur permettrait de payer leur ardoise à l'épicerie. Peut-être qu'il resterait un petit quelque chose. Dans leur entourage, personne ne l'avouait, mais tout le monde économisait la moindre piécette. Pas pour s'offrir des vacances à la montagne, comme au bon vieux temps. Non, on économisait les reichsmarks pour s'échapper : pour avoir un faux passeport ou soudoyer un guide. Tout pour passer la frontière puisque la rumeur disait que bientôt, les Juifs ne pourraient plus quitter l'Allemagne. On les emprisonnerait dans leur propre pays qui, pourtant, n'était plus le leur.

Une idée germa dans l'esprit de Sara alors qu'elle préparait leur maigre repas du soir. Elle pouvait tenter le coup, vu que Rubin était de bonne humeur. Il avait sorti l'échiquier et préparait le jeu pour sa partie du soir avec Elias.

— Rubin ?

— Mon amour ?

— Tu penses que cette journaliste pourrait nous donner un coup de main ?

Elle le fixa, les yeux grands ouverts, le regard grave.

— Je m'explique : elle doit sûrement avoir de l'influence, à l'ambassade, non ? Des contacts ? Elle pourrait peut-être aider Elias et les enfants ? Pas nous, mais…

Rubin traversa la petite cuisine d'un pas rapide, posa les mains sur ses épaules comme pour éteindre tout espoir, mais il ne voulait pas que sa réponse ne paraisse trop définitive.

— Non, Sara, je ne pense pas qu'elle puisse nous aider, soupira-t-il. Elle est très gentille et je pense qu'elle comprend ce qui se trame. Les mensonges, le Reich… Mais elle débute dans le métier. Elle cherche sa voie. Ce ne serait pas juste de lui demander ça.

Son regard déçu, la façon dont elle regarda son frère, installé dans le petit salon, qui attendait son moment favori de la journée… Ce fut comme si elle le poignardait.

— Tout ira bien, Sara, la rassura-t-il en frottant ses bras, à travers son chemisier, tout aussi fin que sa silhouette. J'en suis certain.

Mais quand il se détourna, il grimaça d'inquiétude. Était-ce la vérité ? Est-ce qu'un Juif pouvait être en sécurité ?

10

Une bataille bon enfant

15 août 1938

— La voilà ! L'extraordinaire journaliste ! lança Rod d'une voix retentissante, qui résonna bien au-delà de leur table, à la Taverne. Attention, les gars. On est sur le carreau. Cette correspondante de choc nous fiche la honte !

Georgie se glissa à côté de Rod et lui poussa l'épaule avec embarras, même si elle ne pouvait s'empêcher d'apprécier la taquinerie. Elle jeta un coup d'œil à son article : le *Chronicle* lui avait offert la dernière page du journal, dans son intégralité, pour son article, illustré par le cliché du garçon d'écurie aux côtes saillantes.

De George Young, depuis Berlin.

Le télégramme succinct, mais adorable, que Henry lui avait envoyé – « Regarde ça. HP » – et ce grand honneur lui prouvaient que ses efforts payaient.

— J'ai eu de la chance, c'est tout, dit-elle en rougissant.

— C'est tout le contraire, répliqua Bill Porter, essuyant la mousse que la bière avait laissée sur sa moustache. C'est un très bon aperçu de ce qui se passera à Nuremberg, quand on verra Hitler se faire lécher le cul par tous ces flagorneurs.

— Merci, Bill, dit-elle alors que Rod, admiratif, acquiesçait.

Max, en face, les regarda d'un air renfrogné, mais il reporta vite son attention sur Simone Doucette. Ils étaient absorbés l'un par l'autre. Totalement amoureux. Plusieurs membres de la tablée partirent : des journalistes qui devaient rendre leurs articles, et les animateurs radio, qui réservaient des créneaux horaires tardifs dans divers studios. Georgie et Simone décidèrent de partager un taxi pour rentrer. Elles étaient trop fatiguées pour tenter le tram de nuit.

— Est-ce que je peux venir avec vous ? demanda Max. Après vous avoir déposées, le taxi me ramènera.

Simone, trop heureuse de l'opportunité, se plaça entre Georgie et Max. Quand ils arrivèrent devant l'appartement, elle lui proposa de monter prendre un café. Sa voix était insistante.

— Vraiment ?

Il était froid, mais se comportait en gentleman, même s'il ne prenait pas la peine de demander ce qu'en pensait Georgie.

— Bien sûr, souffla Simone. Frida sera peut-être là, elle aussi.

Cette dernière était allongée sur le canapé, vêtue d'un long kimono de soie. Elle était au téléphone et parlait en français à son interlocuteur. Elle raccrocha quand ils arrivèrent, mais ne prit pas la peine de se lever. Elle accepta toutefois le brandy offert par Simone : le café n'était pas de mise. Quand Georgie annonça qu'elle était épuisée et qu'elle allait se coucher, Frida la supplia de rester.

— Tu vis ici depuis plus d'une semaine et on s'est à peine vues !

— C'est vrai… Allez, un dernier verre, alors.

Georgie regarda Max, à l'autre bout de la pièce. L'intensité avec laquelle il contemplait Simone était impressionnante. Elle remplissait leurs verres d'un geste fluide, éveillant ainsi l'admiration de son prétendant. Son style saisissant, son accent parisien attiraient les hommes comme des mouches. Max ne faisait pas exception. Frida ne semblait pas s'en apercevoir et parlait travail.

— J'ai aimé ton article, Georgie. L'ironie était subtile : j'aurais du mal à écrire de cette manière.

Georgie fut surprise et ne sut comment accepter les compliments d'une telle femme. En effet, Frida avait une excellente réputation en tant que journaliste d'actualité, et elle pouvait se vanter de parvenir souvent à déterrer le scoop que le monde entier s'arracherait.

— J'espère seulement que je ne suis pas devenue *persona non grata* auprès de Bruno Bauer, répondit-elle simplement. Si tôt après mon arrivée…

— Oh non, répliqua Frida avec froideur. C'est le contraire. Je l'ai vu aujourd'hui au ministère. Il a lu ton article et en était enchanté. Il est stupide et ne saisirait pas l'ironie même si on lui expliquait les choses en détail. Tu es son idole, là. Mais ça ne durera pas, alors profites-en tant que tu peux.

Elle ferma les yeux et s'enfonça dans les innombrables coussins du canapé.

— Je me demande pourquoi tu as choisi d'écrire un article de fond, intervint soudain Max d'une voix tranchante, employant désormais le tutoiement.

Simone était à son côté, perchée sur l'accoudoir du fauteuil dans lequel il était installé.

— Non, parce que le but d'être à l'étranger, c'est de transmettre l'actualité, ce qui se passe au moment où ça se passe, poursuivit-il.

Il la regarda bien en face, semblant la défier. *Allez, la surdouée ! Montre-nous de quoi tu es capable.*

Georgie s'assit, comme s'il l'avait punie. Frida ouvrit grands les yeux et se redressa dans l'attente d'une querelle juteuse, d'une chamaillerie bon enfant.

— Dans des périodes comme celle que nous vivons, je pense que même les journaux d'actualité ont un peu de place pour des réflexions bien menées, se défendit-elle. C'est ce qui permet au lecteur de réfléchir, ce qui l'incite à affiner sa vision des choses.

— C'est pour ça qu'on a inventé les éditoriaux, non ? répliqua Max, les sourcils froncés, penché en avant, prêt pour un débat brûlant. Ce n'est pas notre boulot, de changer les mentalités. Nous devons juste rapporter ce que nous voyons.

— Vraiment ? Je ne suis pas d'accord. Tu as entendu parler de la subjectivité des journalistes, j'imagine.

— Bien sûr ! Je ne suis pas stupide. Mais si nous rapportons les faits de manière neutre, alors pas de subjectivité.

Absorbé par le débat, il semblait avoir oublié Simone.

— Donner ton opinion, ce n'est pas du journalisme. Nous ne devrions pas nous impliquer personnellement.

— Et comment tu t'y prends ? tempêta Georgie, dont la fatigue avait été effacée par la passion. Tu as laissé ton cœur à Londres ? Nous sommes humains, Max, et ça nous rend forcément subjectifs. Tous ces gens maltraités… Ces Juifs qui sont au chômage, qui luttent pour survivre alors que les nazis vivent dans l'abondance… C'est un fait, certes, mais ça implique des gens, des humains. On ne peut ignorer ça.

Il s'enfonça dans son fauteuil, comme abasourdi par son explosion. Il semblait rassembler ses arguments.

— Ce n'est pas mon style, c'est tout. Je préfère m'occuper des actualités.

— Chacun fait comme il veut, dit Georgie, frémissante d'irritation.

Pour qui diable se prend-il ?

— Un peu de musique ? suggéra Simone pour éviter un deuxième round.

Max grogna mais ne fit aucune objection et Georgie se contenta d'acquiescer. L'électricité statique de leur dispute flottait encore dans l'air. Mais le jazz très doux tempéra l'atmosphère et la conversation dévia sur les groupes berlinois.

— Nous devons t'y emmener, Georgie, dit Frida. Nous irons danser et boire, histoire d'entretenir la réputation de Berlin, avec une bonne dose de débauche.

— Peut-être que tu pourras écrire quelque chose à ce sujet ? murmura Max, décochant sa dernière flèche alors que Simone l'entraînait hors de la pièce.

Georgie sourit intérieurement.

— Tu lui as cloué le bec, dit Frida, esquissant une moue familière. Bien joué !

11
Un papillon gris

20 août 1938

Quand il s'agissait de faire la fête, Frida Borken ne faisait pas les choses à moitié. Après avoir passé sa journée à arpenter les bâtiments gouvernementaux et honoré plusieurs rendez-vous à l'ambassade, Georgie était prête pour une virée nocturne débridée.

— À qui trinquons-nous ? Au grand chef et à sa bande ridicule ?

Frida fit tinter son verre et plissa le nez d'un air espiègle.

Georgie espéra que la musique du club couvrirait les paroles de sa colocataire. Elle commençait à croire qu'il y avait des oreilles partout, particulièrement au bureau. Chaque fois qu'elle décrochait le téléphone, un bruit curieux, comme un clic, résonnait dans le combiné.

Elles avaient une excuse pour boire : leur journée avait été une torture. Le Reich n'avait pas besoin d'excuses pour organiser un défilé à la gloire de son leader adoré et avait offert aux Berlinois chanceux un avant-goût de Nuremberg. Et cet avant-goût s'était éternisé. Bill Porter avait parfaitement résumé les choses : une cérémonie militaire lèche-cul et cacophonique, un passage éclair de l'Homme sur le balcon de la chancellerie du Reich.

Il avait adressé quelques saluts peu enthousiastes, avait noté Georgie, mais n'avait pas fait de discours. C'était Göring, dont le visage porcin suintait d'orgueil, qui s'en était chargé, les plongeant dans un ennui profond.

La presse allemande occupait le premier rang de la petite tribune de presse construite sur Unter den Linden : les journalistes du très contrôlé *Völkischer Beobachter*, le très violent et très antisémite *Der Stürmer* et le journal de Goebbels : *Der Angriff*, que l'on pouvait gentiment traduire par « L'Attaque ».

— Je ne vois pas pourquoi ils se donnent la peine d'écrire, avait soufflé Bill à l'oreille de Georgie. Goebbels l'a déjà fait pour eux. Magique, n'est-ce pas ? C'est comme s'il avait une boule de cristal lui permettant de prédire ce qui va se passer le jour même.

Frida était au premier rang, elle aussi, et Georgie avait remarqué qu'elle semblait proche de bon nombre d'officiers nazis, les SS en particulier. Pourtant, elle écorchait vif le régime chaque fois qu'elle en avait l'occasion. Peut-être que c'était comme ça qu'elle récoltait des scoops. D'ailleurs, la majorité de ses articles étaient publiés sous pseudonyme, pour assurer sa sécurité.

Georgie était assise au fond, en compagnie de Rod, de Bill et de l'équipe de l'Aldon : les vilains petits canards. Mais c'était exactement ce qu'elle avait envie d'être. En aucun cas, elle ne voulait être liée aux nazis.

Bauer s'était assis sur le côté de la tribune, les yeux fixés sur son héros. Il avait le même regard qu'un enfant devant un sac de bonbons. Mais ce qui intéressait surtout les journalistes, c'était la foule bordant l'avenue. Fascinante. Certains étaient zélés. Ils se répandaient en saluts nazis. D'autres, moins extravertis, regardaient furtivement autour d'eux pour vérifier qu'on ne les espionnait pas ou qu'ils n'étaient pas à côté d'un membre de la Gestapo. Que pensaient les Allemands de tout ça ? Les équipages brillants, tirés par des chevaux, avaient défilé et Georgie avait songé au garçon d'écurie, sans aucun doute épuisé, et à la femme en sueur qui repassait pour le Reich.

Ce calvaire avait duré toute la journée et Frida avait décidé qu'elles avaient besoin de s'amuser, de manger et de boire en quantité. Simone, qui s'était esquivée du défilé, avait dit qu'elle avait mal à la tête et qu'elle se coucherait tôt. Frida ne s'était pas découragée et avait invité deux amies comédiennes. Elle avait insisté pour qu'elles dînent au Horcher, le restaurant le plus prisé de Berlin. Quand Georgie avait protesté, Frida l'avait interrompue :

— C'est moi qui régale !

Il était temps de danser. Frida avait besoin de se défouler. Elle était aussi effervescente qu'un excellent champagne.

— On doit te faire découvrir le Resi, annonça-t-elle en adressant un clin d'œil à ses amies.

Georgie eut le souffle coupé en entrant dans le vaste et légendaire Residenz-Casino. Ses yeux papillonnèrent devant une multitude de minuscules lumières au plafond. Son regard se porta ensuite sur un carrousel et un stand de tir. Il y avait également un spectacle aquatique : des jets d'eau bougeaient au rythme d'un orchestre. Pure décadence. Il s'agissait d'un véritable parc d'attractions pour adultes. L'atmosphère bourdonnait de conversations cosmopolites. C'était comme si les voix s'envolaient vers le plafond, où les boules à facettes tournaient sur elles-mêmes en reflétant la lumière.

Stupéfaite, Georgie se laissa entraîner par Frida, qui traversa en sautillant la piste de danse, au centre de la pièce. Elle leur trouva immédiatement une table. Elle agita un doigt vers le serveur et deux Martini se matérialisèrent comme par magie devant elles. Les deux amies de Frida avaient déjà trouvé des cavaliers et dansaient.

— Alors, qu'est-ce que nous avons d'intéressant ? lança Frida en observant la foule comme un prédateur à l'affut.

Georgie était songeuse. Il s'agissait d'un lieu de rencontre. Certes, élégant, mais on y recherchait de la chair fraîche. Quoi qu'il en soit, l'ambiance était enjouée et c'était loin d'être sordide. Sur chaque table, il y avait un téléphone et un numéro. Les tables étaient reliées entre elles par des tubes en laiton qui formaient un vaste réseau au-dessus de leurs têtes. Chaque tube arrivait sur une table et se redressait comme un élégant cou de cygne. Georgie regarda une femme à côté hurler de joie alors qu'un petit paquet atterrissait sur sa table : il s'agissait de bonbons soigneusement enveloppés. Quelques minutes plus tard, son téléphone sonna. Elle discuta avec son prétendant, qui se trouvait de l'autre côté de la piste de danse. Ils se saluèrent et se sourirent. Puis il vint s'installer à côté d'elle lorsqu'elle l'invita.

C'est si simple, songea Georgie. Et pourtant, le concept la mettait mal à l'aise : les femmes étaient considérées comme de la marchandise. Mais après tout… Il en était de même en Angleterre quand on allait dans des clubs. Elle aimait à croire que c'était pour danser… mais c'était en fait pour faire des rencontres. Les Berlinois le faisaient de manière moins détournée.

— Je reviens dans une minute, dit Frida. J'ai aperçu quelqu'un que je connais.

Elle voleta dans la foule comme une luciole. Légèrement éméchée, Georgie était ravie de pouvoir s'imprégner de l'atmosphère et d'observer le tourbillon des danseurs qui envahissaient peu à peu la salle. Et soudain, elle le vit : Max était assis à une table, en grande conversation. Georgie dut attendre que les danseurs se décalent pour apercevoir son interlocutrice. C'était elle. Pas la femme timide. Non. Simone. Georgie reconnut sa crinière rousse qui tombait sur son dos en cascade. Elle avait le menton dans la paume et les yeux fixés sur Max.

Elle lui faisait du charme et ne semblait absolument pas avoir mal à la tête. Pourquoi avait-elle menti ? Depuis leur rencontre, ils étaient follement attirés l'un par l'autre. Pourquoi Max voulait-il cacher sa liaison à la femme timide ? Surtout que personne ne savait qui elle était et qu'elle avait disparu depuis un bon moment. Est-ce qu'il les fréquentait toutes les deux ? Comme Paul Adamson, avec sa femme et sa maîtresse ? Georgie se sentit un peu désolée pour les deux femmes. Et irritée par le toupet de Max. Ça ne faisait même pas un mois qu'il était à Berlin et il flirtait déjà à tout-va, tout en professant haut et fort être un journaliste sérieux. Pas étonnant qu'il n'ait pas voulu qu'elle lui colle aux basques.

La sonnerie brusque du téléphone la tira de ses pensées. Elle sursauta. Il sonna au moins six fois avant qu'elle ne décroche avec des gestes prudents.

— Allô, dit une voix allemande, grave et virile.

— Allô, répliqua-t-elle.

— Vous avez l'air un peu seule. Accepteriez-vous que je vous tienne compagnie ?

Georgie observa les tables pour trouver quelqu'un qui avait un combiné en main, mais l'orchestre avait entamé un autre morceau et la piste de danse était bondée. Elle n'y voyait rien.

— Je suis avec une amie, répondit-elle d'une voix plate.

— C'était une suggestion, rien de plus.

Il semblait déçu. Georgie réfléchit à toute allure. Après tout, où était le mal ? Elle était là pour en savoir plus sur Berlin et ses habitants, et elle pouvait très bien discuter en tout bien tout honneur avec l'un d'eux, même dans un lieu comme le Resi.

— Je pense que nous pouvons discuter un peu, le temps que mon amie revienne, dit-elle sans réfléchir.

Elle le regretta au moment où elle raccrochait.

Les trente secondes qui suivirent parurent durer une éternité. Georgie scrutait la salle pour trouver son mystérieux prétendant. Des serveuses traversaient la foule. Un homme plus âgé se dirigeait vers sa table. Posait-il les yeux sur elle ? Non, il bifurqua et plongea dans les bras d'une autre femme. Le cœur de Georgie s'accéléra. Elle n'était pas vraiment douée pour ça. Elle ne possédait pas le magnétisme inné de Simone ou le charme et la spontanéité de Frida. D'ailleurs, où était Frida ?

— Rebonjour.

Cette fois, la voix était derrière elle. Georgie se retourna.

— Oh, bonjour, dit-elle.

L'angoisse et la curiosité bouillonnaient en elle. Soit il était là pour discuter, soit pour l'arrêter. Contrairement à la grande majorité des hommes, il portait l'uniforme SS. Elle avait remarqué un petit groupe de soldats à leur arrivée, mais ils n'étaient pas majoritaires, comme au Kranzler. Elle ne parvint pas à dissimuler sa confusion.

— Désolé, je ne voulais pas vous faire peur. Puis-je ? demanda-t-il en désignant la chaise en face d'elle.

Elle était libre. Impossible de refuser. Il était grand et mince, et s'installa avec élégance. Puis, il posa sa casquette sur la table. Il était l'Allemand idéal aux yeux d'Hitler : blond, mâchoire carrée, bouche pulpeuse, indéniablement beau. Ses yeux étaient saisissants. Même dans l'obscurité, ils paraissaient uniques et inhabituels : l'un de ses yeux, vert, était celui d'un chat. L'autre était gris, cerclé de noir, comme si la couleur s'était enfuie de son iris. Ce regard était captivant. Déconcertant. Véritablement fascinant. Elle dut se faire violence pour s'en détacher.

— Georgie, dit-elle en tendant la main.

— Kasper. Kasper Vortsch.

Il fit signe au serveur et Georgie commanda un soda. Elle devait garder la tête froide.

— C'est la première fois que vous venez ici ?

— Ça se voit tant que ça ? J'ai l'air si ébahie que ça ?

Son accent anglais devait la faire passer pour une extraterrestre.

— Non, seulement un peu perplexe.

— J'accompagne une amie, dit-elle, soucieuse de ne pas paraître désespérée ou à l'affut.

— J'ai vu. Mais pour être tout à fait honnête, j'étais content qu'elle parte. Ça m'a donné une excuse pour vous appeler.

— Pour être tout à fait honnête, je trouve tout ça assez étrange. Charmant et fou, mais étrange.

— C'est Berlin, dit-il en riant. C'est à ça que ressemble la normalité, ici.

Se laissant aller à flirter – après tout, c'était ce que tout le monde faisait –, Georgie lui fit deviner d'où elle venait. Elle fut ravie qu'il s'y reprenne à trois reprises pour deviner qu'elle était anglaise. Au lieu de s'assombrir parce qu'elle était censée appartenir au camp ennemi, les yeux du soldat s'illuminèrent. Mais la question qu'il lui poserait inévitablement risquait fort de mettre un terme à leur conversation.

— Alors, pourquoi êtes-vous à Berlin ? En vacances ?

— J'écris, rétorqua-t-elle du tac au tac.

Elle ignorait pourquoi elle était évasive. Elle savait juste qu'à ce moment précis, elle ne voulait pas être associée à cette presse étrangère qui effrayait. Mais elle ne voulait pas non plus mentir. Parce que s'il découvrait la vérité à son sujet, il deviendrait suspicieux. Enfin… Pour le moment, il s'agissait d'une simple discussion.

— J'en suis au stade des recherches. Je veux avoir une vision globale des lieux.

— Alors vous travaillez, ce soir ?

— Absolument ! Et comme vous pouvez le constater, c'est un dur labeur !

Elle ne mentait pas. Elle se contentait de ne pas dire toute la vérité. Et Kasper Vortsch semblait intrigué. Pour une fois, elle était séduisante aux yeux d'un homme. Et cette idée lui plaisait vraiment.

— Est-ce que vous aimez notre ville ? demanda-t-il d'une voix teintée de fierté.

Georgie avait remarqué que les Berlinois ne ressentaient pas tous la même chose pour leur ville. Ceux qui n'appréciaient pas la politique d'Hitler trouvaient que la ville et le pays déclinaient, mais les pro-nazis, particulièrement les soldats, voyaient leur nouvelle patrie comme une utopie.

— Pour l'instant, je la trouve passionnante, rétorqua Georgie avec diplomatie. Mais je suis à peine sortie du centre-ville.

— Vous devriez ! l'exhorta-t-il. La forêt et les lacs sont magnifiques et ils sont à portée de main. Je crois qu'ils peuvent rivaliser avec la campagne anglaise, que je ne connais que de réputation.

— J'en ai bien l'intention, lui assura-t-elle. Quoi qu'il en soit, je peux vous dire que Berlin est bien plus dynamique que Londres qui, en comparaison, paraît vieux et triste.

Cette remarque ouvrit une conversation qui n'avait rien à voir avec la politique et qui les intéressa tous les deux : ils comparèrent les clubs, les bons et les mauvais cafés… Elle lui expliqua comment elle avait appris à parler allemand et le principe du *fish and chips*, avec force détails.

— Mais pourquoi est-ce qu'on l'enveloppe dans du papier journal ? demanda-t-il d'un ton perplexe.

— Je ne sais pas vraiment, admit Georgie. J'imagine que ça vient de la crise économique. Les Britanniques n'aiment pas gâcher.

Cette remarque le fit rire. Il se pencha à travers la table, les bras en cercle. C'était comme s'ils étaient hors du monde.

— Alors laissez-moi vous confier un secret : nous, les Allemands, nous sommes bien moins organisés que ce que nous prétendons.

Ses lèvres pulpeuses s'ouvraient en une moue de plaisir et de séduction mêlés, et ses yeux, qui brillaient de malice, étaient toujours aussi hypnotisants.

— Je garderai votre secret. Je suis une tombe, souffla Georgie.

— Mon Dieu, vous êtes déjà une Berlinoise accomplie alors ! dit-il en se rejetant en arrière pour siroter sa bière.

S'ils s'étaient trouvés à Londres, Georgie aurait été attirée par Kasper. Il était jeune, ouvert et beau. C'était facile de parler avec lui. Elle était assez inexpérimentée dans le domaine de l'amour et n'avait vécu que quelques relations de courte durée, mais – et c'était un « mais » de taille – s'il n'avait pas porté un uniforme, il lui aurait beaucoup plu. Elle ne devait pas être la première à éprouver ça : les officiers nazis avaient la réputation d'être charmants, malgré la noirceur de leur cœur. Les nombreuses relations de Frida le prouvaient. Elle semblait bien s'entendre avec eux, même si elle n'approuvait pas le régime.

Comme si elle avait lu dans ses pensées, Frida réapparut, s'excusant de l'avoir abandonnée, mais lui signifiant du regard qu'elle avait bien compris qu'elle ne lui avait pas manqué. Elle commanda une autre bouteille et cette fois, Georgie accepta de boire un verre : elle en aurait besoin pour affronter le reste de la soirée. La légèreté de Frida rendit la conversation agréable, et lorsqu'ils finirent leur champagne, Kasper rit de bon cœur à l'une des remarques de Frida, qui se moquait un peu du Führer. *Elle a encore fait une conquête*, songea Georgie. Kasper était de toute évidence attiré par son look excentrique et son regard séduisant. Pourtant, cela ne contrariait pas vraiment Georgie dont le cerveau s'embrumait. Elle commençait à avoir envie de dormir. Kasper regarda soudain sa montre.

— Je suis désolé, mesdames : c'est minuit et je dois me lever tôt pour servir le Reich.

Sa remarque le fit sourire. Il poursuivit :

— Ce fut un plaisir.

Georgie leva la tête pour lui dire au revoir, s'attendant à ce qu'il soit en train de s'adresser à Frida, mais il croisa son regard et ne le lâcha pas. Pour la première fois de la soirée, il semblait sérieux :

— Est-ce que je pourrais vous revoir, Fräulein Young ? Et peut-être vous faire découvrir les magnifiques endroits dont nous avons parlé ?

— Euh… Eh bien… Je…

Frida lui donna un coup de pied sous la table tout en lui lançant un regard de biais. Georgie n'osa pas regarder, sinon elle allait éclater de rire. Et Kasper Vortsch ne méritait pas qu'on se moque de lui : il s'était montré parfaitement courtois.

— Oui, j'aimerais beaucoup, lança-t-elle sans trop réfléchir, avant de griffonner son adresse sur une carte qui se trouvait sur la table, généreusement fournie par le Resi.

— Alors à bientôt, dit-il en hochant la tête avant de s'éloigner d'un pas élégant.

Georgie le suivit des yeux. Elle remarqua alors qu'une seconde paire d'yeux le regardait aussi… avant de la regarder, elle, une fois que le SS eut disparu. Le regard acier de Max était facilement déchiffrable : il n'approuvait pas ses fréquentations. *Mais pourquoi s'en soucie-t-il ? Et pourquoi, moi, je me soucierais de ce qu'il pense ?* Elle se confia à Frida, alors que l'orchestre se remettait à jouer.

— Qu'est-ce que j'ai bien pu faire encore ?

— Tu viens de rencontrer un officier, un subalterne, certes, mais un très beau subalterne.

— Et que se passera-t-il quand il apprendra que je suis journaliste ? Il a dû lire les instructions de Goebbels : ils n'ont pas le droit de se lier à nous. À ses yeux, nous ne sommes que de la vermine.

— J'ai de l'expérience, crois-moi : ce que raconte le vieux Joey n'y fera rien, si tu lui plais, dit Frida en avalant ses dernières gouttes de champagne. Pourquoi penses-tu que j'ai autant d'uniformes qui me tournent autour ? La plupart des SS sont de véritables commères. Vraiment. Notre Kasper pourrait avoir un bon scoop pour toi.

Georgie ressentit un malaise diffus qui menaçait de s'intensifier. Avoir un rendez-vous avec un nazi lui restait en travers de la gorge. Mais si Frida visait juste, Kasper pourrait lui être utile. Il n'y avait rien de tel qu'un bon contact. Le Reich, le ministère et Hitler la surveillaient.

Elle pouvait très bien les surveiller, elle aussi. Œil pour œil, dent pour dent.

Elle s'affala dans son lit, le cerveau embrumé par l'alcool. Elle n'avait pas confiance en elle et ça lui avait souvent gâché la vie. Elle était irritée de ne pas réussir à dormir. Elle pensa à l'assurance de Frida, de Simone et de Max. C'était inné, chez eux. *Allez, fonce, Georgie. Saisis ta chance, que diable !*

12

La fille dans la poussière

Berlin et Sudètes, 24 août 1938

L'orage de la guerre se profilait à nouveau et Georgie songea peu à Kasper. Depuis le printemps, on s'agitait dans les Sudètes, cette grande région qui s'étendait au nord, à l'ouest et au sud de la Tchécoslovaquie. Et ça s'intensifiait. L'Autriche-Hongrie avait été disloquée à la fin de la Première Guerre mondiale. Il y avait donc des Allemands qui habitaient dans cette nouvelle nation, mais ce n'était plus vraiment leur patrie. Vingt ans s'étaient écoulés et ils protestaient, désormais. Ils souhaitaient que le pays soit réintégré à l'Allemagne et réclamaient des terres.

Hitler devait se frotter les mains à la pensée de ses fidèles compatriotes menant le combat, après sa marche victorieuse sur la Rhénanie[1]. Une fois encore, le Führer pourrait se faire passer pour l'éternel pacificateur, pour celui qui répondait aux « besoins des gens », alors qu'il ne cherchait qu'une chose : placer ses troupes tout près

1 En 1936, Hitler a remilitarisé la Rhénanie alors que, depuis le traité de Versailles de 1919, la région était démilitarisée. (N.D.E.)

de la frontière tchèque. L'ardeur belliciste à son sommet le plus subtil. On disait que les dirigeants britanniques et français voulaient rencontrer le Führer pour négocier la paix. Seuls les journalistes craignaient que ça ne se finisse en capitulation devant le leader allemand.

Le *Chronicle* avait besoin d'un correspondant sur place. Paul Adamson ne s'était pas porté volontaire car sa femme devait accoucher d'un jour à l'autre en Angleterre. Georgie, cynique, avait supposé qu'il profiterait de cette liberté pour passer encore un peu de temps en compagnie de son actrice. Quoi qu'il en soit, il s'était montré reconnaissant qu'elle accepte la mission. Il avait mauvaise mine et semblait fatigué. Elle ne put s'empêcher de ressentir un peu de peine pour lui, quelle que soit sa situation sentimentale. Depuis son retour de Munich, ils avaient travaillé au bureau, de temps en temps. Lui aussi tirait les stores quand il écrivait. Il lui avait expliqué beaucoup de choses : par exemple, comment convaincre le bureau de Londres de publier ses articles, ou encore comment contourner les événements mondains du Reich, dont les comptes-rendus se retrouvaient toujours sur la pile des articles à jeter… Il était caustique, mais avait beaucoup d'esprit. Et malgré son côté tête en l'air, c'était un très bon journaliste.

Georgie avait envie de faire ce voyage, puisque Rod Faber et Bill Porter l'accompagnaient. Ils avaient loué une voiture et on leur avait donné carte blanche : ils pouvaient se rendre partout pour rencontrer les Allemands des Sudètes. Elle était heureuse de cette liberté accordée, même si elle déchanta un peu quand elle apprit que Max serait de la partie. Au moins, Rod et Bill seraient là pour la soutenir et la faire rire. Ils tentèrent sans succès de trouver un chauffeur et ils se tournèrent finalement vers Rubin Amsel qui accepta avec enthousiasme.

Ils partirent le 25, armés de leur esprit d'aventure, de nombreux bagages et de plusieurs bouteilles de bon whisky. Ils s'entassèrent à trois sur la banquette arrière et, à tour de rôle, passaient devant à côté de Rubin. Georgie fut la première à avoir cet honneur. Quand ils eurent quitté la ville et gagné la campagne, elle réalisa que Kasper Vortsch n'avait pas exagéré, au Resi. La nature était magnifique : la verdure touffue de la forêt, les routes serpentant autour des lacs et les maisons aux toits noir et blanc tout droit sorties d'un conte de fées… Elle ne pouvait s'arracher à sa contemplation. Çà et là, des gens marchaient, travaillaient ou cultivaient leur terre. Elle comprit que les Allemands voulaient seulement protéger leur foyer et leurs traditions. Son cœur se serra en songeant qu'Hitler détruirait ce quotidien considéré comme sacré. La guerre y mettrait fin.

— Tout va bien, Fräulein Young ? demanda Rubin après une heure de route. Vous êtes très silencieuse.

— Oh, j'admire la vue, répondit-elle, nostalgique. Et je m'interroge. Que pensez-vous de tout ça, Herr Amsel ? Cet endroit où nous allons : certains disent qu'il fait partie de l'Allemagne, de droit, et pourtant, c'est à 400 kilomètres de Berlin. Est-ce que ça compte à vos yeux et à ceux de votre femme ? Est-ce que vous considérez cette terre comme votre patrie ?

Il resta silencieux une minute. Georgie espéra ne pas avoir franchi les limites.

— Je suis Juif, Fräulein Young. Ce que je pense n'a pas d'importance. Selon le Reich, nous sommes apatrides. Nous n'avons pas de maison.

Ses propos, prononcés d'une voix calme et mesurée, la firent frissonner des pieds à la tête. Et pourtant, il n'y avait aucun trace d'amertume ou de colère dans sa voix.

— Les Allemands peuvent bien espérer la paix. Moi, j'espère survivre.

Elle se tourna vers lui et observa son profil. Son regard était fixé sur la route. C'était un homme simple, gentil qui aurait pu être son oncle, avec qui son père aurait pu bien s'entendre. Ils auraient très bien pu aller à la pêche ensemble ou discuter autour d'une bière. Comment Rubin et les siens pouvaient-ils être exclus d'un pays dans lequel ils étaient nés et qu'ils avaient aimé autant que n'importe quel Allemand ? C'était complètement insensé.

— Je suis désolée, dit-elle.

— Ne le soyez pas, répondit-il en lui jetant un coup d'œil. J'ai une famille, deux enfants merveilleux, et j'ai la foi. J'ai confiance en la nature humaine, peut-être plus que je ne devrais, mais c'est comme ça. Je suis un homme chanceux, Fräulein Young.

— Appelez-moi Georgie, dit-elle, plus désireuse que jamais qu'il se sente comme leur égal. Si vous pensez que c'est approprié.

— Si nous devenons amis, alors c'est d'accord, Georgie. Appelez-moi Rubin, s'il vous plaît. Et tutoyons-nous.

Les Allemands des Sudètes n'étaient pas difficiles à trouver. Le petit groupe arriva dans la zone occidentale en toute fin d'après-midi. Ils entrèrent dans plusieurs bars, prenant la température, sondant l'opinion générale. Parfois, on se lançait dans des discours fulminants contre les Alliés, qui avaient tracé des frontières aberrantes vingt ans auparavant.

Ils avaient décidé de se séparer en deux groupes : Max fit équipe avec Rod, dont l'allemand était excellent ; Georgie avec Bill, dont la technique était d'offrir bière sur bière pour que leurs interlocuteurs restent courtois et bavards. Bill était affable et sympathique : les gens se confiaient facilement à lui. Georgie était soulagée d'être loin de Max et du mépris qu'il éprouvait pour sa manière de travailler.

Lassée de la bière et de la chaleur de la terrasse sur laquelle ils étaient installés, Georgie entra dans un petit magasin et engagea la conversation avec plusieurs femmes au sujet de leur vie quotidienne et de ce dont elles rêvaient pour leurs enfants. Sa plume filait et son article se profilait. Elle se demanda alors comment Max s'y prenait et s'il parvenait à rendre compte objectivement de la réalité. Tout au long du voyage, il s'était montré courtois à son égard. Rod et Bill ne soupçonnaient donc pas à quel point il avait été désagréable depuis leur arrivée.

— Ça suffit pour aujourd'hui, dit Rod alors qu'ils se rejoignaient à la voiture. On m'a dit qu'il y a un hôtel dans le village d'à côté. Je vous propose d'y aller, de manger un repas décent et de décoller tôt demain matin en direction du nord. Apparemment, la chaleur sera horrible.

Ce fut en fin d'après-midi qu'ils pénétrèrent dans l'auberge, et réservèrent trois chambres : une pour Bill et Rod, une pour Max et Rubin, une autre, la dernière, pour Georgie.

— Bonsoir, dit Rod en se postant devant le comptoir de la réception, visiblement affamé.

Rubin, Max et Georgie se postèrent à ses côtés, leurs sacs à la main. L'hôtelier les observa, de ses yeux minuscules rehaussés d'énormes sourcils.

— D'accord pour trois chambres, dit-il avec bonhomie. Mais nous n'acceptons pas les Juifs.

Georgie fut choquée par la brutalité de son propos. Il saisit les clés, ne ressentant visiblement aucune honte.

— O.K., les gars, on va ailleurs, annonça Rod, qui fit volte-face et entraîna le groupe en direction de la voiture.

Il avait dit avoir faim et son ventre vide gargouillait douloureusement, mais il n'avait pas hésité un instant. Sa décision était irrévocable. Georgie était affamée et avait sommeil, mais elle ne l'en aima que davantage.

— Herr Faber, protesta Rubin. Ça va, vraiment. J'irai…

— Non, ça ne va pas, Herr Amsel, et ça n'ira jamais, l'interrompit Rod avec fermeté, jetant au petit groupe un regard signifiant qu'il n'y aurait aucun compromis. Soit on nous loge tous ensemble, soit on va dormir dans une grange, comme ce personnage de roman dont j'ai oublié le nom ! Mais je vous préviens : la mangeoire est à moi !

L'hôtelier, un homme chevelu, devint écarlate. Il observa le restaurant, qui était vide. Les lieux n'avaient pas l'air très fréquentés.

— Bon… je suis sûr que nous pouvons nous arranger… juste pour cette fois. Pour une nuit.

— Parfait. Nous ne souhaitons rester qu'une nuit, dit Rod. Qu'est-ce qu'il y a au menu ?

Personne ne se montra et Rubin se détendit pendant le repas.

— Alors, Rubin, que faisiez-vous avant tout ça ? demanda Rod en mastiquant joyeusement son jarret de porc.

Personne n'avait besoin qu'on explique le « tout ça » : il s'agissait du bruit et de la fureur. Avant les nazis. Avant Hitler.

— J'étais journaliste, lança Rubin avec timidité.

— Je le savais ! s'exclama Rod. Je le savais. Pas vrai, Bill ? Je n'avais pas dit que ce gars-là avait le flair pour trouver les bonnes personnes aux bons endroits ?

— Si, c'est vrai, dit Bill qui luttait contre un morceau de cartilage.

Ces deux-là faisaient la paire. Rubin sembla heureux d'avoir été reconnu comme l'un des leurs.

— J'ai travaillé au *Berliner Tageblatt* pendant des années, avant l'interdiction pour les Juifs d'exercer ce métier. C'était un bon journal, l'un des meilleurs. Il avait des idées très libérales. Mais maintenant…

Tous acquiescèrent, conscients que les journaux allemands qui continuaient à exister, les berlinois en particulier, étaient sous le contrôle de Goebbels. Leur contenu était lourdement censuré. Il n'y avait plus de véritable information. D'où la nécessité de la presse étrangère et des journaux clandestins qui poussaient comme des marguerites dans le fumier de la propagande.

— Est-ce que vous avez gardé la main ? demanda Rod subrepticement.

— Pour ? Raconter une histoire ?

— Oui… Une petite, de temps en temps.

Ils échangèrent un sourire.

— Peut-être, un peu. Mais c'est dangereux. J'ai une famille et je dois me montrer très prudent.

— Bien sûr, mais vous savez, mon journal pourrait employer un bon relecteur de temps en temps. Pas de nom, pas de signature. Ils paient bien.

— Je comprends, dit Rubin.

Il ne se répandit pas en remerciements, mais sa gratitude était visible.

Il leur raconta des potins du monde du journalisme, leur décrivit la vie au début des années 1930, les cabarets audacieux qui repoussaient les limites des jeux sexuels. Il fit la liste des célébrités qui fréquentaient l'Aldon : le dernier Kaiser, Guillaume II, Albert Einstein, Charlie Chaplin et Marlene Dietrich, pour n'en citer que quelques-uns.

— Elle était magnifique, se souvint-il d'un air nostalgique, tout en rougissant. Et si spirituelle. On était tous à ses pieds.

Georgie était fascinée par ce qu'il racontait. Comme lorsqu'elle était à Londres, installée au pub près du *Chronicle*, à écouter l'un de ses confrères, rentré à Londres après un reportage à l'étranger, raconter son aventure avec des trémolos dans la voix, cigarette dans une main, whisky dans l'autre. Le visage de Max s'animait. Son armure se fendillait. Peut-être qu'il avait besoin de s'abriter derrière cette façade de froideur pour se protéger. C'était ce qu'elle faisait, depuis tout ce temps où elle se battait contre les préjugés sur les femmes journalistes. Les raisons de Max semblaient plus personnelles. Il ne baissait jamais vraiment sa garde et il aurait pu véritablement s'intégrer au groupe s'il n'avait pas toujours l'air prêt à dégainer son épée.

— Merci à vous tous, dit Rubin au moment de se coucher. Merci de m'avoir fait me sentir comme l'un des vôtres, au moins pour cette soirée.

Rod caressa sa barbe, rouge de confusion. Malgré son expérience, sa réputation de journaliste chevronné et son rôle de vétéran à l'Aldon, il avait parfois l'air d'un petit garçon. C'était touchant.

— Mais tu es l'un des nôtres, lança-t-il d'un ton d'évidence pure. Journaliste un jour, journaliste toujours.

— Bravo ! lança Bill, la bouche légèrement pâteuse.

— Bon sang, bravo ! renchérit Max.

Le lendemain, ils prirent la route de bonne heure. Ils étaient en Tchécoslovaquie, mais on se serait cru en Allemagne. Les chalets, les robes traditionnelles et les affiches écrites en allemand… Le penchant général était clair. Et les *Achtung Juden*, qui fleurissaient partout, le confirmaient. Les Juifs n'étaient pas plus accueillis ici que là-bas. Chaque fois qu'ils croisaient un panneau de ce type, Georgie jetait un œil à Rubin, qui restait imperturbable. Il n'y prêtait pas attention. Ou alors, avec le temps, il s'était mis à tolérer l'antisémitisme. Qu'est-ce qui était le pire ?

Chaque fois, ils s'y prenaient de la même manière : ils s'arrêtaient dans un village, se séparaient en deux groupes. Quant à Rubin, il se baladait, chapeau incliné sur son front, repérant les quelques bars qui servaient les Juifs. Les habitants des Sudètes n'avaient qu'une question en tête : pourquoi n'étaient-ils pas déjà territoire allemand ? Hitler le souhaitait, eux aussi. Où était le problème ? Peu importaient les règles fixées par le reste de l'Europe dans le traité de Versailles de 1919.

Ils faisaient le point à l'hôtel et mettaient en commun ce qu'ils avaient appris. Puis, chacun décidait quoi utiliser. Il n'y avait pas de course au scoop, donc la mise en commun était fructueuse.

— Je viens de recevoir un télégramme du bureau, annonça Bill Porter, le second soir. On a besoin de moi à Berlin : je dois accueillir un confrère. Je peux prendre un train, si vous avez besoin de continuer.

Ils avaient amplement de quoi faire et se mirent d'accord pour rentrer le lendemain matin. Ils avaient hâte de retourner à la relative normalité berlinoise. Ils partagèrent un bon repas que Georgie apprécia : elle s'habituait progressivement à la copieuse cuisine allemande. Quand ils eurent terminé, Rod et Bill se levèrent de table pour joindre leurs bureaux respectifs. Georgie et Max contemplèrent en silence les reliefs de leur repas. C'était un vide familier et étrange. Il y avait entre eux le même brouillard qu'au Ritz. Ce fut Georgie qui prit finalement la parole pour mettre fin à cette tension.

— Tu as eu ce que tu voulais ?

— Oui, mais il ne se passe pas grand-chose à mon goût, répondit-il.

— Pas assez de menaces et de combats ?

Elle adoucit sa pique d'un sourire doucereux.

— Non. Je ne voulais pas dire que… J'avais juste…

Mais Georgie était déjà debout et se dirigeait vers la sortie.

— J'ai besoin d'air, grogna-t-elle.

Max ne comptait pas lui laisser le dernier mot. Il la suivit dare-dare vers la place du village, mais ils s'arrêtèrent net. Il y avait quelque chose dans l'air. Un drame. Quelque chose qui n'allait pas. Une rafale de coups et le bruit d'une foule brisaient le calme de l'après-midi. On aurait pu croire à un match improvisé, à l'excitation d'un pari qui provoquait les hurlements… mais non. Ils approchèrent. L'atmosphère était sinistre. On poussait des cris discordants, comme de vilains miaulements de chats. Max et Georgie oublièrent vite leur rancœur. Ils échangèrent un regard avant de se glisser dans la foule : Max ouvrait le chemin, Georgie suivait. Ce fut seulement en atteignant le centre du cercle qu'ils la virent.

Elle était à genoux, l'ourlet de sa robe déchiré, les pieds nus et sales, le visage mouillé : Georgie n'aurait su dire si c'était à cause de la sueur ou des larmes. Elle était jeune, mais la peur la faisait paraître plus jeune encore. Son regard était vissé au sol. Elle semblait terrifiée. Ses cheveux roux vif avaient été grossièrement rasés. Il restait des touffes çà et là sur son crâne. On les avait tirés violemment comme en témoignaient les croûtes qui lui collaient à la peau. Du sang coulait sur elle et se mêlait aux marques sur son cou. Elle avait des bleus sur les épaules et portait une pancarte, accrochée autour de son cou à l'aide d'une corde grossière : « Je me suis offerte à un Juif. » C'était écrit en allemand, mais Max n'avait pas besoin de traduction.

C'était sur elle qu'on hurlait. On condamnait, de manière vicieuse et agressive, ce qu'elle était devenue : la maîtresse d'un Juif. Et elle n'avait pas le choix ; elle devait encaisser en ne s'autorisant qu'à tressaillir face aux assauts verbaux et aux crachats des hommes qui l'entouraient. Il y avait quelques femmes aussi. Des femmes qui arboraient une chevelure épaisse et brillante, mais dont les visages étaient rendus laids par la malveillance. Elles hurlaient des insultes à leur propre voisine.

La jeune femme semblait brisée. Sa famille était-elle dans la foule ? La condamnait-elle, elle aussi ? Peut-être ses proches avaient-ils choisi de ne pas intervenir et d'attendre que tout le monde soit parti pour voler à son secours ? Ils déménageraient probablement ensuite.

Georgie remarqua que le visage de Max reflétait le sentiment d'horreur absolue qu'elle éprouvait. Au moment où elle fut à bout de nerfs, tout se calma. On se dispersa et la jeune femme s'affala au sol sans dire un mot. Faisait-elle la morte ou encaissait-elle son humiliation ? Quand il n'y eut plus personne, Georgie s'avança. Max lui lança un regard surpris : *Devons-nous l'aider ?* Elle s'arrêta. Des silhouettes se profilaient, comme des souris sortant d'un trou sombre : deux femmes plus âgées rejoignirent la victime, ainsi qu'un homme. Ce dernier la souleva avec tendresse. Elle gémit. L'une des femmes regarda Georgie avec intensité.

— Je voulais juste…, lança Georgie en allemand.

La vieille femme secoua énergiquement la tête. Ses yeux, agrandis par la peur, lui lancèrent un avertissement très clair : *Ne vous mêlez pas de ça. Nous nous occupons d'elle.*

Et ils disparurent de nouveau dans l'ombre. La place était vide comme si rien de grave ne s'était produit.

Georgie et Max s'installèrent au bar de l'hôtel. Max était visiblement secoué.

— Mon Dieu, je n'ai jamais vu ça. Jamais je n'aurais pu imaginer que…

Il prit une autre gorgée d'un brandy nécessaire, et grimaça en l'avalant.

— Je pensais avoir vu des choses cruelles à l'école : des passages à tabac et des humiliations. Mais là, c'était…

Il chercha le mot.

— Inhumain.

Comme lui, Georgie s'accrochait à son verre, se repassant la scène, encore et encore. Rêvait-elle ? Non. Elle avait assisté à une scène atroce, dans une toute petite ville, loin de tout. Et ce ne serait ni la première ni la dernière fois.

L'incident avait mis un terme à leur dispute, mais Georgie fut incapable de se retenir. Cette fois, elle était sûre de le convaincre.

— Ce qui vient d'arriver… C'est exactement pour ça qu'on a besoin de parler des hommes, et pas seulement des événements.

Il n'y avait aucune trace de suffisance dans sa voix. C'était la stricte vérité. Elle y avait toujours cru et en avait désormais la confirmation. Il détourna le regard sans protester.

— Quelle que soit la façon dont on le fait, il faut en parler, murmura-t-il.

13

Visiteurs

Berlin, 27 août 1938

Rubin glissa la clé dans la porte. Il était de bonne humeur. Ça faisait un moment qu'il n'avait pas été de si bonne humeur. Ses yeux lui piquaient d'avoir tant conduit, mais le voyage avait été agréable. Il avait hâte d'annoncer la grande nouvelle à Sara : en plus d'être chauffeur, il allait peut-être se remettre à écrire. Aucun article de fond, des petites choses, des corrections, mais c'était déjà ça. Quand Rod lui avait fait cette proposition, Rubin avait réalisé à quel point ça lui avait manqué. L'esprit d'équipe, l'agitation à l'approche du bouclage et le bruit de la machine à écrire qui tatouait les pensées du journaliste sur la fibre de chaque feuille vierge. Ne plus travailler avec Elias était un crève-cœur… Ses pensées dévièrent alors et devinrent bien plus sombres. Il se força à sourire, pour Sara, les enfants et son beau-frère.

Sara était assise dans la cuisine, le menton posé sur sa main rouge et sèche, son regard fixé sur le mur, immobile. Rubin posa une main sur son épaule et embrassa le haut de son crâne. Elle sortit de son hébétude et esquissa un sourire. Il comprit qu'il s'était passé quelque chose.

Quand ils eurent mangé et que tout le monde fut au lit, il se sentit le courage de lui poser la question. Il savait qu'elle essayerait de temporiser. Ils étaient mariés depuis quinze ans et se connaissaient par cœur.

— Sara ?

— On a eu une visite, annonça-t-elle calmement. Pendant que tu étais absent.

— Une visite ? De qui ?

— L'aide sociale, soi-disant. Ils nous proposent de nous donner un coup de main, comme par hasard maintenant alors que nous n'en avons jamais bénéficié. Vu leurs chaussures, ce n'était pas de l'aide sociale.

Rubin comprit. Même en civil, la Gestapo était reconnaissable. Elle avait un style. Et même une odeur. Celle de la puanteur.

— Ils ont demandé combien de personnes vivent ici, poursuivit-elle en se rongeant les ongles. Ils m'ont parlé d'Elias et m'ont demandé pourquoi il était chez nous. Je n'ai pas eu le temps de le déplacer dans le grenier, ni même dans la chambre, expliqua-t-elle, comme pour se justifier. Heureusement, les enfants étaient là. J'ai dit que c'était leur oncle qui était venu leur rendre visite. Il était assis : c'était impossible de voir comme il est handicapé.

— Tu penses que tu les as convaincus ?

Rubin ne pouvait cacher son affolement. Sara leva les yeux sur lui. Elle avait pris un coup de vieux cette année. Il ne lui dirait jamais, mais sa femme, autrefois si belle et pleine de vie, était ridée. Chaque jour, l'anxiété creusait plus profondément son visage.

— Je ne sais pas. Mais s'ils reviennent, ce sera pour nous l'enlever, j'en suis certaine. Il y a de plus en plus de rumeurs dans le quartier. Ils prennent tous ceux qui ne sont pas en bonne santé… Et je ne sais où ni dans quel but.

Elle poussa un long soupir désespéré.

— Oh, Rubin, qu'allons-nous faire ?

Il l'ignorait. C'était aussi simple que ça. Il n'avait pas de famille à la campagne, qui pourrait cacher Elias. Tous leurs proches étaient disséminés à travers l'Europe, dans des endroits stratégiques, prêts à fuir le fléau nazi. Si les Amsel demandaient des visas, ça ne passerait pas inaperçu. On les contrôlerait. Ils n'avaient d'autre choix que de rester là et de garder espoir.

Pour l'égayer, Rubin lui raconta son voyage et la proposition qu'on lui avait faite, qui leur permettrait de gonfler leurs économies, cachées sous le plancher du garde-manger. Cet argent leur permettrait peut-être de se procurer un ou deux faux passeports. Trois, s'ils avaient de la chance. Sara fut ravie qu'il travaille avec des journalistes de confiance.

— Tu penses qu'ils peuvent faire quelque chose pour nous, Rubin ? S'ils t'offrent du travail, ils pourraient t'aider.

— Non, Sara, répondit-il fermement, pour mettre fin à ce genre d'espoir. Je te l'ai déjà dit, je ne peux pas leur demander ça et je ne le ferai pas. Ça les mettrait en danger. C'est notre problème et nous le réglerons. Nous-mêmes.

Sa bouche se tordit d'inquiétude. Elle ne songeait qu'à leur survie. C'était un tel fardeau. Comme tous leurs voisins : la grand-mère au rez-de-chaussée, les jeunes parents du bâtiment d'à côté, l'Allemand et sa fiancée juive, juste en face. Tout le monde espérait un rayon de soleil. Quelque chose pour éclairer l'obscurité.

Rubin Amsel se coucha en se demandant combien de temps il pourrait conserver sa fierté et quand il devrait s'abaisser à supplier pour qu'on l'aide. Quand Elias serait enlevé ? Quand on cracherait sur ses enfants dans la rue ? Quand un Allemand les traiterait gratuitement de « sales Juifs » ? Tant de perspectives sombres lui vinrent en tête… La question était de savoir laquelle le briserait.

14

Les yeux l'ont

29 août 1938

Rod et Bill furent horrifiés quand Georgie et Max leur racontèrent ce qui s'était passé aux Sudètes. Mais ils les mirent en garde : il y avait peu d'espoir de voir l'histoire publiée. Ils avaient de l'expérience et avaient vécu des années de frustration et de négociations avec des éditeurs inconstants, qui devaient suivre les directives de leurs patrons.

Deux jours plus tard, Max et elle buvaient un verre à la Taverne.

— Mon éditeur ne publiera pas mon article, se plaignit Georgie. Il dit que sans photo, il n'y a pas de preuve et que ce n'est pas pertinent.

La réaction de Henry l'avait blessée. Elle pensait qu'il lui ferait confiance pour faire passer le message et décrire la déchéance complète de cette pauvre femme. Depuis son retour, ses nuits avaient été hantées par ce visage poussiéreux, marqué par les coups. Ils l'avaient vu de leurs propres yeux et c'était bien peu : il fallait que le monde entier sache.

— Pareil pour moi, rétorqua Max en haussant les épaules. On m'a demandé d'écrire sur la politique et d'éviter la poésie larmoyante. J'ai voulu dire à mon éditeur que ce qu'on avait vu était tout sauf poétique, que c'était tellement répugnant que j'aurais été incapable de jouer au poète, mais il n'était pas d'humeur à m'écouter.

Ils contemplèrent tous les deux leur boisson, ravalant leur déception face à la dure réalité de ce métier, qui parfois les bridait. Un métier qui ne changerait peut-être pas le monde, après tout… Max avait admis qu'il fallait parler de l'humain, mais on lui avait affirmé que ça ne valait rien. Ironie.

— Oh, mon Dieu, regardez-moi ces deux âmes en peine, dit Rod en se glissant entre eux. Si ça peut vous consoler, on m'a refusé beaucoup d'articles de ce style !

— Mais ils voulaient un aperçu des événements ! protesta Georgie qui avait conscience d'être naïve.

— Tu as de la chance de ne pas bosser pour le *Daily Mail,* lança Granville, journaliste au *Times* londonien, et assis en face d'eux. Le patron, Rothermere, ne publierait jamais ce genre d'article. C'est un grand fan d'Adolf. Il oblige les journalistes du *Mail* à cirer les pompes de Bauer pour rencontrer le grand chef. Ils ont des sièges au premier rang à Nuremberg, pauvres vieux.

Ça ne réconforta pas Georgie. Et son moral baissa encore d'un cran quand, une fois au bureau, elle réalisa que Paul Adamson était reparti en Angleterre : son bébé était né. Il n'avait laissé qu'un mot. Il partait pour deux semaines, peut-être plus. Heureusement qu'elle s'était habituée à être seule. Et même plus : elle se sentait maîtresse à bord. Mais elle avait besoin de se changer les idées ou d'avoir une bonne histoire à raconter. Peut-être les deux à la fois.

Le positif dans tout ça ? Elle avait fait la paix avec Max. Ils étaient loin d'être amis, mais depuis les Sudètes, il y avait une entente entre eux, une communion de pensée. Elle avait lu le choc sur son visage, dans le bar de l'hôtel. Elle savait à coup sûr qu'il était capable d'émotions et qu'il avait été dégoûté par ce qu'ils avaient vu, au nom du national-socialisme et du Reich. Ils avaient seulement besoin de le dire au reste du monde, de le graver dans leurs cœurs et leurs esprits. Sinon, la tempête que tout le monde craignait pourrait bien devenir un ouragan.

Avec tous ces événements, Georgie avait complètement oublié Kasper Vortsch. Elle fut surprise de trouver une lettre de lui qui l'attendait à l'appartement. Il lui rappelait leur projet de balade « touristique ». Elle s'était persuadée qu'il avait découvert qu'elle était journaliste. Pourquoi s'intéressait-il encore à elle ? Mais après tout… Frida ne mentait pas au sujet de son métier, et les militaires ou les employés du gouvernement se pressaient à sa porte. Non. Il ne devait pas connaître la vérité. Il ne maîtrisait pas l'anglais et ne devait pas lire la presse étrangère.

Il lui écrivait qu'il passerait la prendre le dimanche suivant, au matin, pour une excursion à la campagne. Ça la distrairait, et elle était satisfaite que ce projet ne fasse guère de place à l'intimité, contrairement à une invitation à dîner. Et puis, ça ne se reproduirait pas ensuite. Elle se convainquit ainsi d'accepter. Kasper lui poserait des questions sur son métier d'écrivain, elle lui avouerait être journaliste et ça mettrait un terme à leur relation. Mais le temps d'une journée, elle échapperait aux immanquables drapeaux à croix gammées.

En attendant, ce fut la routine : les conférences au ministère et la longue liste de consignes sur le comportement à adopter à Nuremberg. Herr Bauer s'entraînait à sourire comme un humain normalement constitué.

— Je suis certain qu'il souffre de constipation chronique, avait marmonné Rod d'un air sérieux, alors que Georgie luttait pour ne pas éclater de rire.

Elle avait aussi commencé ses recherches sur la BDM, la jeunesse féminine hitlérienne. Elle espérait que quand elle rencontrerait ses membres, tout ne serait pas savamment orchestré et qu'elle n'aurait pas affaire à une publicité pour le Reich. Elle espérait que lorsqu'elle citerait ces adolescentes de treize ans – « Nous sommes prêtes à mourir pour notre bien-aimé Führer » – et évoquerait leurs parents souriant à cette perspective, ses lecteurs réaliseraient qu'il s'agissait d'un fanatisme malsain. Malsain et dangereux. Et une fois qu'elle serait à Nuremberg, son photographe attitré ne chômerait pas. Elle aurait des preuves et le *Chronicle* ne pourrait refuser de la publier.

Georgie était débordée et fut contente de s'accorder un moment de répit avec Kasper. Quand il se présenta à sa porte, elle fut soulagée qu'il ait abandonné l'uniforme. Il portait un pantalon en flanelle gris foncé, bien ajusté au niveau de sa taille fine, un tee-shirt bleu tout simple, sans aucun pli, et tenait sa veste en cuir noire d'un doigt, pardessus son épaule. Son sourire était aussi lumineux que la journée qui s'annonçait. Et ses yeux… toujours aussi follement séduisants. Politique mise à part, il aurait été un bon parti.

Frida était déjà sortie ; Simone, toujours dans sa chambre, où elle restait souvent jusqu'à midi. Tant mieux : ils n'avaient pas à échanger des banalités.

— J'ai envie que nous allions à Grunewald. Nous pourrions peut-être pique-niquer dans la forêt, annonça Kasper en désignant un grand panier posé à l'arrière d'une impressionnante voiture décapotable.

Il ajouta dans la foulée qu'il l'avait empruntée à un ami.

— Le Reich ne paie pas ses subalternes si généreusement.

Il adressa un regard complice à Georgie. Il était capable d'autodérision et pouvait gentiment se moquer du Reich. Ça ne le rendait que plus charmant. Mais était-il honnête ?

La route vers l'ouest était magnifique : des rangées d'arbres à feuilles persistantes s'élançaient vers les nuages poivrés du ciel ; d'adorables maisonnettes, de charmants villages bordaient la route.

En un rien de temps, ils avaient quitté l'agitation de Berlin. Le soleil s'était levé. Certes, le vent l'avait obligée à ranger sa chevelure blonde sous un foulard, mais elle sentait le vent chaud caresser son visage. Georgie en avait conscience : ils représentaient le charmant petit couple aryen dans toute sa perfection, profitant de leur agréable petite vie.

La conversation était limitée à cause du courant d'air et du bruit du moteur. Kasper se contentait de jouer au guide touristique. Il tendait le bras et criait fièrement :

— Onze mille acres de forêt, entièrement protégées.

Ils s'arrêtèrent sur une aire de pique-nique. L'herbe était creusée par endroits, là où d'autres gens s'étaient installés avant eux. Les hautes branches des arbres fournissaient un abri contre le soleil qui tapait fort. Ils étaient presque seuls au départ, mais Georgie fut rassurée de voir un ou deux autres couples. Jusque-là, Kasper s'était comporté comme un gentleman, mais elle était une étrangère et se retrouvait seule avec un homme qu'elle connaissait à peine. Un nazi.

— C'est parfait, non ? dit-il avec un accent anglais acceptable, bien qu'un peu guindé.

— Oui, c'est magnifique.

Kasper n'avait rien laissé au hasard. Le repas était consistant. Typiquement allemand, mais léger : une saucisse et plusieurs fromages, des fruits variés qu'elle n'avait vus qu'au café Kranzler ou à l'Aldon et du pain parfaitement cuit. Il y avait aussi de la limonade et du vin. Ils trinquèrent sur un air de swing, diffusé par le gramophone de Kasper, si minuscule que le disque noir qui tournait dépassait du boîtier métallique. Kasper rayonna de plaisir quand il remonta le petit appareil et que le son augmenta. Oui, vraiment, c'était parfait.

Ils s'installèrent confortablement sur la couverture. En mangeant, ils parlèrent de l'Angleterre et de Berlin, de leurs familles, de là où ils avaient grandi. Georgie eut la même sensation que lorsqu'elle pique-niquait avec ses amies dans la campagne des Cotswolds : elle se sentait libre. Il ne lui posa aucune question sur son travail. Peut-être ne voulait-il pas savoir. Peut-être qu'il supposait qu'elle venait d'une famille riche, que papa-maman assuraient ses arrières, le temps que durerait sa lubie d'écriture. Ces dernières années, Berlin avait été peuplé d'écrivains – aspirants ou accomplis – et il considérait peut-être qu'elle faisait partie du lot.

— Alors, quels sont vos projets d'avenir ? demanda-t-elle d'un ton désinvolte.

Elle espéra avoir l'air innocente. Et ce n'était pas que professionnel. Il avait obtenu un diplôme d'histoire à l'université de Berlin. Pourquoi servait-il le Reich ? Rien ne l'y obligeait.

— Je veux voyager. Peut-être me marier et fonder une famille, répondit-il en finissant sa limonade. Et j'ai pensé qu'entrer dans l'armée était un bon point de départ.

— En supposant qu'il n'y ait pas..., rétorqua Georgie, avant de s'interrompre, de peur d'être indélicate.

— La guerre ? dit-il en souriant, comme pour la rassurer – *Pas de souci, nous pouvons en parler*. Eh bien, oui, ça mettrait fin à mes projets.

Il s'allongea sur la couverture pour contempler la canopée verdoyante au-dessus d'eux. Il semblait détendu et pas sur la défensive.

— Si cette guerre éclate, ce ne sera pas à cause du Führer. L'Europe semble décidée à se battre. Hitler est un pacificateur qui ne veut que le meilleur pour son peuple.

Il ferma les yeux, comme si c'était une évidence. Pour lui, ça l'était. *Dois-je le contredire ?* se demanda Georgie. *Dois-je lui rappeler les traités qu'Hitler a piétinés à coup de rangers ? Les accords passés à la fin de la Grande Guerre qu'il a déchirés ? Sans oublier le réarmement de l'Allemagne et la création d'une immense armée de l'air, expressément interdits par le traité de Versailles ?*

À quoi cela servirait ? Kasper semblait être gentil, mais il gobait la pilule de la propagande, à dose régulière, depuis la montée du nazisme en 1934. C'était un pur produit du Reich. Ceci dit, ce n'était pas un criminel, sa compagnie était agréable et la journée était magnifique, songea Georgie. Rod ne lui avait-il pas appris à choisir ses batailles ?

Elle demeurait silencieuse et, sentant peut-être que ses propos l'avaient laissée perplexe, il se redressa brusquement.

— Vous voulez danser ?

Un large sourire étira ses lèvres. Étrangement, à cet instant précis, leurs différences semblèrent diluées dans la lumière, dans le moment présent. Effet de l'alcool peut-être. Ils dansèrent sous les rayons du soleil qui filtraient à travers les arbres, loin des lumières artificielles du Resi, au son léger du gramophone. *Comme c'est étrange*, se dit Georgie, qui rit intérieurement. Un autre couple les observait, mais elle n'en fut pas gênée. Rien ne pouvait gâcher cette si belle journée.

Kasper saisit sa main alors qu'ils tournoyaient sur l'herbe. Son autre main était posée sur sa hanche et ils ajustèrent leurs mouvements : ils étaient proches sans être intimes, comme s'ils gardaient une distance de courtoisie. Tout était en ordre. Il sentait bon, une eau de Cologne de qualité, et Georgie ne pouvait s'empêcher de se demander pourquoi il passait cette journée avec elle. Voulait-il simplement parler anglais avec une femme européenne ? La trouvait-il attirante, puisqu'il l'avait abordée au Resi sans même la connaître ? Concernant son physique, Georgie n'avait pas vraiment confiance en elle ; donc cette option lui parut tout à fait invraisemblable. Et pourtant voilà où elle en était : une fille des Cotswolds dans une forêt perdue quelque part en Allemagne, dansant avec un officier du Reich. C'était fou, quand même.

Quand le gramophone s'essouffla et qu'ils eurent fini de se reposer, ils remballèrent leurs affaires. Mais leur excursion magique et mystérieuse ne touchait pas à sa fin : ils traversèrent plusieurs villages, passèrent devant des maisons ressemblant à celle d'Hansel et Gretel et virent des fermiers, vêtus de *Lederhosen*[1] en cuir, travailler leurs terres. Finalement, ils s'arrêtèrent sur la place d'un petit village. Un frisson parcourut sa colonne vertébrale quand elle repensa à la scène dont elle avait été témoin. Mais on était dimanche, et il n'y avait presque personne. Ils s'installèrent au bar d'un hôtel et partagèrent un pichet de bière. Georgie pensa à son père : il apprécierait tellement celle-ci !

Kasper maîtrisait à la perfection l'art de la conversation et évitait soigneusement d'aborder la question épineuse

1 Culotte courte traditionnelle. (N.D.E.)

de leurs métiers respectifs. Georgie savait qu'il était officier subalterne, pas plus. Il n'entra pas dans les détails. Il semblait apprécier leur escapade loin de Berlin et des inévitables restrictions de la caserne. Pourrait-elle jamais croire qu'ils étaient simplement deux personnes profitant de cette belle journée de liberté ?

— Je me suis beaucoup amusée, vraiment, lança-t-il en arrivant chez Frida. Peut-être pourrions-nous nous revoir ? Dîner ensemble ?

— J'aimerais beaucoup, répondit Georgie du tac au tac, surprise par sa proposition.

— Je dois partir un mois pour une formation très ennuyeuse.

Son sourire adoucissait son expression un peu méprisante.

— Mais je vous appellerai en rentrant, c'est certain, poursuivit-il. D'accord ?

Elle acquiesça, tout en se demandant s'il serait à Nuremberg. Quoi qu'il en soit, vu le nombre de gens attendus, il y aurait peu de chances qu'ils se croisent. Fort heureusement.

— Merci de m'avoir accompagné, Fräulein Young.

Il se pencha et déposa un baiser léger sur sa joue. Ce fut bref, mais très doux. En gravissant les marches de l'immeuble, elle se concentra sur ses émotions… Et elle ne se sentait pas aussi mal qu'elle aurait dû.

Tous les amis comédiens de Frida étaient là, buvant un verre avant de partir pour la soirée.

— Tu viens avec nous ? demanda sa colocataire, un Martini à la main.

— Non merci, répondit Georgie. Je suis vraiment fatiguée.

Frida haussa les sourcils d'un air entendu. Georgie en fit de même.

— Tu as passé une bonne journée ? lança Max, installé dans un fauteuil, dans le coin de la pièce, presque dissimulé par Simone qui se lovait gracieusement contre lui.

Son ton était plein de sous-entendus. Frida était une tombe quand il s'agissait de protéger ses sources, mais elle ne pouvait se retenir de raconter des potins. La voix de Max était provocante. La trêve était terminée.

— Oui, très agréable, merci, répondit Georgie avec assurance.

Comment osait-il la juger, avec Simone qui s'étalait sur lui sans retenue ?

Georgie se sentit soulagée quand ils furent tous partis et que l'appartement redevint silencieux. Elle prépara le thé que sa mère lui avait envoyé et songea à sa famille. Elle évitait de penser à cette journée, parce qu'alors, elle devrait se demander si ce qu'elle avait fait était vraiment moral. Son rendez-vous avec Kasper… Non, avec un officier SS. Un nazi. Pouvait-on séparer l'homme de l'uniforme ? *Maintenant, oui. Mais dans quelque temps, si Hitler continuait à ce train-là, ce serait impossible.* Mais devait-on la condamner de s'être montrée insouciante, alors que l'Europe serait bientôt plongée dans un conflit total, qui la contraindrait à quitter l'Allemagne ? Zut ! Voilà qu'elle cogitait et se cherchait des excuses. Elle soupira. Elle se coucha en tentant de songer à l'été dans les Cotswolds et au goût des fraises sur sa langue.

15

La pantomime

Nuremberg, 6 septembre 1938

Aucun journaliste n'avait le cœur à passer une semaine entière à admirer la grandeur nazie. Ils se rendirent donc à Nuremberg un jour après le début des festivités, en cortège motorisé. Le groupe de Rod et Georgie était en tête. Pour l'occasion, ils avaient engagé un nouveau chauffeur. Rod luttait avec ferveur contre l'antisémitisme, mais ne voulait pas mettre Rubin en danger.

Ils parcoururent 400 kilomètres. En arrivant, Georgie était fatiguée et avait désespérément envie d'un bain. Elle n'était pas préparée au cirque qui l'attendait. La ville médiévale de Nuremberg avait été transformée : des milliers de drapeaux nazis étaient accrochés aux bâtiments à pignons ; des hommes en chemises brunes et blanches chantaient et criaient, ivres de bière et de rhétorique. Ils attendaient tous l'icône qu'ils adoraient. Les yeux du chauffeur s'agrandirent à la vue de la foule impressionnante qu'il devait fendre avec précaution jusqu'à leur hôtel.

Bill et Rod, grands habitués de Nuremberg, ne furent pas perturbés. Mais Max et Georgie eurent la même réaction : ils étaient figés de stupeur. On aurait dit des lapins pris dans la lumière des phares.

— Moi qui pensais qu'une finale de la coupe était de mauvais goût, lança-t-il en franchissant la porte de l'hôtel.

Et ce n'était que la pointe de l'iceberg. Les jours suivants, ce fut rassemblement sur rassemblement. Le haut commandement allemand galvanisait les foules déjà conquises. Hess, Himmler, Goebbels et Göring étaient des stars. Hitler ne se montrait guère, malgré la foule qui le réclamait en bas de son hôtel. Des groupes de filles de la BDM hurlaient juste pour l'apercevoir. Il s'exprimait tous les jours, mais restait peu loquace. Il savait comment attiser l'excitation et l'impatience. Joseph Goebbels, au contraire, était tout le temps présent. Sur son estrade, tel un marionnettiste, il souriait au spectacle qui s'offrait à lui.

Georgie prit beaucoup de notes. Comment pourrait-elle analyser cette comédie ? C'était comme aller au cirque quand on était enfant. On était happé par le spectacle, on ne voulait rien rater, et pourtant, on ne pouvait s'empêcher de chercher le clown effrayant caché dans un coin, prêt à bondir. Comme d'habitude avec les nazis, tout était en ordre… mais la bière coulait à flots et les langues se déliaient. Georgie était contente que Rubin ne soit pas là. Elle grimaçait en entendant les propos haineux des gens envers les Juifs. Ces bouches laides qui crachaient leur venin en même temps que leurs rires… Les SA ne cessaient de chanter avec enthousiasme : « Quand le sang juif jaillit grâce à mon couteau ». Georgie aurait voulu ne pas savoir parler allemand.

Chaque jour, comme les autres journalistes, elle reprenait ses notes pour faire le bilan de la journée. Bill et Rod partageaient la même impression : les Allemands usaient de la même rhétorique que les années précédentes, mais les dévots étaient nettement plus zélés. Ils croyaient aveuglément en Hitler et en son projet de constituer une grande patrie. Et ils étaient sûrs que ce serait bientôt le cas.

Il y eut un ultime rassemblement, en soirée. Toute la presse y assistait. Même si Georgie et Max ressentaient de l'irritation l'un envers l'autre, ils avaient conscience de partager le même ébahissement face aux événements. Alors qu'ils se rendaient au champ Zeppelin, hors de la ville, Max lui chuchota, mi-figue, mi-raisin :

— Tiens-toi bien. Prépare-toi à être éblouie.

Le vieux Joey ne déçut pas les foules, rassemblées autour d'un stade construit en 1936. Cent mille participants : des rangées sans fin de SS, de SA, de soldats de la Wehrmacht, de membres de la Jungvolk. Il y avait aussi les filles de la BDM, vêtues de leurs traditionnelles chemises blanches, leurs cheveux dorés tressés parfaitement, porte-drapeau en main. Des nuées d'aigles flottaient dans les airs. Les ouvrières qui les fabriquaient avaient dû avoir du travail.

Georgie plissa les yeux alors que la troupe SS se retirait, se demandant si Kasper en faisait partie. Mais c'était une aiguille au milieu d'une botte de foin. Elle était fascinée par la symétrie parfaite du spectacle : les pelotons en rangs sévères, les blocs de couleurs et de gens… Personne ne quittait le rang, pas d'un millimètre. *Ils sont cadrés et n'ont aucune liberté, ni de déplacement, ni de pensée. C'est ça, le secret d'Hitler : mettre les gens dans une boîte.*

Les spectateurs, quant à eux, n'affichaient pas une telle maîtrise : c'était un déferlement d'émotions, au son de Wagner ou de Beethoven. La nuit n'était pas encore tombée et Georgie en profita pour observer les femmes qui faisaient le salut à l'unisson :

— *Heil Hitler !*

Elles étaient béates d'admiration, plongées dans une transe extatique face à l'immense aigle suspendu comme un papillon mort derrière l'estrade. C'était l'endroit où il apparaîtrait. Le soleil se coucha. Joey lança « son » spectacle. Des dizaines de projecteurs militaires dardaient leurs faisceaux vers le ciel et se rejoignaient en un point central, créant une « cathédrale de lumière ». La sienne. Les tambours jouèrent avec force, dans un rythme presque tribal, de plus en plus vite, chargeant l'air d'électricité.

C'est là qu'apparut l'empereur Adolf qui salua, droit comme un i. Les femmes, délirantes, hurlaient. Si Georgie n'avait pas été présente, enracinée dans cette réalité, elle n'y aurait pas cru. C'était presque un roman d'horreur. Comment pourrait-elle raconter cela au lecteur anglais ? Qui la croirait ?

Le Führer quitta vite son personnage de pacificateur divin : d'abord, sa haine et sa colère furent discrètes, mais très vite, elles envahirent son discours et se répandirent comme une traînée de poudre. Son corps était rigide et il transpirait l'animosité : les Juifs, l'Occident et le communisme… Tout y passa. Tout ce qui n'était pas purement allemand. Il postillonnait sur les journalistes devant lui. Mais ses proches le regardaient tout de même avec une admiration non dissimulée. À chacune de ses pauses, la foule applaudissait sauvagement. Max se tourna vers Georgie qui sentit qu'il avait peur, comme elle. *Oh, mon Dieu*, disait son regard. *Regarde ce qui nous attend.*

16

Vie et oppression

Berlin, 14 septembre 1938

« Épuisant » : c'était le seul mot qui venait à l'esprit de Georgie pour décrire sa première expérience à Nuremberg.

— J'ai dû adoucir un peu tes propos, lui annonça Henry quelques jours plus tard au téléphone, d'un ton plus amusé qu'irrité. Les patrons doivent être caressés dans le sens du poil et nous ne pouvons pas nous permettre d'avoir une réputation de parti pris.

Georgie répondit qu'elle comprenait, mais elle était perplexe. Pourquoi ne pas s'opposer ouvertement à ce qui se passait à Berlin et dans toute l'Allemagne ? Comment pouvaient-ils se montrer tous si aveugles ?

— Que pense-t-on de tout ça à Londres ? Est-ce que ce que nous disons a un impact ?

— Dans la rue, certains parlent d'Hitler, soupira Henry. Vu que Chamberlain est prêt à le rencontrer, ils pensent qu'ils vont conclure un accord et que ce sera fini : il repartira satisfait d'avoir obtenu les Sudètes.

Georgie n'y croyait pas. Elle avait en tête l'image du petit homme, quelques jours auparavant, tellement sûr de son bon droit. Elle songea à sa répugnance nauséabonde et crasse pour le reste du monde.

— Je ne pense pas que ce sera le cas, murmura-t-elle, ignorant si ses mots auraient une quelconque portée.

Henry la remercia de prendre les choses en main au bureau. Il ne savait pas quand Paul Adamson reviendrait. Apparemment, le bébé était en bonne santé, mais Paul avait quelques soucis personnels à régler. Georgie se promit de ne pas s'impatienter.

Ce que les journalistes avaient prédit et craint se produisit. Mi-septembre, le Premier ministre Neville Chamberlain rencontra Hitler dans sa retraite bavaroise au sommet de la montagne. Les sourires des dirigeants français et anglais masquaient leur totale soumission. Hitler obtenait les Sudètes sans conflit armé. En lisant les rapports, Georgie se représenta Hitler comme un bébé ayant jeté ses jouets hors du berceau. L'Europe était l'adulte hésitant à les lui ramasser. Le bébé s'était entêté, les adultes avaient cédé.

En Grande-Bretagne, on commençait à s'inquiéter. Dans certaines régions, on avait distribué des masques à gaz et la flotte britannique était mobilisée par précaution. Mais ce fut de courte durée. À la fin du mois, Chamberlain revint de Munich, un bout de papier à la main. Sous les flashes, en descendant les marches de l'avion, il promit « la paix pour notre temps ». Il présentait sa visite comme un triomphe, mais à la Taverne, on n'y croyait pas.

— Attends qu'Adolf rassemble ses troupes, observa Bill avec tristesse. Là, il s'octroie juste une petite pause pour décider de quel endroit il va envahir ensuite.

Souvent, Bill était un prophète. Il paraissait toujours en retrait par rapport à Rod et son humour décapant. Un peu comme un faire-valoir. Mais son analyse des situations était parfaite. Tout le monde acquiesça, le nez dans son verre.

Même si son temps à Berlin était compté, Georgie était certaine qu'elle vivrait des moments passionnants. Elle apprenait chaque jour un peu plus et réalisait que le monde, en apparence apaisé, était en fait sur le fil du rasoir. Un rasoir tranchant.

Les semaines suivantes furent marquées par un changement de fond en Allemagne. Un matin, début octobre, Georgie ouvrit la porte de son bureau à Rubin. Il était d'humeur sombre. Lui qui était capable de sourire à tout, il semblait abattu.

— Rubin ? Qu'est-ce qui se passe ?

Avec des gestes lents, il sortit son portefeuille de sa poche. Celui-ci était petit et fin, mais semblait de plomb.

— Nous avons reçu ça, ce matin, murmura-t-il en l'ouvrant.

Georgie fit l'effort de se contenir, mais ne put s'empêcher de hoqueter. Juste à côté de la photo de Rubin, on avait tamponné un gros J rouge. J pour Juif. Mais aussi pour indésirable. Non accepté. Seconde classe. On laissait de côté l'humain derrière ce J. On criait : « Juif ». JUIF. Et rien d'autre.

— Ils ont confisqué nos passeports.

Georgie dut détourner la tête pour lui éviter d'être embarrassé.

— En nous les prenant, ils nous enlèvent notre dernier espoir : celui de, peut-être, réussir à s'enfuir. Au moins les enfants.

Il ne cherchait pas la compassion. Ça n'avait jamais été le cas, mais il était clair que cette fois, les larges épaules de Rubin ne supportaient plus leur fardeau. Ses droits de citoyen allemand avaient disparu depuis longtemps, mais ça… On lui avait enlevé ce qu'il était, on avait réduit son identité à un pauvre morceau de carte. Il était blessé dans son orgueil.

Les Amsel n'étaient pas les seuls dans ce cas. Tous les Juifs étaient soumis à cette décision gouvernementale. Étrangement, il n'y eut aucune conférence de presse à ce sujet. Herr Bauer ne s'exprima pas. Les journaux allemands ne protestaient pas contre ces persécutions permanentes. Seule la presse étrangère l'osait. Quelques brochures clandestines que ramassait parfois Georgie sur son chemin parlaient de résistance, mais c'était léger. Il s'agissait de contourner le système, et non de lutter contre. Les pays étrangers n'étaient tout simplement pas assez mobilisés pour qu'il y ait un réel combat.

Rubin et les siens étaient officiellement des étrangers dans leur propre pays. Auparavant, Georgie ressentait une profonde aversion pour Herr Hitler. Désormais, sa haine était brûlante. Était-il possible de rester objective dans un climat aussi malsain ?

Elle réagit en écrivant l'une de ses *Cartes postales de Berlin*. Elle pouvait exprimer ses vrais sentiments tout en ne se mettant pas en danger puisqu'elle utilisait un pseudonyme. Elle espérait toutefois que Herr Bauer n'y mettrait pas le nez.

Chers lecteurs,
Alors que nous félicitons M. Chamberlain et ses confrères politiciens pour leur accord de paix, nous devrions accorder une pensée à ceux qui ne peuvent maintenant plus quitter le pays, contrairement à Herr Hitler ou à M. Chamberlain, qui va et vient dans son avion. On a confisqué aux Juifs leur passe-

port et on leur a délivré des cartes d'identité estampillées d'un grand J rouge : un avertissement plus qu'une célébration, une restriction de leur liberté et de leurs mouvements. Alors que seule la mer autour de la Grande-Bretagne pourrait faire barrage aux déplacements des Britanniques, ici, les Juifs ne peuvent plus quitter le territoire et sont victimes de préjugés insensés, juste parce qu'ils sont Juifs. Je me demande où est la paix que M. Chamberlain brandit farouchement.
Votre correspondant à Berlin.

Octobre passa sans changement notable. La vie berlinoise était toujours distrayante, quand on avait un peu d'argent en poche, et que l'on n'était ni Juif, ni Rom, ni témoin de Jéhovah. Et qu'on clamait haut et fort son soutien aux nazis. Georgie remarquait que Rubin se renfermait de plus en plus. Des rides d'inquiétude creusaient son front. Elle songeait à sa carte d'identité, si insultante, enfouie dans sa poche : cachée certes, mais jamais oubliée.

Les persécutions publiques étaient de plus en plus nombreuses. On voyait d'énormes J griffonnés à la craie sur les trottoirs devant les magasins juifs, comme des avertissements. Parfois, il s'agissait du mot *Juden* peinturluré en rouge vif. Les propriétaires ne savaient pas s'ils devaient les effacer durant la nuit : ils risquaient alors de se faire attraper par les SA. Souvent, ils laissaient ces marques. La peinture se craquelait puis s'effaçait quand il pleuvait. Quoi qu'il en soit, pour tout le monde, le mot « Juif » était une tache. Pas quelque chose dont autrefois on aurait pu être fier.

Georgie avait accepté de boire le thé chez les Amsel. La veille de l'invitation, elle passa la journée à faire les magasins pour trouver quoi leur offrir. De la nourriture ? Ce serait insultant pour un homme fier comme Rubin. Des fleurs pour sa femme ? Trop frivole. Elle se décida enfin : une boîte de somptueux biscuits au chocolat du grand magasin Wertheim pour les enfants et une bonne bouteille de brandy pour les adultes.

En tout début d'après-midi, elle quitta le bureau et marcha vers le nord, le long de la Friedrichstrasse, large avenue bordée de drapeaux. Elle traversa la Spree et tourna à droite pour rejoindre le « ghetto » juif. Les Juifs qui vivaient dans l'Ouest de la ville avaient été « encouragés » à échanger leurs appartements avec ceux des familles aryennes qui vivaient dans l'Est, dans le but flagrant de regrouper les nazis entre eux. Cela ne faisait qu'un mois ou deux qu'elle était à Berlin, mais elle ne ressentait plus du tout la même chose que le jour de son arrivée, quand elle s'était perdue. Le ghetto lui avait alors paru sombre et intimidant. Ses cheveux étaient toujours aussi blonds – elle avait le physique aryen –, mais elle marchait en toute confiance. Oui, les rues et les maisons étaient dégradées, mais l'atmosphère était nettement plus légère de ce côté-ci de la ville. Les gens lui rendaient son sourire, et elle percevait des voix d'enfants qui jouaient sur les balcons. Des marchands la saluaient tout en rangeant leur marchandise. Georgie n'avait pas regardé une seule fois par-dessus son épaule depuis qu'elle avait quitté la Friedrichstrasse. On ne se sentait en sécurité nulle part dans Berlin, mais là, c'était chaleureux. Comme si on était chez des amis.

La maison des Amsel était un bâtiment ordinaire, doté d'une arrière-cour typiquement berlinoise. La peinture s'écaillait dans la cage d'escalier, mais tout était scrupuleusement propre et net. Sara l'accueillit avec une politesse pleine de chaleur. Elle avait utilisé son dernier paquet de farine, son dernier morceau de beurre pour cuisiner un cake. L'après-midi fut délicieux. Les enfants, Leon et Ester, étaient sociables. Ils posaient beaucoup de questions sur la vie en Grande-Bretagne. Leur anglais était impressionnant. Même si Georgie et Sara venaient de deux mondes différents – une célibataire sans attache ni contrainte d'un côté, une mère de famille de l'autre –, elles avaient beaucoup à se raconter. Seule la présence d'Elias, silencieux et vigilant, installé dans un fauteuil, dans l'angle de la pièce, assombrissait un peu l'atmosphère.

— Un accident, expliqua Sara alors qu'elles nettoyaient les assiettes dans la cuisine. Il est paralysé du côté gauche. Son esprit est toujours aussi vif, mais il a du mal à parler et il a perdu sa vivacité.

Elle soupira tristement.

— Avant, il me taquinait tout le temps : le petit frère dans toute sa splendeur. Maintenant, il ne peut plus travailler et il s'est renfermé.

Elle regarda dans le couloir. Rubin tentait de le faire parler, au moins de lui arracher un sourire. Il y avait un tel regret dans son regard fatigué.

— Qu'est-ce qu'il faisait avant son accident ?

— Oh, il travaillait au journal avec Rubin. C'est comme ça que nous nous sommes rencontrés. Il était le plus jeune au bureau.

Ses yeux s'éclairèrent à ce souvenir.

— Ils l'appelaient le chasseur d'infos.

Son regard s'assombrit.

— On pense que c'est comme ça que c'est arrivé. Il s'est fourré dans de beaux draps pour obtenir un scoop.

Mais il ne dit rien. Je pense qu'il en a honte et qu'il se voit comme un fardeau.

Georgie regarda la coquille vide qu'était devenu ce jeune homme. Il était à peine plus âgé que Max. Il avait la vie devant lui. Il aurait écrit des centaines d'articles. Dans d'autres pays, peut-être aurait-il pu travailler malgré tout. Mais là, en 1938, il était un « poids » pour la nation.

Elle partit en promettant de les revoir bientôt. *Pourquoi pas une promenade au Tiergarten ?* Georgie se sentit heureuse d'avoir trouvé un endroit chaleureux et paisible, une famille. Mais l'ironie ne lui échappait pas : elle se sentait en sécurité dans une famille persécutée dont le futur était plus qu'incertain.

17

Une fin de guerre

22 octobre 1938

Georgie sortit sa plus belle robe en vue de la réception de presse qui aurait lieu à l'ambassade britannique. Il s'agissait comme toujours de faire croire que les diplomates et les journalistes étrangers n'étaient pas considérés comme des ennemis. Elle redoutait ce genre d'événements, mais après tout, ce serait peut-être distrayant. Si elle parvenait à rester dans l'ombre, elle pourrait observer les gens : c'était un exercice très amusant.

La bande de l'Aldon et de la Taverne était au grand complet. Rod était engoncé dans son costume. — Acheté pendant la période pré-strudel, plaisanta-t-il, tout en saisissant une autre coupe de champagne.

Frida était à Paris ; Max et Simone étaient introuvables. Georgie se mêla un peu aux autres, et après avoir salué poliment les ambassadeurs britanniques et américains, elle s'installa dans un coin, armée de son verre, espérant passer inaperçue dans cette magnifique salle à haut plafond, qui dégageait l'opulence de Weimar… Cela dura trente secondes.

— Bonsoir, j'ai pour mission que personne ne soit triste ou esseulé, et vous êtes ma première cible… Heu, désolé… Ma première candidate.

L'accent était purement britannique ; le ton, diplomate.

— Mais je ne suis ni triste ni esseulée, répondit-elle vivement.

Elle leva les yeux vers un jeune homme roux et élancé. Ses yeux étaient frappants : bordés de longs cils – que n'importe quelle femme aurait tué pour avoir – et d'un vert émeraude éblouissant. Il tendit sa main fine.

— Sam Blundon. Assistant de l'assistant de l'ambassadeur.

— Ça fait beaucoup d'assistance !

— Eh bien, en gros, je suis un esclave, mais on ne pouvait pas le présenter comme ça !

— Assistant. C'est définitivement mieux, oui !

Se serrant sur le canapé à côté d'elle, Sam lui raconta qu'il était là depuis un an, qu'il cherchait encore ses marques, mais qu'il appréciait prendre part au jeu du chat et de la souris des politiciens… Ou au moins d'avoir la chance de l'observer. Il était très gentil et Georgie se demanda comment il avait pu embrasser un tel métier. Son âme semblait si innocente… Sa curiosité de journaliste la poussa à le lui demander.

— École privée, dit-il platement, tout en lançant un sourire de commande à une femme qui passait devant eux. C'est comme un passeport pour les métiers de la diplomatie, que vous aimiez ça ou pas. Il se trouve que j'apprécie ce travail. La plupart du temps.

Il avait de l'humour et renchérissait de bon cœur quand Georgie se moquait gentiment de l'assemblée. Comme au Resi, elle contemplait les couples qui tournoyaient sur la piste au son d'un quatuor à cordes et elle devait presque se pincer pour y croire. Sam fut interrompu par un hochement de tête subtil.

— Désolé, le devoir m'appelle, dit-il en se levant. Peut-être pourrions-nous boire un verre un de ces soirs, parler de l'Angleterre ou même voir un film ?

Son sourire était tellement impatient et charmant.

— J'adorerais échapper à mes collègues de l'ambassade, juste pour une soirée, poursuivit-il.

— D'accord. Appelez-moi au bureau ou laissez un mot à l'Aldon.

— Je le ferai sans faute.

Elle eut droit à un moment de paix, jusqu'à une seconde interruption, qui la tira de son rêve éveillé.

— Si je t'invitais à danser, tu refuserais à nouveau ?

C'était Max, toujours aussi élégant dans son smoking. Il avait l'air désabusé. Il y avait dans son expression de l'humour. À moins que ce ne soit du défi. Cette fois, il avait laissé de côté toute arrogance.

— Peut-être… Peut-être pas. Tu devrais essayer.

— Heu, ça me paraît risqué, mais je tente. Miss Georgina Young, dit-il en mettant des trémolos dans sa voix, me feriez-vous l'honneur d'une danse ?

— J'accepte, puisque mes chaussures me le permettent.

— Eh bien, me voilà soulagé.

Comme elle s'en doutait, c'était un bon danseur. Il avait dû assister à bon nombre de bals, vu le milieu d'où il venait.

— Vous dansez bien, monsieur Spender. Qui vous a appris ? demanda-t-elle d'un ton taquin.

Il esquissa une moue enjouée avant de répondre d'un ton mélancolique.

— Ma mère.

— Que fait-elle dans la vie ?

— Faisait. Elle est morte. Mais elle… Eh bien, elle dansait beaucoup et faisait beaucoup de shopping, dit-il, envahi par ses souvenirs. Je suppose qu'on aurait pu la qualifier de mondaine.

— Oh. Je suis désolée.

— Qu'elle ait été mondaine ou qu'elle soit morte ?

Mais son sourire la dispensait de répondre.

— Je suis désolée qu'elle vous manque autant. Ça se sent.

— Oui. Mais ça va. J'ai beaucoup de bons souvenirs d'elle.

Ils tournoyèrent en silence, se cognant presque à Rod qui dansait comme un canard.

— Simone n'est pas là, ce soir ? Je pensais qu'elle serait invitée.

Il se recula légèrement et la fixa d'un air interrogateur.

— Nous ne sommes pas mariés, tu sais, précisa-t-il sans irritation. Elle mène sa propre vie.

— Je sais, mais elle t'aime. C'est évident !

Toi aussi. Ne le nie pas.

— Je ne savais pas que tu étais jalouse. D'autant que tu as une foule de prétendants…

— De prétendants ? Où es-tu allé pêcher cette idée ?

Georgie s'était presque figée. Max l'entraîna de nouveau, savourant sa taquinerie.

— Eh bien, il y a notre homme nazi et sa luxueuse voiture de sport, et ton jeune prétendant de ce soir…

— Sam, non.

— Pourquoi ?

— Parce que je ne suis pas son genre.

— Comment tu le sais ? insista-t-il.

— Parce que je suis une femme, Max.

— Tu veux dire que parce que tu es une femme, tu sais tout ?

— Non, Max. Je pense que je ne l'attire pas parce que je suis une femme, dit-elle en le fixant tout en haussant les sourcils.

— Oh, oh !

Il avait compris.

— Mais parlons de toi ! Entre Simone et ce petit bout de femme qui était toujours derrière toi, après notre arrivée… Tu n'as pas perdu ton temps !

Son front se plissa de confusion.

— Tu ne parles pas de Frau[1] Keller, si ? demanda-t-il avant d'éclater d'un rire si sonore qu'il aurait pu concurrencer celui de Rod. Ha ! Tu as pensé qu'il y avait quelque chose entre nous ?

Il s'amusait. Ça devenait agaçant.

— Elle te suivait partout : qui aurait-elle pu être, à part ta maîtresse ? Elle te collait !

— Je suis flatté que tu me vois comme un séducteur hors pair…

— Ne le sois pas.

— Mais il s'agissait de ma traductrice. J'avais besoin d'elle.

— Ta traductrice !

Georgie ne savait pas si elle devait rire ou s'énerver.

— Et moi, alors ? Est-ce que je sens mauvais ? Je t'ai proposé de t'aider pendant les premières semaines : c'est exactement pour ça qu'on nous a envoyés ici ensemble !

Il ne répondit pas du tac au tac. Il sembla réaliser qu'elle était vexée et choisit précautionneusement ses mots.

— Je suis désolé, George, dit-il, avec une expression de remords sincère. Je ne voulais pas être un fardeau et

1 « Madame ». (N.D.E.)

te faire perdre ton temps. Tu semblais si… si au-dessus de tout.

Est-ce vraiment l'image qu'il a de moi ? songea-t-elle.

— Honnêtement, ça ne m'aurait pas dérangée, répondit-elle avec calme. Et juste pour info, je n'étais pas au-dessus de tout. Si tu avais été attentif, tu aurais vu que j'avais envie d'avoir de la compagnie. J'aurais aimé qu'on découvre tout ensemble.

Elle leva la tête et le fixa d'un regard qui disait : *Tu n'as pas pris une traductrice juste pour ne pas me déranger.* Elle voulait qu'il se confie. *Crache le morceau !*

— D'accord. Disons que j'étais gêné, admit-il en soupirant. Je viens d'un monde où les barrières entre les hommes et les femmes sont de mise.

— De quel monde s'agit-il ?

Georgie le savait pertinemment : il parlait de l'école privée, de sa famille, de Londres, du monde de la presse anglais. Mais elle voulait qu'il le dise. Il souffla, comme si admettre les choses était un effort.

— Pas la peine d'en savoir plus à ce sujet. Mais le fait est qu'ici, je me sens libre. En dépit d'Hitler.

Il sourit. Largement. Georgie songea qu'il aurait dû sourire plus souvent. La morosité était beaucoup moins attirante. La musique cessa. Ils s'arrêtèrent de danser et s'assirent en bord de piste. Il y eut un léger silence.

— *Nun, wie kommt deine Sprache voran*[1]? demanda-t-elle soudainement.

— Oui, je maîtrise de mieux en mieux l'allemand, merci beaucoup, Fräulein Young, dit-il en riant. Je peux même commander un café ou une bière.

— Je suis ravie que ta survie soit assurée.

1 « Et comment progresse ton allemand à présent ? » (N.D.E.)

Ils rirent en cœur. À la même boutade. À l'unisson. Ils n'avaient mis que deux mois pour y arriver…

— Alors, trêve ? proposa-t-il.

— Je ne savais pas que nous étions en guerre.

— Heu, peut-être un peu. Appelons ça une escarmouche.

— Très bien. Une escarmouche.

— Amis, alors ?

— Amis, c'est mieux. Et voyons les choses en face : au train où va le monde, nous en avons bien besoin.

C'était une bonne soirée, songea Georgie.

Poignées de main à tout-va, relations politiques adoucies par l'alcool, peu de nazis. L'atmosphère avait donc été plus légère que d'habitude. Rubin étant en congé, Max et Georgie partagèrent un taxi. Max sembla soudain fatigué, troublé… Il redevint silencieux.

— Tu seras à la conférence de presse demain matin ? J'aimerais vraiment que Herr Bauer ne nous fasse pas venir si tôt.

— Heu, non. Je vais rater celle-là, répondit-il, sortant de sa réserve.

Elle haussa les sourcils. *Amis ? Tu te souviens ?*

— Mon père est en ville et veut me voir. On mange à l'Aldon.

— C'est si désagréable que ça ? Tu y gagnes un bon repas !

— C'est de mon père que nous parlons…

Il changea soudain d'attitude et se redressa, comme frappé par une révélation.

— Viens constater ça par toi-même ! Tu vas te régaler !

— Est-ce que ça t'aiderait, que je sois là ?

Elle sentait que sa présence, n'importe quelle présence, serait la bienvenue pour faire tampon.

— Oui, vraiment. Mais est-ce que tu supporteras cette épreuve ? Si tu craques, tu pourras toujours trouver une excuse pour partir plus tôt.

— C'est tellement alléchant, plaisanta-t-elle. Comment puis-je refuser ?

— Vraiment ? Tu viendras ?

Il avait le regard d'un petit garçon à qui on offre un tour de manège.

— Bien sûr. Les amis sont faits pour ça, non ?

18

Sursis

23 octobre 1938

Au-delà du centre-ville de Berlin, loin des échos distingués de la musique et de la diplomatie, Sara était allongée, les yeux grands ouverts. À 1 heure du matin, Rubin se glissa à son côté. Elle était épuisée, mais ne pouvait s'empêcher d'être en alerte. Elle se tourna maladroitement, dos à lui. Il sentit à quel point elle était tendue. Puis, elle fit volte-face, la bouche tordue en une grimace, les lèvres serrées. Dans l'obscurité, Rubin regarda les larmes qui coulaient sur ses joues.

— Qu'est-ce qu'on va faire ? articula-t-elle d'un ton de profond désespoir.

Les images de leurs soirées étaient vives dans l'esprit de Rubin. On lui avait donné sa soirée et il avait pu profiter d'un dîner en famille et jouer avec ses enfants. Il avait ensuite sorti l'échiquier pour disputer son habituelle partie avec Elias.

D'abord, il y eut de l'agitation dans la cour, puis dans l'escalier : des cris pressants, des aboiements frénétiques. Les chiens de Frau Vitten, deux étages plus bas… C'était un avertissement. Rubin s'était levé d'un bond, avait attrapé l'échelle cachée sous le lit et ouvert la trappe menant au grenier. Paniqué, Elias laissait échapper des bruits confus : l'affolement rendait ses propos incompréhensibles. Les enfants, bénis soient-ils, savaient quoi faire.

Leon aida Rubin à soulever Elias et l'accompagner en bas de l'échelle alors qu'Ester se rendait sur le palier avec ses poupées pour faire semblant de jouer. Sa présence pourrait peut-être retarder leur arrivée, au moins de quelques secondes. Leon monta sur l'échelle, puis Rubin, Sara et lui tentèrent de pousser et tirer Elias dans le grenier. Ce dernier essaya de les aider, mais son corps était un poids mort. Il leva une jambe puis s'effondra alors qu'on essayait d'accélérer le mouvement en se chuchotant des conseils. Ils étaient en sueur ; les grosses bottes approchaient. Frau Vitten et Ester parlaient fort.

— Stop, stop, dit Elias avec désespoir. S'il vous plaît, arrêtez.

Rubin le fit basculer sur son épaule et le reposa au sol. Ils s'effondrèrent, assaillis par le poids de leur défaite, se préparant à l'invasion, à l'enlèvement cruel de ce corps si fragile. Le visage d'Elias exprimait la peur et la résignation.

Mais cela n'arriva pas. La diversion de Frau Vitten avait fait son petit effet et les envahisseurs furent attirés par un bruit de chahut dans une autre partie du bâtiment. Quand les pas s'éloignèrent, Rubin risqua un regard dans la cage d'escalier : des soldats en civil et des SA, plus nombreux, vêtus de leur uniforme marron boueux, s'éloignaient pour aller s'acharner sur une autre victime.

Le soulagement fut immédiat, mais il avait un arrière-goût amer. Sara mit des heures à calmer les enfants ; Rubin passa un temps fou à apaiser Elias et à le faire changer d'avis. Le cœur de Rubin s'était brisé quand son beau-frère l'avait regardé bien en face en lui disant :

— Laisse-moi partir. S'il te plaît.

Ses mots étaient difficilement compréhensibles, mais son regard triste était clair : *Ne me laisse pas vous mettre en danger. Ta famille sera en sécurité si je me rends.*

— Non ! Non ! s'était écrié Rubin, qui ne pouvait être plus sincère. Tu fais partie de la famille, Elias. On trouvera une solution.

Et il regarda sa femme, terrassée par la détresse. Il était épuisé. Rubin Amsel ne savait pas comment s'en sortir. Il prit Sara dans ses bras, réprimant le léger tremblement qui secouait son corps. Était-ce dû à la peur ou au froid ? Il pouvait la réchauffer. Mais la rassurer… C'était une autre paire de manches…

19

Papa, mon cher papa

23 octobre 1938

Max était installé au bar quand Georgie pénétra dans l'Aldon. Georgie, qui avait marché dans la fraîcheur du mois d'octobre, apprécia la tiédeur des lieux.

— Alors ? Comment c'était, la conférence de presse ? demanda-t-il d'un ton désinvolte.

— Pompeuse. L'éternel bla-bla colérique du bon docteur Joey. Il nous a présenté un film qui va sortir. Pure propagande.

Elle grimaça en signe de dégoût.

— Honnêtement, je ne sais pas comment ils arrivent à se faire tant aimer des gens. Ils passent leur temps à aboyer ! Mais Rod et Bill étaient en forme. Ils se sont bien moqués de Herr Bauer.

— Ils devraient se montrer plus prudents. On expulse des journalistes pour bien moins que ça.

— Ils ont un tel talent ! Et leur humour rend les choses supportables.

— Martini ? demanda Max en regardant le barman avec impatience.

— Tu en as déjà bu un, non ? constata-t-elle en fixant son verre vide.

— On va voir mon père. Je dois faire en sorte que ce soit supportable, se justifia-t-il. Deux Martini, s'il vous plaît. Bien remplis.

Max n'exagérait pas vraiment. Montague Spender était à la hauteur de sa réputation : grand, imposant, il possédait cette assurance… Celle des gens fortunés, des gens de bonne famille. Sa poignée de main en était la preuve : elle était ferme, sans compromis, légèrement inconfortable.

— Alors, Georgie… D'ailleurs, ne serait-ce pas plutôt Georgina ? Que pensez-vous de Berlin ? demanda-t-il alors qu'ils s'asseyaient au restaurant, où Georgie n'avait jamais mis les pieds.

Elle avait beaucoup fréquenté le bar, mais n'avait pas les moyens de manger dans un tel lieu. Elle nota que la décoration était encore plus raffinée que celle du bar et du hall.

— Officiellement, c'est Georgina, mais je préfère qu'on m'appelle George ou Georgie, répondit-elle avec un sourire diplomatique. Et j'aime beaucoup Berlin. Je me sens vraiment chez moi, malgré… eh bien… malgré cette impression de sables mouvants.

Le vénérable Spender lança un regard à Max, qui semblait gêné.

— Eh bien, Georgie, vous n'assumez pas votre nom complet ! En ça, vous ressemblez beaucoup à mon fils. On se demande bien pourquoi les parents se donnent tant de mal à nommer leur progéniture. Pas vrai, Maximus ?

Georgie leva les sourcils alors que Max serrait les lèvres, comme résigné.

— Maximus Titus Aurelius, intervint-il comme pour anticiper la révélation de son père et sans aucun doute pour lui voler le plaisir de la faire.

— Père aime ce qui est obsol… Heu, ce qui touche à la Rome antique.

— Je ne fais pas que m'y intéresser, Max, dit Spender avant de fixer Georgie. Mon fils n'aime pas dire que son père est écrivain : j'ai rédigé deux ouvrages sur cette période de l'histoire. Je pense que Max finira par progresser et devenir un auteur à part entière. Il écrira enfin des livres, quand il aura fait le tour du journalisme.

Ayant clos le sujet, M. Spender se concentra sur la carte des vins, ignorant complètement la souffrance qu'il avait si habilement infligée à son fils. Étrangement, Max ne semblait pas affecté. Georgie se demanda si ce genre de remarques lui glissait dessus. Elle comprenait pourquoi il avait eu besoin de deux Martini. *Tiens bon, George.*

En dépit de la mésentente perceptible entre le père et le fils, la conversation fut facile. Ils parlèrent de la nourriture, délicieuse, et Montague Spender mena le jeu : en tant que banquier, il savait brosser les gens dans le sens du poil, et parler de tout et de rien. Mais la question délicate fut finalement abordée.

— Vous êtes là depuis un petit moment, maintenant, Georgie… Que pensez-vous de notre Herr Hitler ?

Max se figea, fourchette en l'air, l'air alarmé.

— Eh bien, monsieur Spender, je pense que c'est une forte tête. Son ambition rappelle celle des empereurs romains. Il faut voir quelle méthode il emploiera pour atteindre son but.

Montague Spender laissa échapper un rire chaleureux ; les épaules de Max se détendirent : elle avait passé le test haut la main.

— Je pense comme Rothermere à ce propos : le Führer accomplit de grandes choses pour le peuple allemand.

Nous devons travailler main dans la main avec lui pour assurer la paix en Europe. C'est dommage que tu ne fasses pas partie de l'équipe du *Daily Mail*, Max.

Ces propos n'étonnaient pas Georgie. En une heure, elle avait cerné le personnage. Ce qui la stupéfiait, en revanche, c'était à quel point Max était différent de son père. Rien à voir avec lui, même quand il s'était montré hautain lors de leur première rencontre. Heureusement.

— Tu as été merveilleuse avec lui, dit Max, affaissé sur la banquette arrière de leur taxi.

Il ressemblait à un ballon dégonflé et avait l'air épuisé par ses efforts de diplomatie.

— La plupart du temps, il ne fait qu'une bouchée de mes amis. Il doit t'apprécier parce qu'il s'est attardé, même si j'aurais préféré que ça ne traîne pas.

— J'ai passé un bon moment, dit Georgie, qui s'autorisa ce petit mensonge.

Max rit.

— Je pensais que nous étions amis. Tu te souviens du principe ? Honnêtes l'un envers l'autre ?

— Eh bien, le repas était délicieux et j'ai trop bu… Ce n'est pas si mal !

Elle lui donna un petit coup amical dans la poitrine. Ils restèrent silencieux quelques minutes et s'abîmèrent dans la contemplation des lumières qui filaient à travers la vitre. Puis, la curiosité de Georgie fit surface.

— Il a toujours été comme ça ?

— J'en ai bien peur, soupira Max. La plupart du temps, j'étais à l'internat et ma mère… Elle était très différente. Aimante. Pleine de vie. Ils étaient déjà divorcés quand elle est morte.

— Quel âge avais-tu ?

— Treize ans.

Il se détourna vers la vitre. Georgie ne pouvait voir ses yeux. Elle ne voulait pas insister, mais elle sentait sa douleur d'adolescent qui ressurgissait.

— Ça m'a assommé, poursuivit-il sans bouger. J'ai un peu déraillé à l'école… Père n'a pas approuvé. Ce qui m'a sauvé, ce sont mes études d'anglais. Pour la première fois, j'écrivais ce que je ressentais. Depuis, je n'ai cessé de le faire.

Il se tourna vers elle en souriant.

— Et voilà où j'en suis !

Georgie ravala son émotion. Max avait dû se sentir si seul, si en colère. Elle songea à ses parents. Ils n'appartenaient pas à la haute société, comme Montague Spender : c'était des gens calmes et travailleurs, qui l'avaient toujours soutenue, malgré leurs angoisses bien naturelles au sujet de son choix de carrière. Son père, maître d'école, aurait aidé un garçon comme Max. Il l'aurait sorti de ce gouffre émotionnel. Elle se sentit fière de lui. Et très, très chanceuse.

— Je suppose qu'il n'est pas foncièrement méchant, dit Max, que l'alcool rendait songeur. Et je préfère te le dire parce que tu finiras de toute façon par le savoir : c'est lui qui m'a eu le poste au *Telegraph*. Grâce à son influence. J'imagine qu'il a pensé que ça m'ouvrirait les yeux, de travailler hors de mon milieu social, et qu'ensuite, j'obtiendrai un gentil poste à l'Académie afin d'écrire des livres. Un métier honorable. Il a été déçu. Dieu merci, mon frère aîné est devenu banquier.

Il se tourna pour la regarder. *Voilà,* semblait-il dire. *Tu sais tout à mon sujet. Je suis un imposteur.*

Georgie se souvint de sa réaction quand elle lui avait avoué qu'elle avait travaillé à la rubrique mode, deux mois auparavant, à Tempelhof. Elle aurait pu lui en vouloir, vu ce qu'il venait de lui confier. Elle aurait dû…

— Et tu es toujours journaliste grâce à ton talent, affirma-t-elle avec conviction. Ton journal n'emploie pas des reporters inutiles ou médiocres. Il ne peut pas se le permettre.

Elle prit une profonde inspiration.

— Quoi qu'il en soit, puisque nous en sommes aux confidences…

— Oui ? dit Max, sa curiosité piquée.

— Ce n'est pas vraiment une confession… Plus une explication.

— Je suis tout ouïe.

— Je n'ai rien fait de malhonnête pour obtenir l'exclusivité avec Diana Mosley…

— Je n'ai jamais dit ça, l'interrompit-il.

— Mais tu y as pensé, comme beaucoup. En fait, je l'ai rencontrée pendant un défilé de mode, et nous avons discuté.

— Les sceptiques ont bel et bien tort, conclut-il en souriant. Nous voilà sur un pied d'égalité… Comme des amis ?

— Oui. Nous sommes quittes. Tu veux monter boire un café ? Simone sera peut-être là.

Georgie espérait le contraire. Elle avait peur que cette dernière ne soit jalouse de les voir rentrer tous les deux, même si elle comprenait pourquoi Max ne l'avait pas invitée à dîner, vu les opinions assez tranchées de Montague Spender au sujet des Français.

Il passa ses mains sur son visage pâle.

— Non merci. Pas ce soir. J'ai besoin de rentrer, de dormir, de me remettre de ce repas. Demain, je serai comme neuf.

Elle allait sortir de la voiture quand Max attrapa son bras.

— Merci, Georgie. Merci beaucoup. Je te suis redevable.

— N'importe quoi. Les amis sont faits pour ça, non ?

L'appartement était vide. Elle fouilla dans le courrier et trouva une lettre qui lui était adressée. Ce n'était pas écrit à la main ; l'enveloppe avait été affranchie à Berlin. Elle la manipula avec précaution. La Gestapo envoyait des lettres, ou même des cartes postales, pour convoquer les gens à leur redoutable QG, situé au numéro 8 de la Prinz-Albrecht-Strasse. Elle déchira l'enveloppe et lut la lettre.

Chère Fräulein Young,

Mes sincères excuses pour ne pas vous avoir contactée plus tôt, comme promis, mais j'ai été absorbé par le travail. J'ai tellement aimé la journée que nous avons passée ensemble que j'aimerais savoir si vous voudriez ressortir avec moi. Si vous êtes d'accord, je viendrai vous chercher ce vendredi à 10 heures. Prenez de quoi vous couvrir !

Bien à vous,

Kasper Vortsch (humble officier du Reich)

Georgie soupira de soulagement, mais aussi d'étonnement. Elle avait à peine pensé à lui depuis leur dernière rencontre. Cela faisait presque deux mois depuis leur escapade à Grunewald et elle avait pensé qu'il l'avait oubliée, lui aussi. Ou qu'il avait découvert son métier et ne s'intéressait plus à elle. Elle s'installa dans son lit et fit le point sur ce qu'elle ressentait : il était un contact potentiel et elle était curieuse de savoir ce qui faisait vibrer les hommes comme lui, comment fonctionnait un nazi.

Enfant, déjà, elle aimait analyser les gens. Elle était ravie que Max se dévoile et révèle sa vraie nature. Et elle s'intéressait à Kasper. La voix de son père chuchota à son oreille : « Tu es une petite fouineuse. » À l'époque, il riait et lui pinçait le bout du nez avec affection. « Tu auras des ennuis si tu n'es pas prudente. »

Ce n'était que légèreté quand elle était enfant. Et ça pourrait être sans danger si elle veillait à ce que sa curiosité ne la pousse pas trop loin.

20

Le nuage de plomb

25 octobre 1938

Avant son rendez-vous avec Kasper, Georgie devait revoir Sam Blundon au café Kranzler. Toutes les tables étaient occupées et ils trouvèrent une petite place vers la fenêtre. Elle aperçut Karl, en plein service, mais il ne sembla pas la voir. Loin du monde de la diplomatie, Sam se montra drôle et intelligent, doté d'un cynisme rafraîchissant. Au-delà de tout, il était vraiment humain.

— Alors, dis-moi : que penses-tu de Berlin et de ce qui se passe ? demanda-t-elle alors qu'ils partageaient une énorme tranche de cake aux pommes. À l'ambassade, vous devez voir les événements à la fois du côté anglais et du côté allemand.

Il souffla et répondit à voix basse.

— Les choses ont changé. Je ne suis là que depuis un an, mais j'ai vécu ici enfant pendant quelques années. C'était merveilleux à l'époque. On se sentait libre. On faisait du patin à glace l'hiver et on allait au lac l'été. Les nazis ont tout changé. Les Berlinois sont différents maintenant. Juifs ou pas, ils ne font plus ce qu'ils veulent, on les a à l'œil. Ils sont oppressés.

Il but une gorgée de café. Une étincelle illumina ses yeux verts.

— Mais j'ai confiance : Berlin s'en sortira, quoi qu'il se passe. La ville a souffert par le passé. Ce n'est qu'une bataille de plus à mener.

Quoi qu'il se passe… Sam travaillait à l'ambassade, il connaissait le moindre bruit de couloir et les machinations du gouvernement. Pourtant, Georgie se sentait happée par son enthousiasme et elle s'intéressa beaucoup à son travail qui ne se résumait pas à assister aux réceptions données par l'ambassade. Tous les jours, il aidait des Berlinois à déménager, loin de l'oppression nazie.

— Ça ne te déprime pas parfois de voir ces gens obligés de laisser leur vie derrière eux ? demanda-t-elle, sa curiosité naturelle reprenant le dessus.

Il prit le temps de réfléchir avant de répondre.

— Ça aide de faire les choses au jour le jour. Une personne, une famille à la fois. On ne peut pas sauver le pays tout entier : c'est ce que la diplomatie nous apprend. Mais on peut en aider un certain nombre.

— Alors, je bois à ta santé, dit Georgie en levant sa tasse. Je préfère nettement jouer à l'agitatrice et regarder les choses de l'extérieur. Et t'avoir comme allié, bien entendu.

Trois jours plus tard, Georgie s'arma contre le froid. Elle était prête pour son rendez-vous. Cette fois, Kasper conduisait une banale voiture de fonction. Dieu merci, il n'y avait pas de petits drapeaux ornés de croix gammées fixés sur les lampes de tête.

— Je suis si heureux qu'il n'y ait pas de vent, dit-il, rayonnant, alors qu'elle ouvrait la portière.

Il la complimenta sur sa tenue, qu'elle avait en grande partie empruntée à Frida : un pantalon et un pull ajusté, une veste à boutons. Elle avait coiffé ses cheveux de manière à les glisser facilement sous un chapeau, également choisi dans la garde-robe de sa colocataire. Même si rien ne lui appartenait, elle se sentait élégante et à l'aise. C'était fâcheux, mais elle ne pouvait s'empêcher d'apprécier les attentions de Kasper. Il n'était pas en uniforme, mais était vêtu de noir de pied en cap : il portait une veste en cuir à fermeture Éclair et une écharpe grise enroulée qui recouvrait la petite broche métallique en forme de croix gammée accrochée à son col.

— Puis-je savoir où nous allons ? demanda Georgie quand il démarra.

Il esquissa un grand sourire. Il semblait heureux de garder son petit secret.

— Je vous le dirais bien, mais alors, je devrais vous tuer.

Il plaisantait, mais elle se raidit et son regard trahit sûrement son choc puisqu'il rit brièvement.

— Je plaisantais. Faites-moi confiance, c'est mieux que ce soit une surprise. Si vous me l'autorisez, bien sûr.

Ils sortirent de la ville, mais ne prirent ni la direction de Grunewald, ni celle des célèbres lacs de Wannsee. La banlieue laissa place à la campagne. Kasper entretenait la conversation, lui demandant comment elle allait depuis la dernière fois et si ses recherches avançaient. Elle acquiesça tout en restant évasive.

— Et votre formation ? C'était bien ? demanda Georgie.

— Heu, oui et non. Je peux désormais réciter le manuel SS, même en dormant, mais pour ce qui est de la pratique, je ne suis pas encore au point. La théorie est toujours un peu vide de sens, non ?

Georgie se demanda si les manuels SS expliquaient comment persécuter ceux qui n'approuvaient pas le régime, les Juifs. Ou si c'était une compétence qu'on acquérait au fil du temps, à force de pratiquer.

— J'ai la chance de n'avoir jamais eu à suivre de formation théorique, dit-elle avec légèreté.

Ce n'était pas un mensonge. Elle avait appris son métier de journaliste sur le tas et cette remarque collait bien avec la vision que Kasper avait d'elle : celle d'une apprentie écrivaine.

— Alors vous avez de la chance, vraiment. Je suis certain que la plupart des conférences sont faites pour endormir les gens.

Et voilà. Encore une fois, il se moquait subtilement d'un parti auquel il avait prêté allégeance. Et pourtant, elle était certaine que tout homme qui rejoignait les SS le faisait en son âme et conscience. Quoi qu'il en soit, ça faisait presque une demi-heure qu'ils roulaient et Kasper ne s'était pas dévoilé. Il ne lui avait rien raconté sur son travail. Il était bien entraîné.

Ils étaient en rase campagne et longeaient une imposante rangée de conifères, plantés en ligne droite, qui formait un mur épais. Kasper emprunta un chemin de gravier caché dans la verdure. Et Georgie comprit où il l'emmenait.

Elle laissa échapper un petit cri, et Kasper ne put s'empêcher de sourire d'un air satisfait. Il avait espéré qu'elle réagirait ainsi, c'était très clair.

La vue était plus qu'époustouflante. Georgie n'avait jamais rien vu d'aussi impressionnant. Et pourtant, c'était un peu comique. Une forme grise évoquant un ballon de rugby était posée sur l'herbe. Les gens en dessous semblaient minuscules en comparaison. Kasper se gara dans un hangar monumental.

— N'est-il pas magnifique ?

Il inclina la tête pour regarder à travers le pare-brise les lignes épurées de l'immense dirigeable qui tirait doucement sur les cordes qui le clouaient au sol.

— C'est impressionnant.

« Magnifique » était un peu exagéré et comme le disait le proverbe : la beauté réside dans les yeux de celui qui regarde. Que faisaient-ils là ? Ce n'était pas l'idée qu'elle se faisait d'un rendez-vous… Kasper lui ouvrit la portière.

— Alors ? Avez-vous envie de faire un tour ? demanda-t-il, l'air amusé.

Quoi ? Ses pensées tourbillonnèrent pendant plusieurs secondes jusqu'à ce que la réalité la frappe de plein fouet. Elle avait souffert avec cet amas de tôle qu'on appelait avion… S'attendait-il sérieusement à ce qu'elle vogue dans les airs dans ce gigantesque ballon rempli d'air chaud ? La catastrophe du *Hindenburg*, l'année précédente, avait marqué le monde entier. En ce jour fatidique, le plus grand et le plus célèbre dirigeable allemand s'apprêtait à atterrir aux États-Unis après avoir traversé l'océan Atlantique. Mais une explosion d'hydrogène l'avait transformé en boule de feu, puis en coquille brûlée en quelques minutes. Le drame avait été filmé et beaucoup de gens avaient péri. Presque du jour au lendemain, *Hindenburg* avait cessé ses vols en dirigeable à travers l'Allemagne et au-delà. Alors que faisait là ce spécimen ? Comment Kasper pouvait-il s'imaginer qu'elle monterait à bord et qu'elle accepterait de partir à la dérive dans l'espace aérien allemand ? Avait-il vraiment pensé que ce serait amusant ?

— Je ne sais pas, Kasper. Je n'aime pas trop quitter la terre ferme. Et puis, l'an dernier, le *Hind*…

— Oh, mais c'est bien plus sûr, maintenant, l'interrompit-il en la prenant par le bras. Ils ont réglé le problème. Certains ouvriers sont des amis. Ils m'ont assuré que c'était totalement sans danger. J'y suis monté plusieurs fois et regardez-moi !

Il écarta les bras.

— Je suis toujours là. J'ai tellement à cœur de vous montrer la beauté de l'Allemagne. C'est de loin le meilleur moyen.

Difficile de s'opposer à son enthousiasme… Il serait vexé si elle refusait. Mais céder ? Et risquer sa vie ? Dépasser sa phobie ? Il n'y avait pas d'autres passagers. Juste des mécaniciens et le personnel de bord. Personne, semblait-il, ne voyageait en dirigeable. Du moins, pas pour le plaisir.

— Vous avez assez d'influence pour qu'on nous offre un vol ?

Kasper rit de bon cœur.

— Moi ? Non, je ne suis pas assez important. Mais le dirigeable est utilisé pour des recherches météorologiques ou des reconnaissances. Et ils me laissent parfois les accompagner.

— Combien de temps serons-nous… là-dedans ?

— Environ une demi-heure. C'est un petit vol d'essai.

Il était agréable, mais son ton était terriblement insistant. C'était très clair : quelles que soient ses réserves, elle n'avait pas le choix.

Elle l'interrogea du regard. *Vol d'essai ?*

— Un essai pour des équipements radio, la rassura-t-il. C'est aussi sûr que d'être chez soi.

À court d'excuses, véritablement terrorisée, nauséeuse, Georgie se retrouva sur un petit escalier. La coquille grise au-dessus de leur tête était énorme : un nuage de cendres démesuré. C'était comme si le ciel allait leur tomber sur la tête. Une fois dans la cabine, on encouragea Georgie à se détendre un peu. Une fois assise, elle eut l'impression d'être dans un train, bien solide. On était loin du luxe du *Hindenburg*, mais il y avait un petit espace avec des tables et des chaises. Au-delà, Georgie aperçut une porte close : elle donnait probablement sur la salle de contrôle, où se trouvait le matériel technique. Georgie se doutait qu'il ne s'agissait pas que de météo. Le terme de surveillance lui vint rapidement à l'esprit.

— Regardez, lança Kasper, toujours rayonnant. J'ai commandé du thé.

Georgie accepta une tasse brûlante avec plaisir. Elle en avait bien besoin. La boisson chaude la rasséréna. Elle se concentra sur son goût lorsqu'on ferma les portes, afin de ne pas songer à la perspective de finir ses jours au beau milieu d'une boule de feu s'écrasant au sol. Kasper se trémoussait sur sa chaise comme un enfant excité, regardant ce qui se passait à travers la vitre.

— Ca y est, on décolle, annonça-t-il après quelques minutes.

Georgie tressaillit, mais l'appareil ne bougeait pas d'un pouce. Elle sentit les cordes d'amarrage retomber lorsque les membres de l'équipage à terre crièrent :

— La voie est libre.

Le décollage fut doux et sans à-coups. Seule la vue à travers la vitre et le bourdonnement des hélices prouvaient qu'ils s'élevaient dans les airs.

La rangée d'arbres s'effaça pour laisser place au ciel azur et un souvenir vint à l'esprit de Georgie : elle était enfant, à la fête foraine, sur la grande roue… Elle ressentait la même sensation qu›alors, au creux du ventre.

— Venez voir.

Kasper la tira doucement par la main et elle se laissa faire. C'était comme si elle flottait. Sa tête tournait à cause de l'altitude, mais elle se sentit mieux quand elle se concentra sur la vue : les étendues vertes des champs qui commençaient aux abords de la ville, des villages grands comme des mouchoirs de poche, des gens et des animaux aussi petits que des fourmis, des lacs qui n'étaient que des flaques d'eau parcourues par des bateaux semblables à des allumettes. C'était renversant. Ils volaient au-dessus de Berlin et Kasper lui montrait la porte de Brandebourg et l'Aldon, juste à côté. Ils volaient désormais assez bas pour pouvoir apercevoir des petits groupes de gens qui regardaient le dirigeable. Des enfants le pointaient du doigt.

— Je vous ai dit que je vous ferais découvrir notre magnifique pays, murmura-t-il, le nez collé à la vitre.

Contrairement à ses opinions politiques, la fierté que ressentait Kasper pour son pays était claire. Presque admirable. Georgie regarda son profil. Il avait l'air heureux. Était-il totalement innocent ? Elle se sentait mal à l'aise d'être sous le charme. Elle se méfiait de l'élite politique, de ses convictions et de ses méthodes. Mais devait-elle mettre tout le monde dans le même sac ? En cet instant, il lui était presque impossible de voir l'uniforme. De mêler l'homme et le parti.

— La vue est superbe.

Ce fut son unique conclusion.

Le voyage fut terminé avant que la peur de Georgie ne se transforme en pure terreur et la descente fut progressive. Rien à voir avec l'atterrissage à Tempelhof. On aurait dit qu'ils dérivaient lentement vers le sol et ce fut fini en un rien de temps. Il y eut un léger rebond quand l'équipage tira les cordes. Son estomac se contracta, elle guettait les signes d'une éventuelle catastrophe : un bruit d'explosion, des cris ou des mises en garde. Mais rien ne se produisit. Finalement, elle avait survécu. Elle était entière.

— Vous voyez ? lança Kasper, qui jubilait. C'est totalement sans danger, maintenant.

Ils descendirent le petit escalier. Il ouvrait la marche. Elle trébucha sur un cordage et faillit atterrir dans ses bras, mais elle se redressa à temps.

— Tout va bien ? demanda-t-il avec inquiétude avant de se tourner vers un membre d'équipage dans un instant de furie, certes brève, mais féroce. Il agonit le pauvre homme d'injures.

— Êtes-vous aveugle ? Incompétent ? Comment ça a pu arriver ? Espèce d'idiot !

— Je vais bien, Kasper, vraiment, protesta Georgie, constatant que l'homme et le reste de l'équipage se faisaient tout petits. Ce n'était rien. C'était ma faute.

Il s'arrêta brusquement et grogna. Il se tenait bien droit, comme une vipère ravalant sa langue.

— Tant que vous n'êtes pas blessée…

Il hocha la tête en guise de remerciement pour l'équipage et se dirigea vers la voiture. Georgie le suivit, tout en jetant un regard en arrière sur l'énorme engin qui dominait les gens.

J'y suis montée, songea-t-elle, satisfaite. Elle aurait aimé que Max soit là pour la voir vaincre ses peurs.

Pendant le trajet de retour, elle ne cessa de penser à l'explosion de Kasper même si, pour lui, l'incident était clos. Il était redevenu un homme charmant. Quand il lui proposa de manger, elle réalisa à quel point la tension et l'adrénaline lui avaient donné faim. Ils s'arrêtèrent dans un petit village non loin de la ville et choisirent un bistrot au hasard. Le visage de Kasper exprimait une totale satisfaction.

— Pourquoi n'avez-vous pas rejoint l'armée de l'air ? Vous semblez tellement bien, tout là-haut.

— C'était mon premier choix, mais je suis daltonien, dit-il sans ambages. Et il est important de distinguer le sol et le ciel.

Même s'il riait, sa déception était palpable.

— Ils ne m'auraient même pas laissé tenter ma chance.

— Oh, je suis désolée.

Elle était sincère, même si elle songea aussitôt qu'il s'agissait peut-être de la contrepartie exigée par la nature pour avoir de si beaux yeux.

— Ne vous inquiétez pas. Je suis assez occupé à servir le Reich au sol. Et je vole dès que j'en ai l'occasion.

— Je dois être honnête et vous avouer que je suis assez terrifiée dans les airs.

— Surprenant ! répondit-il, même si la moue qu'il esquissait disait le contraire.

— Mais vous m'avez donné confiance. Et je pourrai raconter à mes petits-enfants que je suis montée dans un dirigeable.

— Vous pourriez le glisser dans votre roman.

Il s'interrompit aussitôt. Ils n'aborderaient pas le sujet épineux de leurs métiers. Quoi qu'il en soit, la conversation fut facile.

Ils arrivèrent devant l'appartement de Frida en fin d'après-midi.

— Merci, dit Georgie. J'ai passé une très bonne journée.

C'était étrange, mais elle était sincère. À nouveau, il l'embrassa sur la joue. Il n'y eut pas de silence gêné ; elle n'attendait pas une autre invitation. Mais elle s'interrogeait : qu'attendait-il d'elle ? Elle avait du mal à croire qu'il ne souhaitait que sa compagnie. Grâce à son uniforme, il pouvait avoir autant de femmes allemandes qu'il le voulait.

— Encore une fois, je ne peux pas vous dire quand… Mais aurai-je le plaisir de vous revoir ?

Avait-elle une excuse pour refuser ? Son éclat de colère, peut-être. Mais elle entendait Frida chuchoter à son oreille : « Creuse encore ! »

— J'en serais ravie.

Frida fut réellement impressionnée.

— Un petit voyage en dirigeable ! s'exclama-t-elle. Je vais devoir faire plus ample connaissance avec l'officier Vortsch. Et qui sait, m'en faire un ami !

Max était dans le salon, attendant probablement que Simone émerge de sa chambre, où elle s'apprêtait souvent pendant des heures.

— Comment va ton nazi ? demanda-t-il d'un ton ironique.

Georgie fut vexée. Pourquoi était-il d'humeur si changeante ? Parfois charmant, parfois désagréable…

— Si tu as vraiment envie de le savoir, il va bien. Mais je doute que ça t'intéresse.

— C'est un bon contact. Il faut le dorloter, insista-t-il.

— C'est un ami, répondit-elle, assez sèchement pour qu'il lève les mains en un signe de reddition, sourire moqueur aux lèvres.

Elle fit volte-face et sortit de la pièce, irritée par cet échange, mais surtout surprise par cette révélation : elle considérait Rubin comme un ami. Kasper pouvait-il en être un aussi ? Les deux hommes étaient le jour et la nuit. Ils appartenaient à deux mondes diamétralement opposés.

21

À la recherche d'un ami

29 octobre 1938

Sara apparut dans le couloir avant même que Rubin n'ait fermé la porte d'entrée derrière lui. Ses yeux fatigués exprimaient l'attente. Elle martyrisait le torchon qu'elle tenait dans ses mains.

— Est-ce que tu l'as vue ? Fräulein Young ? Tu lui as demandé ?

— Oui, mon amour.

Il était soulagé de pouvoir lui offrir quelque chose à quoi se raccrocher, même s'il ignorait si c'était du solide. Il était allé au *Chronicle* tôt dans la matinée, poussé par le désespoir, et avait ravalé sa fierté :

— J'ai besoin de te parler, si tu as le temps, avait-il dit.

Elle avait immédiatement réagi face à son visage ridé d'angoisse, l'invitant à s'asseoir.

— Bien sûr.

Il s'était agrippé à la tasse de thé bien chaud qu'elle avait posée devant lui. Avant de s'expliquer, il s'excusa de tout son cœur.

— Je suis tellement désolé de venir vous voir, Fräulein Young, avait-il commencé, tête baissée.

— On se tutoie, et tu dois m'appeler Georgie. S'il te plaît.

— Sara voulait que je vienne et il n'y a que toi qui puisses nous aider. Crois-moi, si j'avais pu me tourner vers quelqu'un d'autre, je ne t'aurais pas dérangée.

— Rubin, tu n'as pas besoin de t'excuser. Dis-moi tout.

Il l'avait fait. Il lui avait parlé d'Elias, de la débâcle de la veille et de ceux qui étaient considérés comme « indésirables », comme incapables de servir le Reich. De ceux qui étaient emmenés, de force, on ne savait où. Il n'avait pas pu s'empêcher de s'excuser, encore et encore, lui qui était censé être un homme fiable et solide. Lui qui était désormais en larmes, les doigts serrés autour de sa tasse.

— Il y a eu une descente dans le quartier hier soir. Heureusement que j'étais là. Avec Leon, on a réussi à monter Elias au grenier, cette fois, juste une seconde avant qu'ils frappent à la porte. J'ai cru avoir une crise cardiaque.

De sales bottes noires avaient envahi la maison de Rubin, son refuge familial. Il avait dû affronter leur brusque interrogatoire, tout en priant pour qu'Elias reste immobile et silencieux, coincé juste au-dessus de leurs têtes. Pour justifier son souffle court, il avait prétendu avoir un problème cardiaque, alors qu'il était seulement terrifié.

— Je pense avoir dit ce qu'il faut pour détourner leur attention, mais ça ne sera pas toujours le cas. Jusqu'ici, nous avons eu de la chance, mais… Très vite, nous serons en mauvaise posture. Je déteste te placer dans une telle position, mais…

— Bien sûr. Je ferai tout mon possible pour t'aider, l'interrompit Georgie. Tu as besoin d'argent ?

Il secoua la tête.

— C'est gentil de proposer, mais non merci. Nous avons économisé. Ce dont nous avons besoin, c'est de ton influence.

Son regard était désespéré, mais il ne suppliait pas. Pourtant, il en aurait été capable. Il n'y avait plus de place pour la fierté dans sa vie.

— Je voudrais te demander si tu peux nous aider à obtenir un visa pour Elias et les enfants.

Sara prit une longue inspiration, sa clavicule visible comme jamais auparavant à travers sa poitrine si amaigrie.

— Alors Georgie peut nous aider ?

— Elle va essayer, soupira Rubin. Je sais qu'elle fera de son mieux, mais elle ne peut rien promettre, c'est normal. Elle va appeler l'un de ses contacts, mais nous devons continuer à chercher des solutions de notre côté. Nos amis, là…

Il baissa d'un ton avant de poursuivre.

— Tu vois de qui je parle. Les gens que nous connaissons.

Sara rejeta la tête en arrière et ferma les yeux, un peu soulagée. Cette perspective pourrait, pendant un certain temps, apaiser la détresse d'Elias, sa peur d'être la proie des nazis Et ils devaient garder espoir : ils devaient continuer à espérer.

22
L'appel d'une actrice

29 octobre 1938

Quand Rubin fut parti, Georgie songea à Sam Blundon. Elle avait d'autres contacts, mais ce n'était que de vagues connaissances. Son amitié avec Sam était peut-être trop récente pour lui demander un tel service, mais Rubin semblait si terrifié… Il avait peur pour sa famille. Il n'y avait pas de place pour les convenances quand des vies étaient en jeu. Elias était en danger. Vu le zèle antisémite du Reich, c'était très clair.

Elle passa un coup de fil à son bureau à l'ambassade, mais c'était le week-end. Il était absent. Elle laissa un message spécifiant qu'il fallait qu'il la rappelle d'urgence. À l'Aldon, elle n'en parla qu'à Rod et à Bill. Ils avaient quelques contacts et donneraient un coup de main, pour Rubin.

— Par contre, tout traîne, maintenant, avertit Rod. Il y a une foule d'aspirants réfugiés qui attendent devant la porte de l'ambassade tous les jours. On aura beau dire que c'est urgent, c'est le cas pour tout le monde.

— Je sais, concéda Georgie. Mais si on s'y met tous, on aura peut-être plus de chances d'y arriver.

Deux jours plus tard, alors qu'elle se trouvait au bureau à trier les communiqués de presse tout en feuilletant l'agenda, des coups précipités à la porte la firent sursauter. Rubin ne frappait pas comme ça. Les stores étaient à moitié tirés et, malgré le ciel maussade, Georgie eut soudain la sensation aiguë d'être observée au microscope. En approchant de la porte vitrée, elle soupira de soulagement en constatant qu'elle n'avait pas affaire aux silhouettes larges de membres de la Gestapo. L'ombre était frêle. Quand elle ouvrit, elle se retrouva face à une inconnue, visiblement inquiète.

— Vous êtes Georgie Young ?

Ses yeux bleus étaient cerclés de rouge et son maquillage datait de la veille. Un béret dissimulait ses cheveux blonds. Elle était mince comme un fil et son visage était fin, presque émacié. Malgré tout, elle était belle, avec ses traits fins et ses lèvres ourlées encore légèrement teintées par du rouge à lèvres.

— Oui, c'est moi, répondit Georgie, méfiante.

Elle hésitait à ouvrir : après tout, la Gestapo pouvait se cacher derrière n'importe qui.

— Je suis Margot Moller.

Le nom lui était familier : elle avait dû le voir, le lire quelque part. La voix aussi, d'ailleurs. Fräulein Moller essaya de sourire, mais ses lèvres se contractèrent, comme une fermeture Éclair contenant sa détresse.

— Je ne savais pas où chercher. Paul a disparu. Impossible de le trouver.

Pour la seconde fois de la journée, Georgie fut obligée d'avoir recours au thé comme source de réconfort.

— Il est sûrement en Angleterre, tenta-t-elle de la rassurer. À Londres, au bureau, on ne l'attend pas avant un bon moment. Il passe du temps en famille.

Elle s'assit et fit face à Margot, désolée pour elle. Paul lui avait tourné la tête et lui avait menti. Elle devait désormais affronter la dure réalité. Quand il était devenu père, Paul Adamson avait compris qu'il avait mal agi et avait décidé de se consacrer à sa famille.

— On ne sait même pas s'il va revenir à Berlin.

Margot posa lourdement sa tasse et le thé déborda.

— Mais vous ne comprenez pas ? Il est revenu ! s'écria-t-elle, les lèvres pincées. Il était avec moi. Hier soir, il est sorti. Il devait voir un contact et il n'est pas revenu.

— Est-ce qu'il a dit où il allait ?

— Non. Et je suis allée partout, dans tous les bars qu'il fréquente. Personne ne l'a vu, répondit-elle en refoulant ses larmes. Ou personne n'a admis l'avoir vu.

Georgie réfléchit une minute. Elle ne savait rien de Paul Adamson, sauf qu'il était bon journaliste, distrait par sa vie personnelle chaotique. Ils avaient un peu parlé, mais que de travail. Paul s'était mêlé deux fois aux journalistes de l'Aldon et ne s'était pas montré très bavard. Où devait-elle commencer ses recherches ? Avait-il vraiment disparu ou se dérobait-il à ses responsabilités, comme ça avait été le cas jusque-là ?

Margot s'agitait sur sa chaise, visiblement en proie à la réflexion. Elle avait une autre révélation à lui faire.

— Il y a autre chose ? demanda Georgie avec douceur. Quelque chose que je devrais savoir ?

— Il travaillait sur un article, répondit-elle d'une voix tremblante. Il ne m'a pas dit sur quoi ça portait, mais c'était un scoop énorme. Il m'a dit que s'il lui arrivait quelque chose, il faudrait que je quitte Berlin, et même l'Allemagne. Je suis allée à son appartement : il a été fouillé. Ses affaires sont en ordre, mais j'ai tout de suite senti que quelqu'un était venu. Certaines choses n'étaient pas à la bonne place.

Elle avala une gorgée de thé, puis poursuivit, désormais incapable de s'arrêter de parler.

— Paul m'a donné un code pour ouvrir un casier à la gare d'Alexanderplatz. Il ne m'a pas autorisée à l'écrire. Il me l'a fait apprendre par cœur. Il a dit que si quoi que ce soit se produisait, je devrais y aller.

Georgie s'installa face à elle. Difficile de savoir si tout ça était vrai. Margot avait-elle été trompée par un homme menant une double vie, qui se faisait passer pour un mystérieux journaliste d'investigation afin de se présenter sous un jour plus attrayant ? Le sujet sur lequel travaillait Paul était-il réel ? Ça aurait pu être un moyen de justifier ses mensonges… Ou pas. S'était-il mis en danger ? Il n'y avait qu'un moyen de le savoir.

— Margot. Vous souvenez-vous du code pour ouvrir le casier ?

Elles décidèrent de se retrouver à la gare d'Alexanderplatz une heure plus tard. En attendant, Georgie appela le bureau à Londres : Henry était sorti, mais elle lui laissa un message. Elle devait savoir quand Paul avait quitté l'Angleterre et elle avait besoin de conseils. Elle avait l'impression d'être plongée dans un roman d'espionnage et ça lui faisait peur.

Elle n'avait pas le temps de trouver Rubin, donc elle prit un taxi pour se rendre à l'Aldon, espérant tomber sur Rod pour qu'il lui dise quoi faire. Il n'y avait que Max qui buvait un café au bar. Elle devait avoir l'air particulièrement inquiète, car il lui demanda :

— Georgie ? Qu'est-ce qui se passe ?

Elle voulait être seule sur le coup, mais la révélation de Margot la mettait en position de faiblesse. Et puis, elle ne se sentait pas à la hauteur. Enfin, même si elle avait sa fierté, elle n'était pas assez stupide pour y aller toute seule. Si l'appartement de Paul avait été fouillé, comme Margot l'avait affirmé, alors l'actrice était sûrement suivie par les hommes d'Himmler. Heureusement, Max était de meilleure humeur que la fois précédente. Quand elle lui expliqua toute l'affaire, il sembla intrigué, bien qu'un peu sceptique. Il termina son café d'un trait. Au moins, il ne la méprisait pas.

— Que sais-tu au sujet de cette Margot ? demanda-t-il alors qu'ils pressaient le pas pour rejoindre l'Alexanderplatz. Elle est actrice, non ? J'ai déjà vu son visage sur des affiches.

— Je ne sais presque rien d'elle. À part le fait qu'elle avait une liaison avec Paul. Je les ai entendus se parler au téléphone. Mais Paul ne disait pas grand-chose, du moins quand j'étais là. Je pensais que j'avais affaire à un homme qui trompait sa femme enceinte et qui se sentait honteux que j'en sois témoin, pas plus. Quant à elle, elle semblait vraiment bouleversée. Et inquiète.

— Peut-être bien. Elle ne réussira pas à avoir un visa de sortie, désormais. Si elle appartient à l'équipe des starlettes de Joseph Goebbels, le Reich la surveillera de près. Joey ne les lâche pas d'une semelle, surtout si elles ont été vues avec des journalistes anglais.

Georgie se sentit doublement désolée pour Margot : surveillée étroitement par Goebbels et trahie par Paul. Naïve ou pas, elle ne méritait pas ça.

Elle les attendait dans un bar, à l'entrée de la gare. Elle buvait un café et semblait tout sauf détendue. Elle respirait l'anxiété. Max regarda à gauche et à droite. Des gens allaient et venaient en direction des quais, mais personne de suspect… Georgie eut soudain en tête une scène hitchcockienne, avec un espion qui faisait mine de lire un journal.

Ils se sourirent comme s'ils étaient de vieux amis. Georgie comptait sur les talents d'actrice de Margot pour donner le change. C'était son métier, après tout ! Mais son corps était raide et ses mouvements manquaient cruellement de naturel.

— Voici Max, dit Georgie. C'est un ami, vous pouvez lui faire confiance.

Margot acquiesça, mais fut incapable de se dérider. Ils n'allèrent pas directement à la consigne. Max regarda s'ils étaient suivis. Ce n'était pas le cas. Margot donna le code à l'agent et on lui remit une clé. Ses doigts tremblaient quand elle la glissa dans la serrure du casier. Georgie et Max se tenaient légèrement en retrait, les yeux rivés sur Margot, alors qu'elle saisissait une grande enveloppe marron, qu'elle glissa dans son sac à main. Elle se rapprocha d'eux.

— Il n'y a qu'une seule enveloppe. Rien d'autre. Si on allait s'installer dans un café pour y jeter un œil ?

Max scruta les lieux.

— Il ne vaut mieux pas.

Sa légèreté avait disparu. Son visage était grave.

— Allons à mon bureau. Ce n'est pas un lieu public, mais on sera en sécurité. J'irai en tram avec Margot et toi, Georgie, tu nous suis en taxi dans une vingtaine de minutes, pour nous laisser le temps d'arriver : nous changerons de ligne plusieurs fois. O.K. ?

Georgie haussa les sourcils. Il acquiesça très légèrement, de manière à ce que Margot ne voie rien. *Je t'expliquerai plus tard*, semblait-il dire.

Georgie commanda un café bien fort. Elle en avait besoin. Cette impression d'être immergée dans un roman d'espionnage se faisait plus forte… Et il ne s'agissait pas d'une petite histoire de meurtre, comme dans les romans d'Agatha Christie qu'elle affectionnait. Le *Telegraph* n'était qu'à quelques pâtés de maisons de son propre bureau et elle arriva la première. Elle fut accueillie par une secrétaire d'un certain âge, qui grogna et continua à taper sur le clavier de son téléscripteur. Georgie regarda avec envie cette machine, à la pointe de la technologie, capable d'envoyer des articles dans tous les pays en un instant. Rien à voir avec ce qu'on trouvait dans les bureaux du *Chronicle*, où on utilisait les lignes téléphoniques, les télégrammes et la voie postale pour communiquer avec Londres. Quand Max et Margot arrivèrent, fatigués par leur trajet, la secrétaire rassemblait ses affaires et couvrait la machine.

— Merci Inga, dit Max en l'accompagnant à la porte.

Elle jeta un regard en arrière, désapprobatrice. Que faisaient ces deux inconnues sur son territoire ?

— Je pense qu'elle est digne de confiance, mais on ne sait jamais, ces derniers temps, souffla Max à Georgie.

Ils ouvrirent l'enveloppe comme si elle pouvait les mordre. Elle contenait plusieurs feuilles de papier et quelques photos floues, que Margot saisit avec précaution. Les feuillets étaient tapés ou écrits à la main. L'aigle du Reich n'y apparaissait pas, seulement l'en-tête d'un hôpital ou d'une clinique : l'institut Haas, qui se trouvait au sud de Berlin. Il y avait des listes de noms, tapés à la machine, et juste à côté, un chiffre, qui allait de un à neuf. Georgie supposa d'abord qu'il s'agissait d'une maison de retraite, mais les dates de naissance lui indiquèrent qu'elle se trompait. Les patients étaient âgés de vingt à soixante ans, voire plus. Il y avait des notes écrites à la main. Une spirale griffonnée bordait la page.

— On dirait le journal intime de quelqu'un, murmura Georgie.

Elle pouvait traduire les mots un à un, mais ne parvenait pas à leur donner un sens global : c'était un mélange de chiffres et de lettres. Les mots « capacités » et « prévision » ressortaient régulièrement. Le reste, c'était du jargon technique. Georgie aurait été incapable de le traduire.

— Qu'est-ce que ça peut bien vouloir dire ? dit Margot d'une petite voix déçue.

— Je n'en ai aucune idée, admit Max.

Il regarda les photos, imprimées par un amateur, peut-être Paul en personne : il s'agissait de deux hommes massifs en pardessus, qui sortaient d'un immeuble. Leurs visages étaient trop flous pour qu'ils puissent les identifier. Georgie soupira. Ils n'avaient rien appris sur le scoop de Paul ni sur l'endroit où il se trouvait.

— Je pense que la seule chose à faire, c'est de prévenir les autres pour qu'ils mettent leurs indics sur le coup, dit Max.

— J'appellerai Henry à Londres pour qu'il contacte l'ambassade britannique, ajouta Georgie. Et si Paul ne revient pas rapidement, nous devrons prévenir la police.

Margot semblait sous le choc : elle avait espéré trouver Paul. Peut-être dans un trou à rat. Peut-être saoul et désolé, mais indemne. Et peut-être qu'elle voyait juste, peut-être qu'encore une fois, il fuyait ses responsabilités. Mais plus le temps passait, moins cela semblait plausible. Georgie fit de son mieux pour rassurer Margot, mais elle n'était pas convaincue.

— Nous vous appellerons dès que nous aurons du nouveau, dit-elle en la raccompagnant.

Margot avait une audition et devait se préparer. Elle était célibataire et actrice. Pour sa propre sécurité, elle devait faire comme si de rien n'était. Sans Paul, elle ne pouvait compter que sur son travail. Quand elle fut partie, Max alluma la radio, monta le volume et s'approcha de Georgie. Il était si près qu'elle pouvait sentir son après-rasage.

— Alors ? demanda-t-elle, les yeux agrandis par la curiosité.

— C'est étrange, mais ça ne sent pas bon, répondit-il en feuilletant la liasse de documents. Je pense avoir vu quelqu'un, à la consigne. Il faisait semblant de se promener. Je n'en suis pas sûr à cent pour cent, mais je pense l'avoir déjà vu à l'Aldon. Même si c'est une coïncidence, ce n'est pas plaisant.

Ils décidèrent de se retrouver à la Taverne pour mettre les autres au courant. Mais ils ne parleraient que de la disparition de Paul, pas du reste. Max rangea les feuillets dactylographiés dans le coffre-fort du bureau ; Georgie plia soigneusement les pages rédigées à la main avant de les ranger dans son sac à main. Elle envisageait de les traduire avec un bon dictionnaire, peut-être même de demander de l'aide à Rubin. Ça l'énervait de ne pas comprendre ce qui était écrit. Une autre énigme à résoudre.

— Désolé, mais j'ai une cérémonie ridicule à couvrir, annonça Max. Le foie de Cliff lui a enfin donné un avertissement. Il est à l'hôpital et je couvre tous les événements inscrits dans l'agenda.

Ils se regardèrent en silence. Pas besoin d'en dire plus.

Ils étaient arrivés quelques mois plus tôt. Comment auraient-ils pu imaginer que les choses tourneraient ainsi en un si court laps de temps ?

De retour au bureau, Georgie appela Londres.

— Comment ça va, Georgie ? dit Henry.

Son inquiétude était perceptible, même si la réception était mauvaise.

— La femme de Paul a confirmé qu'il avait quitté Londres il y a cinq jours pour nous donner sa démission et régler les derniers détails de son départ. Mais nous ne l'avons pas vu.

Il poussa un grand soupir.

— Il a toujours été difficile à suivre, et peut-être que j'aurais dû lui serrer la vis, mais il rapportait toujours des scoops. Il avait d'excellents contacts.

— Peut-être trop beaux pour être vrais, marmonna Georgie.

Elle lui raconta la disparition de Paul sans entrer dans les détails. On l'avait mise en garde : les lignes téléphoniques utilisées par la presse n'étaient pas sûres, comme le prouvait le clic révélateur, qu'elle entendait de temps en temps quand elle décrochait. Le Reich avait des oreilles partout, même à l'Aldon. Bill Porter avait d'ailleurs affirmé que même les cabines téléphoniques publiques étaient sur écoute. Ils les utilisaient quand ils transmettaient des articles basiques. Mais quand leur travail était plus engagé, il fallait utiliser un autre moyen. Le câble ou le courrier, si ce n'était pas trop urgent.

— J'appellerai l'ambassade à Berlin. Je connais quelqu'un, poursuivit Henry. Ils pourront peut-être résoudre le problème avant que nous ayons à appeler la police.

Georgie fut soulagée : elle n'aurait pas voulu solliciter à nouveau Sam Blunton. Paul, Rubin… Elle se sentait plus détective que reporter.

— Au fait, Georgie ?

— Oui, Henry ?

— Ne joue pas à l'enquêtrice, d'accord ? Laisse-moi régler le problème.

Dieu tout-puissant, voilà pourquoi Henry avait été un si bon journaliste à son époque. Il flairait les choses, d'instinct, même s'il était à des milliers de kilomètres. Il n'avait pas volé sa réputation.

— Entendu, dit-elle, heureuse qu'il ne puisse pas voir la culpabilité qui se peignait sur son visage.

Elle savait parfaitement qu'elle devrait laisser tomber. Les feuillets dans son sac étaient vraiment louches... Mais y parviendrait-elle ?

Incapable de se concentrer, elle marcha vers Unter den Linden et le café Kranzler, pris d'assaut par les clients en cette fin d'après-midi. Même s'il y avait beaucoup de soldats, elle aimait cet endroit : elle pouvait y réfléchir en toute tranquillité. Le Reich ne pouvait brider ses pensées. Pour le moment.

Elle s'assit à sa table habituelle. Durant les semaines précédentes, Karl lui avait servi son café sans manquer de lui demander si elle voulait un supplément de crème. « Non merci », avait-elle répondu jusqu'à ce jour. Rod, dans sa grande sagesse, lui avait conseillé d'utiliser ses contacts avec parcimonie et d'attendre d'en avoir vraiment besoin.

— Bonjour, Fräulein, la salua Karl consciencieusement. Que puis-je vous servir ?

Georgie devint écarlate. Elle eut la sensation que les voix fortes et grossières des soldats de la Wehrmacht s'amplifiaient.

— Je vais prendre un café et une part de strudel, avec un supplément de crème.

Elle sourit poliment. C'était si difficile de garder un visage impassible. *Georgina Young, à quoi tu joues ?*

Karl restait impassible.

— Mais bien sûr, Fräulein.

Il s'éloigna. Georgie observa la salle et se souvint du Lyons Corner House, sur Tottenham Court Road, avec ses abat-jour fleuris et ses plantes exotiques. Elle y était allée après son entretien au *Chronicle*, qui avait été un succès, et s'était offert leur plus gros gâteau à la crème.

Elle avait réfléchi à ce que sa vie en tant que journaliste lui apporterait. Le Kranzler était plus luxueux que le Lyons et peuplé d'hommes qui constituaient une menace pour la paix en Europe. Et elle se trouvait là, à solliciter son contact pour qu'il déniche des informations potentiellement explosives. Voilà où la vie l'avait menée.

Karl revint quelques minutes plus tard et lui servit un café, une assiette de strudel feuilleté et un pot de crème. Il glissa un billet en dessous, acquiesça et s'éloigna. Elle but une gorgée de café, toute à son impatience de saisir le billet. Mais elle se força à regarder par la fenêtre le flot des passants, ainsi que la rangée de drapeaux rouges au loin. Dans le café, tout le monde était vêtu de gris et de vert : les couleurs de l'armée et des SS. N'importe lequel d'entre eux pouvait l'arrêter si elle se trahissait. Elle pourrait être accusée de conspiration. Elle pourrait être expulsée ou emprisonnée. Ou pire. Et pourtant, elle ne pouvait pas reculer.

Le crime d'avoir demandé de la crème avait été commis. Après avoir fini son strudel et son café, Georgie récupéra le billet d'un geste naturel et le retourna. Y était griffonné au crayon :

Bar Schiller à 10 heures.

Elle prit une longue inspiration. Elle n'avait pas le choix ; elle devait s'y rendre. Elle se leva, tentant de réprimer ses tremblements, quand elle subit, au plus profond d'elle-même, un nouveau choc. D'abord, elle l'entendit. Et quand elle jeta un coup d'œil, elle constata qu'il était installé à une table dans un angle de la pièce. C'était Kasper, accompagné d'officiers SS. Ils courtisaient trois femmes, des chasseuses d'uniformes, pour employer le stéréotype à la mode : ces femmes qui étaient séduites par le gris et le noir de la tenue des SS, et par le pouvoir. Ça ne se voyait ni à leurs robes, ni à leurs coiffures, mais à leurs visages qui exprimaient un farouche empressement. Un besoin de plaire désespéré. Une envie d'avoir un homme et de le garder.

Le regard rivé au sol, Georgie s'esquiva, attentive à ne pas attirer l'attention, surtout pas celle de Kasper. Mais aucune inquiétude à avoir : il était captivé par les femmes et son rire grave, comme la fumée de sa cigarette s'élevaient au-dessus de sa table. Georgie se sentit plus soulagée que jalouse. Elle ne voulait pas être dans le viseur d'un officier SS, subalterne ou pas. Surtout pas à ce moment-là.

23
Lumières étincelantes

2 novembre 1938

Georgie hésita à demander à Max de l'accompagner à son rendez-vous avec Karl, mais elle changea d'avis : un couple se fondrait mieux dans la foule. Le serveur semblait être un homme de confiance et c'était lui qui avait décidé qu'ils se retrouvent dans un lieu public. Elle n'était jamais allée au Schiller : le café se trouvait dans une petite rue juste à côté du Kurfürstendamm, avenue lumineuse et animée, prisée pour ses night-clubs, épicentre de la vie nocturne berlinoise. Des centaines de lampadaires éclairaient Georgie alors qu'elle s'avançait vers le bar. Il faisait froid et son souffle dégageait de la vapeur. Elle avait les mains bien au chaud dans ses gants. La vue des couples marchant bras dessus bras dessous la réchauffa. Leurs rires tempérèrent son angoisse. *Si Rod a confiance en ce Karl, alors toi aussi.* Et pourtant, derrière chaque visage souriant qu'elle croisait pouvait se cacher la Gestapo. *Tu ferais bien de t'en souvenir, ma fille.*

Le Schiller était sombre et nettement moins élégant que les autres bars, mais il avait l'avantage d'être mal éclairé. Elle s'était volontairement vêtue sobrement et portait un costume chaud et gris ainsi que des chaussures plates : pas de quoi faire tourner les têtes. Elle réalisa qu'inconsciemment, elle s'était habillée de sorte à pouvoir courir si sa vie était en danger. Cette menace lui trottait en tête.

En entrant, elle scruta les tables et les clients. Certains la regardèrent puis se détournèrent immédiatement. Une ou deux paires d'yeux s'attardèrent sur elle un peu trop longtemps à son goût. Elle eut soudain chaud. Karl était déjà là, au fond du bar, accoudé à une table en bois brut. Il se pencha pour l'embrasser quand elle s'assit, comme pour jouer aux amoureux. Quand leurs boissons furent servies et qu'il fut certain que les hommes au comptoir ne leur prêtaient plus attention, Karl lui fit face.

Sa voix était enjouée, mais il parlait tout bas.

— Alors, cette crème, Fräulein ?

— L'institut Haas, Königstrasse, Wannsee. Vous savez quelque chose à ce sujet ?

Ses yeux se plissèrent comme s'il cherchait au fin fond de sa mémoire.

— Ça ne me dit rien.

C'était un bon contact : il savait qu'il ne fallait pas demander à Georgie ses raisons.

— Voulez-vous que je fasse des recherches ? En toute discrétion, bien sûr.

— Oui, s'il vous plaît. Surtout au sujet de ses propriétaires et de ce qu'on y fait.

— Très bien. Ça prendra sûrement quelques jours.

Georgie réprima sa déception. Trouver Paul était urgent, mais Rod l'avait convaincue qu'il fallait du temps pour obtenir une information solide. Si c'était trop rapide, c'était mauvais signe : ce ne serait ni fiable ni précis.

— Revenez au Kranzler dans cinq jours. Je vous dirai si j'ai trouvé quelque chose, dit Karl en terminant sa bière.

— Encore une chose.

Elle ignorait si elle pouvait se fier suffisamment à Karl pour lui donner un nom, mais après tout, elle n'avait rien à perdre, surtout si Paul était en danger.

— Un de nos correspondants a disparu hier.

La surprise de Karl n'était pas feinte.

— Paul Adamson, poursuivit-elle. Est-ce que vous en avez entendu parler ? Est-ce qu'il vous a déjà contacté ? Vous ou un autre contact que vous connaîtriez ?

Karl ignorait tout de cette affaire.

— Fräulein, il y a beaucoup de gens comme moi qui essayent tout simplement de gagner un peu d'argent pour survivre, au cas où nous… Bref, vous savez. Je ne connais pas son nom, mais il avait peut-être des contacts. Je me renseignerai.

Il hocha la tête pour mettre fin à leur entretien. Puis, ils firent comme s'ils étaient amis en se disant au revoir, se promettant de se revoir très vite.

Dehors, l'avenue principale, brillamment éclairée, était toujours pleine de monde. Des couples sortaient des cabarets ou des salles de spectacle. Ils semblaient ne pas prêter attention aux faits sordides qui se tramaient derrière cette débauche de luxe. Georgie les observait, envieuse de leur insouciance. Elle aurait aimé s'attarder et s'installer sous l'auvent d'un café bien éclairé, et regarder les gens passer. Mais elle ne se sentait pas en sécurité, plutôt épuisée : par son entrevue avec Karl, par les révélations des jours précédents et de la journée, et par ce qui l'attendait dans les jours à venir.

En rentrant, elle se plongea dans un bain moussant. Elle était ravie de s'accorder ce plaisir, mais ne pouvait s'empêcher de se sentir coupable, surtout quand elle ignora la sonnerie du téléphone qui retentit plusieurs fois. Margot Moller était sûrement au plus bas. L'actrice était réputée à Berlin et si elle faisait partie des starlettes bien-aimées de Goebbels, elle savait de quoi étaient capables les hauts gradés du Reich. L'éclat des fêtes, le panache de l'étiquette, oui. Et la grossière réalité qui se cachait derrière.

Elle devait se sentir mal et seule. Et devait toujours attendre désespérément Paul.

24

La tache rouge

3 novembre 1938

Le matin suivant, Georgie fut contente de pouvoir tout raconter à Max, à l'occasion de la conférence de presse à la chancellerie où toute la presse était convoquée. Il plissa les yeux quand elle s'assit à son côté. Encore une fois, elle avait du mal à cerner son état d'esprit.

— Je me demandais pourquoi tu n'étais pas à la Taverne, chuchota-t-il d'un ton irrité. J'ai appelé plusieurs fois à l'appartement. J'ai failli lancer un avis de recherche. Ne recommence plus, Georgie.

Elle fut surprise par sa réaction. Derrière sa tirade, elle décelait une réelle inquiétude.

— Je suis désolée. J'étais fatiguée et j'avais juste besoin d'un bon bain.

— C'est très bien, mais vu les circonstances, tu aurais pu te trouver n'importe où. Tu aurais au moins pu me tenir au courant.

Sa bouche serrée exprimait l'agacement. Elle se mit à sa place : elle aurait ressenti la même chose. Elle s'excusa donc encore une fois avec sincérité.

— Alors, est-ce que quelqu'un savait quelque chose au sujet de Paul, à la Taverne ?

— Personne ne l'a vu avant son départ pour l'Angleterre. On dirait qu'il ne se mêlait pas trop aux autres. Mais tout le monde est sur le coup.

Il n'avait pas l'air très optimiste. Georgie baissa la tête quand le responsable de la presse se posta derrière son pupitre et toussa bruyamment.

— Est-ce que tu penses qu'on lui a fait du mal ? souffla-t-elle.

Max pouvait se montrer parfois bourru et distant, mais il n'était pas enclin à l'exagération. Son silence en dit beaucoup.

Ils retrouvèrent Margot après la conférence. Se parler au téléphone n'était pas sûr. Elle n'avait pas de nouvelles et semblait encore plus mince que la fois précédente, comme si elle n'avait ni mangé ni dormi depuis.

— Et si on y allait, à cette clinique ? lança-t-elle. Je pourrais y entrer et prétendre que je viens voir quelqu'un ou que je suis souffrante.

Les traits de son visage exprimaient la même impatience, le même désespoir que ceux d'un enfant.

— Je ne doute pas que vous soyez capable de donner le change, dit Max, mais je pense que nous devons d'abord attendre d'en savoir plus. Même si la disparition de Paul a quelque chose à voir avec l'institut Haas, il n'est sûrement pas prisonnier là-bas. Ce serait trop imprudent.

Il se frotta le menton, plongé dans ses pensées.

— Peut-être qu'il est temps de signaler sa disparition. Le rechercher ne sera pas la priorité de la police, mais si le *Chronicle* signale aussi sa disparition et que l'ambassade s'en mêle, ils seront bien forcés de faire quelque chose.

Toute pâle, Margot acquiesça. Georgie la visualisa au poste de police, en train de faire sa déposition devant un officier fatigué, qui prendrait des notes en se demandant comment elle avait pu être assez stupide pour s'engager avec un journaliste peu fiable.

Dieu tout-puissant, où es-tu, Paul, et dans quel pétrin tu t'es fourré ?

Ils n'apprirent rien de plus les jours suivants : Margot était passée au bureau et lui avait envoyé un mot pour lui dire qu'elle était sans nouvelles.

Au fil des jours, Georgie escomptait de moins en moins en avoir et commença à craindre le pire. Elle était désormais certaine que son absence n'était pas liée à son infidélité. Henry signala officiellement la disparition de Paul et l'ambassade britannique réagit en demandant avec insistance à la police de commencer les recherches.

En milieu de journée, Sam répondit au message de Georgie au sujet des Amsel. Concentrée sur Paul, elle avait fait passer les Amsel au second plan. Elle décida donc de se concentrer sur eux, même si Rubin l'avait conduite en ville tous les jours sans lui en reparler.

— Aurais-tu un peu de temps à m'accorder demain ? demanda-t-elle à Sam d'une voix penaude. J'ai un service à te demander. Nous pourrions peut-être nous retrouver au café Bristol. J'offre les pâtisseries.

— Comment pourrais-je refuser ?

Georgie se sentit rassurée : elle pourrait aider Rubin. Mais avant ça, Karl devait lui faire un compte-rendu de ses recherches. Le temps filait et Georgie avait l'impression de jongler entre ses obligations. Elle négligeait son travail, à tel point que Henry lui avait adressé un télégramme concis et sec, lui demandant si on dormait, à Berlin. En réponse, elle rédigea l'une de ses cartes postales avec une facilité déconcertante. Elle évoqua ce qui se disait, la tension qui flottait dans l'air, perçant l'énergie vibrante des cafés et des night-clubs. L'obscurité sinistre qui se heurtait aux lumières frivoles. Elle s'inspira de sa propre expérience, mais aussi des récits que Frida faisait de ses sorties nocturnes.

À 17 heures, elle s'installa au Kranzler. Karl se dirigea vers sa table avec la discrétion d'un fantôme et elle commanda son habituel café.

— Avez-vous de la crème, aujourd'hui ? demanda-t-elle tout en luttant pour rester neutre.

Mais ce n'était décidément pas son fort.

— Beaucoup, aujourd'hui, madame, dit-il d'un ton plat en lui laissant une note.

Elle la lut en remuant son café.

Tiergarten, à l'entrée principale, dans une heure.

Elle partit en avance. Dépassant l'Aldon, elle passa sous les majestueuses arcades de la porte de Brandebourg. Arrivée au parc, du côté de l'entrée du « Jardin des bêtes », elle se retourna pour contempler Unter den Linden. Elle regarda au loin, chose qu'elle n'avait pas faite depuis des semaines, et réalisa qu'elle était devenue comme la majorité des Berlinois : acclimatée. Ça s'était infiltré lentement mais sûrement dans sa conscience : quand elle plissait les yeux, Berlin devenait tout rouge, comme inondé de sang. Du sang qui s'infiltrait sournoisement à travers les murs des imposants buildings.

Cette vue lui serra cruellement le cœur. Paul. Rubin. Sa famille, si gentille et accueillante. Ce pauvre malheureux, qu'elle avait croisé dans la rue le premier jour. La fille rousse, rasée et humiliée sur la place du village, persécutée parce qu'elle aimait un Juif. Tout ça, c'était la tache rouge nazie. À quoi fallait-il s'attendre ensuite ?

Dansant d'un pied sur l'autre pour se réchauffer, elle fit de son mieux pour ne pas avoir l'air louche. Karl apparut quelques minutes plus tard. Son uniforme était dissimulé sous un long pardessus noir.

— Promenons-nous, dit-il.

Georgie hésita. Elle ne le connaissait pas si bien que ça et certains chemins n'étaient pas éclairés. Les coins sombres pouvaient être des pièges. Il sentit la tension qui vibrait en elle quand il lui prit le bras.

— Ne vous inquiétez pas. Ce sera rapide.

Heureusement, des couples se promenaient et Karl se contenta de rester sur les voies principales. Il attendit que deux promeneurs les aient dépassés pour prendre la parole.

— L'institut Haas…

— Oui ?

— Je m'en tiendrais éloigné si j'étais vous.

— Pourquoi ?

— Vous n'avez pas entendu ce que j'ai dit ? reprit-il d'une voix sifflante. Ce n'est pas bon d'aller fouiner là-bas.

— Est-ce un avertissement ?

Elle se demanda si Karl était un défenseur du Reich, mais son instinct lui souffla le contraire. Il serra son bras : pas de manière agressive, mais pour lui montrer qu'il était sincère. *S'il vous plaît, croyez-moi.*

— C'est un avertissement. Mais un avertissement amical. Pour vous et Herr Faber.

Georgie s'arrêta pour réfléchir.

— Dites-moi tout quand même. S'il vous plaît. Je serai prudente.

Il hésita, considérant peut-être que son rôle était d'informer et non de se préoccuper des conséquences.

— En apparence, on a affaire à une maison de santé où séjournent des personnes âgées et handicapées.

Une maison de santé luxueuse. Mais on raconte qu'il se passe bien d'autres choses dans les laboratoires.

— Pourquoi y aurait-il un laboratoire dans une maison de santé ?

— Bonne question, dit Karl tout en saluant un couple qu'ils croisaient. Autre chose à savoir : l'un des directeurs est le cousin d'Himmler.

Un frisson d'angoisse, puissant, traversa le corps de Georgie.

Elle trouvait Joseph Goebbels répugnant. Mais Himmler, sur son estrade, à Nuremberg, lui avait semblé nettement plus sinistre. Joey était ouvertement triomphant, mais Himmler restait en retrait, observant calmement, absorbant la vague d'antisémitisme. S'en délectant.

— Oui, Himmler, dit Karl, qui perçut son malaise. C'est pourquoi vous devez vous montrer prudents.

— Nous le serons, promis.

— Je dois repartir, annonça-t-il alors qu'ils gagnaient l'une des entrées latérales du parc et émergeaient sous les lumières de la Bellevuestrasse.

Georgie dégagea son bras du sien en lui glissant une liasse de reichsmarks. Karl lui adressa un petit sourire.

— Prenez soin de vous.

Il se détourna et s'éloigna d'un pas élégant. À nouveau, elle fut envahie par l'agitation. Ils détenaient une information, mais qu'allaient-ils en faire ? Qu'avait découvert Paul ? Où est-ce que ça l'avait mené ?

À la Taverne, elle raconta tout à Max. Ils s'étaient installés en bout de table, front contre front. Il ne sembla pas très surpris.

— Qu'allons-nous faire ?

Georgie n'était pas journaliste d'investigation et connaissait ses limites. Elle se sentait totalement dépassée. Max gonfla ses joues.

— Je pense que si on veut en savoir plus, on doit y aller. Au moins, s'en approcher.

— Margot ?

Il secoua la tête.

— C'est une actrice, mais elle est trop impliquée, donc on ne peut pas compter sur elle.

Il resta silencieux, le temps que Georgie comprenne, et haussa légèrement les sourcils.

— Moi ? Tu veux que j'y aille ?

— Si tu en as envie. Tu feras mine de visiter les lieux pour un membre de ta famille. Ton allemand est bon. Peut-être que tu pourrais faire croire que tu es venue voir un proche en mauvaise santé et que tu veux le placer là avant de rentrer chez toi.

Georgie fut d'abord horrifiée mais se calma rapidement. Il s'agissait seulement de discuter et non de fureter dans tous les coins ou de mettre la main sur des documents.

— Très bien. Je vais le faire. J'appellerai demain pour prendre rendez-vous.

Elle espérait être à la hauteur.

— Nous serons prudents, lui assura Max.

Il ne précisa pas ce qu'ils feraient si l'institut Haas abritait effectivement des activités illégales. Chaque chose en son temps.

25

Ça chauffe

7 novembre 1938

Georgie appela l'institut d'une cabine téléphonique le matin suivant. Une réceptionniste à la voix cristalline lui donna rendez-vous trois jours plus tard.

Elle rencontra Sam Blundon en milieu de matinée au café Bristol, lieu réputé pour son animation, son café et ses cakes. Sam semblait requinqué après un long week-end dans une petite station thermale des environs. Il parut heureux de voir Georgie, mais ses yeux brillants s'assombrirent quand elle lui parla des Amsel. Il semblait inquiet, mais pas surpris.

— Georgie, j'ai bien peur qu'ils ne soient pas les seuls dans ce cas. Nous avons des centaines de personnes qui viennent chaque jour à l'ambassade : ils disent avoir de la famille en Angleterre, même très lointaine, pour fuir Berlin. Et ce qui n'arrange pas nos affaires, c'est que les passeports juifs ont été confisqués.

— Rubin dit qu'il a un oncle en Écosse, insista Georgie. Il pense qu'il pourrait accueillir Elias et les enfants.

Sam soupira. Lourdement. Il n'était pas optimiste.

— Je vais noter leur nom et je ferai quelques recherches. Mais honnêtement, je ne peux rien promettre. Quelques organismes humanitaires prennent des mesures pour aider les enfants à sortir du territoire, mais les places sont très limitées.

— Essayer d'aider, c'est déjà beaucoup. Les Amsel craignent que l'infirmité d'Elias fasse de lui une cible facile. Est-ce que tu as entendu parler de ça ? Où est-ce qu'on emmène les gens comme lui ?

Sam secoua la tête et fixa sa part de cake. Georgie sentit qu'il ne dévoilerait rien. Sa formation diplomatique reprenait le dessus. Et ça n'aurait pas été juste d'insister. Ils se séparèrent après s'être promis d'aller au cinéma deux jours plus tard voir un film anglais. Plus que jamais, ils avaient besoin d'un répit. De quelque chose leur rappelant leur terre natale.

Elle rentra au bureau et appela la police : aucunes nouvelles de Paul. Il ne faisait pas partie de leurs priorités malgré l'insistance de l'ambassade. Elle passa le reste de l'après-midi à écrire sa troisième requête à l'adresse du Reich pour rencontrer la Jungvolk – la Jeunesse hitlérienne – dans le but d'écrire un long article. Le *Chronicle* avait apprécié son texte sur les filles de la BDM et voulait qu'elle creuse le sujet. Herr Bauer n'avait pas donné suite à ses premières demandes, mais Georgie était déterminée. Bien plus que la grandiloquence manifeste de Nuremberg et ses fanatiques, ce qui l'intriguait et la dégoûtait à la fois, c'était de voir ces jeunes garçons, qui semblaient si innocents, clamer leur envie de mourir pour le Führer. Le pire, c'était qu'ils pourraient effectivement se retrouver en première ligne au front. Elle ne pouvait rien faire de plus pour contrer la propagande et éclairer ses lecteurs.

Elle était sur le point de partir quand le téléphone sonna.

— Salut, belle inconnue. J'espérais pouvoir te joindre.

La voix de Rod était joyeuse.

— Tu voudrais boire un verre à l'Aldon à 18 heures ? C'est moi qui t'invite.

— Parfait. Occasion spéciale ou tu as touché une augmentation ?

— C'est mon anniversaire et je suis plutôt content d'avoir survécu une année de plus à Berlin.

— Dans ce cas, je ne peux refuser !

Georgie avait juste le temps de se rendre à la pâtisserie du coin où elle acheta une boîte des meilleurs strudels de Berlin.

En pénétrant dans le hall, elle entendit la foule qui célébrait l'anniversaire de Rod. Leurs rires se mêlaient au doux bruit des fontaines.

— Coucou, toi ! Qu'est-ce que tu bois ?

Rod était déjà éméché, une bouteille de champagne entamée trônait à côté de lui sur le bar. Ça faisait des siècles qu'elle n'avait pas eu envie de s'amuser ou qu'elle n'avait pas agi avec légèreté. Elle aimait son travail, elle adorait Berlin, mais ces derniers jours avaient été sombres. Elle avait grand besoin de fantaisie.

— Un verre de pétillant, s'il te plaît.

Max et Simone arrivèrent peu après, suivis par Frida. La bande était au grand complet. Il y avait de plus en plus de monde, de plus en plus de bruit. Georgie s'assit au bar pour siroter son champagne. Elle avait le ventre vide et sentait les effets de l'alcool, tout en écoutant les histoires des vétérans. *Un jour,* songea-t-elle, *ce sera peut-être moi qui raconterai mes aventures d'un ton ému. Est-ce possible ? Survivrai-je assez longtemps ?*

Cette pensée ainsi que l'alcool assombrirent sa bonne humeur. Bill, qui s'était éclipsé brièvement pour se rendre au bureau du *Chicago Tribune*, refit son apparition. Il tenait un papier.

— Écoutez, tout le monde.

On se tut.

— Quelque chose se prépare. Un diplomate allemand a été abattu à Paris.

Rod semblait presque offensé ; les autres étaient confus.

— Mais les bureaux à Paris s'occuperont de ça, non ?

— Peut-être, dit Bill en gonflant les joues. Sauf que c'est un Juif qui lui a tiré dessus.

Ses mots planèrent dans l'atmosphère enjouée du bar. Leur bulle de légèreté avait éclaté. On y avait planté une aiguille. Cette fine équipe était bien connue pour lever le coude facilement, mais aussi pour dégriser rapidement quand un scoop se présentait. On se sépara, on retourna au bureau pour passer des coups de fil ou envoyer des télégrammes.

— Désolée, Rod, dit Georgie en le serrant dans ses bras, alors qu'il terminait son verre.

— Ça fait partie du métier, répondit-il, avec son éternel sourire barbu, pour une fois légèrement résigné. Si on ne supporte pas les coups de pression, on est hors-jeu.

Il glissa lourdement de son tabouret et se dirigea vers la sortie, serrant contre lui sa boîte de strudels. Simone était partie rapidement pour contacter ses collègues français, tout comme Frida, qui irait certainement rencontrer l'un de ses admirateurs SS afin d'avoir un aperçu de la réaction du Reich. Georgie savait qu'elle devait y aller, elle aussi, mais elle était comme clouée à son tabouret, soudain envahie par une vague d'épuisement.

— Est-ce que tu pensais que ça pourrait tourner aussi mal ? demanda-t-elle à Max, qui s'apprêtait à partir.

— Peut-être, répondit-il en haussant les épaules, ses yeux pâles un peu vitreux.

Les journalistes appelaient ça la fatigue berlinoise.

Ils savaient tous les deux que la propagande nazie devait être en train de tourner à plein régime : au mieux, ce meurtre alimenterait le zèle antisémite : Georgie voyait d'ici les prochains gros titres du *Stürmer*, accompagnés d'une caricature grotesque d'un Juif représenté en diable. Au pire… Eh bien, elle n'avait pas envie d'y penser. Personne n'égalait les nazis quand il s'agissait de répandre la haine. Elle pensa à Rubin et Sara, et à leur réaction quand ils apprendraient la nouvelle. Ça ne ferait qu'approfondir leur angoisse, déjà immense.

Quand elle rentra au bureau, elle était sobre. Un télégramme l'attendait :

Diplomate blessé, mais pas mort. Voir réactions à Berlin demain. HP.

Georgie poussa un soupir de soulagement. Le lendemain, elle aurait du temps pour interroger les gens au lieu de se lancer dans une course contre la montre pour se rendre à l'ambassade et au consulat.

Plus que jamais, elle avait envie de rentrer et de se glisser sous sa couette. Elle avait besoin de remettre ses pensées en ordre : sa vie personnelle, son travail, ce qui se passait à Berlin. Elle avait besoin d'y voir clair.

26

Ça mijote

8 novembre 1938

Étonnamment, Georgie dormit bien et se leva tôt. Elle lut les premières nouvelles qui venaient de Paris. Rien n'était aussi grave que prévu. Le diplomate avait survécu et même si le ministère de la Propagande crachait son habituel mépris, blâmant ouvertement les Juifs pour tous les maux du monde, son état ne semblait pas particulièrement alarmant. Georgie obtint un commentaire de l'ambassadeur britannique, qui choisit soigneusement ses mots, puis elle parla à l'un de ses contacts à l'ambassade, la secrétaire de l'un des attachés.

— C'est inhabituellement calme. C'est presque étrange. Ce matin, tout le monde est arrivé, pensant affronter une tempête, mais il ne s'est rien passé.

Les journalistes se retrouvèrent à l'Aldon à midi et rapportèrent tous la même chose. Le tireur s'était rendu sans opposer de résistance. Il avait agi par colère, parce qu'il n'avait pas supporté la façon dont lui et les siens avaient été jetés hors de chez eux, et la manière dont on les avait traités : comme des sous-hommes.

— L'absence de réaction allemande ne me dit rien de bon, dit Bill en caressant sa moustache – c'était une habitude quand quelque chose le perturbait. Les nazis se montrent bien trop raisonnables. Je préfère presque quand ils sont vils. Au moins, on sait à qui on a affaire.

Il s'exprimait avec une apparente bonhomie, mais à voix basse, pour que les oreilles de la Gestapo ne l'entendent pas.

Georgie et Max s'éloignèrent du groupe pour préparer leur rendez-vous à l'institut Haas, deux jours plus tard. Jusque-là, elle avait réussi à ranger cette perspective dans un coin de sa tête et à ne pas trop songer à la manière dont cela se passerait, mais il était temps de construire une histoire plausible. Ils verraient à son accent qu'elle n'était pas allemande. Elle se présenterait donc comme une nièce inquiète pour sa vieille tante, qui avait toujours été un peu « spéciale ». La famille s'en était occupée jusque-là, mais tout le monde se faisait vieux, et il lui fallait des soins constants.

— Tu es Hanna Seidel, insista Max, le visage sérieux et fermé. Tu vis à Londres et tu travailles dans l'édition. Tu as vingt-six ans et tu es célibataire, mais tu ne peux pas prendre ta tante chez toi, car tu travailles.

Georgie l'observa réciter sa fausse autobiographie.

— Tu as déjà fait ça ?

Ses traits se détendirent un peu.

— École privée. On apprend vite à s'échapper par l'esprit, à imaginer la vie des autres.

Georgie le sentit : elle avait touché une corde sensible. Et encore une fois, elle comprenait comme elle avait été heureuse et aimée, alors que lui n'avait pu compter que sur lui-même.

— Alors ? Prête ? dit Max en se redressant. Je t'attendrai dans un café juste à côté. Si tu n'es pas revenue au bout de quarante-cinq minutes, je viendrai et je dirai que je suis un ami.

Les yeux de Georgie s'agrandirent. Était-il possible qu'elle n'en réchappe pas ?

— Hé ! C'est peu probable ! ajouta-t-il rapidement. Ils n'ont aucune raison d'avoir des soupçons, à moins que tu ne poses trop de questions.

Max avait raison. Il fallait faire preuve de bon sens. Malgré son apparente froideur, elle commençait à lui faire confiance. Il fallait juste qu'elle n'en fasse pas trop à l'institut. Quoi qu'il en soit, elle était à mille lieues des reportages sur les ourlets et les dentelles en vogue.

Elle avait du temps devant elle et ne voulait pas être seule ou s'ennuyer. Elle n'avait pas grand-chose à écrire, contrairement aux journalistes français, qui se battaient pour que leur article soit publié dans les pages étrangères. Elle s'arrêta au théâtre où Margot répétait son prochain rôle et elles passèrent plusieurs heures ensemble, à arpenter les bars et les cafés les plus mal famés de Berlin, une photo de Paul à la main, demandant aux gens s'ils l'avaient vu. Georgie essayait de lire sur les visages des personnes qu'elles interrogeaient. Mais elle ne percevait rien. Paul s'était apparemment volatilisé.

27
Ça explose

9 novembre 1938

L'hiver arrivait et, en ce début de journée, il faisait froid. Georgie avait couvert le seul événement inscrit à l'agenda. Elle l'expédia rapidement, ainsi qu'un autre article.

En vingt-quatre heures, l'opinion publique avait basculé : on disait qu'il ne fallait pas s'acharner sur les Juifs allemands, que le diplomate s'en sorte ou non. Georgie avait tenté de retranscrire cet état d'esprit, cette tension palpable. Le pays retenait son souffle. Il n'y avait rien d'autre à faire qu'à attendre et elle se souvint d'un des dictons favoris de sa grand-mère : « Quand on surveille l'eau sur le feu, elle ne bout jamais. »

Le bref moment de détente prévu avec Sam Blundon était le bienvenu.

Elle s'offrit un déjeuner tardif dans un café du quartier sud de Schöneberg et s'installa près de la fenêtre, un livre à la main, en attendant l'heure de son rendez-vous avec Sam.

— Je peux me joindre à toi ?

Georgie leva le nez. Max se trouvait devant elle, arborant un sourire désormais familier.

— Tu me surveilles déjà ?

— Non, je passais par là et je t'ai vue à travers la fenêtre. Je peux ?

Il s'assit en face d'elle et saisit le menu.

— J'ai hésité avant d'entrer : tu étais tellement absorbée par ton livre. Mais j'avais faim.

— Eh bien, je suis ravie de te fournir une excuse pour manger.

Max se força à rire, comme pour excuser son audace.

— Qu'est-ce que tu fais, cet après-midi ? demanda-t-il après avoir commandé de la soupe, du pain et du fromage.

— J'ai rendez-vous avec Sam, de l'ambassade, et nous allons voir *The Lady Vanishes*[1]. Ça passe au Metropol. Sous-titré, mais en anglais.

— Oh, on m'en a dit du bien. J'adore Hitchcock.

Il n'ajouta rien de plus, mais son visage exprima un bref sentiment d'envie.

— Viens avec nous. Plus on est de fous, plus on rit !

Ses yeux impatients s'agrandirent.

— Vraiment ? Je ne tiendrai pas la chandelle ?

Elle pinça les lèvres.

— Non, Max, tu ne tiendras pas la chandelle. Allons tout oublier pendant une heure ou deux. Mon Dieu, tu réalises ? Un film d'Hitchcock fait office de détente en ce moment.

Ils émergèrent de la salle de cinéma pour se retrouver dans la pâle lumière de la fin d'après-midi hivernal et cillèrent pour s'adapter au changement de luminosité. Tous trois sentirent le changement au moment même où ils furent dans la rue. On aurait dit des pierres précieuses heurtant un sol froid. Un son de Noël qui résonnait…

1 *Une femme disparaît*, film d'Alfred Hitchcock, sorti en 1938 au Royaume-Uni. (N.D.E.)

Mais l'atmosphère était tout sauf joyeuse. Georgie observa ses compagnons retenir leur souffle. Non, ce n'était pas Noël. À Noël, il y avait des illuminations et l'ambiance était joyeuse.

Il y avait bien une lumière orange au-dessus des toits, à leur gauche, mais elle était assombrie par de la fumée, provoquée par de petits incendies. Les flocons de neige se mêlaient à des bourrasques noires qui s'élevaient vers le ciel. Sam se tourna vers Georgie, perplexe.

— Est-ce que ça a commencé ? La guerre ?

C'était une hypothèse réaliste, mais son regard était inquiet. Effrayé, même. Georgie, stupéfaite, essayait de comprendre. Ils avaient conscience que les événements des jours précédents avaient mis la ville sous pression. Mais ça ne pouvait pas être lié, si ? Est-ce que la tension, trop forte, avait explosé ?

Max regardait de tous les côtés. Il observait la vaste Nollendorfplatz, les narines frémissantes.

— Je n'en suis pas certain. C'est probablement un raid. Soudain, sans avertissement.

Ils n'avaient rien entendu : aucun bruit de bombe à travers les murs insonorisés du cinéma.

— N'est-ce pas justement le but de la guerre ? souligna Sam. Surprendre les gens quand ils ne s'y attendent pas ?

Georgie ne savait que penser : elle n'avait jamais assisté à un conflit, mais ce n'était pas comme elle l'avait imaginé. Et pourtant, elle sentait le chaos, plus loin, hors de leur champ de vision.

Ils marchèrent jusqu'à se trouver sur la Motzstrasse. Et c'est là qu'ils le virent, à travers un nuage de fumée gris : un magasin de tissus, juste en face. Sa vitrine principale avait été fracassée. Des éclats de verre pointaient vers le haut comme des pics de glace. Ils étincelaient dans la lumière orange. Sur l'unique vitrine qui n'avait pas été touchée, on avait peint en rouge : JUIF. Le mot, énorme, était entouré d'un barbouillage plein de colère.

Leurs yeux s'habituèrent à la fumée et ils aperçurent un homme, à genoux, dans l'entrée, les épaules tremblantes. Impossible de savoir s'il pleurait ou toussait. Une femme le rejoignit et, avec beaucoup d'efforts, elle réussit à le relever et à le ramener à l'intérieur. Ils passèrent la porte qui tenait à peine sur ses gonds. Elle avait été arrachée avec une rage incroyable. Même si elle était novice, Georgie savait que ce n'était pas une bombe. Non, cette haine était née là, sur ces terres.

À sa droite, elle aperçut deux SA, postés dans un coin, vêtus de leurs uniformes noir et brun. On ne pouvait pas les louper. Ils étaient là, imperturbables, immobiles, les bras croisés. Ils contemplaient la scène. Elle ne pouvait voir leurs visages, mais elle était certaine qu'ils exprimaient de la satisfaction. Quand le couple eut disparu, ils s'éloignèrent tranquillement.

Max, Sam et Georgie descendirent la rue vers le nuage noir, là où se trouvait tout le monde, là où régnait le chaos. Quand ils s'y trouvèrent, ils comprirent d'où venait ce son qui rappelait Noël. Une vaste mer de verre brisé tapissait les trottoirs. Leurs pas crissaient dessus de manière désagréable. Les éclats de verre scintillaient à la lueur du feu qui se propageait dans les magasins saccagés.

Georgie eut le souffle coupé quand elle vit leurs propriétaires, impuissants, regarder leur moyen de subsistance brûler sans qu'aucun secours ne se manifeste. Elle leva la tête et aperçut des silhouettes sombres aux fenêtres des appartements. On regardait, mais on n'osait s'aventurer dans ce monde qui était soudain devenu sombre et sinistre. L'une de ces ombres sentit que Georgie l'observait. Prise en flagrant délit de lâcheté, elle ferma les rideaux d'un geste honteux.

Ils comprirent que partout dans Berlin, la même scène se reproduisait. Plus loin dans la rue, un groupe de vandales, vêtus en marron, était à l'œuvre. Leur ferveur destructrice était sans limites : inlassablement, ils abattaient lourdement leurs matraques sur des vitrines. Le pot de peinture attendait, prêt à être utilisé pour écrire l'insulte finale. D'un mouvement nerveux, Georgie fit mine de s'avancer vers eux, mais Max la tira brusquement en arrière.

— Non ! N'y va pas.

Ses yeux brillaient comme des diamants dans le brouillard.

— Tu ne peux pas arrêter ça. Nous serons plus utiles ailleurs.

Sam les rattrapa et se positionna face à eux, son visage enfantin frappé d'horreur.

— Je dois retourner à l'ambassade. Ils vont avoir besoin de moi.

Quand il vit leur expression troublée, il ajouta :

— Nous devons tous nous rendre utiles. Ne vous inquiétez pas, je passerai par les petites rues. J'y serai en un rien de temps.

— Fais attention, dit Georgie. Je t'appellerai dès que possible.

Sam acquiesça et lui serra fort le bras.

— Toi aussi. Je sais que tu dois travailler, mais aucun article ne vaut la peine de mettre sa vie en danger.

— Promis.

Elle le regarda faire volte-face et s'éloigner dans l'obscurité presque totale.

Max fixait la tempête de feu dans le ciel, essayant peut-être de localiser son origine. Georgie sentait qu'il voulait y aller, qu'il voulait plonger dans le vif du sujet. Une partie d'elle-même le souhaitait aussi.

— Allons vers là-bas, lança-t-il, tout en la regardant pour chercher son assentiment. Et je pense que c'est mieux de rester ensemble, d'accord ?

— Oui, vraiment.

Ils marchèrent et coururent, esquivant les tas de débris et les braises qui jaillissaient des vitrines enflammées. Ils émergèrent enfin sur la Fasanenstrasse. La scène les laissa sans voix. La synagogue monolithique, juste en face, éructait d'énormes flammes par son toit en forme de dôme. Elles léchaient le ciel parsemé de débris sombres. La fumée montait en spirale vers la Lune. Une pleine lune comme la ville n'en avait pas vu depuis longtemps, comme un projecteur au-dessus de tout ce carnage.

Presque hypnotisés, ils se précipitèrent vers la foule rassemblée devant l'entrée de la synagogue. Un rabbin vêtu de sa robe entrait et sortait en courant. Il ramenait des statues, des rouleaux de la Torah et des livres de prières. Tout ce qu'il pouvait prendre.

La chaleur des flammes leur brûlait les joues. Lorsqu'ils approchèrent encore, Georgie remarqua que le visage du rabbin était mouillé. Il s'agissait de larmes, et non de sueur. Il sanglotait. Et, tout autour de lui, des SA regardaient, immobiles, alors qu'un petit groupe de Juifs venaient prêter main-forte au rabbin.

Max ne cessait de cligner des yeux. En réaction à l'horreur, supposa Georgie. Mais c'était aussi un moyen de graver cette scène dans son esprit afin de la retranscrire plus tard. Tous deux n'étaient pas assez insensibles pour sortir leurs carnets de notes dans un tel moment. De plus, ça ne servirait à rien de noter des noms. C'était une attaque contre la ville tout entière, contre un peuple. Il n'y avait pas de victime isolée. Cette scène resterait gravée dans leurs esprits. Pas besoin d'écrire.

Georgie observa un groupe de pompiers qui se tenaient légèrement à l'écart des SA. Ils ne bougeaient pas, eux non plus. Pourquoi n'agissaient-ils pas afin d'empêcher que les dégâts ne soient irréversibles ? Elle refusa de rester les bras croisés. Elle courut vers le capitaine, couvert de suie, qui était déjà aux prises avec l'un de ses hommes.

— Nous devons y aller, chef ! s'écriait le jeune homme dont la voix résonnait à travers le rugissement des flammes. Il y a peut-être des gens à l'intérieur ! Pourquoi nous ne pouvons pas y aller ?

Son ton était suppliant, mais il semblait à court d'arguments.

— Les ordres, Billen, les ordres ! aboya le capitaine.

Sa voix était plus désespérée qu'irritée et sa bouche se serra en signe de résignation.

— On nous a ordonné de ne pas y aller.

Il désigna la bande de soldats, les bras croisés, qui admiraient leur œuvre.

— Je suis désolé, fils, mais j'ai les mains liées.

Max les rejoignit, à bout de souffle à cause de la chaleur et de l'émotion.

— On ne peut pas rester là sans rien faire, dit Georgie. Nous devons voir si nous pouvons aider, non ?

Il lui lança un regard, le même que celui qu'il lui avait adressé dans les Sudètes, devant cette femme rasée et ensanglantée : *Nous observons, nous rapportons les faits, nous ne nous impliquons pas.* Mais cette fois, elle ne pouvait l'accepter. Elle le défia du regard.

— Il y a peut-être des blessés, Max. Des mourants, insista-t-elle.

Il acquiesça brièvement : il n'y eut pas besoin d'en dire plus pour le convaincre.

Il leur fraya un chemin jusqu'à l'entrée de la synagogue. Il était grand et pouvait fendre la foule facilement. Il prit la main de Georgie pour la mener vers le rabbin qui émergeait de la synagogue, sur les pavés noircis par la suie.

— Il y a quelqu'un à l'intérieur ! cria le vieil homme Je l'entends. Aidez-nous, s'il vous plaît ! À l'aide !

Cette fois, le capitaine des pompiers bondit en avant et fit face aux SA. Il suppliait. La foule les scrutait. Les soldats mirent une éternité à accepter. L'un d'eux acquiesça lentement et le pompier se tourna instantanément pour faire signe à ses hommes d'entrer. La partie inférieure du bâtiment était recouverte de fumée noire et des flammes s'échappaient toujours du haut du bâtiment. Les cris désespérés étaient à peine audibles dans le tumulte de la destruction.

Georgie reconnut certains photographes avec qui ils avaient l'habitude de travailler. Ils bourdonnaient comme des abeilles, capturant les images de cette dévastation. La lumière des flashes était avalée par les nuages denses. Un instant, elle fut écœurée : c'était des voyeurs. Mais elle songea qu'ils l'étaient tous. Max et elle inclus. Et il était essentiel que quelqu'un capture cet affront contre l'humanité. Les images seraient plus parlantes que les mots. Jusque-là, les reportages n'avaient pas eu le pouvoir de faire réagir les gens. Peut-être qu'ils avaient besoin de visualiser ce qui se passait, de voir la débâcle, alors qu'ils lisaient tranquillement leur journal en déjeunant.

Soudain, un mouvement à la porte attira l'attention. Les pompiers émergèrent avec une femme noire de suie, inconsciente. Ils la tenaient par les bras. Ses pieds n'étaient recouverts que de bas. Elle avait perdu ses chaussures et malgré le chaos, Georgie ne put s'empêcher de remarquer qu'ils étaient filés. Si elle s'en rendait compte, la pauvre femme serait mortifiée. Georgie se reprit : quelle idée de penser à ça dans cette tourmente ! Et pourtant, elle savait qu'elle avait raison.

Les pompiers la déposèrent sur le trottoir et Georgie se précipita vers elle, suivie de Max. Elle jeta un œil aux SA pour évaluer leur réaction. Ils la fixèrent d'un air absent, sûrement conscients que s'ils l'arrêtaient, ils s'exposeraient à une réaction violente du public. Les pompiers, quant à eux, semblaient réticents à l'aider plus, craignant peut-être d'aller trop loin aux yeux du Reich. Georgie connaissait à peine les bases des premiers secours. Que diable pouvait-elle faire ?

Dans la seconde, Max intervint. Il vérifia le pouls de la femme et se pencha sur elle. Il pinça ses joues brûlées d'une main et lui fit du bouche-à-bouche. Elle vit les côtes de Max se gonfler pour lui donner de l'air. Après deux ou trois tentatives, le corps de la femme convulsa. Max recula et elle fut secouée par une toux violente, rauque, comme des branches craquant sous le feu. Elle ouvrit les yeux. Ils étaient agrandis par la peur. Elle tenta désespérément d'aspirer de l'air. Ses poumons sifflaient. Il y eut de l'agitation. On cria « Ambulance ! » En un instant, deux hommes s'étaient frayé un chemin parmi la foule. Ils l'installèrent sur une civière et disparurent.

Max et Georgie se tenaient là, dans le chaos, se demandant quoi faire, quoi ressentir, quoi dire. Max essuya la suie sur sa bouche. Le capitaine des pompiers fit un clin d'œil à Georgie avant de prendre un air renfrogné et d'esquisser un signe de tête en direction des SA qui les regardaient à travers la fumée. Le message était clair : « Partez avant qu'ils ne s'en prennent à vous. » Il insista en hochant sèchement la tête.

— Nous devons y aller, lança Georgie en tirant sur le bras de Max.

— Mais… Il y a encore…

— Maintenant !

Le ton de sa voix était clair. Ils marchèrent en évitant les débris et glissèrent dans une ruelle vide, étrangement calme. Max s'appuya contre un mur, sa tête contre la fraîcheur de la brique. Il inspira longuement et toussa.

— Mon Dieu, qu'est-ce qui s'est passé ? dit Georgie, haletante.

Essayer de donner un sens à tout ça lui faisait tourner la tête. Les yeux de Max brillaient dans l'obscurité, agrandis par le choc.

— Je ne suis pas sûr, dit-il d'une voix sifflante, mais c'est un sacré tournant. Ils n'ont jamais été violents ouvertement. Là, ils ne ressentaient aucune honte. Ils n'avaient aucune retenue.

Pendant une minute, ils restèrent silencieux, digérant la scène. Les SA, la milice soutenue par les nazis, vandalisaient, détruisaient et se délectaient du pouvoir exercé par la violence, sans aucune peur d'un quelconque châtiment, aux yeux de tous. On leur avait donné la permission d'agir ainsi, c'était certain. La Wehrmacht et les SS étaient absents : ce n'était pas un hasard. Ces derniers temps, une pensée horrible s'était immiscée dans l'esprit de Georgie. Désormais, elle en avait la certitude : Hitler n'avait peur de rien. De personne. D'aucun peuple, d'aucune armée, d'aucun pays. N'avait-il pas dit, devant tout le Parlement allemand, que son pays ne craignait pas la guerre ? Elle en avait la preuve. Quand elle le réalisa, son corps se glaça. Elle était littéralement terrifiée. L'Europe devait ressentir la même chose. Non ? Le monde devait être au courant : chaque éclat de feu, chaque éclat de haine qu'Hitler s'était efforcé d'insuffler. C'était à eux de jouer.

Ils persuadèrent un chauffeur de taxi de les conduire à travers le parc, jusqu'à la porte de Brandebourg. Puis, ils traversèrent le quartier juif à pied, notant chaque détail témoignant de sa dévastation.

Alors qu'ils se frayaient un chemin à travers le verre brisé et les tas d'affaires jetées sur les trottoirs, ils aperçurent Rod et Bill qui se tenaient devant une grande quincaillerie en feu. Les flammes éclairaient leurs visages tristes et résignés. Malgré le crépitement féroce, qui avalait tout, il régnait un étrange silence. Les victimes, stupéfaites, se contentaient de regarder. On aurait pu se croire au feu d'artifice, lors de la *Guy Fawkes Night*[1]. Mais le visage des gens était marqué par la perte.

Rod la serra très fort contre lui. Pendant une seconde, elle se sentit en sécurité.

— Merci, mon Dieu. Tu vas bien. J'étais inquiet, souffla-t-il dans son oreille.

— Quand est-ce que ça a commencé ? Nous étions au cinéma.

— Il y a plusieurs heures. Nous avons eu des nouvelles du bureau. Le diplomate allemand est mort. Voilà les conséquences.

— Mais où est la police ? Que fait l'armée ?

Rod haussa les épaules.

— Aucune idée. Regarde bien. Les nazis ne revendiquent pas leur œuvre, mais ça pue : c'est bien leur sale boulot.

Il était dégoûté et avait les larmes aux yeux.

— C'est pire que tout. Où va le monde ?

Max tira sur le bras de Georgie. Le bâtiment juste en face ne résista pas aux flammes et s'effondra. Il dut crier pour se faire entendre.

1 « La nuit de Guy Fawkes », célébrée chaque 5 novembre en Grande-Bretagne en souvenir de la victoire du roi Jacques Ier et du Parlement sur des conspirateurs en 1605. (N.D.E.)

— Je rentre au bureau. Je dois joindre Londres. Tu viens avec moi ?

— Je dois d'abord aller chez Rubin, pour m'assurer qu'il va bien.

Max acquiesça.

— C'est fou d'y aller toute seule ! cria-t-il. Accompagne-moi au bureau : tu pourras envoyer ton article par télex. Ensuite, on ira tous les deux chez Rubin.

Elle avait envie de voir les Amsel, mais Max était sensé. Ils se faufilèrent dans les ruelles. Il n'y avait plus de chaos apparent, mais ils percevaient les chants triomphaux des SA, ivres de puissance.

Cliff Sutton – on pouvait au moins lui accorder ça – avait fait l'effort de se rendre au bureau du *Telegraph*. Il était pâle et avait le visage gonflé, mais il était évident que ce soir, son métier passait avant son addiction. Max et lui s'installèrent à la même table et rapidement, ils s'organisèrent pour couvrir l'événement sous différents points de vue. Ils rassemblèrent communiqués de presse et commentaires de la chancellerie, qui s'exprimait enfin.

Le Reich prenait ses distances avec les actes des SA : toute cette violence n'avait pas été ordonnée par le Führer. On insistait. Le gouvernement allemand avait été incapable de réfréner cette réaction spontanée à la mort du diplomate allemand. Le peuple avait agi. Comment endiguer une telle vague de protestation ? Au mieux, on pouvait considérer cette réaction comme un déni pathétique… Celui d'un écolier accusé d'avoir semé le désordre dans la cour de récréation. « C'est pas moi, mademoiselle. C'est lui qui a commencé ! »

Il n'y avait pas que Berlin qui avait été profané. Partout en Allemagne, des synagogues et des boutiques avaient été attaquées. Des Juifs avaient été agressés seulement parce qu'ils étaient Juifs. Il semblait qu'ils étaient tous tenus responsables pour l'agression d'un seul et même homme.

Georgie appela le bureau pour prévenir qu'ils recevraient son article par télex, puis elle se mit au travail. Sa rage jaillissait à travers ses mots. Parfois, Cliff la regardait. Son regard glissait ensuite sur Max, qui était concentré sur son travail. Elle choisissait avec soin ses mots pour exprimer son animosité envers le Reich.

Paul lui manquait. Pas l'homme en lui-même – elle le connaissait à peine –, mais le collègue. Son expérience, le fait de pouvoir échanger des idées avec lui, de travailler en équipe… Elle enviait Max.

Ils finirent à 3 heures du matin. L'éditeur de nuit lui envoya une confirmation de bonne réception. Le *Telegraph* en fit de même. Les yeux de Georgie étaient irrités par la fumée, usés de s'être fixés si longtemps sur son article. Mais elle n'était pas fatiguée et se sentait incapable de fermer l'œil. Max était dans le même état.

Cliff ouvrit une bouteille de brandy et leur servit trois verres bien remplis. Ils en avaient bien besoin. Mais Georgie ne voulut pas s'attarder : elle pensait à Rubin et Sara.

Dehors, les choses se calmaient. La cacophonie s'était transformée en bourdonnement. Une lumière orange flottait au-dessus de la ville. Ils apprirent plus tard que les pompiers avaient été autorisés à agir, au moment où les habitations des citoyens allemands avaient, elles aussi, été menacées par le feu qui se propageait. Un taxi roulait lentement sur la chaussée couverte de verre brisé. Max lui tendit une liasse de reichsmarks pour qu'il accepte de les conduire chez Rubin. Ils arrivèrent juste avant 4 heures du matin. Peut-être qu'ils étaient au lit, bien au chaud, pas le moins du monde affectés par les événements de la nuit ? Elle en doutait. La ville tout entière était debout.

Les lumières étaient allumées à l'intérieur de l'immeuble, mais aucun signe de feu ou de dégradation. Georgie soupira de soulagement. Mais son soulagement fut de courte durée : en gravissant les marches menant chez Rubin, elle vit des portes arrachées. Quand ils atteignirent le troisième étage, ils entendirent les sanglots de Sara du bout du couloir.

— Rubin ? Sara ? Ça va ?

Georgie enjamba un bout de porte, brisée comme une allumette. Rubin apparut dans le couloir, blême, se tordant les mains.

— Rubin, que s'est-il passé ? Les enfants ?

Il secoua la tête.

— Non, Dieu merci.

Il ne s'agissait pas de Sara non plus, puisque Georgie entendait ses pleurs.

— C'est Elias, dit-il enfin, d'une voix enrouée. Ils sont venus et ils ont pris Elias. Je ne sais pas où ils l'ont emmené.

Max s'avança et prit Rubin par les épaules pour le réconforter. Georgie essuya les pleurs de Sara.

Ils s'assirent et se demandèrent, pour la deuxième fois ce soir-là, comment les choses avaient pu en arriver là.

28

Balayage

10 novembre 1938

Les SS avaient été bien occupés cette nuit-là. Ce fut également le cas le matin suivant. Ils travaillaient eux aussi méthodiquement et efficacement à l'élimination des indésirables et agissaient plus subtilement que les SA. Quand le jour se leva, le matin du 10 novembre 1938, la haine extrême des nazis contre les Juifs devint évidente : partout, des magasins et des maisons de Juifs en ruine et le bruit du verre qu'on balayait, comme du schiste sur une plage…

Georgie se mit en route pour rentrer chez elle vers 6 heures, engourdie par l'épuisement et le choc. Elle se faufila entre les familles qui essayaient de retrouver leurs biens familiaux ou de valeur. Elle fut frappée par le fait que personne ne pleurait ou ne manifestait son désespoir. Chacun avait un but. Personne ne se courbait. Personne n'était brisé. Ils avaient du pain sur la planche : ils devaient reconstruire et s'attelaient à la tâche. Ils donnaient l'impression d'avoir été préparés à ça ou de l'avoir déjà vécu.

Ils étaient restés chez les Amsel jusqu'à l'aube, alors que Sara tentait de calmer les enfants tout en cachant sa propre angoisse.

— On a entendu le raffut et vu les incendies, leur avait dit Rubin d'une voix plate. Je suis sorti pour aider. Tout le monde dans l'immeuble était réveillé, mais il n'y avait pas de soldats, donc j'ai pensé que nous étions en sécurité.

Sa culpabilité d'avoir abandonné sa famille quelques instants était visible.

— Sara m'a dit qu'ils étaient venus et avaient agi rapidement : ils ont frappé à toutes les portes et ont demandé à voir chacun des habitants. Mais c'était clair qu'ils avaient des cibles en tête. Ils ont tiré Elias du lit sans dire quoi que ce soit. En un instant, il disparaissait.

— Vous n'auriez pas pu empêcher cela, même si vous aviez été présent, dit Georgie pour apaiser sa culpabilité. Ça aurait eu lieu, quoi qu'il en soit.

— Oui, mais Sara… Elle n'aurait pas eu à… J'aurais dû être là.

Ses yeux avaient perdu leur éclat. Ils étaient vides. Le Rubin si positif, si enjoué, qui avait tendance à toujours voir le bon côté des choses, avait disparu. C'était un homme vaincu.

— Nous allons le retrouver, promit Georgie.

C'était un cri du cœur, mais elle s'interrogea : comment ? Comment diable le retrouverait-elle ? C'était comme chercher une aiguille dans une botte de foin.

Rubin lui avait lancé un sourire faible, qui recélait une lueur d'espoir. Elle ne pouvait pas le laisser tomber.

Max avait quitté les Amsel un peu avant elle, pour dormir. Même si Cliff avait refait son apparition, il ne ferait pas plus que de rester au bureau pendant que Max parcourrait la ville à pied. Les trams fonctionnaient, mais ne circulaient pas partout, à cause du verre brisé sur les voies.

Dans la lumière pâle du matin, Georgie contourna les grandes artères jusqu'à la Friedrichstrasse et assista à une scène insupportable. Au milieu des décombres, des Juifs se tenaient debout, en deux rangées distinctes, conduits par des soldats de la Wehrmacht. Une étoile jaune pendait au cou de l'un d'eux. Ceux qui balayaient les décombres s'étaient figés et les regardaient, comme s'ils leur rendaient hommage. On les conduisait sûrement en prison, ou Dieu savait où. Quel crime avaient-ils commis ?

La vue de cette sinistre procession était la confirmation qu'il ne s'agissait pas seulement d'une attaque, mais d'un règlement de comptes savamment orchestré. Elle pouvait déjà imaginer les justifications du Reich. Ces hommes seraient qualifiés d'agitateurs. On affirmerait qu'ils avaient déclenché des émeutes. Les Juifs seraient mis en cause. Son ventre se tordit à cette idée. Et elle avait faim. Elle était épuisée, avait désespérément sommeil. Pourtant, elle était agitée. Elle prit un tram qui la rapprocha de l'Aldon dans l'espoir de trouver des amis eux aussi en quête de réconfort. La vision de Rod, au bar, lui arracha presque des larmes. Il l'accueillit chaleureusement, comme à son habitude. Bill lut dans ses pensées et lui commanda une tasse de thé ainsi qu'un déjeuner décent.

— Tu en as bien besoin, dit-il.

— Ça va, gamine ? demanda Rod en posant une main sur son épaule.

Georgie acquiesça et se mordit la lèvre en retenant ses larmes. Elle était à deux doigts de sangloter.

Ils s'attablèrent tous les trois pour tenter de digérer plus sereinement les événements de la nuit. Il faudrait attendre quelques jours pour faire le bilan des dommages, à la fois humains et matériels. Et quoi qu'il en soit, ils ne pourraient faire confiance aux chiffres qu'avancerait le Reich. C'était tragique, diabolique. Mais chacun d'entre eux espérait que leur article ferait la une et que le monde réaliserait ce dont Adolf Hitler était capable.

— J'aimerais être une petite souris dans le bureau de Herr Bauer, dit Rod, qui, comme toujours, avait le pouvoir de détendre l'atmosphère. Il doit mouiller sa culotte en pensant à l'œuvre d'Adolf. J'ai hâte qu'il voie le titre de mon article.

L'idée les fit sourire : ils imaginaient le visage de Bauer, ainsi que son sourire onctueux et sa moustache hérissée.

— Donc tu dois préparer ta valise, mon ami ? lança Bill d'un ton plus sérieux. Bauer fera tout pour te faire expulser. Je préférerais que tu restes. On a encore tellement de verres à boire.

— Je ne compte pas partir de sitôt. J'ai encore de l'énergie à revendre.

Requinquée par le thé et les œufs, Georgie leur raconta ce qu'avait vécu la famille de Rubin. Tout le monde avait été touché : les inconnus aux visages désespérés, mais aussi les gens qu'ils connaissaient. Leur chagrin était pesant.

— J'ai envie d'écrire sur les Amsel, que le monde sache ce qui leur arrive et se préoccupe de leur sort, conclut-elle, tout en sachant qu'elle était naïve de croire que ça changerait quoi que ce soit.

— J'ai bien peur que tous les gens comme Elias disparaissent en un claquement de doigts. Tous, lança Rod. Et rapidement.

— Alors j'ai bien peur de devoir trouver Elias moi-même, rétorqua Georgie avec défi.

Mais elle ignorait comment s'y prendre et par où commencer.

Finalement, ils furent tous les trois frappés par une vague de fatigue et Rod – son ange gardien, son mentor – la mit dans un taxi, direction : la maison.

— Dors quelques heures et on se verra à la conférence de presse à 16 heures, dit-il, le visage à hauteur de la vitre. J'offre un double scotch au premier qui repère un tic de Bauer.

Elle réussit à sourire, mais ses muscles étaient comme engourdis. Elle avait l'impression d'avoir muri en une nuit. Elle n'était plus une débutante, ça non. C'était sérieux. Et elle n'avait pas d'autre choix que de relever le défi.

Dans l'appartement régnait un silence de mort. Elle jeta un œil dans les chambres de Frida et de Simone : elles dormaient. Elle laissa un message à Sam à l'ambassade britannique. Il croulait sous le travail, lui apprit sa secrétaire : tout le monde demandait un visa, il y avait la queue devant le bâtiment. Les gens tentaient une dernière fois de fuir l'Allemagne. Mais Sam était sain et sauf, c'était l'essentiel. Georgie se glissa sous les draps, s'endormit en quelques secondes et plongea dans un sommeil agité.

À 15 heures, l'appartement s'éveilla. Frida et Simone travaillaient sur des articles de fond : elles avaient donc du pain sur la planche. Frida vendrait son travail à plusieurs magazines internationaux et serait peut-être publiée dans le *Time*. Georgie ne savait pas où était publiée Simone la plupart du temps, mais elle semblait toujours avoir du travail et de l'argent. La presse française était forcément au courant de tout : après tout, les Français étaient les voisins de l'Allemagne.

Ils étaient tous présents à 16 heures, quand Joseph Goebbels apparut derrière son pupitre au ministère de la Propagande. Son hostilité envers la presse étrangère était bien connue et l'atmosphère était électrique. Les journalistes faisaient tressauter leurs crayons, au même rythme que le tambour irrité des doigts de Joey sur le bois du pupitre.

Pas de surprise : l'assassinat de Herr vom Rath à Paris avait été un catalyseur, mais les SA n'avaient fait que suivre le peuple. Comment pouvait-on leur reprocher de défendre leur pays contre la redoutable agression juive ? Le Reich n'avait donné aucun mot d'ordre, mais n'avait pu stopper ce mouvement de défense de la patrie. Mais il avait fait en sorte de stopper les dégâts et de sauver des vies.

Les Juifs étaient les agresseurs, le Reich, le sauveur de son peuple. À nouveau.

Joey s'exprima avec son habituelle conviction, mais il ne put occulter les murmures d'incrédulité dans le public. Aux yeux des journalistes, qui écoutaient ses merveilleuses pirouettes rhétoriques, c'était une vaste plaisanterie. Et pourtant, Goebbels n'avait pas honte. Il était inébranlable, ne déviait pas d'un pouce.

Lors d'une brève pause durant cette diatribe, Rod leva la main.

— Pouvez-vous nous dire où ont été emmenés les hommes qui ont été arrêtés et de quoi ils sont accusés ?

Il avait adopté un ton raisonnable, sans aucune véhémence, et Joey ne put faire mine de l'ignorer.

Georgie regarda Herr Bauer, qui se tenait sur le côté de l'estrade et qui ne parvenait pas à maîtriser le tic qui agitait ses paupières. Goebbels plissa les yeux et regarda l'assemblée pour repérer celui qui le mettait en rage. Il était furieux.

Les hommes étaient détenus pour assurer leur propre protection et seraient interrogés sur plusieurs points.

Pour assurer leur propre sécurité. Georgie avait déjà entendu ça. Sara lui en avait parlé.

Pourquoi parler de sécurité ? Y avait-il un danger ? Quelle était sa nature, alors ?

Ce soir-là, l'atmosphère à la Taverne fut inhabituellement calme. Personne n'avait récupéré et chacun anticipait la façon dont le Reich réagirait lorsque leurs articles sortiraient, le matin suivant. Ils convinrent de se retrouver à l'Aldon quand les journaux étrangers arriveraient par le train.

29

Le monde se réveillerait-il ?

11 novembre 1938

— Bien joué, Rod !

Bill donna une tape dans le dos de son ami tout en brandissant le *New York Times* dont la une affichait son gros titre coup de poing. Jusque-là, certains journaux américains ne s'étaient pas permis de critiquer ouvertement Hitler – après tout, il n'était peut-être pas un mauvais garçon –, mais là… Presque tous avaient réagi aux atrocités commises pendant la nuit. Partout, on pouvait lire les mots « écrasés », « détruits », « saccagés », « pillés » en lettres capitales.

Le *Chronicle* avait titré « Pogrom enragé à travers l'Allemagne : Hitler refuse l'appel à la miséricorde ». Georgie se sentit soulagée que Henry n'ait pas atténué sa description des hooligans nazis. Les journalistes et les reporters avaient dévoilé dans toute sa noirceur ce qui se tramait en Allemagne, dans leur façon de décrire cette *Kristallnacht*, « la nuit de Cristal ». C'était ainsi que cet événement avait été baptisé. Désormais, le peuple et les politiciens devaient réagir. Ils devaient signifier à Herr Hitler qu'ils ne l'acceptaient pas.

L'ambiance n'était pas festive. La vie d'avant avait disparu. Le monde n'avait pas ressenti ce qu'ils avaient éprouvé : les yeux qui piquent à cause de la fumée, la détresse en sentant le feu. Les journalistes n'étaient pas indemnes. Georgie le sentit au plus profond d'elle-même : quelque chose avait changé. Sa lune de miel à Berlin était terminée.

Ce n'est qu'au petit matin, après une bonne nuit de sommeil, qu'elle réalisa avoir oublié son rendez-vous à l'institut Haas. Elle appela d'une cabine téléphonique, prit une longue inspiration et une voix frivole, et gazouilla au sujet « des événements horribles qui lui avaient fait perdre l'esprit ». Serait-il possible de reprendre rendez-vous ?

Leur planning était très chargé, lui expliqua la réceptionniste, mais ils pourraient la recevoir la semaine suivante. Georgie fut soulagée d'avoir un peu de temps pour se remettre de ses émotions avant d'affronter cette nouvelle épreuve.

Rubin vint travailler. Il était amaigri. Elle signa sa feuille de travail et le renvoya auprès de Sara. Ils n'avaient pas de nouvelles d'Elias et personne ne savait où les prisonniers avaient été envoyés. Au mieux, on pouvait espérer que la Gestapo n'ait pas la place de tous les garder dans leur QG de la Prinz-Albrecht-Strasse.

Les journalistes passèrent les jours suivants à rendre compte des conséquences de cette nuit-là. Il y eut des conférences à l'ambassade et au ministère. Mais Georgie passait son temps libre à frapper aux portes des magasins juifs, portes qu'on avait réparées à la va-vite. Quand il y avait quelqu'un, elle parlait. Elle s'entretenait avec ceux qui envisageaient désormais de quitter leur pays, de laisser leur vie entière derrière eux. Elle ne demandait pas leurs noms et elle savait que la majeure partie de ce qu'elle écrivait ne serait pas publiée, mais il lui semblait important de les écouter. C'était comme si elle forgeait son métier de journaliste-reporter.

Elle était toujours étonnée de la résilience de ces familles. Ils se méfiaient de tout, ils avaient peur de ce qui se produirait en Allemagne et pourtant, ils étaient tristes de quitter leur patrie, espérant que les choses pourraient s'arranger alors que tout les poussait à fuir.

Les pays étrangers avaient condamné l'Allemagne, mais il fallut attendre quatre jours pour que les politiciens prennent véritablement position. Le président Roosevelt rappela son ambassadeur et les journalistes américains cessèrent d'écrire pendant des jours. Max ne savait plus où donner de la tête. Georgie se sentait un peu perdue, coupable de ne pas aider plus les Amsel. Elle se contentait d'écouter Sara, morte d'inquiétude, en partageant un thé. Elle ne put s'empêcher d'envoyer une carte postale.

Carte postale d'un Berlin en miettes,
le 15 novembre 1938
Chère Angleterre, terre verdoyante et agréable,
Il fait froid dans la capitale allemande et la météo n'est pas la seule en cause. Après la chaleur intense des feux de la nuit de Cristal, une vague de méfiance s'est abattue sur Berlin. Les Allemands se méfient des Juifs, les Juifs se méfient des Allemands.
On trouve de la chaleur dans la maison d'une famille juive, auparavant propriétaire d'une boutique prospère, désormais en ruine. Ils n'ont même plus de bouilloire, mais m'ont préparé du thé, ils ont à peine

de quoi manger, mais m'ont offert l'hospitalité. Leur fille de quatre ans m'a montré avec enthousiasme sa poupée préférée, récupérée dans les ruines de leur maison durant les heures terribles qui ont suivi cette interminable nuit de Cristal.

Alors que j'admirais le jouet abîmé, j'ai trouvé un bout de verre dans ses cheveux raides et roussis ; un morceau de sa robe brûlée s'est désagrégé dans mes mains. Et pourtant, le visage de cette petite fille s'est éclairé quand je la lui ai rendue. C'est un bien précieux pour elle et probablement la seule chose qu'elle emportera quand sa famille sera forcée de quitter la ville et tous ses biens.

Salutations sans grande conviction de votre correspondant, depuis la grande ville futuriste de Herr Hitler.

Georgie imagina les tics de Herr Bauer s'affoler à la lecture de cette carte postale – si le *Chronicle* la publiait. Mais elle s'arrêta net quand elle imagina son regard noir, posé sur elle. Quoi qu'il en soit, et plus que jamais, il fallait en parler. Elle devait sortir de sa zone de confort et prendre position, comme Rod, Bill et les autres. Comme Paul. Elle espérait juste vivre aussi longtemps que les vétérans.

Ne se laissant pas le temps d'hésiter, elle se rendit dans une cabine téléphonique et transmit son travail à Londres. La Gestapo ne la coincerait pas tout de suite.

Sur le chemin du retour, elle but un café au Kranzler. Karl était absent. Elle espéra qu'il ne lui était rien arrivé durant l'agitation des jours précédents. Elle gravissait les marches de l'escalier menant à son bureau quand le téléphone sonna. Elle était à bout de souffle en décrochant.

— Fräulein Young ?

La voix était brusque et impatiente.

— Oui ?

— Vous recherchez une personne qui a disparu ? Votre collègue Paul Adamson ?

— Oui. Vous l'avez trouvé ?

Si seulement on lui annonçait une bonne nouvelle !

— Peut-être.

— Oh, merci mon Dieu, soupira Georgie, qui pensa tout de suite à Margot, bien plus qu'à l'épouse de Paul qu'elle n'avait jamais rencontrée.

Son interlocuteur se tut. Elle pouvait entendre des murmures. On avait recouvert le combiné. Quand il reprit la parole, sa voix était moins sèche.

— J'ai peur de devoir vous annoncer une mauvaise nouvelle. Nous avons retrouvé un corps dans le canal et nous pensons qu'il pourrait s'agit de Herr Adamson.

30

La balle de Cristal

15 novembre 1938

Rod l'accompagna à la morgue. Après tout, c'était lui qui connaissait Paul depuis le plus longtemps. Le policier avait laissé entendre au téléphone que l'identification ne serait pas facile.

— Il semblerait que son corps était dans le canal depuis quelques jours, leur expliqua-t-on d'un ton contrit.

Georgie était déjà entrée dans une morgue : au *Chronicle*, on y envoyait souvent les débutants récupérer la liste des suicidés ou des assassinés. Ça remplissait les espaces vides du journal. « De la nourriture pour poissons », comme disait joyeusement Henry. Étrangement, ça ne l'avait jamais effrayée. Mais à Berlin, l'odeur était différente : un mélange de désinfectant et de fumée. Il y avait de l'agitation, des gens qui allaient et venaient, des hommes vêtus de blanc qui poussaient des chariots sur lesquels on avait déposé des corps, recouverts d'un drap.

Rod lui lança un regard pénétrant. Le nombre de morts avait augmenté lors de la nuit de Cristal. On estimait pour le moment qu'il y avait eu une centaine de morts.

Pas de doute : il s'agissait de Paul. Le drap fut tiré pour laisser apparaître son visage gonflé et déformé. Sa peau était cireuse et verdâtre : elle ne portait pas de marques de coups ou de lacération. Aucune preuve qu'il ait été battu. Le corps était presque méconnaissable, mais il s'agissait bien de ses cheveux et de ses joues affaissées, même si elles étaient gonflées par l'eau. Ils acquiescèrent à l'unisson. Georgie eut mal au cœur pour sa femme et pour cet enfant qui ne connaîtrait jamais son père. Pour Margot aussi, qui l'avait aimé, malgré le caractère spécial de leur histoire d'amour.

Le policier les attendait dehors.

— Est-ce que vous savez comment ça a pu se produire ? demanda Georgie avec innocence. Est-ce qu'il est tombé dans le canal et s'est noyé ?

Elle était consciente que les choses ne s'étaient pas déroulées ainsi, mais voulait voir la réaction de l'officier de la Kripo[1]. Il secoua la tête avec sincérité.

— Nous n'avons pas encore le rapport d'autopsie, mais je n'attends pas d'autre conclusion que celle d'un accident ou d'un suicide. Je crois qu'il avait des problèmes personnels.

Georgie acquiesça. La Kripo n'avait absolument rien à voir avec la Gestapo. Il était fort possible qu'on les tienne à l'écart.

— C'est triste, poursuivit le policier. Mais il y en a tellement en ce moment…

— Quoi donc ?

— Des suicides, répondit-il sans émotion, comme s'il y était habitué. Nous vivons une époque étrange.

Il regarda autour de lui, conscient que ses propos pouvaient être considérés comme un signe de rébellion.

— Nous vous rappellerons quand les analyses seront terminées, Fräulein Young.

---

1 Abréviation de *Kriminalpolizei*, « police criminelle ». (N.D.E.)

Rod lui proposa d'aller boire un verre. Elle opta pour un café. Ils craquèrent tous les deux pour un strudel : l'égal du brandy, en termes de nourriture.

— Vas-y, crache le morceau, dit Rod après avoir fini le sien.

— Pardon ?

— Qu'est-ce que tu me caches ?

Mon Dieu, si je reste autant de temps que Rod à Berlin, aurai-je le même flair ?

— Tu n'as pas eu l'air très surprise, c'est tout, poursuivit-il. Tu n'as pas eu l'air surprise que ce soit Paul.

Ça ne servait à rien de mentir à Rod et elle n'en avait pas envie. Si elle n'avait pas été si occupée à couvrir les événements de la nuit de Cristal, elle lui en aurait parlé bien avant.

— Max et moi, nous avons trouvé quelque chose qui appartenait à Paul. Enfin, on nous a aidés. Des feuillets, peut-être un article qu'il préparait. Les nazis n'ont peut-être pas apprécié.

Elle se sentit soulagée d'en parler, mais eut rapidement l'impression de trahir Max. Elle ne savait pas trop pourquoi : il n'avait pourtant pas parlé d'exclusivité.

Rod regarda autour de lui avant de se pencher en avant et de prendre la parole à voix basse.

— C'est au sujet d'une clinique ?

— Comment tu le sais ? demanda Georgie, dont le regard papillonnait follement.

— Un soir, à la Taverne, j'ai discuté en tête à tête avec Paul. Il avait un peu trop bu et il m'a parlé de sa vie de famille à Londres et de sa maîtresse. Tout à coup, il a tout balancé.

La porte du café s'ouvrit. Des SS entrèrent en riant bruyamment.

— Allons ailleurs, dit Rod.

Il faisait frais, mais ils se mêlèrent aux promeneurs, bras dessus bras dessous dans le Tiergarten. Georgie resserra son manteau bien trop léger autour de son corps. Rod les guidait sur les chemins principaux, loin des haies et des buissons où des oreilles indiscrètes pouvaient traîner.

— Alors ? demanda Rod.

Georgie lui raconta le peu qu'elle savait.

— Et tu penses aller là-bas ? demanda-t-il d'un ton légèrement paternaliste. Je te le déconseille.

Elle tourna brusquement la tête vers lui.

— Pourquoi ? Qu'est-ce que Paul vous a raconté ?

— Il pensait que la clinique avait quelque chose à voir avec le nouveau programme… Il n'est pas entré dans les détails – et n'était pas en état de le faire de toute façon –, mais il a parlé d'euthanasie. Les nazis se débarrassent facilement de ceux qui ne sont pas en état de servir le Reich.

— Tu penses que c'est possible ?

Elle avait fini par comprendre les notes de Paul, à l'aide d'un dictionnaire. Les mots « productivité » et « gaspillage » apparaissaient souvent… Mais pas le mot « mort ». Pourtant, tout coïncidait. C'était effrayant.

Rod semblait très inquiet.

— Disons que je ne suis jamais surpris par l'imagination ou les objectifs de ces gens-là… Mais c'est la première fois que j'en entends parler.

— Et tu penses que Paul a été assassiné parce qu'il savait ce qui se passait ?

— C'est fort possible. Rien ne me surprend plus, venant des nazis. Pas après cette fameuse nuit. S'il te plaît, Georgie, promets-moi que tu feras vraiment, vraiment attention.

— Promis.

Au final, aucune autopsie ne fut pratiquée, car la morgue était surchargée. Ce fut la police qui le leur apprit. Il était inutile d'insister ; ils n'auraient aucun pouvoir si les nazis étaient mêlés à cette histoire révoltante. Georgie dut s'occuper des formalités administratives pour faire rapatrier le corps. Elle n'entra pas dans les détails avec Henry parce qu'elle avait peur qu'il ne la fasse revenir en Angleterre. Une petite part d'elle-même aurait peut-être accepté ? Non… Elle était presque certaine de ne pas pouvoir quitter Berlin et cette affaire.

31
Le bon docteur Graf

21 novembre 1938

Le rendez-vous à l'institut Haas arriva rapidement. Jusque-là, Georgie avait tout fait pour le reléguer dans un coin de son esprit, mais le matin même, son ventre se souleva à l'idée d'avaler un petit déjeuner.

— Tu t'en tiens aux questions qu'on a préparées, lui dit Max d'un ton encourageant, alors qu'ils étaient installés dans un café du coin. Ce n'est pas tant leurs réponses qui comptent que l'atmosphère qui règne là-bas. Fais attention à tout ce qui sort de l'ordinaire.

— Je comprends.

Elle avait la bouche sèche.

— Je serai juste à côté, répéta-t-il. Je te le promets.

Ils se séparèrent et Georgie vérifia sa tenue : un mélange soigné de sa propre garde-robe et de celle de Frida, entre style anglais et style allemand. Elle portait même un chapeau, comme il convenait à une femme d'un milieu aisé. Ça faisait des mois qu'elle n'en avait pas mis. Il lui semblait que la large ceinture qui resserrait sa robe aux hanches n'aurait aucune chance de contenir la nervosité qui se déchaînait en elle, alors qu'elle se dirigeait vers les portes imposantes de la clinique.

Les murs de la réception n'étaient pas d'un blanc stérile comme dans un hôpital, mais peints dans des nuances de bleu pâle. La réceptionniste était vêtue d'une blouse de couleur crème qui ressemblait à celle d'une infirmière. Tout était fait pour donner une image professionnelle et médicale. Et ça fonctionnait. Si elle était venue en toute innocence, Fräulein Seidel aurait eu l'assurance de placer sa tante dans un excellent établissement. On la conduisit dans une pièce meublée de fauteuils et d'une table basse au design allemand : les lignes étaient épurées et sans fioritures.

— Bonjour, Fräulein Seidel.

Un homme en costume bleu impeccable entra silencieusement et lui tendit la main.

— Je suis le docteur Frederik Graf et je dirige cet institut.

Il ressemblait en tout point à un docteur, sauf qu'il ne portait pas de blouse. Sa barbe grise était parfaitement taillée et il portait des lunettes rondes. Son costume et ses chaussures étaient luxueux et il avait l'assurance des hommes de bonne famille. Il lui rappelait un peu le père de Max. Il lui offrit un café, qu'elle refusa. Ils entrèrent donc dans le vif du sujet. Georgie récita son petit discours : sa tante avait besoin de soins, vingt-quatre heures sur vingt-quatre. Elle n'avait jamais été diagnostiquée étant jeune, mais elle n'avait jamais réussi à suivre à l'école. Sa famille avait toujours pu employer des gens pour s'occuper d'elle. Mais avec le temps, son comportement était de plus en plus difficile à gérer pour des serviteurs n'ayant aucune formation médicale. La clinique était-elle en mesure de lui apporter les soins dont elle avait besoin ?

Docteur Graf lui présenta toute leur gamme de services : ils s'occuperaient d'elle sans relâche et elle serait confortablement installée. Il ne s'étendit pas sur la manière dont les patients étaient confinés. En gros, et si on lisait entre les lignes, il s'agissait de contrôler et d'enfermer.

— Dois-je comprendre que vous pouvez faire en sorte que ma tante soit soulagée mentalement ?

Avait-elle vraiment osé poser cette question ? Oui, mais en souriant. Étrangement, c'était plus facile que ce qu'elle avait cru. Elle commençait presque à incarner Hanna Seidel, et elle aimait ça.

— Je peux affirmer que nous avons à cœur le bien-être de nos patients, particulièrement quand ils sont nerveux ou stressés.

Il lui adressa un sourire de connivence. Oui, ils utiliseraient des drogues pour la calmer.

— Eh bien, je pense que vous maîtrisez le sujet.

Un nouvel élan de confiance envahit Fräulein Seidel.

— Est-ce que je peux être franche, docteur ?

Il acquiesça, sans avoir l'air surpris.

— Ma tante ne rajeunit pas et sa santé est de plus en plus fragile. Notre famille comprend qu'elle atteindra vite ses limites. Et nous ne voulons pas qu'elle souffre inutilement. Je voudrais avoir l'assurance qu'on s'occupera d'elle correctement si ça se produit.

Il lui adressa un nouveau sourire de connivence, mais sans aucune émotion.

— Je vous en donne ma parole, Fräulein Seidel. Nous sommes fiers de la manière dont nous accompagnons les patients en fin de vie.

Cette affirmation et l'expression de son visage étaient tout ce dont Georgie avait besoin. Il jouait avec les mots, mais c'était limpide : l'institut Haas pratiquait l'euthanasie et n'y voyait pas d'inconvénients. C'était ce qu'il venait de dire. Mais elle ne pourrait le clamer haut et fort dans un article. Max et elle avaient besoin de preuves, pas de sous-entendus.

Ils se séparèrent à la réception. Le docteur Graf lui dit que si elle décidait de placer sa tante chez eux, il lui ferait visiter les services. Il lui remit une brochure indiquant leurs prix. À la dernière minute, l'assurance de Georgie disparut, se volatilisa. Elle eut une bouffée de chaleur et partit rapidement pour ne pas devenir écarlate. Elle marcha aussi calmement qu'elle le pouvait, mais se retrouva presque à courir vers le café, quelques rues plus loin.

— Merci mon Dieu ! dit Max. J'étais sur le point de venir te chercher.

Elle commanda un double expresso et lui raconta son entretien.

— Est-ce que tu as vu des signes d'allégeance au Reich ?

— Il y a bien la photo d'Adolf à la réception, mais c'est obligatoire. Rien de plus. La plupart des hôtels ou des commerces en font bien plus.

— Je me demande s'ils font exprès d'avoir l'air neutres. Ils ont peut-être de bonnes raisons d'agir ainsi.

— Alors ? Qu'est-ce qu'on fait maintenant ?

Elle ne s'y connaissait guère en reportage politique. Encore moins en enquête d'investigation. Le plaisir de jouer l'actrice s'était envolé et après tout, ce n'était pas son fort. Elle se tourna vers Max, dans l'attente d'une réponse. Il fixait sa tasse, comme pour trouver l'inspiration. Il leva soudain les yeux vers elle.

— Ton prétendant nazi devrait savoir quelque chose. Est-ce que tu le fréquentes toujours ?

— Non, pas si je peux l'éviter. Surtout depuis la nuit de Cristal, dit-elle d'une voix ferme.

Même si elle tentait le coup, Kasper n'aurait sûrement pas envie de lui révéler les secrets du Reich, quand bien même elle jouerait aux charmantes écervelées.

— Non, je pense que nous devons trouver autre chose. Mais je ne sais pas quoi.

32

Un fragile espoir

23 novembre 1938

La vie de Georgie se transforma en une suite de rendez-vous. Entre deux, elle travaillait sans relâche. La première personne qu'elle rencontra fut Margot. Quand celle-ci apprit la mort de Paul, elle réagit comme une épouse… Une épouse qu'elle n'aurait jamais pu être. Elle était vraiment bouleversée même si elle savait, Georgie le sentait, qu'elle avait été dupée.

— Qu'allez-vous faire, maintenant, Margot ?

Sa famille était retournée à Munich et elle y avait quelques amis. Être comédienne et aimer Paul, c'était tout ce qu'elle avait. Et elle ne pouvait même pas assister à son enterrement…

— J'ai obtenu un rôle dans un film dont le tournage commence à Munich, dit Margot en reniflant. Je voulais refuser, mais je n'ai plus aucune raison de le faire maintenant.

C'était une bonne excuse pour quitter Berlin, comme Paul lui avait demandé de le faire. Mais Margot savait qu'elle n'échapperait pas facilement au Reich. D'autant que le film était une propagande épique dont Goebbels raffolait. La pauvre Margot entrerait sûrement dans son orbite et les rumeurs qui couraient sur la soif prédatrice du ministre de la Propagande pour les actrices étaient nombreuses.

— Si nous trouvons quoi que ce soit au sujet de la mort de Paul, je vous tiendrai au courant, lui promit Georgie quand elles se dirent au revoir.

L'expression de Margot s'assombrit.

— Il est mort, Georgie. Rien ne pourra le ramener. Je ne voudrais pas que vous finissiez vos jours dans le canal, comme lui. S'il vous plaît, oubliez toute cette affaire.

C'était le chagrin qui parlait. En temps normal, Georgie aurait sauté sur l'occasion et écouté son conseil. Mais il ne s'agissait plus seulement de Paul, désormais. S'il avait vu juste, l'affaire impliquait beaucoup de monde. Et puis… Max et elle étaient journalistes, après tout. Ils ne pourraient pas lâcher le morceau.

Le jour suivant, elle retrouva Sam Blundon, qu'elle n'avait pas vu depuis la nuit de Cristal. Ils s'accordèrent une heure pour manger au café Bauer, une autre institution berlinoise, en face du Kranzler. Sam se précipita à l'intérieur, en s'excusant d'être en retard. Il avait l'air fatigué et éprouvé. Son visage enfantin semblait avoir vieilli en l'espace de deux semaines.

— Je n'ai pas besoin de te demander si tu es très pris ?

— C'est fou, répondit Sam après avoir avalé une gorgée de thé. On nous demande constamment des visas, des déclarations de diplomates… Sans parler de la presse, qui exige des commentaires en permanence.

Son regard était taquin.

— Désolée. J'essaierai d'être moins exigeante.

Elle attendit qu'il attaque son sandwich. C'était lui qui lui avait proposé ce rendez-vous et elle espérait qu'il avait des informations à propos d'Elias.

— Je n'ai rien appris à son sujet, j'en ai bien peur, dit-il sans ambages.

Le regard de Georgie s'assombrit.

— Mais j'ai autre chose. Depuis cette fameuse nuit, il y a de plus en plus d'organisations caritatives qui font sortir les enfants juifs d'Allemagne. Si les Amsel le souhaitent, je pourrai mettre leur nom sur la liste. Mais ce n'est que pour les enfants, pas pour les parents.

Georgie savait que Rubin et Sara auraient le cœur brisé de se séparer de leurs enfants, mais ils feraient passer leur sécurité en premier.

— Je suis certaine qu'ils vont y réfléchir sérieusement. Merci, Sam, tu es un héros.

Elle avait envie de l'interroger sur ce qui se passait à l'ambassade, mais il n'évoqua ni le travail ni la politique. Clairement, il voulait parler de tout sauf de ça.

— Alors, est-ce que tu rentres pour Noël ? demanda-t-il. Je n'ai qu'une hâte : retrouver le Yorkshire et le rosbif de ma mère.

Avec le tourbillon d'événements qui avaient agité Berlin les semaines précédentes, Georgie n'y avait pas songé. Noël semblait être une distraction intempestive. Elle avait des congés à prendre et ses parents voulaient désespérément la voir, comme ils l'écrivaient dans leurs lettres. Mais elle refusait de rater quoi que ce soit. Elle s'était habituée à cette vie instable, comme sur des sables mouvants, et elle ne pouvait pas vraiment imaginer s'immerger dans le rythme lent des Cotswolds.

— Peut-être, dit-elle.

Sam la fixa d'un regard pénétrant. Il semblait bien plus sage qu'il ne l'aurait dû.

— Tu sais, même les journalistes les plus dévoués prennent des vacances de temps en temps.

Il avait raison. À la Taverne, on faisait des plans pour s'échapper à Noël. Rod et Bill, ainsi que la plupart des contingents américains et canadiens, traverseraient l'Atlantique ; le collègue du *Times* de Londres repartirait en Angleterre ; d'autres iraient en Europe. Frida partait dans un pays exotique, mais personne ne lui avait demandé comment elle pouvait se payer ce voyage.

C'était décevant : malgré les photos de la nuit de Cristal, le monde n'avait pas exprimé sa colère contre l'Allemagne et son dirigeant.

Les États-Unis avaient été très clairs, suscitant le dégoût de Rod et Bill : le pays n'accepterait pas plus de réfugiés juifs. Les horreurs de cette nuit semblaient s'affadir à l'étranger.

Ils n'avaient aucunes nouvelles d'Elias, malgré les contacts de Rubin. Max et elle s'interrogeaient au sujet de l'affaire déterrée par Paul. Tout était à l'arrêt. Et comme Bill le dit, en levant son verre :

— Même les nazis fêtent Noël !

— Alors, tu rentres chez toi ? demanda Max, attablé en face d'elle.

— Je devais, soupira Georgie. Mais mes parents vont chez un cousin éloigné qui est malade et là-bas, il n'y a pas de place pour moi. Et toi ?

— Je ne sais plus vraiment où est ma maison, désormais, dit Max d'un ton neutre. Mon père est retenu à New York.

Un éclair de soulagement passa dans son regard.

— Mais il a déjà réservé un chalet à Genève, ajouta-t-il. Et j'ai besoin de m'éloigner un peu de Berlin. Je suppose que tu ne skies pas ?

Évidemment qu'elle ne skiait pas. Qu'est-ce qu'une fille des vallées du Stroud ferait d'une paire de skis ?

— Je pourrais t'apprendre, dit-il. Ce serait drôle. Il y a tout ce qu'il faut pour boire et manger là-bas et on peut facilement y aller en train.

Georgie hésitait, même si ça la tentait vraiment.

— Il y a beaucoup de chambres, si c'est ça qui t'inquiète, ajouta Max rapidement. Tu n'auras pas à m'entendre parler dans mon sommeil, promis !

Elle regarda Simone, en pleine conversation avec Frida.

— Ça ne dérangera pas Simone ?

Max haussa les épaules.

— Ce n'est pas son genre. En plus, elle rentre à Paris.

Il n'y avait donc aucune raison de refuser : il lui offrait des vacances qu'elle n'aurait jamais pu se permettre.

— À une condition, dit-elle. Tu devras t'expliquer avec mon éditeur si je me casse une jambe.

— Entendu !

Il se renfonça contre le dossier de sa chaise, l'air satisfait, avant de conclure :

— Mais je parie plutôt que d'ici la fin du séjour, tu sauras skier comme une championne.

Elle avait un autre rendez-vous avant Noël. Sara accueillit Georgie aussi chaleureusement qu'elle le pouvait, mais son inquiétude pour Elias avait ravagé son visage, auparavant si ouvert. Des mèches grises encadraient son visage au teint terne et son sourire était forcé, même si elle faisait tout son possible pour être accueillante.

Quand ils furent seuls dans la cuisine, Georgie parla à Rubin de la possibilité de faire sortir les enfants du pays. Son visage s'illumina puis s'assombrit quand il réalisa qu'il pouvait les perdre, peut-être pour toujours.

— Oui, bien sûr. Je vais en parler avec Sara. Et s'il te plaît, remercie bien ton ami à l'ambassade.

Il serra étroitement la main de Georgie, comme si elle lui offrait le plus beau des cadeaux. Cette dernière tenta de mettre de côté sa tristesse en distribuant des cadeaux aux enfants. Elle les avait choisis soigneusement pour qu'ils soient à la fois luxueux et pratiques. Elle donna une enveloppe pleine de reichsmarks à Rubin avant de partir.

— Georgie, non, protesta-t-il.

C'était sa fierté qui parlait.

— C'est votre avance sur salaire, Rubin. Je ne veux pas que vous conduisiez qui que ce soit d'autre que moi quand je serai en vacances. Vous m'êtes trop précieux.

Ce n'était pas tout à fait la vérité, mais ça n'avait aucune importance. On enlevait leur permis de conduire aux Juifs et elle ne doutait pas que, financièrement, Rubin était dans une position délicate.

Elle avait dit à Rubin et Sara qu'elle comptait quitter Berlin pour les fêtes et quand ils avaient compris qu'elle s'en allait en Angleterre, elle ne les avait pas détrompés. Elle avait honte de s'accorder des vacances frivoles alors qu'ils luttaient quotidiennement pour survivre et qu'ils n'avaient aucun espoir d'obtenir des passeports. Elle devrait se débrouiller seule pour ravaler sa culpabilité.

33

Une pause enneigée

Genève, Noël 1938

— Allez, viens, ose ! cria Max, en bas. Tout ira bien.

Il lui fit signe, comme si c'était la chose la plus facile du monde, comme danser.

Georgie se tenait au sommet d'une montagne. Enfin, c'était une montagne à ses yeux, plutôt une colline aux yeux des skieurs aguerris. Elle contemplait la vue enneigée et les gens, plus bas, aussi minuscules que des fourmis, et se disait qu'elle aurait pu descendre l'Everest, ça aurait été la même chose. C'était un instant crucial. Dans sa tête, elle scandait ces paroles : *Allez, ma fille, fais-le. Tu ne mourras pas. Fais-le. Un point, c'est tout !* Elle regarda Max, qui patientait, et planta ses bâtons dans la neige craquante. Elle s'élança en avant et plongea dans l'abîme gelée. Le froid piquait son visage et elle gardait les lèvres serrées. La peur et l'adrénaline formaient en elle un cocktail enivrant. Quelqu'un poussa un cri, comme celui d'un enfant sur des montagnes russes. Un cri de joie. Était-ce elle ? L'exaltation qu'elle ressentait était folle… mais disparut quand, en essayant d'éviter Max, elle chuta dans un tourbillon de neige. Et pourtant, elle riait quand il l'aida à se relever et à épousseter la neige sur son manteau.

— Tu as une marge de progression pour l'arrivée, dit-il d'une voix sèche. Mais je te mets 10/10 pour le courage dont tu as fait preuve. Tu t'envolais !

Elle avait les joues gelées mais rayonnait de fierté. Elle avait éprouvé un sentiment de liberté inédit.

Ce soir-là, au chalet, elle gémit. Son corps ressentait les effets de trois jours de ski.

— J'ai mal à certains muscles dont je ne connaissais même pas l'existence, se plaignit-elle en se frottant les cuisses.

Max rit de bon cœur. Il était de bonne humeur depuis qu'ils étaient arrivés. Envolé, l'homme dur et cynique qu'elle avait rencontré à l'aéroport de Croydon. Envolé, le jeune coq arrogant du Ritz de Londres. Envolé, l'individu aux humeurs changeantes qu'elle avait côtoyé à Berlin. Il était de charmante compagnie depuis le début de leurs vacances. Son visage était lumineux et souriant et il l'avait guidée avec patience lors de ses premières tentatives vacillantes sur des skis.

Le chalet était vaste et somptueux. Il correspondait en tout point aux hautes exigences du père de Max. Georgie avait culpabilisé au début, mais Henry et ses parents l'avaient persuadée qu'elle méritait une pause. Elle travaillait dur et s'accordait rarement des plaisirs personnels. Elle eut envie de les croire.

Il y avait la nourriture, merveilleuse, et les cocktails que Max préparait à la perfection, mais ce qu'elle préférait, c'était leurs soirées partagées. Après un bain chaud, un bon repas préparé par la gouvernante du chalet, ils écoutaient la radio, réfléchissaient et parlaient, un verre à la main.

— Est-ce que tu penses que nous serons bientôt en guerre ? demanda-t-elle paresseusement, les jambes étendues sur le canapé.

Max était installé dans le canapé juste en face.

Après l'absence de réaction des pays étrangers face à la nuit de Cristal, les conversations à la Taverne avaient changé de ton. On ne disait plus « si on était en guerre », mais « quand on sera en guerre ».

Max soupira.

— Oui, j'en ai bien peur, si Hitler continue comme ça. Il devient de plus en plus hardi – arrogant, plutôt – et le monde ne pourra pas continuer à l'ignorer. Espérons que ce ne sera pas le cas.

— Je ne sais pas si nous devons nous en réjouir ou non, répondit-elle d'un ton brusque.

— Je ne me réjouis pas à cette idée, Georgie, répondit-il. Mais nous – et par là, je veux dire le monde entier – devons réagir contre ce despote. C'est un tyran et on doit enfin lui tenir tête.

Son front plissé montrait que cette situation mondiale le renvoyait à son expérience personnelle avec son père. Georgie réfléchit.

— Je sais que nous ne pouvons pas – que nous ne devons pas – tolérer ce qu'il fait. Mais je me demande ce que ça fait d'être en guerre, et les conséquences sur la vie de tous les jours. Si on apprend à vivre avec la peur au ventre. On a de la chance puisqu'on pourra quitter l'Allemagne, mais qu'en sera-t-il de ceux qui devront rester ? Comme les Amsel ?

Max se redressa et étendit ses jambes.

— Tu penses toujours aux autres, n'est-ce pas ? Pourquoi ?

Ce n'était pas comme avant, quand ils se disputaient : sa voix n'était pas pleine de défi, mais curieuse.

Elle fit glisser le bord de son verre contre son menton.

— Tu n'es pas comme ça ?

Il contempla les flammes dansantes du feu de cheminée.

— Non, je ne pense pas. J'imagine qu'il y aura des victimes, mais elles seront un dommage collatéral. J'imagine que ce sera sanglant, mais qu'Hitler sera vaincu, dit-il avant de s'interrompre pour soupirer. Mon Dieu, je parle comme le général en chef d'une armée. Ou peut-être comme mon père. Ce que je veux dire, c'est qu'on doit accepter les pertes si c'est pour la bonne cause.

Georgie se leva et attira son regard sur elle.

— Ce n'est pas vrai, Max. Nous sommes différents dans notre manière d'aborder l'actualité, et ce n'est pas une mauvaise chose. Mais tu n'as pas choisi la voie de la facilité. Tu es ici parce que tu travailles dur en tant que journaliste. Tu n'es pas un nanti. Et tu n'as rien à voir avec ton père.

Son visage s'illumina de plaisir.

— Et toi, George Young, tu es bien au-dessus de toutes ces questions de froufrous et de dentelles, la taquina-t-il en se levant pour leur préparer un cocktail.

— Vous avez un sacré toupet, Maximus Titus Aurelius !

Elle lui lança un coussin et se rejeta en arrière en riant. Avec abandon. Et étrangement, sans trop de culpabilité.

34
Un nouveau sacrifice

Berlin, Noël 1938

Si elle avait vu ce que faisaient Rubin et Sara le soir de Noël, Georgie aurait eu plus de mal à effacer sa culpabilité. Même si ce n'était pas une fête juive, Rubin et Sara avaient toujours essayé de le fêter pour les enfants. Leur maigre repas avait été amélioré grâce aux talents de cuisinière de Sara et aux friandises qu'elle conservait précieusement dans leur garde-manger pour des occasions spéciales.

Berlin était calme et on pouvait passer du temps en famille. Le fauteuil sur lequel s'asseyait Elias auparavant était cruellement vide. Ils allumèrent une bougie pour lui et lui portèrent un toast, même s'ils ne savaient pas s'il était toujours vivant.

De manière touchante, Leon avait sorti le jeu d'échecs pour pousser son père à y jouer de nouveau, chose qu'il n'avait pas faite depuis la disparition d'Elias. Rubin commença une partie et s'aperçut que Sara s'illuminait. C'était si rare désormais. Elle trouvait du réconfort dans le rire de ses enfants. Il était torturé par son secret. Bientôt, on priverait sa femme de son seul plaisir.

Le soir du Nouvel An, les enfants couchés, ils parlèrent de l'année qui s'était écoulée et, plus nerveusement, de celle qui s'ouvrait. Mais ils ne prononcèrent pas le mot « guerre ». Rubin, qui ne parvenait plus à garder son secret, se confia enfin.

— Nous avons une décision à prendre, mon amour. Une décision cruciale.

Les yeux de Sara s'emplirent de larmes avant qu'il ne finisse de lui exposer les choses.

— Les envoyer en Angleterre ? Mais peut-être que nous ne les reverrons plus jamais, s'affola-t-elle. Mes bébés !

— Oui, mais c'est notre meilleure chance de les revoir vivants.

Parfois, Rubin aurait souhaité faire parler son cœur et non sa tête. Mais il ne pouvait pas se le permettre, surtout pas à cet instant.

— Et ça nous fera deux bouches en moins à nourrir.

— Ce ne sont pas des bouches à nourrir, Rubin ! Ce sont nos enfants, répliqua Sara avec défi.

— Je sais, je sais, mon amour. Mais tu vois à quel point c'est difficile. Et ça ne va pas aller en s'arrangeant. Tu ne crois pas que nous devons ça à Ester et à Leon ? Une vie meilleure ?

Elle savait qu'il avait raison, mais son cœur se brisait sous l'assaut d'une immense vague de chagrin. Elle avait perdu Elias. Maintenant, ses enfants. Quand cet enfer cesserait-il ?

35

Nouvelle année, nouvelle perte

Berlin et Londres, janvier 1939

C'était passé bien trop vite et – Georgie ne le dirait jamais à ses parents – cela avait été l'un des meilleurs Noëls de sa vie.

De retour à Berlin, elle eut le sentiment que Genève était un souvenir divin que personne – même Herr Hitler – ne pourrait lui voler. Mais un coup de massue vint anéantir sa belle humeur.

Elle avait perdu Rubin, du moins comme chauffeur. Après la nuit de Cristal et les accusations contre les Juifs, le Reich avait déclaré que le peuple juif lui devait un milliard de marks en guise de dédommagement. De plus, les Juifs n'avaient plus le droit de conduire. Ni voitures ni motos.

Ainsi, la moitié des revenus des Amsel disparut. Les Juifs furent bannis des lieux populaires de la ville : salles de concert, musées et bains publics. Rubin ne dit rien, mais elle le lut sur son visage. Il reflétait ses pensées : qu'est-ce qu'on leur ôterait encore, jusqu'à ce qu'ils n'aient plus droit à rien ?

Georgie le rassura : en jonglant savamment avec les frais professionnels, elle pourrait maintenir son salaire, lui trouver un autre emploi et demander un permis d'exemption qui lui permettrait de circuler dans le centre-ville et en périphérie en tant que messager pour la presse.

— Les entreprises étrangères ont toujours plus de droits que les entreprises allemandes, lui dit-elle. Pourtant, ce fut le cœur lourd qu'elle le regarda, de la fenêtre du bureau, pousser sa bicyclette, les épaules basses, portant le poids de ses soucis.

Max et Georgie décidèrent de mettre leurs contacts respectifs sur l'affaire de Paul. L'agence de presse avait relayé l'actualité pendant ses vacances, et Georgie avait besoin de donner plus de matière à Henry afin d'être publiée. À l'aube de la nouvelle année, il mit fin à ses espoirs.

— Tu es rappelée à Londres, annonça-t-il d'un ton d'excuse.

— Qu'est-ce que tu veux dire ? Pour combien de temps ? Et pourquoi ? demanda-t-elle, la voix brisée.

Avait-elle mal travaillé ? Pourtant, Henry semblait toujours satisfait…

— Plusieurs journalistes ont quitté le navire. Les chefs veulent que tu fasses des remplacements. Je ne sais pas pour combien de temps.

— Mais on a besoin de moi ici ! C'est un moment crucial, Henry. La situation pourrait devenir explosive à tout moment.

— Je sais, je sais. Mais je suis seulement éditeur, Georgie. Je ne décide pas. Ils cherchent un remplaçant pour Paul, mais en attendant, nous utiliserons l'agence de presse.

Georgie ne cacha pas sa déception. Travailler à Berlin, c'était comme marcher sur des œufs en permanence.

Certes, elle avait apprécié son escapade au ski, mais quitter la ville, tout laisser derrière elle…

— Je suis désolé, Georgie, mais c'est décidé. Nous te ferons rapatrier aussi vite que possible. Mais nous te promettons que ce n'est que temporaire. Pour preuve, pendant que tu seras ici, nous paierons le loyer de ton appartement à Berlin.

Elle ne pouvait pas refuser. Même si elle avait pris confiance en elle, elle ne pouvait pas refuser, quitter le *Chronicle* et devenir indépendante. Et puis… Henry lui assurait que ce ne serait pas définitif. Seule compensation : revoir ses parents et ses amis et ne plus regarder de films anglais mal doublés. Mais ce n'était pas grand-chose…

À la gare du Zoo, elle ne put retenir ses larmes. La moitié du corps de presse était là, ainsi que Sam, pour lui dire au revoir.

— Ramène-nous quelque chose de bien, dit Bill pour lui arracher un sourire. Par exemple, du caramel ! J'aimerais manger du caramel des Cornouailles.

Les Cornouailles et Londres étaient à des centaines de kilomètres, mais Bill l'ignorait, lui qui était originaire du grand Ouest américain. Toutefois, la suggestion plaisait à Georgie.

— Viens là, gamine.

Rod la serra contre lui. Jamais son étreinte n'avait été aussi bourrue et affectueuse.

— Je suis en grève de strudel jusqu'à ce que tu reviennes, alors si tu as un peu de pitié pour l'estomac d'un pauvre Américain comme moi, reviens vite.

— Promis, dit-elle en essuyant ses larmes.

C'était comme quitter sa famille. Même Frida et Simone semblait attristées. Max se trouvait à côté d'elles. Il se forçait à sourire, mais son visage était livide. Alors que le train s'éloignait, il fit un geste, comme un gribouillage sur sa main. « J'écrirai », articula-t-il silencieusement. Leur petit groupe disparut alors que le train accélérait. Berlin, c'était fini. Non. C'était la fin du premier acte, mais la pièce était loin d'être terminée.

Londres lui sembla bien terne. Georgie se sentait frustrée par cette relative inertie. Personne ne semblait prendre au sérieux la menace imminente en Europe. Personne ne réalisait qu'il y avait plus grave que les fluctuations du prix du lait ou les perturbations des horaires de train. La guerre était sur le point d'éclater. Toute l'Europe serait touchée. Comment pouvaient-ils ne pas voir la cruauté mal déguisée des nazis ?

Heureusement, le travail lui fournissait une occupation dont elle avait bien besoin. Elle avait été détachée au bureau de la criminalité, où il se passait pas mal de choses. Mais ce n'était rien en comparaison de Berlin. Ici, on ne pouvait pas se moquer de Herr Bauer et même si elle s'entendait bien avec ses collègues, la franche camaraderie de la bande berlinoise lui manquait terriblement. Rod et ses câlins ; Bill et son ironie ; Frida et sa drôle de façon de vivre… L'amitié de Max lui manquait. Elle parcourait régulièrement les pages étrangères du *Telegraph* et lisait entre les lignes. Elle retenait son souffle en découvrant chacun de ses comptes-rendus, incapable de supporter la pensée de rater peut-être l'événement qui renverserait le cours de l'histoire.

Le *Chronicle* publia un article sur le plan quinquennal du Reich pour agrandir sa flotte qui, d'ici à 1944, dépasserait largement la marine britannique. Encore une fois, les nazis piétinaient le traité de Versailles. On écrivait aussi des articles plus frivoles : l'achat par Hitler d'une peinture inestimable ou l'éditorial étrange du rédacteur en chef du *Stürmer*. Selon lui, un Allemand dévoué ne devrait plus chanter *The Lambeth Walk*[1].

À Londres, on écrivait sur les plans d'évacuation et on publiait des photos de citoyens construisant des abris antiaériens dans leurs jardins. Mais pas de décisions franches du côté politique. Comme si le monde restait convaincu que rien ne se produirait.

Les semaines se transformèrent en mois. Henry l'avait prévenue que ce ne serait pas une sinécure, mais Georgie rechargeait ses batteries. Elle détestait le brouillard hivernal qui la faisait tousser, mais elle n'était plus sans cesse sur le qui-vive, comme à Berlin. Lorsqu'elle marchait, ses épaules n'étaient plus contractées. Elle ne tendait plus l'oreille pour savoir si elle était suivie ; elle n'était pas tentée de se retourner. Elle avait réussi à se rendre chez ses parents durant quelques week-ends. Leur angoisse fut apaisée quand ils la virent.

— J'imaginais que tu deviendrais toute grise, à force d'ingurgiter tout ce chou mariné et toute cette viande !

— Mère ! Ce n'est pas non plus le bout du monde ! Il y a des légumes frais !

Elle n'osa pas avouer le nombre de strudels aux pommes que Rod et elle avaient ingurgités.

Max tint promesse et lui écrivit, pas toutes les semaines, mais assez régulièrement pour qu'elle sache que tout roulait : la bande employait Rubin pour toutes sortes de missions afin de maintenir son salaire.

Nous sommes allés patiner sur l'un des lacs gelés du parc. Nous avons passé un bon moment. Frida est douée. J'aurais voulu rire en te regardant essayer (comme quand tu skiais !). J'ai remarqué, pourtant, que les Juifs

1 Chanson anglaise de 1937. (N.D.E.)

n'avaient pas le droit de patiner. Comment un peuple peut-il décider d'empêcher un autre peuple de s'amuser ? écrivait-il.

Même si elle était indignée, ça lui fit chaud au cœur que Max fasse preuve d'humanité, malgré tout ce qu'il avait pu dire auparavant.

Il lui raconta que le bureau du Reich était calme.

C'en est presque inquiétant. La seule nouvelle que nous avons est qu'ils ont fermé le Berliner Tageblatt. Ça a affecté Rubin, mais les journalistes qui y travaillaient ont effectué des missions pour l'agence de presse en catimini.

Il ajouta que Frida était distraite et s'absentait souvent. Rien au sujet de Simone.

Rod a perdu quelques kilos, mais il se sent mal, alors reviens vite. S'il te plaît.
Bises aromatisées aux strudels,
Max

Tout allait bien à Berlin et le printemps faisait son apparition à Londres et pourtant, aux yeux de Georgie, il faisait gris. Elle errait, constamment dans l'attente de nouvelles. La pensée de rater quelque chose d'essentiel créa en elle une anxiété qui ne la lâchait plus.

Quand Henry s'approcha de son bureau, elle fut inquiète. Son visage était vide, inexpressif. Avait-elle aperçu une lueur de regret passer sur son visage ? Peut-être qu'il venait lui annoncer ce qu'elle craignait tant : elle ne retournerait pas à Berlin. Ils avaient trouvé quelqu'un pour la remplacer.

— Bonne nouvelle, dit-il enfin, une enveloppe à la main. Ton billet pour Berlin, dans quatre jours. Tu voyageras pas mal en train.

Georgie tendit rapidement la main. Elle était envahie par le soulagement.

— Et nous avons décidé de remplacer Paul. Qu'en dis-tu : George Young, correspondant principal du bureau ?

Henry n'était pas tactile. Elle manifesta donc sa joie en lui serrant chaleureusement la main et en le remerciant au moins mille fois.

— Tu l'as mérité. Tu seras en plein cœur des événements. Bienvenue au bureau Étranger. J'attends des tonnes de bons articles.

36

À la maison

Berlin, 6 mars 1939

Il n'y eut pas de comité d'accueil à son arrivée, mais Georgie fut ravie de voir Max. Et puis, elle préférait qu'il n'y ait pas tant de monde que ça, car elle n'avait qu'une envie : un bain chaud et un thé bien fort – sa mère lui avait donné de quoi survivre.

— Nous avons ordre de nous arrêter quelque part avant que je te raccompagne à l'appartement, dit Max, qui refusa d'en dire plus.

Ils prirent un taxi jusqu'au café Kranzler. Des acclamations résonnèrent. Ils étaient huit à l'attendre. Sur la table trônait un énorme plateau de strudels.

— Enfin ! Fini le régime de pâtisseries ! tonna Rod avant de se lever pour étreindre Georgie.

Elle le trouva un peu dégarni, mais pour ce qui était de son poids… il avait compensé son envie de strudels ! C'était comme si elle n'était jamais partie. Il y avait les plaisanteries et cette chaleur dans les interactions, seulement atténuées par la nouvelle récente de l'arrestation de deux journalistes britanniques qui avaient « osé » assister à l'expulsion de Juifs. Ils avaient passé cinq longues heures au QG de la Gestapo avant d'être relâchés.

— Alors, faites gaffe les gars, dit Rod. Restons groupés et prenons soin les uns des autres. J'ai besoin de vous, bon Dieu !

Tout à coup, ils entendirent un haut-parleur, dehors, qui aboyait une diatribe. Le son passait à travers la baie vitrée. Une voix gutturale encensait une nouvelle entreprise nazie. Rien d'anormal. C'était bon d'être rentrée.

Georgie se rendit au bureau et y trouva Rubin, absorbé par son nouveau travail d'assistant, qui consistait à mettre au propre des articles. Son visage s'éclaira de soulagement quand il la vit.

— Comment va Sara ?

Elle avait songé à leur écrire quand elle était en Angleterre, mais s'était ravisée pour ne pas attirer l'attention sur eux.

— Elle… Eh bien, elle va bien, dit-il en secouant la tête. Nous n'avons pas de nouvelles d'Elias. Mais nous avons réussi à organiser le départ des enfants. Ils partent dans cinq jours. Pour l'Angleterre.

— Cinq jours !

— Oui, ça a été rapide. Mais c'est bien. Pour eux. Sara est… Je te laisse imaginer. Mais elle sait que c'est ce qu'il faut faire. Nous en avons tous les deux conscience.

Il avait du mal à le dire. Son ton n'était pas convaincant. Elle se tourna vers lui, posa une main sur son bras qu'elle pressa.

— Je suis désolée, Rubin. Personne ne devrait subir ça. Je sais que j'ai promis de retrouver Elias et…

— Tout va bien, dit-il, serrant sa main. Au moins, tu as essayé. D'après les rumeurs, il pourrait être dans une sorte de camp. On dit qu'on y détient beaucoup de gens comme lui.

— Où ?

— Je ne sais pas. Il y a des camps dans toute l'Allemagne. Il pourrait être dans n'importe lequel. Mais ça veut dire que s'il y a beaucoup de détenus, Elias pourrait être encore en vie.

Il n'évoqua pas les conditions de détention et ne parla pas des souffrances qu'Elias était peut-être en train d'endurer.

— Nous devons nous accrocher à cette pensée, Georgie. Pour nous. Pour les enfants.

Une fois rentrée, Georgie se fit couler un bain et se prépara un thé, puis elle ouvrit son courrier. Il s'agissait pour la plupart de lettres envoyées par sa famille et ses amis, impressionnés par sa vie « glamour » à Berlin. Une enveloppe, plus familière, était tamponnée de l'aigle noir du Reich. Kasper.

Elle avait été envoyée un mois auparavant et il se montrait charmant, comme d'habitude. Peut-être pourraient-ils sortir à nouveau ensemble ? Il était définitivement de retour à Berlin et ce serait tellement agréable de se revoir. Georgie était perplexe. Cela faisait des mois qu'ils ne s'étaient pas vus. Alors pourquoi maintenant ? Désormais, dès qu'un homme portait un uniforme nazi, elle se méfiait. Elle fut tentée de jeter le courrier, mais la remarque de Max lui revint en tête : peut-être que Kasper saurait des choses à propos de Paul ou du sort des prisonniers juifs… Il pouvait se révéler être un contact d'une importance capitale. Surtout que Max et elle n'avaient aucune autre piste. Elle s'était juré de ne plus jamais fréquenter un nazi, mais là, c'était différent : c'était pour Elias et Rubin. Pouvait-elle laisser filer cette occasion ?

Faisant appel à toute sa spontanéité, Georgie griffonna une réponse à la hâte : elle était de retour depuis un moment et acceptait avec plaisir de le revoir. Elle hésita une seconde avant de poster sa lettre. *Oh, Seigneur, Georgie, c'est reparti !*

Les jours suivants, elle parvint à ne pas trop penser à ce rendez-vous. Elle se débrouillait pour se déplacer puisque Rubin passait le plus de temps possible avec Leon et Ester avant leur départ en Angleterre. Voyager en tram, c'était comme retrouver un vieil ami. Elle écoutait les conversations des Berlinois, qui murmuraient à propos de la politique et du « problème juif ». Elle s'imprégnait de leurs préoccupations.

Le jour du départ des enfants, Rubin et Sara l'invitèrent à se joindre à eux à la gare. Elle en fut émue. Rubin, comme d'habitude, prenait l'air courageux pour Sara, mais sa tristesse, tellement intense, était perceptible. Heureusement, Leon et Ester se trouvaient parmi une foule d'enfants sur le quai. Chacun portait une étiquette marron attachée à ses vêtements. Leurs valises cognaient contre leurs petites chevilles. Les bavardages fébriles des plus jeunes aidaient les parents à masquer leur détresse. Sara semblait avoir versé toutes les larmes de son corps. Elle avait les yeux rouges, comme si elle avait pleuré toute la nuit. Mais Dieu seul savait comment elle parvenait à esquisser un sourire malgré son désespoir.

— Promettez-moi d'être polis. Vous dites « s'il te plaît » et « merci » et vous vous souviendrez bien de ce que vous a appris Georgie à propos des manières anglaises.

Elle les recoiffa et boutonna leurs manteaux. Tout pour ne pas penser au vide abyssal que créerait leur absence.

— Nous vous écrirons tout le temps. Papa et maman vous rejoindront dès que possible.

— Oui, maman, murmurèrent les enfants en la regardant.

Georgie ne pouvait imaginer leur confusion. Elle se détourna quand le train quitta la gare. Des mains s'agitaient furieusement depuis les vitres ouvertes. Des larmes coulaient sur le quai. Et la dernière bouffée de vapeur disparut.

— C'était le mieux à faire, n'est-ce pas ? sanglotait Sara, blottie contre son mari. Nous avons fait le bon choix, hein ?

Le regard douloureux de Rubin croisa celui de Georgie. Son visage était grave. Il semblait perdu. Il acquiesça.

— Oui, mon amour. Nous avons fait ce qu'il faut. Vraiment.

37

Le masque tombe

14 mars 1939

Depuis le début de l'année, des rumeurs circulaient chez les journalistes, selon lesquelles Hitler prévoyait un gros coup. Mais ils ne savaient pas quoi. Tout le monde se focalisait sur l'expansion de la marine allemande. L'attaque, à terre, surprit tout le monde. Les journalistes avaient déjà rapporté qu'Hitler était entré par le nord-ouest en Tchécoslovaquie, affirmant une fois de plus que ses troupes ne faisaient que protéger les Polonais qui réclamaient une terre. Il agissait en « voisin solidaire ».

Puis, l'explosion à laquelle on ne s'attendait pas. La Tchécoslovaquie fut coupée en deux, alors qu'une République slovaque pro-allemande naissait en une seule nuit. Et les troupes d'Hitler étaient sur le point d'envahir l'autre moitié du pays dès le lendemain. Les Tchèques, épuisés, ne résistèrent guère. Le protectorat de Bohême-Moravie fut créé dans la foulée. Voilà ce qu'il en était de « la paix pour notre époque » de Chamberlain, pensa Georgie avec dédain.

Ces jours-là, il y eut beaucoup de travail : ces nouvelles chocs s'affichaient à la une des journaux britanniques.

On pouvait également lire des analyses plus poussées de la situation. Avec tous ces changements politiques, toutes ces déclarations, Georgie n'avait pas un instant de répit. Elle assurait la liaison avec le bureau tchèque, alors qu'Hitler clamait sa victoire du haut de l'ancien château de Prague.

Quelques jours plus tard, le Führer revint à Berlin et Joey mit tout en œuvre pour sa parade d'accueil triomphale. De retour au bureau après avoir assisté à ce spectacle écœurant, elle se retrouva à court d'inspiration. Que faudrait-il d'autre pour que le reste du monde défie cet homme à l'ego redoutable ?

Frustrée, elle plaça une feuille dans la machine à écrire et se mit à écrire.

Carte postale de Berlin, le 18 mars 1939

Chers lecteurs britanniques,

Le printemps envahit Berlin, mais il y a autre chose également : des rangées parfaites et sans fin, des foulées régulières et des applaudissements rythmés pour accueillir le Führer, de retour de son pillage. S'il n'était pas si totalement allemand, nous, les étrangers, pourrions le confondre avec un guerrier viking ramenant chez lui son butin. Nous avons l'habitude de ces cérémonies en grande pompe et de ce genre de fanfaronnades, mais avec la mainmise sur la Tchécoslovaquie, Berlin pétille plus que jamais. Des bols d'huile enflammés bordent la procession du Führer, projetant des lueurs étranges pendant que des projecteurs illuminent le ciel.

Mais ce n'est pas un carnaval. Souvenons-nous de l'an dernier, quand Hitler a affirmé publiquement que « les Sudètes étaient sa dernière exigence terri-

toriale en Europe ». Ce soir, je suis certain que le monde n'a pas encore assisté au grand final d'Hitler.
Auf Wiedersehen,
Votre correspondant à Berlin

Georgie se renfonça dans son siège et poussa un soupir, avant de contempler les lumières de la ville. Elle avait oublié de tirer les stores et était mal à l'aise à l'idée qu'on puisse l'observer, mais elle n'avait pas l'énergie de se lever. Elle avait besoin de sommeil, mais encore plus de compagnie. Comme si on lisait dans ses pensées, le téléphone sonna.

— Bureau du *Chronicle*, dit-elle d'un ton las.

— Je constate que tu as besoin d'alcool ou de café.

C'était Max et non Henry, comme elle s'y attendait.

— Les deux, en fait, répondit-elle. Tu offres ?

— Je t'attends à la Taverne. Ta commande t'attendra. Dans trente minutes ?

— Parfait.

La perspective de partager ses sombres pensées en bonne compagnie la motiva.

Il était presque 11 heures et le restaurant était presque vide, tout comme la table à laquelle s'installait d'habitude la bande. L'ambiance était triste. Mais Georgie fut réconfortée quand Max arriva. Elle adorait être avec les autres, mais aimait discuter en tête à tête avec lui.

— Alors, comment s'est passée ta journée ? Sur le fil du rasoir, comme d'habitude ? demanda-t-il en posant devant eux deux brandys et deux cafés.

Elle gonfla les joues.

— J'aurais pu hurler en regardant ce foutu défilé, dit-elle à voix basse. L'arrogance du haut commandement me rend malade. Ils ressemblent de plus en plus à des tyrans de cour d'école, avec leurs sourires suffisants.

— Fine description. Tu devrais devenir écrivain !

— Ha ha, répondit-elle en fronçant les sourcils. Sérieusement, où tout ça va nous mener, Max ? Qu'est-ce qu'il faut de plus aux autres pays pour réagir ?

— Je ne sais pas. Tout ce que nous pouvons faire, c'est de continuer à écrire, de tout notre cœur, et espérer que ça finira par porter ses fruits.

Ils restèrent silencieux une minute, buvant leur brandy.

— Oh, j'oubliais ! dit Georgie. Kasper m'a recontactée.

Max pencha la tête d'un air interrogateur.

— Mon prétendant nazi, comme tu le surnommes. Il m'a proposé un rendez-vous.

— Et ? répondit Max en levant un sourcil.

— J'ai accepté. S'il pense toujours que je suis une petite fille de riche, je pourrai peut-être apprendre quelque chose au sujet de Paul ou d'Elias. Je pense que ça vaut le coup d'essayer.

— Tu en es certaine ?

Max ne se comportait pas du tout comme avant. Son front se plissait d'inquiétude.

— Tu as changé de discours, grommela-t-elle. Toi qui me poussais à le revoir !

— Les temps ont changé, Georgie.

— Oui, dit-elle sèchement, soudainement irritée. Justement, c'est primordial de savoir ce qui se passe.

Pourquoi se montrait-il si versatile ? Elle pensait pourtant que leur amitié était sans nuages.

— D'accord. À toi de voir. Mais promets-moi de me donner l'heure et le lieu de ce fameux rendez-vous, conclut-il avant de finir son verre.

Georgie se mordit la langue pour ne pas lui répondre qu'elle n'avait pas besoin d'un garde du corps. Et qu'effectivement, c'était à elle de voir. Mais elle était trop fatiguée pour se battre avec Max qui s'inquiétait pour elle. En tant qu'ami.

La façon dont la presse couvrit l'invasion tchèque porta un coup à ses relations avec le ministère de la Propagande. Le visage de Herr Bauer était furieux, particulièrement quand il regardait Rod. En effet, ses articles étaient si intelligemment tournés qu'il condamnait le régime tout en ayant l'air impartial. Bauer était glacial avec elle, également : soit parce qu'elle fréquentait Rod, soit parce que ses cartes postales étaient de plus en plus nombreuses.

— Je suis désolé pour votre collègue, Herr Adamson, lança Bauer.

Il mentait. Et il était fort possible qu'il sache comment Paul était mort.

— Votre direction envisage-t-elle de le remplacer ?

Un mince sourire découvrit légèrement ses dents.

— Dieu merci, c'est fait, répondit Georgie, tout sourire, ne pouvant s'empêcher de jubiler. C'est moi, Herr Bauer. Je suis le nouveau chef de bureau.

Elle n'avait personne sous sa responsabilité, mais mini-Hitler n'avait pas besoin de le savoir. Ses dents disparurent alors qu'il serrait les lèvres.

— Félicitations, Fräulein. Je suis heureux de constater que vous êtes plus assidue que votre ancien chef.

Il mentait, encore une fois. Il avait dû lire ses dernières cartes postales et les lettres de soutien que les lecteurs du *Chronicle* lui adressaient. Il acquiesça et s'éloigna.

— C'est fou ! Il imite de plus en plus Hitler, souffla Rod. Comme son ombre. Si on tirait sur son Führer, il serait capable de s'interposer et de se sacrifier, cette espèce de connard.

— Attention, Rod. Un de ces jours, tu vas t'attirer des problèmes, répondit Georgie, qui chercha des yeux un mouchard.

— Oh oui, mais ça vaut le coup, non ?

Il sourit en croisant les bras.

— Non, pas si les SS t'arrêtent. Tu préférerais succomber suite à une ingestion massive de strudels que d'être interrogé par eux.

— Les deux options me tentent. Allez, ce n'est pas tout, mais le Kranzler nous attend.

Ils s'installèrent à leur table habituelle. Rod inspecta la salle du regard.

— Tu cherches quelqu'un ?

— Non, mais je n'ai pas vu Karl depuis un moment. Et toi ?

— Non. Pas depuis mon départ pour Londres.

Rod eut l'air inquiet. C'était rarement le cas. Il se pencha pour remuer son café, comme s'il invitait Georgie à un tête-à-tête chaleureux.

— Je lui ai demandé de se renseigner au sujet d'une affaire sur laquelle je travaille, murmura-t-il. C'était il y a trois semaines. J'espère qu'il ne s'est pas fait prendre.

C'était envisageable. Ces derniers temps, il y avait des soldats et des SS partout. Sans oublier les hommes de la Gestapo, cachés dans l'ombre.

38
Un nid vide

20 mars 1939

Il entendit le bruit de la clé dans la serrure. Quelques secondes après, la voix de Sara retentissait.

— C'est moi. Il y a quelqu'un ?

Rubin avait remarqué qu'elle continuait à poser cette question, comme si, par miracle, quelqu'un d'autre que lui répondrait : l'un des enfants ou Elias. C'était une habitude. Ou une façon de ne pas devenir folle.

— Je suis là, chantonna-t-il. Dans le salon. Viens voir, j'ai quelque chose pour toi.

Elle semblait perplexe, mais son visage était un peu moins sombre ces derniers jours : ils avaient reçu deux lettres des enfants. Elles étaient courtes, mais c'était bien assez pour savoir qu'ils étaient en sécurité à Londres, dans l'attente d'un foyer d'accueil dans lequel, ils l'espéraient, ils seraient placés ensemble. Ce jour-là, Sara avait pour une fois pleuré de soulagement, et non de désespoir.

— Ne me dis pas que tu as trouvé des fruits ? Ou du vrai café ? dit-elle, l'air impatient.

Elle eut l'air un peu déçue quand Rubin répondit par la négative et qu'il lui tendit un petit paquet souple.

— Oh, Rubin, c'est magnifique, roucoula-t-elle en découvrant une étole délicate en soie, décorée de poissons verts et bleus.

Elle enveloppa son maigre cou de cette douceur et la frotta contre ses joues.

— Mais où l'as-tu trouvée ? Comment pouvons-nous nous permettre un tel luxe ?

Il sourit en tapotant son nez d'un air espiègle.

— Oh, j'ai quelques contacts.

Rubin connaissait beaucoup de commerçants, mais aucun ne vendait de telles étoles. Il s'était juré de toujours dire la vérité à Sara, mais elle n'avait pas besoin de savoir qu'il l'avait trouvée sur le trottoir près du *Chronicle*. Il avait regardé autour de lui pour voir si elle appartenait à quelqu'un. Mais personne ne s'était manifesté. Si Sara avait su la vérité, elle aurait peut-être été offensée, voire mortifiée de porter quelque chose trouvé dans la rue. Et pourtant, elle méritait qu'on lui offre un cadeau : ça faisait des années qu'elle ne s'était rien offert. Si Rubin avait eu les moyens de le lui acheter, pour lui rendre le sourire, il l'aurait fait. Et elle avait besoin de se changer les idées, de ne plus penser au vide immense qui résonnait dans leur appartement minuscule. Elle avait besoin de ne pas constamment regarder les lits vides des enfants, de ne pas toucher leurs jouets ou les photos de famille. Si, pendant une minute, elle pouvait se sentir comme n'importe quelle autre femme que l'on gâtait à l'occasion, il supporterait la culpabilité provoquée par son mensonge.

— Et autre chose, ajouta-t-il alors qu'elle s'apprêtait à leur préparer du café.

— Oui ? Des nouvelles d'Elias ?

L'espoir germait si vite en elle… Il la rejoignit dans la cuisine et baissa d'un ton.

— Non, mais il va y avoir une réunion. La Gestapo a ses informateurs, mais la Résistance aussi. On saura peut-être bientôt quelque chose.

Le sourire de Sara s'évanouit.

— Rubin, promets-moi que tu seras prudent. Fais attention à tes fréquentations et aux lieux dans lesquels tu te rends.

— Promis, Sara. Mais si je ne prends pas un minimum de risques, on ne saura jamais rien au sujet d'Elias ou des autres.

— Je comprends, mais je ne le supporterais pas si…

Rubin se tourna vers elle, persuadée que la soie délicate ne pourrait jamais retenir son immense flot de chagrin.

39

Le temple

23 mars 1939

L'accalmie politique des premiers mois de 1939 laissa place à une activité effrénée alors qu'Hitler s'appropriait de nouveaux territoires. Il marcha effrontément sur le territoire lituanien de Memel, en prétendant que c'était une terre allemande de plein droit. Puis, exactement comme s'il gagnait des propriétés au jeu du Monopoly, il s'intéressa à Dantzig, une petite ville située dans la partie nord du « corridor » polonais, prise en sandwich entre l'Allemagne et la Prusse orientale.

Personne n'était dupe : l'œil avide d'Hitler s'était fixé sur cette ville, car son port était prospère. Pas parce qu'il voulait défendre les libertés des Dantzickois allemands. Deux jours plus tard, il devint clair que la bataille pour gagner cette ville était une diversion. L'Allemagne et l'URSS signèrent un pacte visant à se partager le gros lot : la Pologne.

Les politiciens étrangers réagirent enfin. À la fin de mars, la Grande-Bretagne et la France s'exprimèrent pour rassurer la Pologne : elles la soutiendraient dans sa lutte pour l'indépendance, mais elles n'entrèrent pas dans les détails. La presse étrangère était furieuse.

Pourtant, poussés par l'adrénaline, ils se rendaient aux conférences de presse du Reich et assistaient aux déclarations de l'ambassade. Ils se réunissaient à l'Aldon et se détendaient à la Taverne, autour d'un bon plat de pâtes et d'une bière. Rod amusait la galerie tout en tentant de contenir sa frustration grandissante : le Reich, le monde, l'humanité… Tout le mettait en colère.

— Est-ce qu'il va bien ? chuchota Georgie à Bill. Il a l'air remonté comme un coucou !

Bill soupira en acquiesçant.

— Je connais Rod depuis longtemps, mais je ne l'ai jamais vu dans cet état. S'il te plaît, essaye de le calmer. Même ici, des oreilles peuvent traîner.

Georgie regarda soudainement d'un autre œil ce restaurant, si familier et chaleureux. Pas de trace d'uniformes. Mais Bill avait raison. La Gestapo était partout, on ne pouvait s'en cacher.

Dans cette agitation, Kasper lui avait répondu. Comme d'habitude, ses manières étaient délicieusement impeccables. Il lui proposa de passer une soirée ensemble. Georgie tiqua : ce serait plus intime que les fois précédentes, donc… Mais elle se rassura : il lui donnait rendez-vous au bar Circo, très à la mode. Ils se rendraient ensuite à une réception. Des lieux publics. Sa bouche devint sèche à l'idée d'une soirée fréquentée par des nazis, tous dévoués à Hitler. Mais elle apprendrait beaucoup et si elle se montrait convaincante, elle gagnerait encore plus la confiance de Kasper. C'était vital.

Le soir venu, elle ne fut pas surprise d'apercevoir Max et Simone installés à une petite table, au Circo. Tous deux observaient le bar. La Française avait accepté avec désinvolture de prendre part à leur plan. Max, smoking et cocktail à la main, était d'une grande élégance. Georgie se souvint de cette nuit au Ritz. De la manière arrogante dont il l'avait abordée. De sa mémorable rebuffade. C'était étrange à quel point elle était soulagée de le voir, même s'il était avec Simone. Georgie n'avait jamais réussi à s'entendre aussi bien avec elle qu'avec Frida. La nonchalance de Simone semblait parfois être de la froideur. Frida était extrêmement intelligente et ambitieuse, mais elle était drôle, frivole et sociable. Simone était son opposée. Elle était distante. Et ce soir, si belle que c'en était irritant.

Le bar était animé. Les clients étaient chics ; la décoration, luxueuse. L'endroit attirait une foule cosmopolite et aisée, désireuse d'écouter du jazz dans un décor arabisant. On entendait des accents allemands, français, anglais et américains. Georgie fut déçue de ne pas trouver Kasper. À Londres, elle n'avait jamais été à l'aise avec l'idée de se rendre seule dans un bar, même si elle avait souvent rejoint ses collègues pour partager une pinte.

Elle prit une grande inspiration, redressa les épaules et lança un regard bref à Max, qui le lui rendit sans ciller. Il lui sembla qu'il hochait la tête imperceptiblement.

Allez, Georgie, joue le jeu !

Au moins, elle était bien habillée. Elle avait pillé la garde-robe de Frida et obtenu l'approbation de cette dernière. La robe de cocktail vert émeraude lui allait comme un gant. La soie moulait sa taille fine et se répandait autour de ses hanches rondes comme si le vêtement avait été fait sur mesure. Frida s'était occupée des cheveux blonds de Georgie. Elle les lui avait frisés et attachés tout en lui donnant moult conseils sur la manière de flatter un officier du Reich sans en faire trop. Elle ne s'aventura pas à demander à Georgie pourquoi elle faisait autant d'efforts pour un homme qui faisait partie du camp ennemi. Elle n'aimait pas qu'on lui pose des questions ; elle n'en posait pas. Envahie par une confiance soudaine, Georgie s'avança vers le bar en se concentrant pour ne pas trébucher sur ses talons, et se percha sur l'un des tabourets. Le barman fut devant elle en un éclair.

— Vodka Martini, s'il vous plaît.

Elle but une gorgée, qui fut aussi douce que du miel. Puis, elle observa les lieux. Les femmes, vêtues avec élégance, rejetaient leur tête en arrière en riant et en fumant. Les hommes, souriants, venaient de familles fortunées ou étaient des « nouveaux riches ». Georgie savait qu'elle devait s'efforcer d'être à l'aise, même si elle avait du mal. Ses rendez-vous précédents avec Kasper avaient été distrayants, mais là… ça devenait sérieux.

— Georgie, vous êtes ravissante, dit Kasper, apparaissant à côté d'elle.

Il lui fit le baise-main tout en plongeant son regard magnétique dans le sien. Il ne l'avait jamais fait auparavant, et elle fut gênée. Un confrère lui avait raconté que c'était la manière dont Hitler saluait souvent les femmes. Il jouait de son regard pour attirer les gens. Mais les yeux du Führer étaient noirs comme des billes alors que ceux de Kasper étaient incroyablement séduisants. Elle lui adressa un sourire admiratif. Elle devait jouer le jeu.

— Merci.

Elle ne lui fit pas le même compliment : il portait son uniforme, impeccablement repassé et peut-être orné d'un ou deux autres insignes supplémentaires. Il commanda un cocktail et s'assit. Ils parlèrent des gens qui les entouraient. Kasper désigna du doigt plusieurs actrices du coin.

— Alors, vous êtes rentrée en Angleterre ? demanda-t-il.

— Oui, ma mère ne se sentait pas bien. C'était aussi l'occasion de revoir de vieux amis.

Elle n'avait d'autre choix que de mentir.

— Je suis désolé pour votre mère. Mais vous êtes revenue, c'est l'essentiel. Vous préférez donc Berlin à Londres ?

— Absolument, répondit-elle, soulagée de pouvoir se montrer honnête. Londres est si terne par rapport à Berlin ! Et, bien sûr, j'ai besoin d'être ici pour mon travail.

Elle observa son visage, s'attendant à ce qu'il exprime de la méfiance ou de l'étonnement. Mais il ne reflétait qu'un intérêt feint.

— L'écriture se passe bien ?

— Oui et non. C'est une histoire d'amour et j'ai du mal avec les personnages principaux.

— Eh bien, j'espère que cette soirée vous donnera de l'inspiration !

Il avait dit ça sans réfléchir, de manière automatique : il ne l'écoutait pas. Son regard désarmant était posé sur elle, mais il ne lui prêtait pas vraiment attention. Elle eut alors la certitude que sa couverture tenait la route. Aux yeux de Kasper, elle était une fille à papa qui venait de finir ses études et qui meublait le temps en attendant de trouver un mari. Il la poussa à finir son verre.

— Une voiture nous attend.

Elle s'exécuta et fit en sorte, en enfilant son manteau, de jeter un œil à Max. Simone et lui se hâtaient de finir leur verre. Il était prévu que Max la suive, ni trop loin, ni trop près. Quant à Georgie, elle devait jouer son petit numéro à la perfection.

Kasper fréquentait du beau monde ou alors, il avait été promu. Un chauffeur les attendait près d'une grande Mercedes garée devant le Circo. Ce fut Kasper qui lui ouvrit la portière. À l'intérieur du véhicule flottait un parfum : cuir de qualité, eau de Cologne et whisky.

— Alors, où allons-nous ? demanda Georgie de sa voix la plus enthousiaste.

Si elle savait, elle serait moins nerveuse.

— C'est une surprise, répondit Kasper d'un ton enfantin. Mais je vous promets un bon repas et une joyeuse compagnie. J'espère que vous n'avez pas mangé !

Ce n'était pas le cas : le stress l'en avait empêchée. Mais elle devrait avoir quelque chose dans le ventre si elle devait encore boire de l'alcool.

Ils allaient vers le nord. Le chauffeur roulait vite et les lueurs des lampadaires passaient comme l'éclair, jusqu'à disparaître, alors qu'ils quittaient la ville. Elle avait désespérément envie de se retourner pour vérifier la présence de phares derrière eux. Mais elle se raisonna : elle ne pourrait de toute façon pas savoir s'il s'agissait de Max et Simone. Très vite, elle abandonna toute tentative de se repérer. Son estomac se tordit sous l'effet de la nausée. Elle ne contrôlait plus rien et pourtant, elle fut surprise de ne pas ressentir de la panique. *Advienne que pourra.* Au moins, s'il lui arrivait quelque chose, Max saurait qui était son assassin. Et il enquêterait. Le connaissant, il ne lâcherait rien, elle en était certaine. Il saurait annoncer la nouvelle à ses parents.

— Nous roulons depuis longtemps. J'espère que ce dîner en vaut la peine ! dit-elle d'une voix légère.

— Oh oui, vous pouvez compter là-dessus.

Il lui sourit sans aucune malveillance. Il arborait cette expression qu'elle connaissait : il avait envie de lui faire plaisir. Mais son visage changea quand la voiture s'arrêta. Georgie avait remarqué qu'il y avait de plus en plus d'habitations, comme s'ils arrivaient dans un petit village. Une pancarte était apparue brièvement dans son champ de vision : Orenia… Orana… ? Elle n'avait pas pu la lire correctement.

Le chauffeur leur ouvrit la portière et Kasper sortit du véhicule. Son attitude avait totalement changé. Envolé, le petit garçon surexcité par un vol en dirigeable : son visage n'était plus le même. Il se tourna et même s'il était de dos, elle pouvait voir son corps se raidir. Il salua de sa main droite, dans la nuit noire. Il était devenu l'officier Vortsch. Son salut lui fut immédiatement rendu par un soldat qui attendait et qui clama *Heil Hitler* avec enthousiasme.

Il n'y avait pas d'autres véhicules. Georgie espéra que Max n'aurait pas l'imprudence de la suivre de trop près, tout en souhaitant qu'il ne soit pas loin. Ainsi, il pourrait la rejoindre si elle voulait– ou devait – s'échapper.

Ils s'étaient garés devant un bâtiment bas : il s'agissait d'un chalet grandiose. Un escalier menait à son imposante porte d'entrée. Kasper tendit la main à Georgie pour l'escorter. Elle réalisa qu'il n'y avait aucune habitation aux alentours. Pourtant, il y avait un mur très haut, juste derrière, qui paraissait étrangement inutile. Elle n'aurait su l'expliquer, mais même s'ils étaient dans le noir complet, elle avait le sentiment qu'ils n'étaient pas seuls… Comme s'il y avait des gens autour. En tout cas, elle l'espérait. Tout était silencieux, mais il y avait un bourdonnement en arrière-fond et une odeur aigre flottait dans l'air, assez subtile pour ne pas l'agresser, mais désagréable. Kasper semblait impatient et joyeux.

— S'il vous plaît, venez. Je vais vous présenter tout le monde.

Ils entrèrent dans un petit vestibule, où un homme grand et mince, vêtu d'un uniforme blanc de serveur, prit son manteau. Kasper la conduisit avec solennité dans une large pièce. Il y avait une grande table sur un côté, et quelques fauteuils disposés çà et là, en demi-cercle, autour d'une cheminée. C'était plus confortable et plus somptueux que n'importe quel mess. Le mobilier chintzy[1] et luxueux, les tableaux aux murs… On aurait dit le salon d'une maison bourgeoise.

Des soldats en uniforme – tous SS – étaient assis. Ils buvaient et fumaient, accompagnés de quelques femmes en robe de soirée, perchées sur les accoudoirs de leurs fauteuils. L'une d'elles était assise sur les genoux d'un officier, dont la main remontait dangereusement vers le haut de sa cuisse. Georgie sourit, même si les muscles de son visage lui semblaient douloureux.

— *Hallo, alle zusammen*[2] *!* lança Kasper d'une voix sonore. Je voudrais vous présenter Fräulein Georgie Young. Elle est écrivaine et vient d'Angleterre.

Kasper avait posé la main sur le bas de son dos et la guida avec fermeté vers le petit groupe. Il était fier, et elle eut une révélation : voilà ce qu'elle était pour lui, pourquoi il l'avait emmenée ici, dans cette pièce remplie de SS, au milieu de nulle part.

Il fait les présentations. Je suis son trophée.

Hitler avait ses propres groupies, totalement dévouées à sa cause. Elle se souvint des visages de ces femmes, à Nuremberg. Elles le dévoraient du regard, hypnotisées, absorbées par leur culte servile. Récemment, le *Daily Mirror* avait publié un article d'une page au sujet de la riche héritière anglaise Unity Mitford, sœur de Diana Mosley et fille d'un lord anglais – excusez du peu –, et de sa dévotion inexplicable envers Hitler.

Georgie en fut frappée : derrière le charme et le sourire de Kasper se cachait une ambition dévorante. Hitler avait trouvé son disciple aristocratique. Et désor-

1 Le chintz est une toile de coton, douce au toucher, et présentant souvent des motifs floraux, des paysages… (N.D.E.)
2 « Salut tout le monde ! » (N.D.E.)

mais, Kasper avait sa petite Anglaise, éprise de l'Allemagne, pour parader devant ses pairs. Gros coup pour un simple officier !

Elle était écœurée et elle se sentait stupide. Kasper et son charme de pacotille l'avait dupée. Elle ne s'était jamais prise pour une gravure de mode, mais elle avait vraiment cru que Kasper appréciait sa compagnie. Et peut-être était-ce le cas… Mais ce soir, ce qu'il voulait montrer, c'était la petite Anglaise attirée par le Reich.

Et maintenant, ma vieille, tu vas devoir jouer le jeu à la perfection.

Les six couples s'attablèrent ; la conversation était légère et portait sur les clubs et le cinéma. Les femmes lui posèrent des questions à propos de la mode anglaise et Georgie se félicita d'avoir été journaliste de mode. Ça rendait sa couverture encore plus convaincante. Le repas était copieux. Somptueux, même. Les hommes dévorèrent la viande et les légumes savoureux, alors que les femmes picoraient dans leurs assiettes. Les serveurs étaient tous redoutablement maigres et livides. Leurs joues étaient creuses, leurs yeux éteints et leurs visages sans expression. Ils étaient silencieux.

Du coin de l'œil, elle vit l'un d'eux saliver alors qu'il servait les pommes de terre. Il serrait les lèvres comme si sa langue était dotée d'une vie autonome et capable de se jeter sur la nourriture. Il réalisa qu'elle l'observait et détourna immédiatement les yeux, se préparant à la réprimande. Elle ne devait pas se trahir en le rassurant : elle se contenta donc de détourner le regard. Georgie savait que beaucoup de gens, des Juifs en particulier, se démenaient pour trouver un travail, n'importe lequel, parce qu'ils mouraient de faim. C'était flagrant. Ils souffraient de malnutrition. D'où venaient-ils ?

À côté de certains officiers, boudinés dans leur uniforme, ils n'étaient que des ombres. La nourriture devint instantanément amère sur sa langue.

— Ça suffit ! Sortez ! aboya un officier.

Sa fureur avait été déclenchée par un serveur qui avait fait tomber un verre de vin devant lui. Dans un geste de colère, il leva le bras, faisant tressaillir un autre employé qui semblait véritablement terrorisé. Tous les serveurs sortirent en silence, alors que l'officier continuait de marmonner dans sa barbe.

— S'il ne sont pas capables d'effectuer une tâche simple, à quoi ça sert de les garder ?

Il enfourna une grosse bouchée de jarret de porc avant de poursuivre :

— Putain d'idiots de Juifs. Tous autant qu'ils sont.

Le propos était à vomir, mais ce n'était rien à côté de ce qu'elle avait entendu à Nuremberg, et des absurdités que publiait *Der Stürmer.* Ce qui choqua Georgie, ce fut la réaction des convives, qui rirent de bon cœur. Kasper y compris. Encouragé par le vin, qu'il buvait à grosses goulées, le soldat qui s'était exprimé ainsi leva le ton. Les serveurs furent rappelés pour resservir de l'alcool, qui coulait à flots. Plus d'une fois, Georgie dut poser la main sur son verre. Elle but de l'eau dès qu'elle le put. Les femmes étaient carrément saoules et avaient du mal à articuler.

La conversation devint sinistre.

— Vous savez quoi ? On en a viré une bonne partie du centre-ville et on les a fait retourner dans le trou d'où ils viennent, fanfaronna un officier corpulent. Je serai un homme heureux quand il n'y aura plus un seul de ces sales Juifs en ville. Le Führer nous guide vers le bien.

— Oui, mais qui cirera nos pompes et ramassera notre merde ? lança un autre.

On rit à sa remarque.

— Bon point. Nous en garderons quelques-uns juste pour ça, intervint Kasper.

— Ho, tu auras bientôt besoin d'un cire-pompe personnel, au train où vont les choses, hein, Vortsch ? répondit le gros officier avec un clin d'œil. Schenk dit que tu es un élément prometteur, et tu es dans les petits papiers d'Himmler aussi ! Tu devras être impeccable pour fréquenter tout ce beau monde.

Kasper feignit d'être embarrassé et rougit, mais on voyait qu'il était enchanté. Les autres riaient entre deux bouchées de viande.

Georgie respira profondément pour calmer sa nausée et s'excusa. Aux toilettes, elle rejeta sa tête en arrière pour empêcher ses larmes de couler. Elle n'avait rien à faire dans cette assemblée obscène à laquelle appartenait Kasper, qu'elle avait mal cerné dès le départ. La situation était intenable, mais elle était coincée. Quand cette horrible soirée s'achèverait-elle ? Et comment ?

Tout en prenant de longues inspirations, Georgie se pinça les joues et s'entraîna à sourire devant le miroir. Mais sa gaieté factice s'envola quand elle faillit heurter un serveur qui passait par là. Il s'arrêta et lui céda le passage en murmurant qu'il était désolé. Son visage était tendu et son corps penché en signe de soumission.

— Non, vraiment, tout va bien, balbutia-t-elle.

Je ne suis pas comme eux ! avait-elle envie de hurler. Mais il avait déjà disparu. Georgie se sentit sale. Aussi pleine de noirceur et d'ignorance que ceux qui étaient attablés.

— Tout va bien, ma rose anglaise ? lança Kasper quand elle rejoignit les autres, désormais assis dans les fauteuils près de la cheminée.

Il tira doucement sur ses doigts, mais – grâce à Dieu – n'insista pas. Il ne tenta pas non plus de la faire asseoir sur ses genoux. Elle se glissa sur une chaise à son côté. Il était complètement ivre. Ses yeux étaient flous. Quoi qu'il en soit, il semblait satisfait d'avoir montré son trophée et impressionné les autres.

— À la santé du Führer, cria un soldat, en levant son verre.

Tous imitèrent son geste. Du cognac se répandit par terre. L'un des serveurs apparut dans l'instant et à genoux, il se mit en tête de nettoyer les chaussures de Georgie qui recula instinctivement, profondément gênée devant la servilité de cet homme. Une partie d'elle-même voulait s'agenouiller et l'aider. Du coin de l'œil, elle saisit le regard de Kasper. Même s'il avait le cerveau embrumé, il guettait sa réaction. Georgie se recula rapidement, comme si elle était irritée que le serveur s'approche trop près. Était-ce suffisant pour donner le change ?

Dieu merci, Kasper fut distrait par un soldat tirant un rideau qui dissimulait un mur. Un projecteur apparut. Il déroula ensuite un panneau blanc au-dessus de la cheminée. Le cœur de Georgie cogna dans sa poitrine. Des murmures joyeux résonnèrent quand les lumières furent éteintes et que les images granuleuses apparurent. Georgie s'était imaginé qu'il s'agirait d'un film dans lequel l'une des femmes avait un rôle : il y avait une actrice parmi elles. Si ça n'avait été que ça… Scène après scène, on célébrait la star du Reich, qui crachait son venin au micro. Ses discours étaient entrecoupés de clichés : il était entouré de femmes qui lui présentaient leurs enfants pour qu'il les touche, comme s'il était un messie.

Incapable de supporter ce spectacle, Georgie regarda autour d'elle. Les images en noir et blanc éclairaient le visage de ses compagnons. Ils n'étaient plus excités, juste ravis et complètement envoûtés. Elle ne parvenait pas à comprendre le magnétisme exercé par Hitler. Était-ce parce qu'elle n'était pas allemande et qu'elle n'avait pas vécu l'humiliation d'après-guerre de ce pays morcelé par le traité de Versailles de 1919 ? La plupart des Allemands avaient eu le sentiment qu'on leur tapait sur les doigts, comme de vilains garnements. Hitler leur avait rendu leur fierté. Mais même en prenant ça en considération, les projets d'Hitler, c'était le mal absolu. Tout le monde en subirait les conséquences. C'était l'histoire d'un homme qui détestait ses semblables. Alors pourquoi dans cette pièce et dans des stades entiers, les gens étaient-ils si captivés ?

Comme s'il lisait dans ses pensées, Kasper tourna lentement la tête et la regarda.

— Je parie que les Anglais aimeraient avoir un grand leader, au lieu de ce Chamberlain… Ce petit homme stupide, avec son parapluie. Non ? Vous n'êtes pas d'accord ?

Elle se tut en souriant docilement. Que pouvait-elle faire d'autre ? Elle avait la nausée et ne souhaitait qu'une chose : que le temps passe plus vite. Le film semblait sans fin, mais au moins, il avait un effet soporifique sur le groupe. Le gros officier s'endormit rapidement : l'attrait d'Hitler ne faisait pas le poids face aux effets de l'alcool.

Quand ce fut terminé, Kasper se releva paresseusement et aboya un ordre, afin qu'on amène sa voiture. Certains parvinrent à se lever pour les saluer, mais le plus gros d'entre eux resta affalé sur son fauteuil, langue pendante. Sa compagne gisait sur sa poitrine large et tous deux ronflaient. Kasper sembla ne pas s'en apercevoir.

Dehors, Georgie contempla le bâtiment dans lequel elle avait passé une soirée insoutenable. Il n'avait pas la forme d'un chalet, mais d'un petit temple, un peu comme ceux de la Rome antique. Un symbole de pouvoir. Ça la frappa : la décadence des officiers rappelait celle des notables romains, qui se prélassaient et se goinfraient, leurs esclaves à disposition. Les toges avaient seulement été remplacées par des uniformes SS. Mais la dépravation et la corruption étaient les mêmes.

Sur le trajet, Kasper lutta pour rester éveillé.

— J'imagine que vous avez passé une bonne soirée ? lança-t-il.

Ça ne servait à rien de lui dire ses quatre vérités. Il ne changerait pas. Ni lui ni ses compagnons. Inutile aussi de manier le sarcasme : Kasper était trop ivre pour ça.

— Elle a été très instructive, parvint-elle à répondre.

Il somnolait déjà. Elle le contempla, affalé contre le dossier en cuir, les cheveux ébouriffés, le col de son uniforme desserré et de travers. Il n'avait plus rien du jeune officier charmant qu'elle avait rencontré au Resi, celui qu'elle imaginait différent des autres. Pourquoi était-elle si mauvaise juge de la nature humaine ? Sa personnalité lors de leur première rencontre n'avait-elle été qu'une façade ou avait-il changé au cours de sa fulgurante ascension ? Après cette soirée, elle avait tendance à penser que la seconde option était la bonne. Quoi qu'il en soit, elle ne voulait plus du tout avoir affaire à lui. C'était son dernier rendez-vous avec l'officier Vortsch. Elle devrait trouver des infos autrement.

Le chauffeur s'arrêta devant l'appartement et Kasper se ressaisit un peu pour la saluer d'un léger baise-main.

Son haleine sentait l'alcool. Chacun de ses pores suintait l'alcool.

— À bientôt, dit-il, le regard vague.

Il tendit le bras pour attraper sa main. Mais elle fut trop rapide et l'ivresse le rendait peu réactif : elle était déjà hors du véhicule, marmonnant un au revoir. Elle courut presque en montant l'escalier. Elle voulait un bain, se débarrasser de ses vêtements et de la saleté qui lui collait à la peau. Elle voulait empêcher l'infection nazie de s'infiltrer en elle.

— Dieu merci, tu es de retour !

Max était dans le hall d'entrée quand elle ferma la porte derrière elle. Son visage reflétait un mélange de soulagement et d'inquiétude. Georgie jeta un œil à sa montre : minuit passé. Il s'avança et elle crut qu'il voulait l'enlacer. S'était-elle raidie ? Involontairement en tout cas. Il posa finalement une main sur son bras.

— On s'est vraiment inquiétés.

Dans le salon, Simone lui servit un brandy. Elle en avait désespérément besoin.

— Désolé, George, dit Max avec sincérité. Je n'ai pas l'habitude de conduire dans Berlin et on a perdu ta trace en sortant du centre-ville, quand vous alliez vers le nord. Où diable t'es-tu retrouvée ?

Misérablement, Georgie raconta son rendez-vous désastreux. Même Simone, d'habitude si détachée, semblait perturbée.

— Ça a dû être affreux, dit-elle.

— J'en ai fini avec les officiers nazis. Définitivement, répondit Georgie en rejetant la tête dans les coussins. Je n'ai rien trouvé d'intéressant, en plus. Sauf qu'ils se leurrent à propos d'Hitler. Mais je le savais déjà.

Simone regagna sa chambre. Max s'apprêtait à partir. Georgie surprit son regard sur elle. Il était étrange.

— Quoi ?

— Rien. Je suis juste heureux que tu sois saine et sauve.

Il toucha son épaule puis se dirigea vers la porte, avant de s'arrêter, comme s'il réfléchissait à la manière de formuler son propos.

— Au fait, ça vaut ce que ça vaut, mais je te trouve très belle dans cette robe.

— Eh bien, je me sens aussi très sale, dit-elle en se levant. J'ai besoin d'un bon bain, et au lit !

40

Des adieux chaleureux

29 mars 1939

Était-ce une coïncidence, un heureux hasard ? Rubin se trouvait déjà au bureau quand Georgie s'y rendit le matin suivant. Il se leva brusquement quand elle entra et se mit à piétiner sur place, comme s'il dansait.

— Rubin, ça ne va pas ?

— Nous avons eu des nouvelles de lui, Georgie ! Nous avons reçu une lettre d'Elias.

Heureusement, ses yeux étaient lumineux et il semblait optimiste. Rubin lui colla sous le nez une liasse de papiers froissés. Elle eut du mal à déchiffrer les gribouillages et la quantité de minuscules illustrations qui ornaient la page.

— Je suis désolé, mais je n'arrive pas vraiment à…

Rubin reprit les feuillets.

— Elias a toujours mal écrit, mais là, c'est pire que tout, dit-il d'une voix nostalgique. Un de mes contacts, qui fait passer du courrier clandestinement, m'a transmis sa lettre. Il est à Sachsenhausen. C'est un camp.

Rubin était soulagé. Son beau-frère était vivant, au moins. Mais il avait eu du mal à prononcer le mot « camp ».

— Elias décrit les lieux comme une prison, poursuivit Rubin. C'est surpeuplé et la nourriture est minable. Il dit qu'il a tout le temps faim. Et il y a des cachots.

Il prit une inspiration.

— Il y a beaucoup d'autres Juifs. Des Roms et des Manouches, également. Mais apparemment, il a trouvé un boulot à l'infirmerie. Il est l'assistant d'un docteur. J'espère qu'il est humain, celui-là. En tout cas, ce n'est pas un travail physique, c'est déjà ça. Parce qu'Elias en aurait été incapable.

— C'est une prison. Est-ce qu'ils ont été inculpés de quoi que ce soit ?

Sa question était naïve : elle le réalisa avant même d'avoir fermé la bouche. Rubin lui lança un regard entendu : être Juif, c'était ça, leur crime.

— Qui a dessiné ça ? demanda-t-elle après un court silence.

— Oh, Elias. Il a toujours fait ça.

Elle distinguait des visages : de minuscules caricatures et des esquisses représentant des hommes au travail. Un portrait, de face, attira son attention, et elle frissonna. Elle l'avait reconnu. Ce regard pâle, famélique, aveugle, apeuré… Elle l'avait vu la veille. Le serveur.

— Où est Sachsenhausen ? Près de Berlin ?

Tout devenait clair…

— Oui, juste au nord de Berlin, près d'Oranienburg. À une trentaine de kilomètres.

Rubin était tellement soulagé qu'Elias ne soit pas loin qu'il n'était guère perturbé par le fait qu'il soit en prison.

Georgie eut une bouffée de chaleur, avant de trembler de froid. Elle y était allée. Elle s'était trouvée dans l'obscurité, juste à côté de ce camp. Le « temple » était le mess des officiers. Elle avait senti quelque chose, comme une présence, mais jamais elle n'aurait pu deviner qu'il s'agissait de détenus. Le repas obscène de la veille remonta dans sa gorge et même si elle avait eu le temps de le digérer, elle eut envie de vomir. Que pouvait-elle faire ? Et que devait-elle dire à Rubin ? Rien pour le moment, décida-t-elle. Pas avant d'en avoir parlé avec Max.

— Qu'est-ce qu'on peut faire, Rubin ? À qui s'adresser pour aider Elias ? demanda-t-elle, même si elle était consciente qu'ils se trouvaient dans une impasse.

Si le Reich voulait emprisonner des gens juste parce qu'ils étaient Juifs, il n'y avait rien à faire. Rien n'avait pu empêcher les soldats d'arrêter tous ces hommes, le lendemain de la nuit de Cristal. Comment pouvaient-ils, eux, négocier la libération d'Elias alors que des centaines de personnes étaient dans son cas ?

Rubin haussa les épaules.

— Je ne sais pas si c'est possible, Georgie. Je ne pourrais même pas demander un droit de visite si ça existait, puisque nous ne sommes pas censés savoir où il est. Elias raconte que des hommes passent parfois pour récupérer le courrier en cachette. Notre seule solution est d'attendre. Et espérer.

Georgie eut de la peine pour lui. Rubin passait sa vie à espérer. Pour que ses enfants soient en sécurité et heureux en Angleterre, pour que la tristesse de sa femme ne devienne pas du désespoir, pour que son beau-frère reste en vie. Il avait toujours un peu d'optimisme en réserve. Georgie espéra que le reste du monde ne le laisserait pas tomber.

— Dis-le-moi si vous avez besoin de quoi que soit que nous puissions faire.

C'était bien peu, mais elle devait le lui dire. En son for intérieur, elle savait ce qu'elle devait faire et la terreur se répandit en elle. Le soir précédent, elle avait juré de quitter l'univers pitoyable et pourtant de plus en plus puissant auquel appartenait Kasper Vortsch, et pour de bon. Mais peut-être que désormais, c'était impossible ?

Georgie avait hâte de tout raconter à Max, mais il était absent. Il voyageait en Allemagne pour prendre la température après la promesse faite par la Grande-Bretagne et la France de défendre la Pologne si Hitler l'envahissait, chose qui semblait de plus en plus probable. Le temps serait long jusqu'au retour de Max…

— Tu étais là, en fait ? À Sachsenhausen ? Tu en es certaine ?

Max avait du mal à dissimuler sa stupeur. Ils marchaient vers l'Aldon, sous un soleil timide qui apparaissait de temps en temps à travers les nuages. Berlin était sorti de la froidure hivernale et le printemps arrivait. Les chants des oiseaux furent de plus en plus bruyants alors qu'ils approchaient du Tiergarten, presque plus sonores que les petits haut-parleurs accrochés aux lampadaires, qui crachaient leur éternelle propagande.

— Je n'étais pas à l'intérieur du camp, et non, je n'en suis pas sûre à cent pour cent, mais tout colle. Le trajet… Ce que j'ai vu là-bas…

— Mon Dieu, comment tu te sens ?

— Souillée. Mais tu sais, si Elias est là-bas et si Kasper m'a à la bonne…

Max s'arrêta brusquement, pivota sur ses talons et la regarda avec une expression presque horrifiée.

— Georgie, n'y pense même pas !

— Mais Max, j'étais si près d'Elias. Je dois essayer. Pour Rubin et Sara.

Il se remit à marcher. Sa foulée rapide témoignait de son agacement. Georgie devait presque courir pour suivre le rythme.

— Pourquoi tu es en colère ? Je ne compte pas écrire un article à propos de tout ça ! Je ne vais pas te voler l'exclusivité, si c'est ça qui t'inquiète.

Il s'arrêta à nouveau, furieux comme elle ne l'avait jamais vu.

— Pour qui tu me prends, George ? Je ne suis pas inquiet au sujet d'une pauvre exclusivité ! Je suis inquiet pour toi ! C'est dangereux. Il est dangereux. Ce n'est pas un jeu.

Il repartit en direction de l'Aldon et Georgie réalisa à quel point elle était naïve. Elle fut envahie par une honte qui la glaça. Max avait raison. L'innocence de Kasper était enterrée, et il s'apprêtait à entrer dans le cercle intime de Heinrich Himmler. Si ce dernier était considéré comme le plus « raisonnable » des proches d'Hitler, on ne devait pas sous-estimer sa malveillance. Même Rod était particulièrement dégoûté par lui. Il disait qu'il ressentait « une peur salutaire » quand il le voyait. Ne pas le craindre était dangereux.

Ils poursuivirent leur chemin en silence. Georgie avait appris au fil des mois qu'il valait mieux ne rien dire dans ces cas-là et éviter de creuser la dispute. Max se rangerait à son point de vue. Il le devait. Impossible de ne pas agir.

L'Aldon était bondé, mais l'ambiance était terne, presque morbide. Georgie crut que la guerre avait éclaté ou qu'un des journalistes avait perdu un proche. Cliff avait été hospitalisé. C'était peut-être lui ?

Rod lui fit signe de le rejoindre. Son étreinte fut plus appuyée et plus longue que d'habitude.

— Ils m'ont eu, au final, gamine, annonça-t-il en brandissant un papier.

Ce fut l'aigle du Reich qu'elle vit en premier. Les mots dansèrent sous ses yeux.

Rod Faber... coupable de transgression contre le Troisième Reich... Permis de travail révoqué... Doit partir...

— Non ! Rod, ce n'est pas possible ?

— Si, j'en ai bien peur. Mon expérience de Berlinois débauché s'arrête là.

Il souriait, mais tout le monde savait que c'était pour dissimuler la tristesse nichée dans son épaisse barbe grisonnante.

— Mais comment… comment peuvent-ils t'accuser ?

Georgie n'arrivait pas à y croire. C'était un cauchemar : Rod, son roc, son compagnon de strudels. Elle ne pouvait imaginer la vie sans lui.

— Bauer a réussi. Ils m'ont eu avec le coup de l'enveloppe.

— Quoi ?

— C'est un ancien truc de la Gestapo, qui a souvent fait ses preuves, expliqua Bill. Quelqu'un dépose une enveloppe chez toi, dans laquelle il y a des preuves que tu travailles main dans la main avec les ennemis du Reich. Juste après, la Gestapo vient fouiller ta maison. Bingo ! Tu es pris la main dans le sac.

— Ils ont déjà essayé et j'avais pris le coup. Ma femme de ménage filait par la porte de derrière et déposait tout colis suspect au bureau. Je les brûlais dans la foulée. Ces charmants bonshommes en manteaux de cuir ne comprenaient pas pourquoi ils ne trouvaient pas chez moi les preuves qu'ils avaient fabriquées de toutes pièces. Je dois admettre que j'étais assez content de moi quand je les voyais transpirer en fouillant !

— Alors, qu'est-ce qui s'est passé cette fois ?

— Ma femme de ménage était malade. Elle a envoyé quelqu'un d'autre pour la remplacer. Juste le jour où le facteur nazi s'est pointé.

— Est-ce qu'on peut lutter contre ça ? demanda Max.

Les veines sur son cou étaient gonflées. Il était moins proche de Rod qu'elle, mais sa loyauté envers le corps de presse était totale. Toute attaque envers un journaliste provoquait sa colère et ces derniers jours, il n'avait cessé de pester contre les nazis qui avaient limité le nombre d'émissions de radios américaines.

— Mon journal a déjà essayé. Mais l'avis d'expulsion est signé par notre bon vieux Joey. Herr Goebbels en a eu marre de mon esprit vif.

— Oh, Rod…

Elle ne pouvait s'empêcher de pleurer.

— Hé… Hé, dit-il en l'attirant contre lui. Ne sois pas triste. Je demanderai des nouvelles régulières de tes dégustations de strudels et je ne vais pas plus loin qu'à Paris pour le moment. Apparemment, ma présence ne dérange pas les Français. Tu me rendras visite. On testera les pâtisseries et les bars.

Elle se dégagea pour essuyer ses larmes et ravaler sa gêne. Comme Max, elle était la dernière recrue et pourtant, elle et Rod s'étaient tout de suite trouvés. Il l'avait immédiatement prise sous son aile. Et cette façon qu'il avait de la regarder… Elle lui rappelait sa fille, évidemment. Elle parvint à esquisser un sourire.

— Attention, Rod Faber. Ce ne sont pas des promesses en l'air. Je viendrai te voir, alors ne dévore pas tout avant mon arrivée.

— Oui, M'dame.

Le Reich était impatient que Rod s'en aille et sa fête de départ – il avait insisté pour qu'on emploie le terme de fête – eut lieu le lendemain soir, à la Taverne. Ce fut une soirée de débauche. Le propriétaire, Herr Lehmann, offrit deux énormes bouteilles de champagne et de schnaps. Personne ne repartit sobre. Rod faisait le show et leur racontait des histoires tellement tirées par les cheveux qu'on aurait pu s'interroger sur leur véracité, si Bill n'avait pas été là pour confirmer.

— Tu pars juste pour ne pas avoir à subir l'anniversaire de notre Führer adoré, s'écria un journaliste radio, à l'autre bout de la table.

— C'est exactement ça ! avoua Rod. Mais je peux affirmer que ce que j'aurais écrit à ce sujet m'aurait fait expatrier, de toute façon !

Rod, verre tenu à bout de bras, fit son discours d'adieux. Sa voix tremblait. Et ce n'était pas à cause de l'alcool…

— Je vous mets au défi, vous tous, mes journalistes du tonnerre : faites en sorte de rendre la vie dure à nos amis nazis. Qu'ils galèrent pour diffuser leur propagande à la noix. Longue vie à notre meute ! conclut-il.

Comme tout le monde, Georgie applaudit. Le visage de Bill était sombre : il perdait son meilleur ami et c'était pire que tout.

Rod passa sa dernière journée avec ses amis les plus proches. Ils se rendirent dans des cafés, mangèrent des strudels. Tous avaient le cœur lourd et regardaient souvent leur montre, dans l'espoir que le temps passerait lentement jusqu'à l'heure du départ. Ce ne fut pas le cas. Au moment de se rendre à la gare, Georgie hésita. Elle savait qu'elle ne pourrait contenir son émotion.

— Allez, lui dit Max. Tu le regretteras si tu ne viens pas. Et Rod a besoin qu'on l'aide à porter sa valise. Il y a planqué tellement de strudels !

Le Reich avait exigé que le départ soit rapide et se fasse dans le calme. Herr Bauer avait murmuré qu'il ne devait pas le transformer en spectacle. Heureusement, ces recommandations n'avaient pas été suivies. À la gare du Zoo, une quarantaine de journalistes faisaient du bruit sur le quai. Il y en avait même un qui enregistrait une émission radio pour protester haut et fort contre cette expulsion. Sans rougir, la Gestapo prenait des photos des journalistes. Certains se mirent en rang et prirent effrontément la pose. Rod rayonnait d'approbation et se réjouissait clairement de ces manifestations de rébellion.

— S'il te plaît, ne me serre pas trop dans tes bras, supplia Georgie alors que le train s'apprêtait à partir. Sinon, je pleurerai toutes les larmes de mon corps.

— Compris, gamine, dit-il en lui serrant la main. Ce n'est pas un adieu, encore moins un *auf Wiedersehen*[1]. Juste un « à bientôt ». On se reverra à Paris.

Il lui fit un clin d'œil et monta dans le train. Elle n'était pas la seule à pleurer. La moustache de Bill était humide, tout comme les joues de Frida et – plus surprenant – de Simone.

— C'est la fin d'une époque, marmonna Bill. Ce vieux bâtard va me manquer.

1 « Au revoir ». (N.D.E.)

41
Des plans se forment

7 avril 1939

Les semaines suivantes, l'absence de Rod créa un vide immense dans le cœur de Georgie. Il était sa stabilité et tout allait mieux quand il était à côté ou qu'elle pouvait le rejoindre à l'Aldon. Son absence jetait une ombre. Il avait été remplacé par un journaliste compétent, qui s'était bien intégré, mais ce n'était pas son Rod adoré.

Brièvement, la presse étrangère se focalisa sur l'Italie : Mussolini, qui voulait jouer dans la cour des grands et se présenter en tant que dirigeant fasciste de poids, avait envahi l'Albanie sans trouver beaucoup de résistance. Exactement comme Hitler. Ce dernier accusa le plus sérieusement du monde l'Angleterre d'être anti-nazis : l'oppresseur se présentait comme une victime aux yeux de son peuple. Le belliciste devenait un artisan de la paix.

Belle propagande, songea sombrement Georgie. *Bien joué, Joey.*

Seul réconfort après le départ de Rod, la réaction de Bauer. Son regard noir était éloquent : ils avaient touché une corde sensible. Les journalistes ne cessèrent de se donner des coups de coude complices tout en s'asseyant face à l'estrade, comme de vilains garnements. Le parti nazi n'hésitait jamais à manifester son animosité, mais étonnamment, Bauer fit dans le sous-entendu.

— Le parti espère que la presse restera objective, dit-il alors qu'on ricanait dans la salle.

Les nazis s'étaient-ils jamais montrés impartiaux ?

Les questions des journalistes – posées d'un air faussement innocent – insistaient sur l'hypocrisie du régime, à tel point que Bauer se mit en colère et aboya : « Plus de questions », avant de disparaître. Un à 0 pour Rod Faber et la presse.

En rentrant de la conférence, Georgie trouva une lettre, dont l'écriture sur l'enveloppe lui était familière. S'il n'y avait pas eu les Amsel, elle l'aurait jetée à la poubelle sans même l'ouvrir. Frida était étendue sur le canapé et elle lisait quand Georgie s'affala sur le fauteuil en face, lâchant un long soupir.

— Tu as des nouvelles de ton SS ? demanda sa colocataire.

Elle avait dû remarquer l'insigne du Reich sur l'enveloppe : elle se voyait comme le nez au milieu de la figure.

— Malheureusement, oui.

— Ce n'est plus le gentleman que tu imaginais ? lança Frida qui posa son livre et se rassit, ses yeux de biche agrandis par la curiosité.

— Comment tu as deviné ?

— Parce que…, rétorqua-t-elle d'un air désabusé. En général, ils perdent leur charme avec le temps. Est-ce qu'il s'est abominablement saoulé à votre troisième rendez-vous ?

— Oui. Tu es au courant ?

Georgie n'avait pas parlé à Frida depuis ce fameux soir, mais Simone lui avait peut-être tout raconté.

— C'est une expérience amère. Les nazis sont malins, en règle générale, mais ils n'ont pas compris qu'autoriser leurs soldats à boire sans limites peut se retourner contre eux.

Sa bouche pulpeuse et rouge s'élargit en un sourire.

— D'un autre côté, c'est une aubaine pour ceux qui veulent les faire parler. L'alcool délie les langues et les rend lents quand il faut esquiver leurs mains baladeuses.

Soit Frida avait le don de se transformer en petite souris et elle avait assisté à leur rendez-vous, soit elle décrivait un scénario typique. Quoi qu'il en soit, Georgie savait désormais comment Frida obtenait des informations juteuses. Kasper n'était pas différent des mâles arrogants en uniforme gris et noir, attirés par le pouvoir, les compliments et tout le reste : le vin, les femmes et les chansons vulgaires. Il était temps qu'elle l'utilise comme source. Donnant-donnant : si elle était son trophée, il pouvait être sa taupe involontaire.

Son mot, très bref, n'était qu'excuses. Mais il ne parlait pas du « temple » ni de ses camarades présents à la soirée. Il disait « qu'il s'était laissé aller et ne lui avait pas accordé l'attention qu'elle méritait ». Lui permettrait-elle de se rattraper ?

— Il s'excuse de s'être saoulé, dit Georgie à Frida qui, déjà, se désintéressait d'elle.

— Ils le font toujours, murmura-t-elle, cachée derrière son livre. Ne t'attends pas à autre chose la prochaine fois. Si tu comptes remettre ça, fais-le pour une très bonne raison.

Georgie songea au visage de Rubin quand il avait lu la lettre d'Elias. À l'espoir gravé sur ses traits trop vite marqués, l'espoir que son beau-frère survivrait. *C'est une excellente raison, non ?*

L'après-midi suivant, elle était au café Bauer avec Max, qui se tenait le menton dans les mains.

— Alors, tu penses pouvoir lui soutirer des informations ? Le faire boire un peu et lui dire : « Hé, Kasper, tu ne serais pas d'accord pour me rendre un petit service en laissant partir un de ces gars ? »

Georgie fronça les sourcils.

— Ce n'est pas la peine de te moquer, explosa-t-elle. J'essaye juste d'aider.

Le visage de Max s'adoucit et sa main saisit la sienne, alors qu'elle regardait au-dehors. Sous l'effet du vent, les drapeaux semblaient être une rivière de sang.

— Je sais. Mais on doit garder les pieds sur terre et nous assurer que c'est sans danger.

— *Nous ?* dit-elle en ôtant sa main de la sienne. Je pensais que tu ne voulais pas t'en mêler.

— Oh, ça va, n'en fais pas tout un plat.

Il riait presque.

— Bien sûr que je serai avec toi, reprit-il. Et je m'y prendrai mieux pour te filer cette fois. Mais ça doit valoir le coup, d'accord ? On doit avoir un plan. On doit réfléchir à comment tu vas l'amener à parler de Sachsenhausen et de ses détenus. Et tu devras peut-être jouer un peu plus de tes charmes.

Cette perspective rendait Georgie malade. Elle avait trouvé Kasper séduisant au départ, mais sa beauté n'était que superficielle. Même ses yeux lui paraissaient diaboliques désormais. Seuls son attachement profond et son inquiétude pour les Amsel lui faisaient accepter l'idée d'un rapprochement physique avec lui.

— Eh bien… Ce sera l'apogée de ma carrière d'actrice, pas vrai ?

Max la contempla. Ses lèvres serrées criaient : « Si tu le dis. » Depuis quelques semaines, il semblait plus ouvert et détendu alors que le monde tournait de moins en moins rond. C'était ironique. Il n'était plus en colère et angoissé comme avant. Cette transformation était salutaire. Il était devenu un ami cher qu'elle estimait beaucoup.

42

L'homme du jour

15 avril 1939

Malgré sa hâte d'en finir, Georgie ne vit pas Kasper durant plusieurs semaines. Elle lui avait répondu de sorte qu'il ne voie pas clair dans son jeu, disant qu'elle était « ravie » qu'il souhaite se faire pardonner. Le lendemain, sa réponse arriva. Il devait préparer l'anniversaire du Führer et ils ne pourraient se voir avant la première semaine du mois de mai. Même si ça ne faisait que repousser l'inévitable, ce sursis la soulagea.

Il s'agissait d'un anniversaire d'adulte, et pourtant, les préparatifs dépassaient l'entendement. La ville était déjà pleine de bannières et d'emblèmes, mais pour l'occasion, elle fut enveloppée de noir, de blanc et de rouge et chaque lampadaire, chaque statue, chaque bâtiment gouvernemental arbora les couleurs du leader allemand, qui allait fêter ses cinquante ans.

— Je me souviens du jour de mes cinquante ans, gémit le correspondant en chef du *Times*, alors qu'ils s'étaient tous réunis à la Taverne. On est allés au pub, on a bu un verre, et ma femme m'a fait un gâteau d'anniversaire. Ça m'a comblé ! Là, ça ne ressemble pas un peu à un anniversaire d'enfant ? Du style : « Regardez mes beaux ballons, il y en a plein ! »

— Oui, mais toi, tu n'es pas le futur dirigeant du « monde libre », répondit un journaliste du *Daily Express*. Je ne suis pas sûr qu'une pinte et une tranche de cake soient suffisantes.

— Attendez. On a bien dit « monde libre » ? lança quelqu'un.

La table éclata de rire. Malgré la triste vérité, l'humour était devenu une habitude, un moyen de résister coûte que coûte.

L'anniversaire, célébré le 20 avril, se déroula comme prévu. Il fut pompeux. Parade sans fin : elle dura quatre heures et visait à montrer au monde la force militaire de l'Allemagne. On estimait à un million le nombre de citoyens venus pour acclamer le Führer et le voir se nourrir de leur adulation. Georgie observa Hitler, qui se tenait debout, un demi-sourire aux lèvres (même si c'était difficile de savoir s'il souriait, avec sa moustache). Elle arrivait à peine à écouter ce qu'il racontait. Ses élucubrations clamées d'une voix gutturale la faisaient se déconnecter. Elle emprunta les notes d'un confrère, mais réalisa qu'elle aurait facilement pu écrire sans : c'était la même invective que d'habitude, assaisonnée au vitriol.

— J'aurais pensé qu'il serait un peu plus rigolo, le jour de son anniversaire, souffla Max dans son oreille.

— On n'a pas cette chance…

Georgie ne put s'empêcher de se demander comment Rod aurait réagi. Elle imagina son compte-rendu acide pour le *New York Times*. Elle écrivit un article très neutre, ne souhaitant pas prendre le risque d'être expulsée. Mais elle exprima sa pensée dans une carte postale. Que Henry la publie ou non, elle avait besoin de le faire.

Chers Anglais,
Les discours sont la grande spécialité d'Hitler. Donnez au leader allemand une chaise, un pupitre – une caisse à savon ferait l'affaire – et il vous servira sur un plateau sa pensée, glorieux détails à l'appui. À Berlin, il y a la « vision » nazie : à propos des Juifs, des droits de l'Allemagne sur toutes sortes de terres et du comportement néfaste des pays voisins. Le Führer est libre de dire tout ce qu'il veut. Malheureusement, les autres n'ont pas ce droit : on chuchote dans les cafés et dans les bars, on ne peut plus discuter librement dans la rue.
Et voilà ce qui se passe dans le milieu de la presse : un pilier de notre communauté a récemment été expulsé de cette ville qu'il adore. Son crime ? Dire la vérité à propos des vilaines manières des Allemands, de sa plume la plus honnête. Devons-nous rester là, à regarder Hitler ne plus se contenter de mots ? Devons-nous le regarder passer à l'acte et concrétiser sa vision du monde à coups de matraque ou de ces armes dont il aime tant se vanter ? Très bientôt, l'Europe devra se décider.
Au revoir, depuis le « monde libre » de Berlin.

Georgie enleva la feuille de la machine à écrire, ouvrit grands les yeux en songeant à l'audace dont elle faisait preuve, avant de se moquer d'elle-même. Elle n'avait jamais osé prendre parti si ouvertement. Et même si on ne la publiait pas, ça lui avait fait du bien.

— Que diable ! dit-elle au bureau vide. Colle ça dans ta pipe et fume-le, Herr Bauer.

Les jours suivants, Hitler monta à nouveau sur une estrade, dans son quartier général du Reichstag[1]. Il déchira l'Accord naval anglo-allemand et le Pacte de non-agression germano-polonais. Georgie était assise dans la tribune de presse, entourée de politiciens grassouillets. On aurait dit que tous ces traités étaient des bouteilles soigneusement alignées : et le meilleur tireur d'élite nazi les canardait, une par une. À chaque événement de cette sorte, l'ambiance était sombre et tendue, comme si le monde était sur le point de basculer dans un conflit total. Quand les journalistes se retrouvaient à l'Aldon ou à la Taverne, c'était différent.

Durant la journée, cependant, la tension semblait toujours se dissiper. L'armée était de plus en plus présente dans les rues, dans les boutiques, les bars et les cafés. La Gestapo pouvait être partout. Paul était mort, Rod, expulsé et Elias en prison. Pourtant, la vie continuait. Les journalistes s'accordaient des pauses pour recharger leurs batteries, dans les Alpes ou à Genève et Paris.

C'est comme regarder un orage se former au-dessus des vallées du Gloucestershire. On prie pour qu'il reste loin, mais on sait qu'il finira bien par éclater quelque part, songeait Georgie.

Qui serait touché par la tempête ? Elle en parla à Sam. Il était son baromètre de l'évolution des événements. Souvent, il la rassurait. Lui, suivait les choses du point de vue britannique. Il était contraint de protéger les frontières anglaises afin d'éviter l'afflux de réfugiés, mais les rangées de familles désespérées qui faisaient

1 Le Parlement allemand. (N.D.E.)

la queue pour fuir l'oppression allemande le touchaient profondément.

— Je te l'ai déjà dit, Georgie. On ne peut pas aider tout le monde. Si un s'en sort, ou deux, alors ce sera déjà bien : leur lignée se perpétuera ailleurs. On doit se contenter de ça.

— Mais pourquoi le monde ne voit pas ce qui est en train de se produire ? se lamenta-t-elle. C'est tellement évident !

— Le monde voit ce qui se passe, répliqua Sam d'un air éclairé.

Ce n'était pas des paroles en l'air : il avait accès aux communications de l'ambassade.

— Alors pourquoi est-ce qu'ils ne font rien ? chuchota-t-elle. Pourquoi on ne l'arrête pas ?

— Peut-être parce que, comme tout le monde, ils sont terrifiés de mettre un coup de pied dans la fourmilière.

43
Pressentiments et peur

25 avril 1939

Dans l'obscurité, Sara plongea la tête dans ses mains. Elle espérait trouver un peu de réconfort dans l'abri de ses paumes pour digérer ce dernier coup de tonnerre.

— Tu ne comprends pas, Sara ? Je dois y aller. Je dois faire ma part, jouer mon rôle.

Le discours persuasif de Rubin s'était transformé en plaidoirie.

— Mais s'il t'arrive quelque chose ? C'est dangereux !

Sa voix était étouffée. Elle se fit plus sonore quand elle souleva la tête et le regarda d'un air abattu.

— Je pensais qu'aller aux réunions te suffirait, mais ça… Je ne pourrais pas supporter de te perdre, Rubin. Pas après Elias et les enfants.

— Mais ce ne sera pas le cas, je te le jure, dit-il en l'attirant dans ses bras.

Ses cheveux étaient secs et sales, à cause de son travail à l'usine. Un travail ingrat et épuisant qu'elle effectuait pourtant sans se plaindre.

— Je ferai attention, mon amour. Et je reviendrai. Pour toi.

Il passa son pouce sur sa joue, conscient qu'elle serait recouverte de larmes.

— Mais les gars ont travaillé tellement dur pour créer ce réseau. Et c'est mon boulot de les aider. Ce n'est pas que pour Elias, mais pour tous les autres aussi. Et tu sais combien ses lettres sont importantes pour nous, non ?

— Oui, oui, renifla-t-elle. Et je suis fière de toi, Rubin. Vraiment. Mais j'ai peur. C'est normal, non ?

— Oui, Sara, bien sûr, murmura-t-il.

Mais Rubin Amsel n'était plus vraiment sûr de ce que voulait dire « avoir peur », désormais. Ces derniers temps, ce sentiment englobait le sentiment de défaite, le découragement et la mort.

44
Répit

Berlin et Paris, 16 mai 1939

La menace était omniprésente, mais il y eut une accalmie début mai. Georgie trouva que c'était le moment idéal pour se ressourcer, surtout que Kasper lui avait envoyé un mot : il devait de nouveau repousser leur rendez-vous. D'abord irritée, elle fut vite soulagée.

Alors que le train quittait la gare du Zoo, elle sentit ses épaules se décontracter. Elle attendait avec impatience son rayon de soleil dans l'obscurité. Rod l'accueillit chaleureusement et, durant une semaine, il lui fit découvrir Paris. Ils mangèrent des pâtes et des tonnes d'autres choses. Qu'est-ce que sa mère aurait pensé des escargots ? Rod l'emmena dans ses bars favoris et lui présenta ses amis. Il avait l'air heureux et bien plus détendu que les semaines précédentes.

— J'ai vécu la montée du nazisme pendant de nombreuses années. Je ne me rendais pas compte que mon stress suivait la même courbe. Maintenant que j'ai quitté Berlin, je réalise que cette ville est une véritable marmite sur le point d'exploser.

— *Exploser* ? Vraiment ? dit Georgie en levant les sourcils.

— J'ai bien peur qu'on n'y coupe pas, gamine, dit-il en contemplant la mousse qui recouvrait son café. Fais en sorte de pouvoir filer si c'est le cas. S'il te plaît.

— Mais les journalistes étrangers seront sous protection, non ? Nous avons des droits, guerre ou pas.

— Probablement. Mais si tu penses que Berlin est en ce moment opprimé, imagine ce que ce sera quand Hitler aura carte blanche. Idem pour Goebbels et Bauer. Réfléchis bien : est-ce que tu voudras rester ?

Justement… Ils étaient attablés dans un café, à déguster un croissant tout en lisant le journal quand ils apprirent que six Britanniques avaient été expulsés, en guise de représailles. Le correspondant en chef du *Daily Express* en faisait partie. Une nouvelle chaise vide à la Taverne…

Hitler faisait tout pour prendre le contrôle de Dantzig. Le fasciste britannique Oswald Mosley, dévoué à sa cause, avait défilé à Londres, accompagné de 3 000 fidèles. La terrasse où se trouvaient Georgie et Rod semblait être un monde à part. Le soleil printanier éclairait le ciel et l'humeur des gens. Des couples se tenaient la main, des amis parlaient avec animation. Seuls quelques uniformes militaires assombrissaient la scène. Voilà comment on vivait encore, dans la grande majorité des pays européens. On était libres. Georgie appréciait cette légèreté, cette parenthèse avec Rod, mais elle ne pouvait s'empêcher de trouver ça anormal qu'on ne se prépare pas mieux au combat. Pourquoi personne n'avait peur ? Est-ce que les gens avaient besoin de tomber sous la domination hitlérienne pour réaliser qu'il était capable du pire ?

Quitter la beauté et la liberté parisiennes et voir la silhouette de Rod disparaître alors que le train s'éloignait fut un crève-cœur pour Georgie. Mais Berlin, c'était la maison : malgré tout, c'était réconfortant. Comme l'odeur de la saucisse et du café dans la gare. Certes, la méfiance planait dans l'air. Mais Berlin lui avait manqué.

Rubin était là pour l'accueillir. Il rangea sa valise dans le taxi.

— Herr Max m'a demandé de te raccompagner à l'appartement. Il veut te parler.

Il toussa légèrement avant de se corriger.

— On veut te parler.

— De quoi ? demanda Georgie, plus intriguée qu'agacée face à tant de mystères.

Elle ne serait jamais irritée par Rubin. Ni par Max, d'ailleurs. Ce dernier lui avait préparé un cocktail et un bon repas. Elle l'observa d'abord avec méfiance.

— Qui a préparé tout ça ?

— Moi, répondit-il, un peu offensé. Figure-toi que je sais cuisiner ! Je ne suis pas un homme de Neandertal.

— Je n'ai jamais dit ça, répliqua-t-elle, penaude.

Avait-il fait tout ça pour elle et Rubin uniquement ?

— Où sont Frida et Simone ? demanda-t-elle en regardant tout autour.

— Au cinéma. Elles sont allées voir un film allemand : bien au-delà de mes compétences linguistiques ! En plus, Rubin et moi avons quelque chose à te proposer.

— Allez-y, je suis tout ouïe.

Elle s'assit et contempla la nourriture d'un air gourmand. Max et Rubin échangèrent un regard. Max acquiesça.

— On va aller faire un tour à Sachsenhausen. Les lettres d'Elias et des autres ont été transmises par un groupuscule de résistants, constitué de Juifs principalement. Rubin leur donne parfois un coup de main.

— Je ne pouvais pas vous le dire avant parce que je ne voulais pas vous mêler à tout ça, poursuivit ce dernier.

Je savais que vous voudriez me protéger et c'était hors de question pour moi de vous mettre en danger.

— Alors pourquoi nous en parler maintenant ?

— En gros, j'ai été très curieux et je lui ai tiré les vers du nez, intervint Max.

Les lettres étaient transmises par un jeune garde, généreusement rétribué pour ses services, et c'était au tour de Rubin de récupérer le courrier.

— On va conduire Rubin là-bas et veiller à ce que tout se passe bien, ajouta Max.

Georgie comprit son but : elle saurait s'il s'agissait de l'endroit où Kasper l'avait emmenée. Ce petit voyage serait sinistre. Avait-elle vraiment envie de se replonger dans les souvenirs de cette affreuse nuit ? Bien sûr que non… Et pourtant, elle ne pouvait résister à la tentation. Elle aurait été furieuse si Max y était allé sans elle. Il en avait conscience. Il lisait en elle comme dans un livre ouvert et savait qu'elle voudrait aider les Amsel. L'excitation et son goût pour l'aventure poussaient Max. Quant à elle… Elle n'agissait pas uniquement par devoir.

— D'accord, dit-elle. Quand est-ce qu'on part ?

45

Retour au temple

Oranienburg et Berlin, 28 mai 1939

Oranienburg semblait différent au crépuscule. La place du village et la gare étaient entourées de petites maisons de style allemand. Durant tout le voyage, Georgie n'avait cessé de regarder le paysage pour voir si elle le reconnaissait. Mais rien ne lui semblait familier, d'autant que la fois précédente, il faisait nuit et elle était concentrée sur Kasper.

Max conduisait la voiture qu'ils avaient empruntée. La plaque d'immatriculation avait été trafiquée. Il contourna le centre-ville et se gara dans un quartier résidentiel.

— C'est là ? demanda Georgie.

Rien n'indiquait la présence d'un camp. Il n'y avait qu'un chat solitaire, qui traversait la route. Elle ne reconnaissait rien. Mais ce picotement dans ses narines…

— Il se trouve un peu plus loin, dit Rubin.

Il tremblait sous sa veste et gardait les yeux fixés droit devant.

— On est en avance. On doit attendre la nuit.

Max gardait son calme. Sa respiration était régulière. Ils connaissaient tous le plan par cœur. Ils se gareraient non loin de l'entrée du camp. Rubin irait à pied, suivi par Max, qui resterait en contact avec Georgie. Si elle klaxonnait, le message serait clair : *On doit partir ! Et vite !* Le paquet avait été enterré sous la clôture et si tout se passait comme prévu, Rubin le récupèrerait sans encombre. Ça semblait assez simple. Mais c'était compter sans les postes de surveillance surplombant le mur d'enceinte. Ou les gardes armés jusqu'aux dents.

Les minutes s'écoulaient et l'air devenait irrespirable. Deux femmes apparurent. Elles promenaient leurs petits chiens. Elles jetèrent un œil au véhicule sans cesser de bavarder. Mais c'était perceptible : la méfiance s'était répandue partout. C'était l'œuvre des nazis. À cause d'eux, même les voisins les plus proches ne se faisaient plus confiance. Rubin se figea comme un enfant pris en faute. Les dents serrées, Max marmonna :

— Souris-leur, Georgie. Rien de trop poussé. Juste un signe de la tête amical.

Georgie entra dans le rôle. Elle hocha la tête en guise de salut et essaya de ne pas avoir l'air suspecte. Les femmes lui rendirent son regard, mais pas son sourire.

Enfin, le soir tomba. Rubin regarda sa montre.

— Dans trois minutes, dit-il en contemplant la carte griffonnée au crayon de papier pour la troisième fois.

Max démarra et tourna pour atteindre la rue parallèle, plus large, mais sans habitations. La route pavée sur laquelle ils roulaient éveilla les souvenirs de Georgie. Elle fixa l'obscurité, mais ne vit pas grand-chose, excepté un haut mur de briques grossières. L'enceinte d'une prison. Comme sa naïveté avait été réconfortante lors de sa première visite ! Si elle avait su la vérité, elle aurait désespérément voulu fuir.

— Si je ne suis pas là dans dix minutes, partez. Tous les deux.

La voix inflexible de Rubin résonna dans l'habitacle. Il se tourna vers Georgie. Jamais il n'avait paru si déterminé.

— Mais…, commença-t-elle.

— Pas de mais, dit-il avec fermeté. Je suis sérieux. Vous ne devez pas vous faire attraper. Max ?

— Compris. Dix minutes, à partir de maintenant.

Il regarda sa montre. Ils ouvrirent leurs portières.

— O.K., George ? demanda Max alors qu'elle se glissait sur le siège conducteur.

Il lui souriait à travers la vitre, mais c'était un effet de l'adrénaline. Elle aurait tant voulu qu'il ait l'air plus réconfortant.

— Oui. Ça ira.

Non. Bien sûr que non. Comment ça pourrait aller ?

Elle était journaliste, et chef de bureau, certes, mais tellement inexpérimentée… Elle ne se trouvait qu'à quelques mètres d'un camp nazi, où des actes indicibles étaient perpétrés sur des gens qui n'étaient coupables que d'une chose : être inférieurs aux yeux des nazis. Le monde était devenu fou si rapidement. Et elle était impuissante : tout ce qu'elle pouvait faire, c'était contempler les silhouettes de ses amis disparaître dans l'obscurité.

Le temps était passé lentement jusque-là, mais désormais, c'était pire. Le moindre bruit attirait son attention. Elle ouvrit la vitre, pour écouter, mais aussi pour atténuer sa nausée. *Concentre-toi, George. Concentre-toi.*

Cinq minutes plus tard, elle entendit un véhicule démarrer non loin. Elle s'enfonça instinctivement dans son siège, tout en observant la lumière des phares. Venait-il du temple ? Ça signifiait donc que le temple était à portée de main… Elle se figea, alors que les lumières jaunes se rapprochaient, encore et encore, presque aveuglantes. Une voiture roulait au pas sur les pavés. C'était stupide, mais elle ne put s'en empêcher : quand elle la dépassa, elle tourna la tête et regarda. Elle vit le drapeau du Reich juste avant d'apercevoir une silhouette solitaire sur le siège arrière. L'habitacle était éclairé. Un homme au visage sévère, qui portait des lunettes rondes, lui rendit son regard. Mais il n'était pas suspicieux, juste curieux. Il devait se demander ce qu'elle fabriquait là, garée, dans le noir, toute seule. Peut-être qu'il s'interrogeait et se demandait si elle était en galante compagnie. Georgie se fichait d'entacher sa réputation. Elle ne voulait qu'une chose : qu'il détourne le regard.

La voiture disparut. Cet homme lui disait quelque chose. Il n'était pas en uniforme. Pas de trace de médaille ou d'épaulettes… Ce n'était donc pas l'un des soldats que Kasper lui avait présentés lors de cette affreuse nuit. Son imagination s'emballa, nourrie par son angoisse, de plus en plus forte.

Sept minutes… huit minutes s'étaient écoulées. Où était Max ? Il était censé rester vers les buissons, un œil sur la voiture, un œil sur Rubin. Mais elle ne le voyait pas. Que faire ? Aller voir ? Attendre ?

C'était comme si les aiguilles sur sa montre s'accéléraient. Neuf minutes. Neuf minutes et trente secondes. Les veines sur son cou palpitaient et elle eut soudain très chaud. Elle démarra le moteur. Son père lui avait appris à conduire : selon lui, tout le monde devait savoir le faire. Mais ça faisait un moment : elle était rouillée, mais ne l'avait pas dit à Max. Elle grimaça en passant les vitesses. Puis, elle fit un demi-tour laborieux.

Malgré l'obscurité, elle constata que les dix minutes avaient été atteintes. Mais elle n'avait aucune intention de les abandonner. Elle ne cessait de regarder dans le rétroviseur. Les vitres étaient ouvertes et elle était attentive au moindre bruit. Tic-tac, onze minutes. *Allez ! Où êtes-vous ?* Elle souhaitait de toutes ses forces qu'ils arrivent.

Tout à coup, il y eut un grand bruit : elle ne savait pas d'où il venait, mais elle aperçut une lumière vacillante. Des cris à sa gauche… D'autres cris à sa droite, qui se rapprochaient rapidement… Ils étaient pressants. Désespérés.

— …ours, Rubin… Cours !

Elle ne comprenait que la moitié des mots, mais c'était la voix de Max. Elle était suppliante, saccadée, et venait de derrière. Georgie tourna la tête et le vit émerger de la haie vers le mur d'enceinte. Il s'arrêta et répéta :

— Viens ! On y est presque.

On aurait dit qu'il tirait Rubin.

Le pied de Georgie était vissé à l'accélérateur. Rouillée ou pas, elle gardait ses réflexes.

Enfin, une deuxième silhouette apparut. Rubin. Elle le reconnut : il était plus lent et plus trapu que Max. Ce dernier le tirait par le bras et le traînait vers la voiture. Les lumières derrière eux n'étaient pas des phares, comme elle l'avait d'abord craint, mais des lampes torches : elles se balançaient dans l'obscurité et n'éclairaient pas encore la voiture. Mais elles se rapprochaient. Le claquement des bottes contre le pavé était perceptible et s'accentuait de seconde en seconde.

— *Halt ! Halt !* ordonna-t-on avec vigueur, alors que Max et Rubin atteignaient la voiture.

Concentrée sur son rétroviseur, Georgie sentit que Max et Rubin plongeaient sur la banquette arrière.

— Démarre ! DÉMARRE ! cria Max.

Son pied écrasa l'accélérateur. Le moteur rugit et la voiture bondit. Les pneus crissèrent, une odeur d'essence se répandit dans l'air alors que Georgie priait pour aller encore plus vite. Les cris s'atténuèrent. Elle s'autorisa à respirer, mais eut vite le souffle coupé par un bruit sur le pare-chocs arrière. Quelque chose avait ricoché sur la carrosserie. Aucun doute : c'était une balle, ça ne faisait aucun doute.

— Vous allez bien ? s'exclama-t-elle en accélérant encore.

Elle ignorait si elle allait dans la bonne direction, mais une chose était sûre : elle s'éloignait de la ville et gagnait la campagne noire et enveloppante. Dans le rétroviseur, les lampes devinrent aussi petites que des têtes d'épingle.

Georgie se concentra sur sa respiration. Son cœur battait toujours à un rythme effréné et cognait dans sa poitrine. Elle ralentit enfin.

— Rubin ? demanda Max.

Il était silencieux depuis qu'il était monté à bord.

— Oui, je vais bien… Ça va.

Il haletait. À cause de l'effort ou de la peur ? Georgie n'en savait rien, mais se détendit un peu : sa voix était normale.

— Max, qui a tiré ? Tu es blessé ? demanda Rubin d'une voix légèrement paniquée.

Georgie n'osait quitter la route des yeux, mais elle les entendit se redresser. L'un tirait l'autre et il y eut un gémissement.

— Il saigne beaucoup, annonça Rubin.

Georgie fut prise de panique.

— Max ? Max ?

Silence.

— Rubin, qu'est-ce qu'il a ? reprit-elle d'un ton pressant.

Elle roula encore pendant ce qui lui sembla une éternité avant de trouver un endroit totalement désert. Elle gara la voiture à l'abri des arbres. Ils endiguèrent le saignement avec l'écharpe de Georgie et, à la lumière d'une lampe torche vacillante, elle regarda la blessure sur le tibia de Max. Celui-ci était allongé sur la banquette arrière.

— Alors, ça donne quoi ? dit-il en grimaçant.

Il avait peur ; il avait mal. Georgie n'était pas infirmière mais elle ne craignait pas la vue du sang. Elle observa attentivement la plaie d'au moins quatre centimètres, et la chair rouge bien apparente. C'était profond et ça devrait être nettoyé pour éviter l'infection. Il avait besoin de points de suture. De toute évidence, Max s'était accroché aux barbelés. L'adrénaline avait agi comme un puissant analgésique, le temps d'arriver à la voiture.

— Nous devons t'amener à l'hôpital, annonça Georgie.

Ils échangèrent un regard. *Comment expliquer cette blessure ?*

Rubin prit le volant quand ils atteignirent la banlieue. Georgie faisait pression sur la blessure de Max, qui avait posé sa jambe sur ses genoux.

— Je suis vraiment désolé d'avoir mis du sang sur ta jupe, articula-t-il, la tête rejetée en arrière, les dents serrées.

— Oh, ce vieux truc, répondit-elle d'un ton faussement enjoué. Ce n'est qu'un bout de tissu !

Pas la peine de préciser qu'elle l'avait achetée à Wertheim[1] et qu'elle y avait laissé la moitié de son salaire. Max était vivant : c'était une compensation suffisante.

— Nous y sommes, déclara Rubin, en remontant une rue sombre.

Il n'y avait pas d'hôpital en vue. Rubin et Georgie soutinrent Max et ils pénétrèrent dans une maison. Un homme aux cheveux gris, que Rubin appelait docteur, l'emmena dans une pièce.

— C'est un homme bon. Et discret, souffla Rubin.

---

1 Un grand magasin berlinois. (N.D.E.)

Ils demeurèrent silencieux un moment, fixant les peintures accrochées au mur du salon. Sourire aux lèvres, l'épouse du docteur leur apporta du thé, mais ne posa aucune question. Parfois, il valait mieux ne pas savoir. Elle en était sûrement consciente. Le thé était chaud et fort et il agit comme un antidote. À chaque gorgée, les battements du cœur de Georgie ralentissaient. Plus elle repensait aux événements de la nuit, plus ils lui paraissaient surréalistes : la course-poursuite, les tirs de pistolet… C'était effrayant et ça voulait dire que le Reich ne voulait personne aux alentours du camp. C'était secret. Les nazis n'avaient pas honte de ce qu'ils y faisaient, mais avaient tout de même conscience que le reste monde verrait les choses d'un autre œil : il n'approuverait pas et trouverait ça immoral

— On est loin de la détention préventive, pas vrai ? murmura Georgie.

Elle se rappelait avoir écrit un article, après la nuit de Cristal : elle avait évoqué Goebbels qui martelait que les Juifs n'avaient pas le droit de quitter le pays et qu'ils seraient emprisonnés. Elle n'avait pas bien compris, alors. Pour ne plus avoir affaire à eux, il « suffisait » de les expulser… Mais ce n'était pas une solution définitive… Voilà à quoi servaient ces camps : à s'en débarrasser… Cette conclusion la terrifia.

— Exactement, répondit Rubin, en sortant un paquet de sa poche de veste.

C'était le but de leur mission. Le trésor qui permettrait la communication entre les uns et les autres. Ils passèrent le courrier au crible. Les détenus écrivaient sur des bouts de papier, des emballages ou même des objets. Il y avait des dessins et des mots griffonnés ou soigneusement rédigés ; des lignes simples, qui représentaient un prisonnier gisant sur une sorte de support vertical, fouetté par un garde. Témoignage de la cruauté totale et abjecte dont ils étaient victimes… Il n'y avait pas de lettres d'amour, mais on aurait dit que les prisonniers essayaient de remonter le moral de leurs familles. « Nous serons bientôt libérés, j'en suis sûr », « Ne vous en faites pas pour votre papa ». Ils décrivaient leur triste quotidien. Pour Rubin, comme pour Georgie, c'était limpide : le Reich n'en était qu'à son coup d'essai. Les choses allaient s'aggraver.

Max apparut dans le couloir, grimaçant à chaque pas. Le docteur lui tendit un petit paquet.

— Un cachet, une à deux fois par jour, jusqu'à ce que vous n'ayez plus mal. Rubin vous ramènera quand ce sera sans danger et j'enlèverai les points.

— Merci. Je vous suis très reconnaissant.

Il souffrait, mais le soulagement de ne pas avoir affaire à un docteur dévoué au Parti qui lui poserait des questions embarrassantes, l'emportait.

Georgie ramena tout le monde chez Frida et insista pour que Max reste dormir. Elle fut tentée de lui proposer la chambre de Simone, mais ne savait pas trop où ils en étaient tous les deux, et à quel point ils étaient intimes. Il ne demanda pas à y aller : il dormirait donc sur le canapé. Rubin devait rendre la voiture et faire changer les plaques d'immatriculation. Ensuite, il rejoindrait Sara.

— On se voit au bureau demain ? demanda-t-il avant de s'éclipser.

Ils avaient besoin de reparler de cette soirée et devaient décider quoi faire.

Georgie, qui n'avait jamais été aux petits soins pour les autres, eut une soudaine envie de préparer un cacao à Max. C'était le remède naturel de sa mère quand quelqu'un tombait malade. Elle se percha sur le bout du canapé, où Max était allongé, la jambe surélevée par des coussins, et lui tendit une tasse fumante. Il but une gorgée, ferma les yeux et inspira longuement.

— Infirmière Young, c'était un excellent cacao.

— Enlève-moi le « infirmière ». Et tu ne me feras pas croire que tu es un expert et que tu buvais du cacao quand tu étais petit !

Ce n'était pas assez raffiné pour la maison Spender. Il leva la tête, légèrement offensé, mais se contenta de soupirer.

— Il y avait une infirmerie à l'école. L'infirmière Taylor donnait une dose supplémentaire de lait chocolaté à ses « canards boiteux ». Parfois, elle nous prenait dans ses bras quand on le buvait. Je l'aimais follement. On l'aimait tous. L'infirmerie était pleine à craquer de garçons qui n'étaient pas vraiment malades.

Il sourit à ce souvenir. Georgie se sentit triste pour lui et pour tous ces pauvres garçons. Leurs mères leur avaient manqué, alors qu'elle avait eu la chance d'avoir la sienne à ses côtés. Toujours là, toujours aimante.

— Eh bien ! Quelle nuit ! ajouta-t-il après un silence.

Georgie acquiesça, le nez dans sa tasse.

Il n'y avait rien à ajouter. Ils en reparleraient. Elle était si fatiguée que même une peur rétrospective n'aurait pu la tenir éveillée. Elle finit son cacao et se leva. Elle tendait la main pour récupérer la tasse de Max quand la révélation la frappa.

— Ça y est ! s'écria-t-elle. Je sais qui c'est !

— Qui ? demanda Max, qui était sorti de sa torpeur.

— L'homme dans la voiture. Ça m'a rendue folle toute la soirée ! J'étais sûr de l'avoir déjà vu ! Ça m'est revenu.

— Qui ? répéta Max, légèrement irrité. De qui diable parles-tu ?

46

Un rendez-vous chez le docteur

Berlin, 29 mai 1939

— Docteur Graf, dit-elle à Rubin, le lendemain matin, au bureau. C'était le directeur de l'institut Haas dans la voiture, hier.

Avec Max, ils s'étaient demandé s'ils devaient en parler à Rubin. Cette information pourrait l'inquiéter. Il pourrait se montrer imprudent, dans sa hâte de sauver Elias. De plus, le docteur Graf rendait peut-être visite à un malade… Il avait peut-être été invité à une soirée au mess… Mais ça n'en avait pas l'air. Paul Adamson les avait menés à lui. Il semblait persuadé que le docteur Graf commettait des actes répréhensibles à l'institut : sa présence au camp était donc suspecte. Plus que suspecte. Georgie s'était souvenue de leur conversation : « Nous sommes fiers de la façon dont nous accompagnons les patients en fin de vie », avait-il clamé haut et fort. Ce qu'il sous-entendait était très clair. Il parlait d'euthanasie.

Ils se regardèrent tous les trois. Ils songeaient à la même chose. Le visage de Rubin se tordit. Il était sous le choc. Encore un coup contre sa famille. Les nazis étaient-ils prêts à tout ? Quand même ! Tuer un homme parce qu'il était infirme ou « inférieur » ? Il secoua la tête.

— Je pense que nous devons revoir notre bon docteur Graf, dit Max. Non ?

C'était urgent : il fallait sauver Elias. Mais les exigences du travail et la blessure de Max les retardaient. La jambe de ce dernier lui faisait mal. Elle mit plus de temps que prévu à guérir. Il avait raconté à tout le monde qu'il boitait parce qu'il « était tombé dans l'escalier, comme un imbécile ». Georgie ne savait pas s'il avait dit la vérité à Simone. Cette dernière lui parlait à peine. La cicatrice resta boursouflée et violette, mais Max en riait.

— Ce sera ma seule blessure de guerre.

Comme si c'était fait exprès, pile au mauvais moment, Henry demanda à Georgie de se rendre hors de Berlin pour récolter des informations au sujet du lien entre l'Allemagne et l'Italie. Les deux pays avaient récemment signé leur propre alliance militaire : le Pacte d'acier. Même si c'était agréable de sortir de Berlin, les quelques sympathisants italiens qu'elle rencontra l'ennuyèrent avec leur bravade ridicule. Pour la plupart des gens, Mussolini était un homme pompeux et fanfaron. C'était un maillon faible et il n'arrivait pas à la cheville d'Hitler. Georgie avait l'impression d'être une journaliste en goguette… Tout ça était à des années-lumière des mystères qu'elle devait résoudre à Berlin.

Quand elle rentra, elle constata que c'était Rubin qui avait progressé le plus dans leur enquête. Dès qu'il en avait eu l'occasion, il avait surveillé la maison du docteur Graf ; ça avait été un jeu d'enfant de trouver l'adresse d'un médecin si réputé. Il vivait dans une grande maison sur le lac Wannsee. Vu le nombre de serviteurs qui entraient et sortaient, les affaires de la clinique étaient bonnes. Rubin avait appris que le docteur Graf était un homme d'habitudes. Il partait chaque jour à la même heure, avait ses habitudes dans deux ou trois restaurants, et rentrait en train retrouver sa femme aux alentours de 19 ou 20 heures. Son emploi du temps était prévisible. Deux fois par semaine, il sortait dans un night-club du quartier du Kurfürstendamm. Il y entrait par la porte de derrière. Cet endroit n'avait rien de respectable et le docteur avait des goûts particuliers en matière de femmes…

— Nous devons envoyer quelqu'un là-bas. Quelqu'un qui l'aborderait, dit Max.

Ils étaient chez Rubin. Au bureau, Georgie avait peur d'être sur écoute et n'osait pas parler franchement. De plus, Rubin pouvait attirer l'attention : les Juifs n'avaient plus le droit d'aller nulle part dans le centre-ville. Avec sa gentillesse habituelle, Rubin avait proposé qu'ils se retrouvent chez lui quand Sara travaillait.

— Je doute que la Gestapo vienne ici maintenant. Nous n'avons plus rien pour eux, dit-il dans un semblant de plaisanterie, alors qu'il leur servait un café.

Il n'avait pas l'intention de les émouvoir, mais son éternelle résilience fit de la peine à Georgie et attisa sa fureur contre le Reich.

— Graf pourrait me reconnaître, lança-t-elle, secrètement soulagée de ne pas pouvoir accomplir cette mission. Et je ne suis pas une actrice assez talentueuse pour jouer à la fille délurée.

Quand elle prononça le mot « actrice », Max eut soudain l'air optimiste.

— Est-ce que Margot est rentrée de Francfort ?

— Peut-être. Je l'appelle ? Tu penses qu'elle le ferait ?

Margot était rentrée et prête à les aider.

— J'ai fréquenté les clubs quand j'étais une actrice en herbe. Je sais exactement ce que les hommes comme lui recherchent dans de tels clubs.

— Non, Margot, vous n'avez pas à…, commença Max, les yeux agrandis par le choc.

— Ne vous inquiétez pas. C'est rare qu'on en arrive là. Il faut les séduire, pas plus : c'est ce qu'ils souhaitent. Comme ça, ils peuvent se convaincre – et convaincre leur femme si besoin – qu'ils ne sont pas infidèles. Pauvres types…

Son visage était dur. Le temps et l'éloignement n'avaient pas adouci son chagrin. Elle était visiblement prête à tout pour aider à débusquer les assassins de Paul. Malgré son jeune âge, Margot avait une vision juste du monde et possédait une confiance en elle dont Georgie était dépourvue. Pourtant, malgré sa beauté et son talent, Fräulein Moller était seule. Et sa douleur d'avoir perdu Paul était intacte.

Deux semaines plus tard, Georgie se retrouvait encore au volant. Le soleil de juin réchauffait sa peau et le souvenir vif de sa dernière aventure la tenaillait. Mais cette fois, au moins, Rubin était à ses côtés, partageant avec elle l'angoisse de l'attente.

Max avait fait un tour au club du Kurfürstendamm une heure plus tôt, vers 4 heures, suivi par Margot, quelques minutes après. Elle incarnait parfaitement son rôle : son style vestimentaire et son maquillage montraient qu'elle aimait prendre du bon temps, sans s'attacher, et qu'elle avait envie de plaire. Elle les regarda avant d'entrer et lança un clin d'œil à Georgie.

Peu après, le docteur Graf descendit l'escalier, sa mallette à la main. Pile à l'heure. L'interminable attente commença. Elle dura une heure. Le docteur ressortit, sourire ivre aux lèvres, Margot à son bras. Sa mallette se balançait au rythme de ses pas. Trente secondes plus tard, Max était là. Mais en haut de l'escalier, il ralentit à cause de sa blessure. Georgie démarra et suivit le couple en roulant au pas. Le plan était le suivant : Margot devait persuader le docteur de se rendre à l'hôtel quelques rues plus bas. Max avait réservé une chambre au deuxième étage, face à la rue. Si Margot se sentait en danger, elle ouvrirait la fenêtre et se pencherait.

Le docteur Graf avait du mal à marcher droit. Il gravit l'escalier, aidé de Margot. Max les suivit dans le hall d'entrée. Le reste dépendait des talents d'actrice de la jeune femme…

Encore cette attente insoutenable. Georgie ne tenait pas le coup : effet du stress, elle avait furieusement envie de se gratter. Rubin entretenait la conversation. Tous deux fixaient la fenêtre de la chambre. Pourquoi était-ce aussi long ? Pourquoi ne pouvaient-ils pas agir ? Est-ce que le docteur allait trop loin avec Margot ?

Il fallut encore attendre une bonne heure pour apercevoir sa silhouette légère sortir de l'hôtel et plonger dans la rue sombre. Elle les cherchait, mais ne semblait ni échevelée ni paniquée. Et elle était seule. Max apparut dans son sillage. Il traversa la rue pour se glisser sur la banquette arrière. Margot continua à marcher, hochant la tête pour leur faire comprendre qu'ils se retrouveraient un peu plus loin. Ils parcoururent quelques rues avant qu'elle ne les rejoigne. Georgie conduisit jusqu'à gagner une grande avenue entre le Tiergarten et le zoo. Les branchages abritaient avantageusement leur conversation.

— Alors ? demanda Max qui avait du mal à se contenir.

Margot semblait plutôt satisfaite. Comme si on ne l'avait pas utilisée.

— Il fait partie du haut commandement nazi, c'est une certitude, commença-t-elle en essuyant son rouge à lèvres avec un mouchoir.

Peut-être qu'elle se sentait sale, en fin de compte. Physiquement et moralement.

— Une fois saoul, il n'a pas arrêté de me raconter à quel point il était important aux yeux d'Himmler qui lui avait donné la responsabilité de son « plan de gestion des vies ».

— Plan ? Quel plan de gestion des vies ? demanda Max d'une voix tranchante, presque comme s'il lui faisait subir un interrogatoire.

Margot se contenta de plisser les paupières.

— Vous savez, ce n'était pas facile de le faire parler. Il était de plus en plus ivre. J'ai compris que ça avait à voir avec ses compétences de médecin. Il n'arrêtait pas de marmonner : « La fin est la solution à tous les problèmes. » Il disait que ce n'était que le début, ou quelque chose comme ça…

Georgie et Max échangèrent un regard. Sombre. Rubin regardait à travers la vitre, et Georgie ne voulut pas insister. Si le docteur Graf euthanasiait d'innocentes vieilles dames, il ne ferait pas de quartier pour des prisonniers juifs. Les passages à tabac et les morts « accidentelles » dans les bâtiments de la Gestapo étaient monnaie courante. Mais y avait-il vraiment une planification ? Un plan stratégique et détaillé ? Les nazis étaient capables du pire, mais ça ! C'était impensable.

— Tu as jeté un œil dans sa valise ? lui demanda Max d'un ton pressant.

Il ne semblait guère y croire, mais Margot sourit tout en replaçant la barrette qui maintenait sa chevelure.

— Bien sûr, annonça-t-elle triomphalement. Il s'est endormi. Je n'ai eu qu'une minute pour agir parce qu'une femme de chambre frappait à la porte. Il y avait beaucoup de paperasse de la clinique : des listes de clients, je crois. Il y avait deux feuillets écrits à la main : il s'agissait de formules mathématiques. Je n'ai rien compris à ce charabia ! Il y avait aussi une note qui se concluait par : « Les plans que nous finaliserons ensemble ». J'ai reconnu la signature.

— De qui s'agissait-il ?

Max trépignait sur son siège, tout comme Georgie.

— Kasper Vortsch, répondit-elle.

Le cœur de Georgie battit la chamade ; sa tête se mit à tourner et il lui sembla que la vie s'échappait de son corps.

— Il est nazi pour de bon, maintenant, poursuivit Margot, inconsciente de ce qu'éprouvait Georgie. Certains officiers sont montés en grade très rapidement. Il est sous l'influence d'Himmler.

— Comment vous le connaissez ? demanda Max, alors que Georgie tentait toujours de digérer l'information.

— Oh, comme d'habitude. Goebbels adorer pimenter ses réunions en invitant des starlettes. Et comme la plupart des soldats, Kasper aime les jolies filles.

Ellc était dédaigneuse. Peut-être avait-elle honte d'être assimilée aux actrices favorites de Goebbels, souvent utilisées comme cocottes ? Margot valait bien mieux que ça, à la fois en tant qu'actrice, mais aussi en tant que femme.

— Est-ce que vous lui avez déjà parlé ? demanda Georgie, malade à l'idée de s'être montrée si naïve.

— Juste un peu. Il est très charmant. Ils le sont tous au départ… Il s'est vite lassé de moi et a succombé aux charmes d'une autre actrice, à moitié anglaise. On m'a raconté qu'il a un faible pour les Anglaises.

— Pourquoi ? demanda Max.

C'était une bonne question, vu que l'Angleterre devenait l'ennemie du régime nazi.

— Je pense que c'est un défi pour lui. Ce sont ses trophées. Hitler a son Unity Mitford, et ce que fait le Führer a…

Et voilà. Ce mot, encore. *Trophée*. Georgie eut l'impression de sombrer. Elle était glacée. Max lui lança un regard inquiet.

— Georgie ? murmura-t-il, en posant les mains sur ses épaules, tendues à l'extrême.

— Ça va, articula-t-elle. On doit raccompagner Margot et s'assurer de sa sécurité. Ensuite, on rentrera chez Frida, d'accord ?

Ils se réunirent autour de la table de la cuisine. Max ajouta d'office du brandy dans leurs cafés. L'alcool réconforta rapidement Georgie, qui ouvrit la discussion.

— Je déteste l'idée, mais je pense qu'il faut que je voie Kasper une dernière fois. C'est sûrement le seul moyen d'obtenir des informations valables.

Rubin, qui était resté silencieux durant tout le trajet du retour, sortit de sa coquille.

— Non, Georgie ! Hors de question ! lança-t-il d'une voix ferme.

Il se leva, faisant grincer la chaise sur le sol. Ses traits, habituellement doux, étaient déterminés et ses yeux brillaient dans la lumière dure de la cuisine. Il avait adopté l'attitude d'un père protégeant sa fille.

— Je me suis tu jusqu'à maintenant, mais il est hors de question que tu prennes autant de risques pour n'obtenir peut-être qu'une petite info de rien du tout. Ça ne vaut pas le coup.

Il s'interrompit, et se rassit. Sa voix s'affaiblit.

— Peu importe ce que nous savons, peu importe ce que nous trouverons, on ne ramènera pas Elias.

Georgie demeura silencieuse, stupéfaite par sa réaction, avant d'exploser à son tour. Elle ne savait pas d'où venait cette colère, mais elle ne parvenait pas à la contenir. Elle n'était pas dirigée contre Rubin, mais contre tous les hommes qui lui dictaient ce qu'elle pouvait faire ou ne pas faire, depuis des années. Pauvre Rubin ! Soudain, il était la personnification de cet éditeur, à Londres, qui ricanait en affirmant qu'elle n'avait rien à faire dans le monde du journalisme ; de ces journalistes qui supposaient qu'elle était secrétaire et que sa seule compétence était de mettre au propre leurs notes ; il était comme Max, la première fois qu'elle l'avait rencontré au Ritz. Elle s'enflammait et ses yeux flamboyaient. Des années de frustration remontèrent à la surface.

— Je ne laisserai personne me dire ce que je dois faire ! tempêta-t-elle. Je suis tout à fait consciente des dangers, mais c'est à moi de décider et à personne d'autre. C'est ma vie. Et mon destin.

Les deux hommes se courbèrent presque devant sa colère, le regard vide. Quand elle eut fini, elle porta sa tasse vide à ses lèvres, comme pour boire une gorgée, juste pour avoir les mains occupées. Silence. Max et Rubin prirent une longue inspiration.

— Je suis désolé, murmura ce dernier en la regardant tristement. C'est juste que Sara et moi, on tient à toi. Nos enfants sont en sécurité grâce à toi et nous voulons que ce soit pareil pour toi. On se met à la place de tes parents.

Elle le croyait et aurait voulu le serrer dans ses bras, comme elle l'aurait fait avec son propre père, pour le remercier de sa gentillesse et puiser en lui un peu de courage. Au lieu de ça, elle posa sa main sur la sienne et serra ses grosses phalanges rugueuses avec affection.

— Je comprends, répondit-elle, en déglutissant péniblement. Et je ne suis pas en colère contre vous deux. Mais on tient une occasion de déterrer une info solide. Max et moi pourrons écrire pour que le monde soit au courant. Peu à peu, Hitler a enfreint toutes les lois ; il a piétiné tous les traités. Mais personne ne le considère comme un meurtrier. Si nous pouvons le montrer, le prouver, qui sait ? Peut-être qu'on fera bouger les choses. On doit essayer.

Après cette tirade, ils ne se concentrèrent que sur l'organisation du rendez-vous. Georgie devrait se rappeler au bon souvenir de Kasper, d'un ton enjoué, en lui écrivant de manière légère : « Comment allez-vous ? Et si on se revoyait ? » Absorbé par ses nouvelles fonctions, il refuserait sûrement de la voir. Il n'y avait plus qu'à espérer que sa vanité l'emporterait sur les impératifs de son agenda.

Ils relurent ensuite les messages d'Elias. Rubin ne les avait pas tous montrés à Sara afin de préserver son cœur brisé. Il épancha sa culpabilité auprès d'eux. Même si Georgie détestait qu'on laisse les femmes dans l'ignorance, elle le comprenait. Il supportait l'angoisse tout seul parce qu'il voulait protéger son épouse bien-aimée et lui éviter d'imaginer le pire.

Dans son gribouillage, Elias décrivait de manière frappante les conditions de sa détention. Dans sa première lettre, il expliquait comment on classait les prisonniers, à l'aide de triangles cousus sur leurs haillons : jaune pour les Juifs, rouge pour les prisonniers politiques, vert pour les criminels et rose pour les homosexuels. Elias portait du rouge, probablement parce qu'il avait auparavant été journaliste, ainsi que du jaune. On avait placé les triangles de telle sorte qu'ils forment une étoile. Il disait qu'on était à l'étroit dans les cabanons et que de nombreux détenus mouraient de maladies diverses. Au cours de l'hiver, les températures avaient chuté en dessous de zéro et tous les jours, il aidait les médecins à amputer les membres gelés des prisonniers. Même si c'était affreux, travailler à l'infirmerie lui fournissait une occupation et le gardait en vie. Il n'évoquait pas le sort réservé aux amputés. Le second courrier d'Elias était plus sombre. Les trois rangées de couchettes placées dans les longs cabanons grouillaient de poux, écrivait-il. La soupe était de l'eau, aromatisée avec quelques navets et pommes de terre infestées de charançons. Il avait dessiné des visages hagards et osseux au-dessus des bols. Il y avait les sanctions, aussi… En haut de la page, ce prisonnier sur cette table à la verticale, prêt à être fouetté par des gardes SS. En dessous, une légende :

Vingt-cinq coups de fouet.

Il avait aussi esquissé des silhouettes de prisonniers à moitié accroupis sous le soleil, les mains tendues devant eux. Georgie éprouva une brûlure dans ses cuisses : elle avait dû tenir cette pose seulement quelques minutes en cours de gym, à l'école. Une flèche les désignait et on pouvait lire les légendes : *Trois heures, Sachsengruss*[1].

L'exercice physique était transformé en torture. Elle grimaça.

— Est-ce qu'on peut utiliser ses courriers comme base pour un article ? demanda Rubin, désespéré.

Il les regarda : son cœur se brisait. Max et Georgie échangèrent un regard. Ils essaieraient, bien sûr. Mais ils savaient pertinemment que le *Chronicle* ou le *Telegraph*

1 « Salut saxon » : posture de gymnastique (genoux pliés) très pratiquée dans les organismes de jeunesse nazis. (N.D.E.)

auraient besoin de bien plus que des griffonnages pour publier un article qui mettrait le feu aux poudres : il s'agissait tout de même d'accuser les nazis de torture sur ces détenus. Et avec le contexte politique fragile du moment… Dans ses « cartes postales », Georgie avait souligné à plusieurs reprises à quel point Berlin était opprimé, mais elle n'était jamais allée aussi loin.

Le *Chronicle* publiait des articles accompagnés de photos pour attirer le lecteur. Mais comment pourraient-ils photographier le camp ? Demander la permission à Herr Bauer était inutile. Même s'il acceptait, tout serait en ordre pour la presse : on nettoierait les lieux, les prisonniers seraient propres et souriants et se comporteraient comme si tout allait bien. Rubin comprenait leurs doutes. Il avait été journaliste et savait que n'importe quel éditeur qui se respectait demanderait des preuves avant de publier un tel brûlot. Mais en tant qu'homme et beau-frère, il s'accrochait au moindre espoir.

47
Trouver la vérité

20 juin 1939

Ça se passa comme ils l'avaient prévu. Au téléphone, Henry fut compatissant, mais peu encourageant.

— Je ne peux pas proposer ton article sans preuves solides. Tu sais qu'il faut des photos.

Il s'interrompit quelques secondes.

— Et j'y pense : le public anglais n'aimerait pas voir ça, c'est trop horrible.

— Mais la réalité est horrible, Henry !

Elle avait presque crié et regarda autour d'elle pour vérifier que personne ne l'écoutait. Elle l'appelait d'une cabine, dans un petit hôtel près de la Friedrichstrasse. Elle n'avait pas voulu le faire du bureau. Plus la guerre approchait, plus elle avait la sensation d'être surveillée.

— Écoute, je suis désolé, répondit Henry d'un ton apaisant. Mais tu as beaucoup à faire. Tous les regards sont tournés vers Hitler, désormais. Sur l'Allemagne.

— Ça, c'est certain. D'ailleurs, est-ce qu'on a trouvé quelqu'un pour prendre mon ancien poste ?

Si on lui envoyait un journaliste pour couvrir les événements prévus dans l'agenda, elle pourrait se concentrer sur cette affaire, qui était bien plus importante.

— On s'en occupe, soupira-t-il. Mais on a dû envoyer des correspondants en Europe : à Prague, à Paris, à Varsovie. Personne n'est disponible pour le moment. Je suis désolé.

Il était sincère. Il avait couvert la Grande Guerre en France, dans les tranchées. Il aimait que les journalistes soient partout sur le terrain afin d'avoir une vision globale des événements. *Dommage qu'il ne dirige pas le journal*, songea Georgie.

Elle se laissa tomber dans l'un des fauteuils du bar en poussant un long soupir. Elle souffrait de plus en plus de la chaleur. Mais elle était également consumée par la frustration.

— Tu as fait chou blanc ? demanda Max en glissant un verre de bière fraîche devant elle.

— Ils veulent une photo avant de voir s'ils peuvent le publier. Du concret, quoi.

— Pareil de mon côté. Personne ne veut rien savoir. C'est trop dangereux de publier un tel article. Mon éditeur dit que ça pourrait provoquer une guerre, au lieu d'arrêter celle qui se profile.

— Ils ont peut-être raison, dit-elle avant d'avaler une longue gorgée de bière, acidulée et forte, bien meilleure que celle, tiède et sans saveur, qu'on servait à Londres.

Elle sentit le liquide descendre dans son œsophage et eut soudain une révélation. Elle se redressa.

— Et alors ! On n'a qu'à obtenir cette preuve à l'aide de notre Herr Vortsch, non ? De gré ou de force !

Max demeura immobile : il la fixait en fronçant les sourcils.

— Tu sais que c'est notre seul moyen, à moins que tu ne veuilles t'introduire en douce dans la clinique pendant la nuit. Mais moi, je ne veux pas être attrapée par la Gestapo.

— Moi non plus. Mais je n'aime pas l'idée de…

— Comme je l'ai déjà dit, ce n'est pas toi qui décides. En plus, Kasper m'a répondu et il semble enthousiaste à l'idée d'un nouveau rendez-vous.

La réponse du soldat était arrivée une semaine auparavant. Il acceptait la proposition de Georgie, était désolé pour son retard et il lui devait « une très bonne soirée » pour s'excuser de son comportement lors de leur précédente rencontre.

Il lui avait préparé une « surprise ». Cette perspective était rapidement devenue une telle source d'angoisse qu'elle l'avait rangée dans un recoin de sa tête pour ne plus y penser. Elle fixa Max sans ciller, tout en finissant son verre.

— Allez, on a du boulot. Le moins qu'on puisse faire, c'est d'agir et de creuser le sujet Sachsenhausen. S'ils veulent du « concret », ils en auront.

— À vos ordres, capitaine. Tel est notre devoir.

Au bureau de Max, ils essayèrent de donner forme aux documents qu'ils possédaient. À partir de bribes de lettres de prisonniers, ils formèrent un ensemble narratif raconté par un individu : l'expérience d'un anonyme « en direct d'un camp de concentration nazi ». Ce n'était pas un mensonge, juste un moyen d'attirer l'attention de la presse et des lecteurs, de mettre les faits en lumière, de montrer ce qui se passait derrière les portes closes et les hauts murs du camp, derrière le bouclier nazi de la diplomatie. Les faits, durs, déchirants, étaient réels.

Henry tint parole. Il se battit pour que Georgie obtienne une demi-page dans le *Chronicle* pour publier ce scoop.

Les journalistes de l'Aldon étaient fiers. Rubin était plein de gratitude. Mais comme souvent, Georgie se demanda comment le monde réagirait. Est-ce que cet article ferait vraiment la différence ?

48

Un rendez-vous épicé

5 août 1939

La sueur mouillait sa nuque et coulait désagréablement dans son dos : Georgie était presque parvenue à se convaincre que c'était la chaleur étouffante de l'été qui la mettait dans un tel état. Presque. Toutes les fenêtres de l'appartement étaient ouvertes. On avait tiré les stores pour barrer les rayons du soleil implacable, mais on se serait tout de même cru dans un sauna. Georgie ôta la bonde de la baignoire remplie d'eau froide et se sécha vigoureusement pour essuyer sa transpiration, qui revenait au grand galop. C'était un mauvais coup du destin : cette insupportable chaleur et la soirée qui l'attendait. Comment pouvait-elle lutter contre ça ?

Vêtue de sa robe de coton la plus légère, elle s'allongea sur le canapé, prit un magazine pour s'occuper, mais ferma finalement les yeux. Les semaines précédentes, elle avait essayé de faire croire à Rubin et surtout à Max qu'elle n'appréhendait pas son rendez-vous avec Kasper. Mais plus il approchait, plus elle s'était sentie nerveuse. Elle avait refusé d'aller boire un verre à la Taverne à plusieurs reprises, préférant se plonger dans un roman de Dickens dont l'univers était à des années-lumière du Berlin dans lequel elle vivait, tout en pestant au sujet de ses problèmes personnels et du conflit mondial qui s'annonçait.

C'était le jour J et le plan, si on pouvait l'appeler ainsi, était en place. Max et Rubin la suivraient dans une voiture dont les plaques auraient été changées, jusqu'à son point de rendez-vous avec Kasper. Dieu seul savait où il l'emmenait. Georgie avait pour mission de faire boire Kasper plus que de raison et de l'inviter à l'appartement. Alors, elle orienterait la conversation sur son travail. En apparence, il n'y aurait personne dans l'appartement, mais Max serait dans la chambre de Frida, la plus proche du salon, et il écouterait la conversation.

— Attends, tu vas te tenir prêt à voler à mon secours, comme si j'étais une sorte de demoiselle en détresse ? s'était-elle écriée, mi-figue, mi-raisin.

Georgie ne se voyait pas de cette manière, mais quand elle songea à ce que pourrait faire Kasper, elle se sentit reconnaissante.

— Je ne t'ai jamais considérée comme une demoiselle ou une personne en détresse, lui avait-il répondu avec un sourire faible. Je veux juste que tout se passe bien.

— Alors espérons que j'ai puisé un peu de talent chez Margot. Ça t'évitera de lustrer ton armure pour la bataille.

Georgie enfila sa robe à 18 heures 30, une demi-heure avant l'arrivée de Kasper. Elle passa un bon moment devant le miroir, à se maquiller à la mode « anglaise » : pas trop de rouge à lèvres, cheveux légèrement ondulés, comme dans ce magazine que sa mère lui avait envoyé.

— Est-ce que ça ira ?

Elle gonfla les joues face à son reflet, espérant que le résultat serait probant. Elle ne parvenait pas à juguler son angoisse. Elle pria seulement pour que celle-ci disparaisse durant la soirée. *S'il vous plaît, faites que nous allions dans un lieu public.* Cette supplication ne cessait de résonner dans sa tête. Elle sursauta en entendant la sonnette, mais réalisa vite qu'il s'agissait en fait du téléphone.

— Tout va bien ? demanda Max d'une voix légèrement essoufflée.

— Oui. J'attends. Où es-tu ?

Elle paniqua soudain : que ferait-elle si Rubin et lui ne se trouvaient pas encore en bas de chez elle, comme prévu ?

— Je suis garé au coin de la rue, à trois minutes de l'appartement. Je voulais juste vérifier que tu allais bien.

— Ça va. Merci.

Il y eut un silence avant qu'il ne reprenne la parole.

— Et je voulais aussi te souhaiter bonne chance.

L'angoisse était sur le point de lui tordre le ventre, mais entendre la voix de Max l'apaisa, au moins durant quelques minutes. Minuscule répit.

— Merci, dit-elle.

Elle fit un effort désespéré pour détendre l'atmosphère :

— On se reverra au paradis ?

— Tu peux en être certaine.

Et il raccrocha. La peur la dévora quand on frappa à la porte. *Respire lentement, Georgie. Ne réfléchis pas trop. Agis.*

Kasper était tout sourire. La blancheur du gros bouquet de roses qu'il tenait à la main tranchait avec le gris sombre de son uniforme et le noir de ses bottes bien cirées. Il avait également avec lui une pochette en cuir, probablement remplie de papiers.

— Bonsoir, Fräulein Young, j'ai un petit quelque chose pour vous, dit-il en lui tendant les fleurs.

— Oh, elles sont magnifiques.

Elle lui sourit avant de l'entraîner vers le salon. *Je suis toujours sa rose anglaise.*

— Je vais les mettre dans un vase. Voulez-vous boire quelque chose ? Un Martini ?

— Non merci, dit-il en s'asseyant sur le bout du canapé, sa pochette serrée contre lui. J'ai la ferme intention de ne pas reproduire les mêmes erreurs. J'ai vraiment trop bu lors de notre dernier rendez-vous.

Il arborait une confiance en lui qu'il ne possédait pas avant. Il semblait avoir vieilli. Ou muri. Envolé, le regard enfantin. Sa mâchoire semblait plus large, tout comme son torse. Il avait gravi les échelons.

— Je ne sais pas, répondit-elle, paniquée à l'idée d'avoir affaire toute la soirée à un Kasper sobre. Vous vous êtes conduit comme un parfait gentleman. Et j'ai envie de boire un verre. Vous ne me laisseriez pas toute seule ?

— Peut-être pendant le dîner. On y va ?

Une voiture de l'état-major étincelante les attendait devant l'immeuble, et un portier, tiré à quatre épingles, leur ouvrit la portière. Chaque fois, le véhicule était plus récent et luxueux. Georgie aperçut du coin de l'œil la voiture de Rubin, plus loin dans la rue. Elle était à bout de nerfs, mais au moins, elle n'était pas seule. Ils se glissèrent sur la banquette arrière. Kasper se déplaça afin d'être plus proche d'elle. Il ne s'était jamais montré si familier auparavant.

— Ce soir, pas de tour en montgolfière ou d'excursion à la campagne, avec cette chaleur, non ?

Sa voix était séductrice, mais elle était à l'affut de tout renseignement lui indiquant leur destination. Kasper sourit, satisfait de son allusion à leurs précédents rendez-vous. Il se sentit peut-être encouragé par ses propos, puisqu'il posa la main sur sa cuisse tout en la regardant pour évaluer sa réaction. Elle rit brièvement et posa sa main sur la sienne. Elle sentit de la sueur, sur sa nuque, puis dans son dos, mais elle était glacée. Kasper bouillonnait d'enthousiasme tout en évoquant sa nouvelle fonction : second du major Schenk. Il lui raconta aussi combien il aimait voyager.

Elle hoqueta, les yeux grands ouverts.

— Vous êtes allé à l'étranger ? Dans de jolis endroits ?

Elle se souvint alors qu'il ne fallait pas surjouer. Ça ne collait pas avec l'image que Kasper avait d'elle. *Et tu n'es pas Mata Hari, ma fille !*

— Rien de trop exotique pour le moment. J'ai eu la chance de voir de beaux coins de campagne et j'ai fait quelques voyages dans les pays frontaliers.

Lesquels ? songea Georgie avec amertume. *Ceux qui ont récemment été envahis par les nazis, sur un coup de tête ?* Elle demeura souriante, son attention centrée sur Kasper. Jetant un regard par la vitre, elle constata qu'elle pouvait se repérer, puisqu'il ne faisait pas encore nuit. Ils longeaient le Tiergarten. Mais elle n'eut pas à se concentrer longtemps puisque le chauffeur se gara dans l'un des quartiers les plus élégants de Berlin, juste à côté de la Taverne.

— Ce n'est pas très original, mais je me demandais si tu accepterais que nous passions la soirée ici ? demanda Kasper en levant les yeux sur l'élégant bâtiment abritant l'hôtel Eden, qui ressemblait à la proue d'un paquebot au milieu de l'architecture austère environnante. J'ai une réunion tôt demain matin et nous ne pouvons donc pas nous éloigner ce soir.

Le plaisir qu'afficha Georgie n'était pas qu'une façade. L'Eden était l'un des hôtels les plus à la mode de Berlin, et elle n'avait jamais eu l'occasion ni les moyens de s'y rendre. Il était célèbre pour sa clientèle cosmopolite. Les mondains européens et les Américains fortunés appréciaient son orchestre et le bien nommé Bar américain. L'Eden était aussi connu pour son délicieux thé, servi l'après-midi dans une cour ombragée par des palmiers, traditionnellement suivi d'une partie de minigolf sur la terrasse. Comme le Resi, c'était un terrain de jeu pour les riches.

— C'est parfait, Kasper, dit Georgie en lui adressant un sourire rayonnant. Y a-t-il un orchestre ce soir ? Nous pourrons danser ?

Elle était soulagée. Ses prières avaient été entendues : l'Eden était un lieu public très fréquenté et ses cocktails étaient connus pour être particulièrement forts. Elle ne risquait pas de croiser un confrère. Tout irait comme sur des roulettes.

Kasper sortit du véhicule. Il serrait toujours sa pochette contre lui. Du coin de l'œil, Georgie aperçut Max et Rubin garés de l'autre côté de la rue. Elle prit le risque de leur sourire : elle allait bien. Elle s'attendait à ce que Kasper confie sa pochette au chauffeur, mais il la serra plus fermement dans sa main. Elle y jeta un œil prudent.

Il y a quelque chose là-dedans. Quelque chose que j'aimerais voir...

Kasper la conduisit à l'intérieur tête haute, torse bombé, paume posée fermement sur le dos de Georgie. Il était en représentation. Elle était son rendez-vous, sa prise aryenne, bien que non allemande. Et il était un homme d'importance. Elle le voyait à la façon dont il se tenait et dont il la conduisit jusqu'au Bar américain et au serveur, qui se précipita pour leur trouver une bonne table. Étrangement, Kasper gardait cette pochette contre lui. Il ne la quittait pas des yeux, refusant de la laisser aux vestiaires ou même dans le coffre-fort de l'hôtel.

La fumée des cigarettes, les accents… L'ambiance était animée. SS et haut gradés de la Wehrmacht étaient là en force. Oskar Joost[1] et son orchestre fournissaient un agréable fond sonore. Dehors, des véhicules militaires patrouillaient dans les rues et la méfiance infestait l'air, mais là, au sommet, à l'Eden, la vie semblait la même qu'auparavant. Avant de s'autoriser à se détendre, Georgie scruta les lieux pour vérifier qu'elle ne connaissait personne. Heureusement, ses proches étaient trop pauvres pour fréquenter un tel endroit. Ce n'était pas le cas de Kasper… Avant qu'ils ne gagnent leur table, il salua des gens, serra des mains et la présenta.

— Fräulein Young, d'Angleterre.

La pochette était glissée sous son bras, mais sa main ne lâchait pas Georgie. Le message était clair : « Elle m'appartient. Ma fervente petite Anglaise. »

Ils étaient sur le point de s'arrêter à une cinquième table quand Georgie l'aperçut, sortant des toilettes et tirant sur ses manchettes. Elle connaissait bien son visage, désormais… Sa barbe bien taillée et ses lunettes rondes… Le docteur Graf. Il leva la tête et regarda dans la direction de Kasper. Il le reconnut, sourit, puis fit mine de se diriger vers eux. En un éclair, Georgie détourna la tête, se dégagea de l'étreinte de Kasper et lui souffla à l'oreille :

— Puis-je vous laisser quelques instants ? J'aimerais aller aux toilettes.

— Bien sûr, répondit-il.

Parcourir la salle lui parut interminable. Son cœur remontait dans sa gorge et elle faillit trébucher sur un sac à main. Elle rougit, consciente d'attirer l'attention.

1 Musicien et chef d'orchestre, membre du parti nazi. (N.D.E.)

Est-ce qu'il m'a reconnue ? Peut-être qu'il a oublié Hanna Seidel... Non, elle ne pouvait pas compter là-dessus. Le docteur Graf était médecin, il avait forcément bonne mémoire.

En revenant des toilettes, elle traîna dans le couloir qui faisait face au bar et jeta un œil dans le miroir. Coup de chance : le docteur Graf saluait chaleureusement Kasper et se dirigeait vers la sortie. Elle soupira, envahie par le soulagement.

Kasper était installé à leur table quand elle le rejoignit. Il regardait le menu. L'ambiance était enjouée et ce ne fut pas difficile de le persuader de boire un apéritif, puis du vin en dînant. Quant à Georgie, elle surveillait sa consommation d'alcool. Quand il alla aux toilettes (emportant sa précieuse pochette avec lui), elle versa son verre dans le sien et se servit de l'eau.

Comme au Resi, la conversation fut facile. Ils parlèrent avec bonne humeur des sports qu'on pratiquait en Allemagne et en Angleterre, et Kasper lui raconta ce qu'il savait au sujet des gens qui les entouraient : ceux qui étaient considérés comme des amis de l'Allemagne et ceux qui ne le seraient plus dans peu de temps. Georgie riait quand il le fallait, mais ne se prononçait pas, se contentant de faire croire à Kasper qu'elle approuvait tout ce qu'il disait. Il était d'ailleurs une mine d'informations, mais ne révélait pas ses sources. Il avait des amis à la Gestapo, ça ne faisait aucun doute. Certains d'entre eux étaient probablement juste à côté, en train de taper du pied en rythme avec la musique.

Kasper se pencha vers elle, d'un air de conspirateur. Elle sentit son haleine chargée d'alcool caresser sa joue. On y était, il allait le lui demander. Où se trouvait son allégeance, de quel côté elle était et ce qu'elle pensait du Führer. Adorait-elle cet homme exceptionnel, comme la respectable Miss Mitford ? Comment diable pouvait-elle éviter cette discussion ?

Elle se trompait : il la questionna seulement sur sa famille. Elle passa donc dix bonnes minutes à lui resservir les souvenirs qu'elle lui avait déjà racontés lors de leur premier rendez-vous à Grunewald, qui paraissait si lointain. Elle travailla les détails de son histoire de famille : petite aristocratie, basée dans les Cotswolds et la campagne écossaise. En réalité, elle n'était allée en Écosse qu'une fois, en vacances. Elle lui raconta son besoin impérieux de tout quitter pour se découvrir et écrire. Pour la première fois, il lui posa des questions au sujet de son métier. Prise de court, elle inventa une romance dans laquelle un homme séduisait une jeune fille, trop contente d'être séduite. Effet du vin – ils en étaient à leur deuxième bouteille – ou de ses talents de persuasion, Kasper semblait fasciné par ce qu'elle racontait. Au point qu'elle dut inventer une branche de la famille, se créer de toutes pièces une tante excentrique à Paris et lui révéler les rebondissements de son roman.

— Et si nous dansions ? se hasarda-t-elle, à court d'idées.

Elle le testait. Que ferait-il de sa pochette ? À quel point était-il ivre ? La pochette resta sur la table, mais Kasper avait ordonné à un serveur de ne pas la lâcher des yeux. Il dansait, mais ses yeux ne cessaient de se poser sur la table, dès qu'il en avait l'occasion. Saoul ou pas, Kasper Vortsch surveillait cette pochette. Donc, il n'était pas assez ivre. Elle devait encore insister. *En avant, Mata Hari !* Il but un cocktail, elle sirota le sien. Et ce fut elle, cette fois, qui se pencha vers lui, si près qu'elle sentit son eau de Cologne.

— Que diriez-vous de rentrer chez moi et de boire un dernier verre ?

Son ton était suggestif, sous-entendant qu'il aurait tout ce qu'il désirait, même si ça la rendait malade. Elle songea à Margot Moller et à tous les sacrifices qu'elle avait dû faire.

— Ce sera un café pour moi. Souvenez-vous, j'ai cette réunion importante demain matin.

Elle s'effondra intérieurement, mais se força à afficher un sourire triomphant.

— Un café, entendu. Allons-y.

Ils attendirent quelques instants la voiture. Kasper lui tenait le bras et se penchait sur elle à la fois pour l'enlacer, mais aussi pour se rincer l'œil. Ses yeux, autrefois séduisants, erraient sur elle paresseusement, de haut en bas, sur sa robe puis sur les rondeurs de sa poitrine. Georgie, nerveuse, plissa les yeux pour y voir dans l'obscurité, à l'endroit où Rubin était garé. Elle leva la main et glissa une mèche de cheveux derrière son oreille : c'était le signal qui signifiait qu'ils rentraient chez Frida. Rubin alluma les phares et démarra.

Sur le trajet du retour, Kasper se calma : il étouffa un bâillement et posa la main sur sa cuisse. Son débit de paroles ralentissait. Il avait beaucoup bu et ils n'échangèrent que des banalités. Sa paume ne quittait pas sa chair et sa tête commençait à tomber sur l'épaule de Georgie. Et toujours cette pochette, en sécurité sous sa cuisse…

Quand ils arrivèrent, elle repéra la voiture de Rubin qui s'était déjà garé. Kasper fut réveillé par l'arrêt soudain de leur propre véhicule et pendant une minute, Georgie se demanda s'il n'allait pas refuser de monter avec elle. Ce serait un désastre et tout ça n'aurait servi qu'à mettre ses nerfs déjà fragiles à l'épreuve et à écouter le bavardage des nazis. Il devait la suivre : elle n'avait pas d'autre choix que de se montrer encore plus séductrice.

— Allez, je ne suis pas encore assez fatiguée pour me coucher, lui dit-elle d'un ton taquin, touchant le col de sa chemise et caressant sa mâchoire. Je voudrais une dernière danse. Juste vous et moi. S'il vous plaît, Kasper. Qu'en pensez-vous ?

Elle se força à adopter un ton plaintif et enfantin. Son visage n'était qu'à quelques centimètres du sien.

Ça fonctionna. Les bonnes manières de Kasper reprirent le dessus malgré son épuisement. Il prit soin de prendre sa pochette et sortit de la voiture après avoir renvoyé son chauffeur. Georgie sentit la présence silencieuse de Max à la minute où elle entra dans l'appartement et elle conduisit Kasper dans le salon de manière plutôt bruyante. Il se laissa tomber sur le canapé, plaçant de nouveau la pochette sous sa cuisse. La porte de la chambre de Frida était fermée et, en passant devant, Georgie dit à l'adresse de Kasper :

— Je vais préparer du café. Ne vous rendormez pas !

S'il vous plaît, faites qu'il s'endorme sur moi. Dans un sommeil très, très profond. S'il vous plaît.

Kasper gémit légèrement. Sur la table de la cuisine se trouvait du café, prêt à être réchauffé, ainsi qu'une bouteille de brandy et une petite enveloppe. À l'intérieur, deux pilules blanches et un mot de Max :

En cas d'urgence. Somnifères.

Dieu tout-puissant ! Suggérait-il de droguer Kasper, un officier nazi en pleine ascension, proche d'Himmler et probablement d'Hitler ? Peut-être que Max avait songé qu'il se montrerait un peu trop entreprenant et qu'elle aurait besoin de calmer ses ardeurs.

— Faites le mien corsé et savoureux ! lança Kasper dont la voix retentit dans le couloir.

Il se remettait de son ébriété et s'animait à la perspective d'un flirt un peu plus poussé. Les pensées de

Georgie s'emballèrent. Pouvait-elle éviter de lui donner des somnifères ? Il prendrait du brandy avec son café, c'était certain… Elle devait les utiliser. Elle versa le café, en s'assurant de mettre sa tasse hors de portée de Kasper, et mit les deux comprimés dans la sienne. Elle mélangea et la culpabilité l'envahit. *Georgie, qu'est-ce que tu fais ?*

Kasper était trop heureux de boire ce café, qui repousserait sa fatigue. Quant à Georgie, elle cachait son angoisse du mieux qu'elle le pouvait.

— Alors, cette danse ?

Sa bouche entrouverte semblait affamée. Il avait envie d'aller plus loin. Il l'avait invitée à dîner et lui avait offert à boire. Georgie avait voulu qu'il monte boire un dernier verre. Elle avait même insisté. En bon soldat du Reich, il s'attendait à obtenir ce qu'il voulait.

— Bien sûr.

Elle mit un disque et il se leva en chancelant très légèrement. Mon Dieu, combien de temps cela prendrait-il ? N'ayant jamais pris de somnifères, elle ignorait si ce médicament était fort et en combien de temps il agissait. Elle était épuisée de donner le change. Et cette pochette, toujours là… Contenait-elle des informations importantes ? En tout cas, une chose était certaine : Kasper y tenait.

Ils dansèrent. Leurs corps étaient proches l'un de l'autre – bien trop proches à son goût –, et les mains de Kasper se firent baladeuses. Elle était si mal à l'aise que sa peau la picotait. Elle était certaine qu'il finirait par sentir son cœur battre la chamade dans sa poitrine. Elle hurlait silencieusement. Rien ne fonctionnait comme prévu. Après quelques minutes, il ralentit le rythme et son corps s'appuya lourdement contre elle.

— Kasper ? demanda-t-elle doucement. Tout va bien ?

— Oui…

Il bafouillait. Sa tête s'appuya contre sa joue juste une seconde avant qu'il ne tombe sur elle. Elle dut le soulever et le tirer jusqu'au canapé. Ses paupières étaient entrouvertes, et ses iris troublants la fixaient, mais ils étaient vides d'expression.

— Kasper, Kasper…

Elle tapota sa joue pour être certaine qu'il dormait puis saisit sa main, qu'elle souleva puis relâcha. La main retomba lourdement sur ses genoux. Il dormait à poings fermés. Mais pour combien de temps ? Georgie ramassa la pochette et courut presque jusqu'à la chambre de Frida. Max sursauta quand elle entra.

— Qu'est-ce qui se passe ? Quelque chose ne va pas ?

— Il est endormi, totalement inconscient, mais je ne sais pas pour combien de temps. Tu le sais, toi ?

— Non. C'est un ami qui m'a donné ces somnifères, mais il ne l'a pas précisé.

Elle le fusilla du regard. C'était une information cruciale ! Lui qui d'habitude vérifiait tout dans les moindres détails ! Mais ce n'était pas le moment de lui faire des reproches. Georgie, paniquée, était à court de souffle, même si les ronflements de Kasper étaient rassurants.

— Il a eu cette pochette quasiment collée à lui toute la soirée. Nous devons regarder ce qu'il y a dedans, et vite. Tu t'en occupes ; moi, je surveille.

Max sortit une vingtaine de feuilles : certaines étaient dactylographiées et portaient l'en-tête du Reich ; d'autres étaient écrites à la main : il s'agissait de rangées de numéros et de lettres. On aurait dit des listes ou des notes qui attendaient d'être classées.

— Il y a trop de choses : je n'ai pas le temps de prendre des notes et je ne retiendrai pas tout.

— Alors qu'est-ce qu'on fait ?

Ils avaient la chance d'avoir accès aux documents de Kasper et Georgie ne pouvait pas les lui rendre sans avoir tout lu attentivement. Pas après tous les risques qu'ils avaient pris. Max était silencieux : il réfléchissait furieusement. Soudain, son regard s'éclaira.

— Simone a un petit appareil photo dans sa chambre. Elle a mis une pellicule il y a quelques jours. Je l'ai vue faire. C'est dans le tiroir de sa table de chevet. Tu peux le rapporter ?

Georgie sortit dans le couloir et jeta un œil à Kasper, qui dormait comme un loir. Elle accomplit sa mission et fut de retour dans la chambre de Frida en moins d'une minute. Max posa une lampe de chevet par terre et disposa les feuilles autour.

— Je ne suis pas photographe, alors il y a juste à espérer que ça marchera, murmura-t-il, alors que le bruit de l'obturateur résonnait à chaque cliché qu'il prenait.

Cela prit moins de dix minutes, mais pour Georgie, ce fut une éternité. Sa bouche était sèche, elle avait mal à la tête. Effet de l'alcool et de l'adrénaline. Elle aurait voulu être ailleurs : à la Taverne, avec tous les autres, ou mieux, à l'Aldon, au bar, en compagnie de Rod, Bill et Max qui la taquinerait, un verre de bière à la main. Max était près d'elle, oui. Mais en train de commettre un délit. Il volait ; ou espionnait. Peut-être les deux à la fois ? Et elle était sa complice. Elle ! Une fille toute simple des Cotswolds.

— C'est bon, annonça-t-il enfin en rangeant les feuilles dans leur pochette.

Georgie sortit de la chambre sur la pointe des pieds et replaça la pochette auprès de Kasper avec des gestes précautionneux. Sa tête reposait sur sa poitrine ; ses yeux étaient fermés. Dieu merci, il était plongé dans un profond sommeil. Elle se rendit de nouveau dans la chambre de Frida.

— Qu'est-ce que je fais maintenant ? chuchota-t-elle d'un ton pressant. Je ne veux pas qu'il passe la nuit sur le canapé.

— Laissons-le dormir, non ?

— Non ! Frida va peut-être rentrer. Tu la connais ! Elle verra qu'il y a anguille sous roche ! En plus, il n'est pas censé avoir pris des somnifères. Quand on tombe de fatigue comme ça, c'est qu'on est malade. Ça paraîtra plus convaincant si on appelle quelqu'un.

Max acquiesça.

— Fouille ses poches et regarde s'il n'y a pas le numéro de sa caserne ou de son chauffeur.

Kasper sursauta légèrement et gémit au moment où Georgie s'exécuta avec discrétion. Dans sa poche de veston se trouvait un petit carnet contenant une liste de noms et de numéros de téléphone. Georgie reconnut le prénom du chauffeur : Hans. Elle était tentée de donner le carnet à Max pour qu'il le recopie, mais Kasper commença à marmonner dans son sommeil. Elle ne devait pas jouer avec le feu.

La voix qui lui répondit était austère et militaire.

— Nous envoyons tout de suite une voiture, lui répondit-on, comme si c'était habituel.

Le jeune chauffeur resta imperturbable en entrant dans la pièce. Il adressa un regard significatif à Georgie : récupérer des officiers saouls, particulièrement des SS, était une habitude.

— Il est peut-être malade : il est tombé d'un coup. Peut-être qu'il a besoin de voir un docteur.

Le chauffeur sembla dubitatif. Il déplaça doucement Kasper et grimaça quand il sentit son haleine chargée d'alcool. Il le porta de tout son poids.

— Merci, Fräulein. Je vais m'assurer qu'on s'occupe de lui.

Quand ils eurent disparu, Georgie ferma la porte. Elle s'adossa contre le montant en bois frais et se laissa glisser au sol. Elle soupira longuement et son corps sembla se détendre totalement. Elle se sentait salie à cause de la sueur qui avait séché sur sa peau, mais aussi salie moralement. Elle mourait d'envie de prendre un bain. Pourtant, elle n'en avait pas l'énergie. Elle n'envisageait même pas de ramper jusqu'au salon. Elle entendit la porte de la chambre de Frida s'ouvrir doucement et Max apparut devant elle. Il regardait autour de lui.

— C'est bon, ils sont partis, croassa-t-elle.

Il la rejoignit rapidement, le visage inondé d'inquiétude.

— Georgie ? Qu'est-ce qu'il y a ?

Elle se força à esquisser un petit sourire.

— Rien qu'une grosse tranche de strudel ne puisse arranger.

Il était minuit, mais Georgie avait bu beaucoup de café : elle était parfaitement éveillée. Quant à Max, l'adrénaline l'avait transformé en pile électrique. Ils ne mangèrent pas de strudel, mais Max prépara du bacon et des œufs. Ça les rendit nostalgiques. C'était comme en Angleterre, à l'université, quand ils jouaient aux noctambules : on se requinquait à coup de nourriture frite.

Frida rentra et alla directement se coucher, non sans leur jeter un regard curieux. Mais elle était trop ivre ou trop épuisée pour leur poser des questions. Georgie devrait repousser ses assauts plus tard. Avec Max, ils se repassèrent la soirée.

— Qu'est-ce qu'on a fait ? lança-t-elle.

Tout lui semblait incroyable.

— Peut-être du bon boulot. On ne le saura pas avant d'avoir développé ces photos.

— Non. Je veux dire : qu'est-ce qu'on a fait pour obtenir ces clichés ? Je suis à peu près certaine de ne pas avoir appris ce genre de méthode en formation.

Cette remarque eut le mérite de les faire rire.

— On a flirté avec l'illégalité !

— Oh, mon Dieu ! Et si Henry l'apprend ?

— Soit il te renverra, soit il t'offrira une promotion. Je suis certain que nous ne sommes pas les premiers à dépasser les limites.

— Mais c'est la première fois pour moi, gémit-elle.

— Alors félicitations ! Il y en aura sûrement bien d'autres. En plus, ce ne sont pas des gens bien et nous sommes en guerre.

— Pas encore.

Il fronça les sourcils d'un air entendu.

— Elias est en guerre. Rubin, Sara et tout leur voisinage aussi. Chaque jour. C'est la raison pour laquelle on a fait tout ça. Tu le sais, Georgie.

Elle hocha la tête avec lassitude.

— Alors espérons que ça nous donnera des munitions. Pour le bien de tous.

49

Une fâcheuse découverte

9 août 1939

Si, la veille, Georgie avait été inquiète des répercussions de la soirée, elle ne l'était plus le lendemain, d'autant que Kasper lui adressa un mot, ainsi qu'un bouquet de fleurs. Il s'agissait de lys blancs. Elle essaya d'ignorer qu'on en envoyait souvent pour les funérailles.

Chère Georgie,

Je m'excuse sincèrement de ne pas m'être conduit comme un gentleman, et ce pour la deuxième fois. Je pense que j'ai mangé ou bu quelque chose qui m'a rendu malade. Mais je n'ai aucune excuse, et je vous remercie d'avoir appelé quelqu'un pour m'aider. Je vais bien, maintenant, grâce à vous. Si votre indulgence le permet, j'aimerais danser avec vous à nouveau. Malheureusement, je serai en déplacement quelques semaines pour affaires. Mais je vous contacterai dès mon retour, en espérant vous revoir.
À vous pour toujours,
Kasper (protecteur du Reich... et non de ses bonnes manières !)

Georgie jeta le mot, bien décidée à ne pas donner suite. Quelques minutes plus tard, elle le sortit de la poubelle pour le brûler au-dessus d'un cendrier. Toujours cette paranoïa, en arrière-fond… Max et elle durent attendre les clichés. C'était trop risqué de les faire développer par un professionnel. Un ami allemand de Max, photographe amateur, anti-nazis notoire, s'en occupait. Il avait dit que ça prendrait quelques jours. L'attente aurait été insupportable s'ils n'avaient pas eu autant de travail. Ils sillonnèrent tous les deux l'Allemagne pour prendre le pouls de la situation, puisque la tension montait entre l'Allemagne, la France et la Grande-Bretagne.

Rubin n'était pas vraiment au courant de ce qui s'était passé à l'appartement et ils n'en avaient pas parlé. Georgie se sentait coupable de trahir sa confiance, mais elle se disait que ça ne ferait pas avancer les choses pour Elias. C'était son excuse. De toute façon, Rubin était silencieux et préoccupé, comme n'importe qui, en voyant sa ville et son pays sombrer dans la guerre.

Max et Georgie se retrouvèrent dans un petit café à Charlottenburg[1]. Heureusement, les nazis ne le fréquentaient pas. Ils firent comme s'ils étaient en couple et échangeaient des mots doux. Personne n'aurait pu deviner de quoi ils parlaient, surtout dans le brouhaha ambiant.

— Ton allemand s'est nettement amélioré, dit Georgie avec un sourire taquin.

— Tu es tellement cruelle ! répondit-il d'un air digne. Je te signale que l'autre nuit, j'ai commandé un repas entier et la serveuse ne m'a pas fait répéter.

— Tu montrais les plats sur le menu en même temps, non ?

Il fronça les sourcils avec bonne humeur.

1 Un quartier de Berlin. (N.D.E.)

— Arrogante, Georgie Young, voilà ce que tu es ! Attends qu'on aille à Paris. Tu seras épatée en m'entendant parler français.

— Ah bon ? On va à Paris ?

Elle s'amusait. Un instant, elle fut d'humeur légère, même si elle entendait des soldats approcher dans la rue. Les conversations auraient pu s'arrêter alors que le bruit des bottes sur le pavé était de plus en plus fort, mais non : au contraire, on parla plus fort. Les gens s'étaient habitués au son de la guerre.

Max baissa la tête avant de reprendre la parole.

— Quand je serai expulsé pour avoir commis un crime contre le Reich, je ne compte pas regagner Londres : c'est trop dépassé, trop triste.

Il leva brusquement les yeux pour regarder un vieux monsieur qui venait d'entrer. L'homme trébucha sur la chaise de Max, murmura une excuse et se traîna jusqu'au bar.

— Une autre tasse ? proposa Max avant de se lever.

Il salua l'homme et échangea deux ou trois mots avec lui, comme le feraient des étrangers. Puis Max, armé des boissons, revint les déposer sur la table avant de disparaître aux toilettes. Une minute après, l'homme le suivait. Les clients n'avaient rien remarqué alors que Georgie observait la scène, incrédule. On se serait cru dans un film d'espionnage. Tout ça aurait intéressé la Gestapo. Elle était mal à l'aise et étrangement excitée, et songea qu'elle ne ferait jamais carrière dans l'espionnage : c'était trop épuisant.

Max revint rapidement. Durant une quinzaine de minutes, ils poursuivirent leur prétendu tête-à-tête amoureux, savourant leur boisson et se souriant.

— Et si on allait dîner ? proposa Max.

Ils sortirent. Le soleil de cette fin d'après-midi les éclairait. Il lui tendit la main pour que leur couverture soit parfaite. Il semblait plus confiant qu'elle, mais sa main était aussi moite que la sienne, et pas seulement à cause de la chaleur. Pourtant, quand leurs doigts s'entrelacèrent, Georgie fut surprise de ne pas trouver ce contact étrange ou inconfortable. Et sans qu'elle ne puisse comprendre pourquoi, son cœur battit plus fort dans sa poitrine.

— On rentre chez moi ? dit-il en la poussant légèrement par l'épaule.

Il devait transporter l'enveloppe dans la poche intérieure de sa veste. Même s'il faisait chaud, et que pas mal d'hommes étaient en chemise, d'autres gardaient leur veste. Max ne se faisait donc pas remarquer. Il transpirait. Il bougea de sorte que l'enveloppe ne soit pas visible. Elle le sentait dans la pression de ses doigts alors qu'il essayait de prendre l'air insouciant.

Ils prirent le tram pour se rendre à son appartement, dans le quartier de Wilmersdorf, mais descendirent quand ils sentirent qu'un usager les regardait de manière trop appuyée. Par sécurité, ils firent un détour par un petit parc tout en vérifiant qu'on ne les suivait pas. Georgie n'était jamais allée chez Max : il vivait dans une grande résidence sans prétention. L'entrée donnait sur une cour pleine de végétation brûlée par le soleil de l'été. Ils gravirent un escalier menant au deuxième étage. Même si le bâtiment était vaste, ils ne croisèrent pas grand monde, juste une vieille dame qui apparut sur le palier, en face, un chat tournoyant autour de ses chevilles.

— Bonsoir, Frau Sommer, la salua Max avec son sourire le plus charmeur.

— Bonsoir, répondit-elle en levant les yeux vers lui pour ensuite froncer les sourcils en apercevant Georgie.

Était-elle surprise de voir une femme ou de ne pas avoir affaire à Simone ? Le chat miaula. Frau Sommer le fit rentrer et le suivit sans leur accorder un regard de plus.

— Elle va bien ? souffla Georgie.

— Je pense. Elle se plaint sans cesse des nazis d'après ce que j'ai compris, même si elle parle trop vite pour moi. Souvent, je souris, j'acquiesce et je parle de la pluie et du beau temps, quand elle s'y met.

Max regarda à droite et à gauche puis se figea avant de glisser la clé dans la serrure. Mais il n'ouvrit pas. Il caressa le montant de la porte, comme pour chercher quelque chose. C'était un fil à coudre fixé en haut de la porte. Soulagé de voir qu'il était en place, il ouvrit.

— Tu attends de la visite ? demanda Georgie.

Peut-être qu'elle n'était pas assez prudente. Devait-elle prendre exemple sur Max ?

— On ne doit jamais sous-estimer ces gentils gars de la Gestapo. Surtout après ce qui est arrivé à Rod.

Elle n'imaginait pas comme ça un appartement de célibataire. Il était spacieux et très ordonné. Dans le salon, pas de miettes au sol, ni de chemises jetées sur les chaises. Pas de cendriers pleins comme chez Frida. Il faisait très chaud, mais ça sentait bon. Elle se demanda combien de fois Simone était venue et se mit à chercher des signes de sa présence. Un reste de parfum, peut-être ? *Arrête ça tout de suite !*

— La parfaite garçonnière, dit-elle. Est-ce que tu aimes vivre seul ?

— J'adore ça. Après avoir partagé un dortoir avec vingt camarades, puis une chambre à l'université, je suis un solitaire parfaitement heureux.

Malgré la chaleur, il tira les rideaux et n'ouvrit pas les fenêtres. On se serait cru dans un four. Il enleva sa veste. Sa chemise était tachée de sueur. Il gonfla ses joues en soupirant de soulagement, puis posa une grande enveloppe sur la table basse.

— Nous y voilà, dit-il d'un ton déterminé.

Il y avait dix photos. La qualité n'était pas bonne et, par endroits, on voyait mal ce qui était écrit.

— Ici, on a une lettre écrite par le major Schenk à l'adresse du docteur Graf, ajouta-t-il. C'est un peu difficile à déchiffrer, mais on dirait qu'il parle de concrétiser leur « initiative », dans peu de temps, à Sachsenhausen.

Il regarda Georgie, atterré. Aucun d'eux n'était assez naïf pour croire que le docteur Graf souhaitait améliorer les soins médicaux des détenus. Sa spécialité, c'était autre chose… Paul avait vraiment mis le doigt sur quelque chose d'énorme.

— J'ai aussi une liste de noms, poursuivit Max. Avec des codes qui les accompagnent : un A ou un D. Ça veut dire quoi, à ton avis ?

— J'ai la même chose sous les yeux. Et certaines sont écrites par Kasper.

Quiconque apparaissait sur les listes devait s'inquiéter, de toute façon. Elle avait sous les yeux la preuve de l'implication de Kasper dans les décisions peu recommandables du Reich. Il était un disciple : c'était écrit noir sur blanc.

— D'après ce que je vois, il n'y a que des noms juifs.

Elle réfléchit et en arriva à cette conclusion peu réjouissante :

— Tu ne penses pas que D signifie déportation et A arrestation ?

Max leva les yeux sur elle, soudain livides.

— Quoi ? Max ? Qu'est-ce que tu as trouvé ?

Il poussa un long soupir. Quand il prit la parole, sa voix n'était qu'un filet.

— J'espère vraiment que tu as tort, George. Sinon, ça veut dire qu'on s'est mis dans un beau pétrin.

— Regarde ! C'est écrit noir sur blanc, dit Max d'un ton pressant. Tu ne peux pas le nier. On doit agir, et rapidement.

Il gonfla ses joues en signe d'impatience, tout en sautillant sur place.

Ils avaient pris un taxi pour se rendre chez les Amsel. Rubin était seul à la maison. Il était dans le déni, même si ses mains avaient tremblé quand il avait tenu entre ses doigts une feuille de papier sur laquelle son nom apparaissait, juste à côté de celui de son beau-frère. Tout comme celui de sa femme. La lettre A signifiait que les Amsel ne pourraient quitter tranquillement le pays. Les Amsel devaient fuir s'ils voulaient éviter l'arrestation. Et rapidement.

— Comment je vais l'annoncer à Sara et la persuader de quitter Elias et notre maison ?

Le visage ridé de Rubin se plissa d'angoisse.

— Vous êtes sûrs de la signification des lettres ?

Exaspéré, Max partit dans la cuisine, mais Georgie garda son calme : elle devait se montrer persuasive.

— Tu veux vraiment prendre ce risque ? On a raison, c'est quasiment certain. Le fait que vous soyez sur cette liste, qu'ils vous aient à l'œil, ce n'est pas une bonne nouvelle. Tu le sais, Rubin. Ils sont déjà venus pour Elias.

Elle agrippa sa main, et ses doigts épais serrèrent les siens, comme pour se rassurer, comme pour qu'elle lui dise que son monde ne venait pas de s'effondrer. Encore une fois.

Georgie savait que l'année précédente, Rubin avait vu des familles déchirées. Des voisins qu'ils connaissaient depuis très longtemps. Il n'avait pas besoin qu'elle lui rappelle les chiffres qu'elle avait donnés dans son dernier article : 24 000 Juifs auraient été déportés ou enfermés dans des camps de concentration. Il pouvait s'imaginer la scène : Sara et lui emmenés loin de chez eux, séparés, peut-être pour l'éternité. Mais il imaginait Sara forcée de quitter son frère. Que fallait-il privilégier ? Leur propre survie ou son lien fraternel ? Quel que soit son choix, ce serait insupportable. Pour lui. Pour eux deux. Encore une fois.

— Dans combien de temps nous devons partir ? demanda Rubin, vaincu.

Impossible de le savoir. Peut-être que Kasper avait ces listes depuis longtemps. Quelques-unes dataient de la semaine précédente. On ne pouvait savoir quand la vague d'arrestations débuterait, mais vu l'ambiance en ville et la menace de la guerre, de plus en plus pressante, Max et Georgie ne voulaient pas laisser traîner les choses. Chaque jour, le danger était plus fort et chaque jour, Sara et Rubin pouvaient se trouver en ligne de mire. Il y avait beaucoup de garde-frontières dans les principales gares berlinoises. Circuler devenait difficile. Ils vérifiaient chaque passeport, chaque carte d'identité.

— Je connais quelqu'un qui pourrait nous faire des faux papiers. On économise pour ça depuis un bon moment. Mais ça prendra quelques jours au minimum.

— Vous ne pouvez pas rester ici. On ne sait jamais, dit Max. Sara et toi pouvez prendre mon appartement. Un journaliste du *Times* est absent pour quelques jours et il m'a donné les clés de chez lui. J'y dormirai.

— Ce soir, on prendra le risque, dit Rubin d'une voix calme.

Il était implacable.

— Sara est chez une voisine. Je lui annoncerai moi-même quand elle rentrera. On a besoin de passer une dernière nuit chez nous.

Max et Georgie quittèrent Rubin, légèrement soulagés : il avait accepté de partir. Une nuit, et ils quitteraient leur maison pour se mettre en sécurité chez Max. Dans les jours qui suivraient, le nécessaire serait fait pour qu'ils puissent fuir.

— Je ne sais pas toi, mais moi, je meurs de faim, lança Max. Avec tout ça, on n'a pas dîné. Je ne veux qu'une chose : un bon plat de pâtes préparé par Frau Lehmann. Et parler de tout et de rien, tranquillement.

Il était 22 heures. Georgie était épuisée en songeant à la journée de travail acharné qui les attendait le lendemain. Mais comme Max, elle était trop agitée pour pouvoir rentrer à la maison et dormir.

La table des journalistes était presque pleine. Plus il se passait de choses, plus les journalistes avaient besoin de recharger leurs batteries et de se retrouver entre eux, autour d'un bon repas, pour réfléchir aux événements et à la manière dont tournait le monde. Fait inhabituel, Sam Blundon était présent : il accompagnait l'un des journalistes et fut ravi de les voir. Georgie lui rapporta leur dernière découverte sans entrer dans les détails. Il serra les lèvres et, sans se départir de son sens de la diplomatie, murmura :

— Faites en sorte qu'ils quittent le pays si vous le pouvez. Aussi vite que possible. L'étau se resserre.

Il ne pouvait en dire plus, mais à sa manière de lever les sourcils, Georgie comprit que c'était urgent.

Comme d'habitude, la conversation porta sur les offensives continuelles d'Hitler en Pologne et les conséquences pour les Berlinois. Ici, on avait peur ; là, on criait victoire. Ils évoquèrent aussi les correspondants à Varsovie, à qui on avait distribué des masques à gaz.

Les journaux anglais faisaient des conjectures, mais les politiciens n'avançaient guère. Seul Hitler semblait prêt à l'attaque, comme un serpent attendant sa proie.

Trente minutes plus tard, Bill fit son apparition, le visage aussi rouge que ses cheveux. Il lança sur la table un exemplaire de son journal avant d'annoncer :

— J'ai le scoop du jour, les gars ! Voilà, on y est. J'ai la preuve indiscutable qu'on est bientôt en guerre.

Des visages affolés se levèrent vers lui.

— Qu'est-ce que tu as déterré, nom de Dieu ? lança-t-on. Est-ce qu'Hitler avance encore ?

— Hitler ?! souffla Bill, le visage sérieux. Non, je ne parle pas de lui. Même si c'est lui le responsable de ce putain de rationnement. Non, c'est pire que ça : il n'y a plus d'oranges à l'Aldon. Pas une seule orange dans tout l'Aldon ! Ce n'est pas possible, si ? Eh bien si. C'est la guerre.

50

Le départ

10 août 1939

Les heures auraient pu passer lentement jusqu'au départ de Sara et de Rubin, s'il n'y avait pas eu autant de travail : c'était un va-et-vient constant, de la chancellerie à l'ambassade. Les journalistes devaient récolter les commentaires des ambassadeurs et des porte-parole du Reich : il s'agissait de Bauer ou de pseudo-sources qui faisaient circuler des bruits de couloir soigneusement préparés par Goebbels.

C'était la fin de l'après-midi et Georgie était au bureau. Elle avait l'impression de devoir démêler un sac de nœuds pour trouver une vérité qui n'existait pas. Malgré ce qu'on clamait haut et fort, le langage corporel, les expressions faciales des uns et des autres ainsi que le pessimisme général soulignaient l'inévitable : les journalistes anglais et américains seraient bientôt dans le « camp adverse ». Celui des ennemis.

La chaleur implacable obligeait Georgie à laisser les fenêtres ouvertes. Le grondement constant des engins militaires et le claquement des bottes des soldats qui défilaient en troupes dans les rues principales donnaient l'impression que Berlin changeait.

Enfin, la nuit tomba, offrant sa protection à Rubin et à Sara. Ils n'emportèrent pas grand-chose. Ils glissèrent hors de leur immeuble, chacun avec une valise. Leur vie s'était réduite à ça. Georgie eut mal au cœur pour Sara, forcée d'abandonner ses souvenirs de famille, laissant de côté des objets de valeur sentimentale pour en emporter d'autres, ayant plus de valeur, qu'ils pourraient échanger pour quitter le pays. Elle avait l'air pâle et défaite quand elle s'installa sur la banquette arrière de la voiture, mais les remercia immédiatement. « Merci » d'avoir été arrachée à tout ce qui leur appartenait de droit, à Rubin et elle, en tant qu'Allemands. Sur le trajet, ils furent tous envahis par le même sentiment d'injustice.

Ils purent entrer dans l'immeuble sans encombre, car personne ne traînait tard le soir, dans le coin. On entendait le voisinage, car les fenêtres des appartements étaient ouvertes : des conversations autour d'une table, une radio allumée… Les Amsel se dirigèrent silencieusement vers leur nouvelle maison. Georgie fut soulagée que Frau Sommer, à l'affut, ne sorte pas sur le palier.

Elle prépara du thé pendant que Max les installait. Ils s'étaient mis d'accord : les Amsel ne quitteraient pas l'appartement tant que les faux papiers ne seraient pas prêts. Max leur apporterait de quoi manger régulièrement et ainsi, les voisins continueraient à le voir, comme s'il vivait toujours chez lui. Il n'y avait pas de téléphone. Ils mirent donc en place un système d'alarme en cas de problème. Max s'était lié d'amitié avec Aron, un garçon juif, âgé d'environ dix ans. Il ferait passer des messages en cas de problème. Son père était prêteur sur gages. Dans sa boutique, il y avait un téléphone et il avait accepté de les aider. Le plan, concernant les Amsel, était le suivant : avec leurs faux papiers, ils devraient aller aussi loin qu'ils le pourraient en direction d'une petite ville frontalière et tenter de passer là où il y avait peu de sentinelles. Ensuite, ils gagneraient la France et si possible l'Angleterre. Georgie et Max et même Sam Blundon avaient écrit des lettres de recommandation. Personne n'osait imaginer le scénario de rêve : Rubin et Sara retrouvant Ester et Leon ; la joie que ça leur procurerait. Chaque chose en son temps.

Les jours suivants furent un tourbillon : il y avait beaucoup à écrire. La chaleur était étouffante. La vie quotidienne et la vie politique n'avançaient pas à la même cadence. Les gens marchaient lentement le long des trottoirs brûlants, alors que le monde tournait sur son orbite à un rythme alarmant : Göring et Heydrich, les chefs de la Sécurité, avaient rejoint Hitler dans sa retraite bavaroise afin de planifier l›annexion « pacifique et définitive » de Dantzig. En Angleterre, le *Chronicle* publia un article illustré présentant les différents types d'avions militaires qui pourraient survoler l'Angleterre. Pourtant, Georgie avait l'impression que le monde croyait que rien ne se produirait. C'était comme si on réchauffait une soupe à feu doux en attendant qu'elle se mette à bouillir. Sauf qu'à chaque instant, tout pouvait s'enflammer.

Chaque jour, on envoyait Aron vérifier si les papiers étaient prêts ; chaque jour, il revenait avec cette courte note :

Demain.

Les faussaires, semblait-il, étaient surchargés de travail. Le cinquième jour, Aron rapporta le message suivant :

Ils sont prêts.

Max insista pour que ce ne soit pas le jeune garçon qui aille les chercher. Il ne se le pardonnerait jamais s'il était arrêté.

Le matin suivant, Georgie excusait Max pour son absence à une conférence de presse du ministère alors qu'il traversait la ville en tram. Ils avaient prévu de se retrouver au Kranzler une fois qu'il aurait récupéré les papiers. Ensuite, ils trouveraient le bon moment pour les donner à Rubin et Sara. La conférence de presse ne dura qu'une demi-heure et Georgie marcha rapidement jusqu'au café. Les tables en terrasse étaient occupées, mais pas de Max en vue. Il n'était pas à l'intérieur non plus. Elle parcourut des yeux les uniformes gris et verts et commença à transpirer, alors que son imagination s'emballait. Avec un sourire forcé, elle commanda une boisson froide et un strudel. Rien qui ne sorte de l'ordinaire. Et elle attendit. À l'agonie. Max avait quarante minutes de retard. Pourtant, il était tout sourire quand il se fraya un chemin parmi les tables de soldats. Avait-il les papiers ? Il semblait beaucoup trop détendu… Il s'assit en face d'elle, le visage quasi inexpressif.

— Tu es en retard, lança-t-elle, en levant les sourcils.

— Un véhicule de l'armée en panne bloquait le tram.

— Tout s'est bien passé quand même ?

— Parfaitement, dit-il en souriant. Un strudel pour moi ?

Il était doué, et pas qu'un peu.

Ils auraient dû savoir que c'était trop beau pour être vrai ; tout se présentait trop bien. Quand Max aperçut Aron devant le café, tel un enfant abandonné tout droit sorti d'un roman de Dickens, il ressentit un pic d'angoisse. Dehors, il échangea quelques mots avec le garçon, qui n'aurait pas dû se trouver là : le centre-ville était trop dangereux. La silhouette de Max se raidit. Il rentra en essayant de garder son sang-froid et déposa un billet sur la table.

— On doit y aller.

Cette fois, son sourire était loin d'être convaincant. Dehors, il héla un taxi, l'air pressé.

— Aron dit qu'il y a des recherches dans mon quartier. Ils vont de maison en maison. Ce n'est peut-être qu'une vérification de routine, mais on doit aller voir.

Le trajet parut durer des heures. Ils étaient muets et Max ne cessait de remuer son genou. Georgie posa la main dessus pour le calmer, même si elle le comprenait : c'était chez lui que seraient découverts les Amsel. Il serait accusé de complicité de fraude.

Ils observèrent les troupes alors que le taxi s'arrêtait. Il n'y avait pas énormément de soldats, mais comme des fourmis ouvrières, ils se faufilaient furtivement dans l'immeuble voisin de celui de Max. Rien n'indiquait que Sara et Rubin avaient été capturés. Les soldats n'avaient pas encore visité l'immeuble de Max. Quelques personnes qui promenaient leur chien ralentirent le pas à leur passage, mais personne n'osait s'arrêter pour les regarder.

Max lui prit la main, comme il le ferait avec son épouse ou sa petite amie, et ils se dirigèrent vers son bâtiment. Le soleil inondait la cour et le linge étendu, qui claquait dans le vent, brisait le silence étrange et lourd. Même ceux qui n'avaient rien à cacher étaient rentrés chez eux et avaient fermé leurs fenêtres.

Max montait les marches deux par deux et Georgie courait derrière lui. Il vérifia que le fil de couture était toujours en place et glissa la clé dans la porte. Seuls lui et Georgie avaient les clés. Les Amsel ne s'affolèrent donc pas. La porte de Frau Sommer était fermée, mais Georgie avait cru voir le rideau de sa fenêtre bouger. À moins que ce ne soit le fruit de son imagination débordante ? Rubin et Sara avaient entendu ce qui se passait et leurs valises étaient posées sur le lit. Ils étaient prêts à partir.

— Est-ce qu'on doit sortir et faire semblant qu'on se protège ? suggéra Rubin. On laisse passer un peu de temps et on revient. Non ?

Max secoua la tête.

— Trop dangereux, dit-il tout en réfléchissant. Je vais courir chez le prêteur sur gages et utiliser son téléphone. Est-ce que vous avez le numéro du garagiste qui vous prête la voiture habituellement ?

Rubin acquiesça.

— Bien. On doit accélérer le mouvement. Georgie, tu prends un taxi et tu récupères la voiture. En attendant, on va se cacher au sous-sol, dans le local à poubelles. J'ai déjà vu faire ces soldats. En général, ils commencent par le dernier étage et redescendent. Avec un peu de chance, ça nous fera gagner du temps.

Ça semblait être la meilleure chose à faire. Impossible de savoir à quel point ils seraient zélés dans leurs fouilles, s'il visait un logement en particulier, ou s'ils frappaient au hasard, à la recherche d'une fraude. Ce qui était certain, en revanche, c'était que les interrogatoires ne se feraient pas gentiment.

Georgie avait l'impression de rêver. Elle avait envie de courir le long de la rue principale où l'on trouvait facilement des taxis. Mais elle avait conscience qu'il fallait qu'elle adopte une allure normale, voire lente, vu la chaleur qui régnait. Elle n'était qu'une femme qui se promenait. Elle dépassa un soldat, posté devant l'immeuble voisin. Il lui rendit son sourire.

— Bonjour, Fräulein.

Il hocha la tête et elle fut frappée par le fait qu'il serait comme n'importe quel jeune homme en Europe si on le dépouillait de son uniforme. Même si la guerre n'éclatait pas, la situation était dramatique. Ce jeune Allemand traquait un compatriote. C'était tellement absurde.

Georgie monta dans un taxi en priant pour qu'il n'y ait pas trop de circulation. Vingt minutes plus tard, elle conduisait un véhicule prêté par le garagiste, après lui avoir promis de le ramener dans la journée. Elle se pardonna son mensonge. C'était nécessaire et, si besoin, Max et elle trouveraient un moyen de le rembourser. Le trafic, cette fois, était laborieux. Les gaz d'échappement entraient par la vitre ouverte et elle dut se retenir de klaxonner pour ne pas attirer l'attention sur elle.

— Allez, avance, avance ! sifflait-elle à l'adresse des conducteurs. Ne t'arrête pas !

Les soldats venaient d'arriver dans l'immeuble de Max. Ils traversaient la cour, en ligne, faisant toujours penser à des fourmis. Georgie se gara devant l'immeuble d'à côté et attendit qu'ils aient disparu dans le bâtiment. Elle déverrouilla le coffre et marcha avec autant d'assurance qu'elle le pouvait en direction de l'escalier menant au sous-sol, sur le côté de l'immeuble. Elle fredonna un air en approchant, dévala les quelques marches qui menaient à une porte fermée et frappa trois coups rapides. Dans cette chaleur, cette obscurité et cette puanteur, elle aperçut Sara. Cette dernière était terrifiée et son regard vide. Georgie leur indiqua qu'un soldat était dehors, en sentinelle, et que la voiture était garée un peu plus loin.

— Max et moi, on prendra vos valises, dit-elle. Si on nous arrête, on présentera nos cartes de presse. Nous pouvons dire que nous partons pour les besoins de notre travail.

— Une fois qu'on se sera rejoints à la voiture, vous nous la laisserez, dit Rubin. On partira tous les deux, Sara et moi.

Il ne voulait pas que ses amis prennent de risques.

— Non, répondit Max.

Dans le noir, sa voix était tout aussi déterminée.

— Vous monterez dans le coffre. Personne ne vous verra. Georgie et moi serons devant. On sortira de la ville et alors, on pourra se dire au revoir.

Des cris résonnèrent. Rubin n'avait pas le temps de discuter.

Georgie et Max saisirent les valises, vérifièrent que la voie était libre et sortirent. Alors qu'ils se dirigeaient vers la voiture, ils firent mine de rire. Max démarra pendant que Georgie retournait chercher les Amsel. Elle jeta un œil aux fenêtres des appartements, espérant de tout cœur que les sympathisants nazis seraient occupés à autre chose qu'à espionner. Ils n'étaient qu'à quelques mètres de la voiture, mais elle avait l'impression de patauger dans de la boue. Elle apercevait Max, qui ouvrait grands les yeux pour leur signifier de ne pas accélérer, mais de ne pas traîner non plus. Un cri retentit, de l'immeuble. Georgie faillit s'arrêter net et lever la tête, mais son instinct lui cria de continuer à avancer. Seule la vision de Max dans la voiture l'aidait à poursuivre son chemin. Elle ouvrit le coffre et les Amsel s'installèrent sur le plancher poussiéreux, se recroquevillant du mieux qu'ils le pouvaient. Georgie déposa une couverture sur eux. Elle imaginait à quel point ils devaient avoir chaud et peur sous cette couverture qui les enfermait.

— Allons-y, dit Georgie avec un sourire forcé.

Max suivit l'itinéraire indiqué par Rubin. Georgie transmettait ce qu'il disait. Il y avait peu de chances d'être contrôlé en empruntant ce chemin qui évitait les bâtiments gouvernementaux, aux abords desquels il y avait toujours des militaires. Mais soudain, leur pire cauchemar se réalisa : un barrage routier. Un soldat longeait les voitures, vérifiant les papiers des conducteurs. Parfois, il les regardait avec attention, parfois, il y jetait un vague coup d'œil. Même si la vitre était ouverte, une odeur de sueur piquait le nez de Georgie. Elle se sentait si nerveuse…

L'officier de la Wehrmacht approcha. Georgie lui sourit de manière automatique, mais pas assez, visiblement. Il lui rendit son sourire, les lèvres serrées, comme l'exigeait cette effrayante manie nazie. Il scrutait leurs visages, les narines frémissantes, flairant la fraude.

— Vous quittez la ville ?

Georgie lui tendit leurs cartes de presse.

— Oui, il fait bien trop chaud pour nous. Nous allons aux lacs, nager un peu.

Ne regarde pas derrière, ne regarde pas derrière.

51
Panique aveugle

À l'arrière de la voiture, dans l'enfer de la couverture brûlante et moisie, Rubin et Sara retenaient leur souffle. Étouffés par les fibres rêches et humides du tissu, ils ne saisissaient pas les paroles bourrues du soldat, mais c'était sans équivoque. Son ton était lourd de menaces et il était soupçonneux. Il voulait atteindre son quota de fugitifs de la journée et était bien décidé à leur mettre la main dessus.

Rubin et Sara étaient accroupis, comme des coléoptères, collés l'un à l'autre. Leurs peaux les brûlaient, leurs dos les faisaient souffrir et leurs muscles étaient d'une rigidité cadavérique. Rubin se débrouilla pour tendre un doigt qui rampa sur le sol sale et attraper le doigt de sa femme, qui le cherchait également.

Une poussée de terreur, puis d'espoir passa entre eux. En un instant, Rubin se retrouva des années en arrière, la première fois qu'il avait posé les yeux sur Ester, qui se trouvait dans les bras de Sara, quelques minutes après sa naissance. Ses petits doigts se tendaient en l'air, comme des bâtons, pour appréhender le monde qui l'accueillait. Oh… Qu'est-ce qu'était devenu le monde, désormais ? Les doigts de Sara réagirent comme ceux d'Ester à l'époque. Ils s'enroulèrent autour des siens comme pour chercher un refuge. Si on les découvrait, si la couverture était tirée, si leur supercherie apparaissait au grand jour, rien ne pourrait leur enlever leur complicité absolue. Pas même une cellule de prison ni les tortures infligées par la Gestapo. Ni la mort.

Pendant quelques secondes, la force que ressentait Rubin sembla inébranlable, mais l'instant suivant, il songea à la mort ou pire, à la vie sans Sara. Et sa foi manqua de s'effondrer. Il dut faire un effort inouï pour contrôler sa respiration et retenir ses sanglots quand un soldat cria, juste au-dessus du coffre.

52

Une séparation difficile

Le soldat les quitta du regard pour se concentrer sur leurs papiers qu'il scruta en plissant les paupières. Tic-tac, tic-tac. Georgie n'avait plus de souffle. Son cœur était à l'arrêt et elle songea à Rubin et à Sara, coincés dans le coffre, qui était un véritable sauna. Puis, il y eut un cri.

— Allez, faites circuler ! Vite !

L'officier réagit rapidement et leur fit signe d'avancer. À l'intérieur de la voiture, on respira enfin. L'odeur de sueur envahit à nouveau l'habitacle. Quelques secondes plus tard, une grande voiture nazie les dépassait. Sur le bas-côté, les soldats saluaient leurs supérieurs. Max la regarda.

— Quelle ironie ! Sauvés par les SS !

Georgie rit, plus par hystérie qu'en réaction au trait d'humour de Max. Ils l'avaient vraiment échappé belle.

La nuit tombait presque et il faisait moins chaud quand Max se gara sur une aire de repos, au nord de la ville, un kilomètre après la gare du coin. Les Amsel avaient tiré la couverture alors qu'ils s'éloignaient de la ville. Ils s'autorisèrent même à rire en pensant à ce qui venait de se produire. Ils refusèrent de songer à ce qu'ils devraient affronter avant d'avoir franchi la frontière et d'être en sécurité. S'ils y arrivaient. Rubin épousseta sa tenue sur le bord de la route et Sara vérifia leurs valises. Tous les quatre repoussaient l'inévitable. Finalement, ce fut Georgie qui ne supporta plus cette horrible attente. La souffrance était inévitable.

— Allez, vous devez y aller, dit-elle d'un ton maternel.

Les yeux de Rubin débordaient de larmes et Sara serrait tristement la bouche. Dieu seul savait ce que son mari lui avait dit pour qu'elle quitte son frère, son pays, ses enfants et tout ce qui lui appartenait. Georgie se jeta sur Rubin malgré sa saleté et le serra dans ses bras, à la manière de Rod.

— On se verra en Angleterre, lui souffla-t-elle à l'oreille, avec l'envie terrible d'y croire. Nous boirons de la bière tiède. Je ne te laisserai pas te défiler : tu devras y goûter.

— J'ai hâte, ma petite Berlinoise, répondit-il avant de se détourner.

Il ne pouvait plus contrôler ses pleurs. Max ne lui serra pas la main, mais le prit dans ses bras, comme jamais il ne l'avait fait avec son père. Sara les étreignait et ne cessait de leur murmurer des remerciements. Ils refusaient de songer que ce serait peut-être la dernière fois qu'ils se voyaient.

Georgie fut incapable de regarder en arrière. Elle n'osa pas. Ça aurait pu lui briser le cœur. Ils entendirent le bruit du moteur et la voiture s'éloigner, et Max, qui la connaissait par cœur, la tira par la main, en direction de la gare.

— Allez, on doit attraper ce train pour rentrer. S'ils ne servent pas de bière frappée à la gare, je pourrais bien faire un caprice.

Le vide laissé par les Amsel fut atténué par l'espoir qu'ils pourraient s'en sortir. Mais ne pas avoir de nouvelles était une torture. Le trajet jusqu'à la frontière était rapide, mais ils devraient prendre des voies détournées et ils ne pourraient pas donner de nouvelles avant longtemps.

Le travail fournissait une occupation à Georgie. Le rythme était effréné. Elle croulait sous les demandes de Henry qui voulait non pas un, ni deux, mais trois articles par jour. Elle n'avait toujours personne pour l'assister : on avait envoyé des journalistes à Varsovie, considéré par ses éditeurs comme l'épicentre de l'entrée en guerre. Georgie et Max travaillaient durant de longues heures et n'avaient aucune chance d'enquêter ou de trouver le lien entre Kasper, le docteur Graf et Sachsenhausen. Pourtant, ça leur semblait plus qu'urgent, avec la guerre imminente.

Autour de la table, à la Taverne, on se réunissait de plus en plus tard le soir. Il n'y avait plus de « si on était en guerre », mais uniquement des « quand on sera en guerre ». Dans quelques jours ? Quelques semaines ? Hitler revendiquait la Pologne de droit et n'en démordait pas. Le reste de l'Europe tentait désespérément de repousser le conflit, comme si elle était au bord du précipice, vacillant, essayant de tenir bon tout en sachant que la chute était inévitable.

Les rues de Berlin étaient étouffées par les gaz des pots d'échappement des véhicules militaires mais comme avec les drapeaux qui envahissaient la ville, on s'y habituait : on contournait les rangées de voitures militaires et l'on poursuivait son chemin. Encore une fois, Georgie songea au talent indéniable d'Hitler pour intégrer sa folie au quotidien. Les journaux anglais ne parlaient que de guerre. La panique se mêlait aux spéculations.

Georgie et Max eurent peu de temps pour se parler seul à seul et n'échangeaient que des signes de tête discrets signifiant qu'ils n'avaient pas de nouvelles pour le moment. Simone revint après plusieurs semaines d'absence. Elle était à nouveau aux côtés de Max, mais ils n'étaient plus aussi proches qu'avant.

Le garagiste n'était pas juif, mais sensible à leur cause. Malgré tout, il avait fallu le persuader de ne pas déclarer la voiture volée. Il perdait beaucoup d'argent et aurait vraiment pu les mettre en difficulté. C'était la preuve qu'il existait des Berlinois qui n'épousaient pas la haine d'Hitler.

Il y a de l'espoir, après tout, songea Georgie.

53

Un visiteur

23 août 1939

Georgie était seule dans son bureau, sous pression, car elle devait rendre un article. Mais elle appréciait la solitude et le cliquetis de sa machine à écrire qui étouffait le vacarme des véhicules militaires dans la rue. Elle sursauta quand on frappa à la porte. Elle plissa les yeux, se demandant si la silhouette qui se dessinait à travers la porte était carrée et vêtue de gris. Ce n'était qu'un garçon, lui apportant un télégramme.

4 km au nord de Sarrebruck, frontière française.
Au revoir. Merci.

Georgie regarda d'où venait le message. Le tampon était français. Pouvait-elle s'autoriser à y croire ? Pouvait-elle penser qu'il s'agissait des Amsel, qui, après avoir passé la frontière, leur indiquaient où se trouvait la voiture ? Elle sortit une carte de l'Allemagne. Oui, Sarrebruck était une ville frontalière. C'était ce que Max et elle espéraient, et pourtant, elle ne réalisait pas. Elle avait besoin que Max lui dise que c'était vrai. Alors, elle serait heureuse.

Elle finit son article en quatrième vitesse et courut jusqu'à son bureau. Il s'y trouvait, en train d'écrire. Comme elle, il relut le mot, encore et encore, tourna et retourna le papier en signe d'ébahissement et enfin – enfin ! – il confirma ce qu'elle espérait tant.

— Je pense qu'ils y sont arrivés, souffla-t-il pour éviter que ses collègues allemands ne l'entendent.

Il saisit sa main, l'air plus qu'heureux.

— Je pense qu'ils ont vraiment réussi à s'échapper.

— On fête ça ce soir à la Taverne ? suggéra-t-elle.

Max se rembrunit.

— Heu, je ne suis pas certain qu'il y ait de l'ambiance. Bill est au téléphone avec le bureau. Il est livide. Des animateurs radio américains ont été renvoyés de Tempelhof aujourd'hui. La Gestapo est venue les chercher et les a mis dans un avion. Il pense que c'est un avant-goût de ce qui nous attend tous. On va devoir se montrer très inventifs.

C'était un coup dur pour la presse, mais rien ne pouvait assombrir l'humeur de Georgie, qui retourna à son bureau. Elle ouvrit la porte en fredonnant *Greensleeves*[1], mais s'arrêta net. Réduite au silence. Il était de dos, assis dans son fauteuil. Il ne se retourna pas immédiatement, lui laissant le temps de comprendre ce que sa présence signifiait.

— Kasper ? lança-t-elle.

Sa surprise était sincère, mais sa manière de réagir pathétique. Sa gorge se serra d'angoisse. Il pivota. Ses sourcils étaient arqués et ses yeux troublants brillaient : il l'avait coincée. Ses lèvres se serrèrent en un demi-sourire. Paresseusement, il ramassa une enveloppe qui lui était adressée.

1 Une chanson anglaise traditionnelle. (N.D.E.)

— George Young, correspondant en chef, *News Chronicle*, lut-il d'une voix sonore. Alors, comme ça, tu es écrivain ?

Il la tutoyait…

— Oui.

Sa bouche était sèche. Elle était muette. Elle dut se forcer pour poursuivre.

— Vraiment. Vous avez pensé la même chose que bon nombre d'hommes et je ne vous ai pas détrompé.

Elle regarda autour d'elle. Pas de trace de SS ou de la Gestapo. Il secoua la tête, comme amusé.

— Heu, je dirais quand même que c'est jouer avec la vérité. Non ?

— Et est-ce que ça change quoi que ce soit ? osa-t-elle. N'avons-nous pas passé de bons moments malgré tout ?

Elle faisait mine de bavarder… Les yeux de Kasper s'assombrirent. Ils devinrent noirs. Son iris vert était de la vase. Le gris, de la cendre.

— Si tu n'avais pas menti, Fräulein Young, j'aurais dit oui. Mais notre petite liaison n'aurait pas fait long feu : un disciple d'Himmler, parce que c'est ce que je suis, ne fraie pas avec la presse anglaise. Je suis persuadé que tu savais que j'ai un faible pour les Anglaises. Mais ne sois pas flattée. Tu n'as jamais été ma seule fréquentation.

Georgie avait le ventre noué. Pas par vanité – elle n'était que trop heureuse de ne plus avoir les faveurs de Kasper –, mais à cause de son comportement. Il était froid. Il avait complètement changé. Il se comportait comme un vrai nazi. On y était. Il y était. Elle avait assisté à sa transformation complète. Il se redressa, se leva rapidement et ralluma la lumière.

— Peu importe, je ne suis pas ici pour te parler de mon orgueil blessé. Je cherche quelqu'un. Un homme qui était ton employé : Rubin Amsel. Apparemment, il a quitté

Berlin avec sa femme sans raison valable et sur un coup de tête. Est-ce que tu sais quelque chose à ce propos ?

Il ne s'attendait pas à ce qu'elle l'aide. Il jouait. Kasper était bien trop haut dans la hiérarchie pour pourchasser les Juifs. Sa visite n'avait qu'un but : lui montrer qu'il était au courant et la narguer.

— Non, je n'ai pas vu Herr Amsel depuis un bon moment. Il s'occupait de mon courrier, c'est tout. Il était payé par le journal. Je n'ai plus besoin de ses services depuis quelques semaines.

Il ne la poussa pas à aller plus loin dans son mensonge, mais changea d'angle d'attaque.

— Sais-tu pourquoi nous voulons le trouver ? lança-t-il en s'approchant tout près.

Ils étaient joue contre joue. Elle sentait sur son col de chemise un mélange d'eau de Cologne et de transpiration. Elle entendait sa respiration. *Si près, peut-il sentir ma terreur ?*

— Je suppose que c'est parce qu'il est juif, dit-elle calmement. Si je comprends bien, c'est un crime, maintenant.

Il s'arrêta, la fixa. Il transpirait la haine. Il détestait son courage de femme, de non-nazie. Puis, son regard exprima de la pitié. George comprit ce qu'il signifiait : « Tu n'es au courant de rien. Je suis désolé pour toi et ceux de ton espèce. Pour vous, les non-croyants. »

— Excuse-moi si on ne se voit plus, dit-il finalement, en gagnant la porte. Ce n'est tout simplement pas approprié.

— Je comprends tout à fait, dit-elle.

Il allait partir. Elle fut envahie par le soulagement. Il lui faisait peur et elle réalisa alors à quel point il était influencé par ses supérieurs. Il maîtrisait à la perfection la remarque concise et assassine.

— J'aimerais bien savoir ce que ton ami Max Spender a à dire à propos des Amsel, ajouta-t-il d'un ton tranchant. Je pense que je vais le lui demander.

Georgie eut le souffle coupé. Elle étouffa ses protestations, bien inutiles. Kasper n'en avait pas tout à fait fini avec elle.

— Oh, une dernière chose. Ce que j'ai dit à propos du fait que nous, les Allemands, nous n'étions pas vraiment organisés…

Elle acquiesça au souvenir de son innocente plaisanterie au Resi.

— J'ai menti, Fräulein Young. Nous, les nazis, sommes extrêmement organisés. Ce qui nous rend non seulement déterminés, mais aussi très efficaces quand nous voulons quelque chose.

Dans son regard passa une lueur : il lui disait adieu. Et il partit, avec l'arrogance d'un vampire dans un mauvais film. Il ne lui manquait que la cape… Elle n'attendit pas qu'il ait fini de descendre l'escalier pour passer un coup de fil à Max.

— Décroche, décroche. S'il te plaît, s'il te plaît.

Il *devait* être à son bureau. Il y était une demi-heure auparavant, tout comme sa secrétaire. *S'il te plaît, Max.* Mais il n'y avait que la sonnerie qui résonnait de manière incessante au creux de son oreille.

— Bill, Bill ?

Georgie frappa à la porte du *Chicago Tribune*, qui se trouvait au rez-de-chaussée de l'Aldon. Aucun journaliste au bar en cette fin d'après-midi. Elle s'était déjà rendue au Kranzler, où elle n'avait vu que des SS et des officiers de la Wehrmacht, qui discutaient d'un ton fier, comme toujours. Elle ne risquait pas de trouver quelqu'un à la Taverne à cette heure, mais elle les appela tout de même.

Les Lehmann n'avaient pas vu Max. Est-ce qu'il était à l'appartement, dans le lit de Simone ? Elle chassa cette image de son esprit. Impossible.

— Ça va ?

Bill Porter émergea en cillant de son bureau, qui était plongé dans l'obscurité. Il n'avait pas vu Max depuis la conférence de presse de la matinée.

— Il est sûrement en train d'enquêter, ajouta-t-il avant d'être gagné lui aussi par l'inquiétude lorsque Georgie lui raconta la visite de Kasper.

— Oh merde. Ça sent mauvais.

C'était bien ce qu'elle craignait, même si elle n'avait pas envie de l'entendre. Son angoisse redoubla.

— Tu vas chez lui, tu vérifies s'il y est. Moi, je vais à son bureau, décida Bill. S'il n'est pas revenu, j'appellerai Londres pour savoir à quelle heure il a rendu son dernier article. On se retrouve ici dans une heure, O.K. ?

L'anxiété était un carburant efficace. Georgie prit un taxi pour se rendre chez Max. La rue était silencieuse : cette fois, pas de soldats. Juste un chat étrange qui s'enroula autour de ses chevilles puis disparut rapidement quand le chat de Frau Sommer miaula très fort pour marquer son territoire. Cette fois, c'était certain, les rideaux avaient bougé. Peut-être qu'elle n'était pas l'innocente voisine que Max décrivait… Le fil n'était plus en place et Georgie pria pour que Max soit à l'intérieur. Elle frappa à la porte et colla son oreille contre le montant. Rien. Était-il endormi ? Peu probable, vu l'agitation du moment. Elle frappa de nouveau avant de fouiller dans son sac à la recherche de sa clé.

— Max ? Max, tu es là ? C'est George.

Sa voix résonna dans l'appartement vide. Mais quelqu'un était venu. C'était un peu en désordre. Quelques vêtements traînaient sur le canapé et sur le lit, et une feuille de papier dépassait d'un tiroir. Elle savait à quel point Max était ordonné. L'appartement avait donc été fouillé.

Y avait-il eu une bagarre ? C'était plus difficile à dire… Le tapis devant la cheminée n'était pas bien en place, mais ce n'était peut-être rien. Peut-être pas. La panique la gagna et elle dut prendre sur elle-même pour ne pas être submergée : ça ne l'aiderait pas à retrouver Max. Elle se força à se déplacer lentement dans le salon, en observant le moindre détail sortant de l'ordinaire. Mais rien. Rien lui soufflant qu'il était en danger. Et pourtant…

Max, où diable es-tu ?

Georgie se hâta de quitter les lieux. Elle prit un taxi et se rendit à l'Aldon. Elle aurait aimé appeler Rubin et Rod à l'aide. Et Max, bien sûr. Désormais, c'était Bill le cynique vers qui elle devait se tourner. Et c'était un homme de confiance. Il était au bar quand elle arriva et secoua la tête quand elle le rejoignit.

— Il n'est pas revenu au bureau cet après-midi. Apparemment, il est parti juste après toi.

— Est-ce que quelqu'un est venu le voir ensuite ?

— Selon la féroce secrétaire du *Telegraph*, non. C'est un vrai boute-en-train, celle-là, dis donc !

Georgie se tordit les mains d'inquiétude. Elle revoyait le visage de Kasper, son sourire satisfait alors qu'il la faisait se débattre, pour se venger de l'avoir dupé. Il utilisait Max pour la provoquer. Bill ne connaissait pas toute l'histoire et elle se sentait trop fatiguée pour la lui raconter.

— C'est trop tôt pour un verre ? demanda-t-il.

Ils n'avaient nulle part où chercher. Sauf la ville tout entière, bien sûr. Et n'avaient d'autre choix que d'attendre des nouvelles de Max ou de la Gestapo.

— Non, répondit Georgie d'un ton décidé. Absolument pas.

À 18 heures, il entra nonchalamment, alors qu'ils étaient toujours au bar, et que l'imagination de Georgie s'emballait de plus en plus.

— Salut, vous deux ! Je ne m'attendais pas à vous voir ici si tôt ! lança Max en laissant tomber son sac, avant de grimper à leurs côtés sur un tabouret.

Georgie ne savait pas si elle devait rire, pleurer ou lui hurler dessus pour lui avoir causé une telle peur. Elle décida tout simplement de lui lancer un regard noir.

— Quoi ? Qu'est-ce que j'ai fait ? demanda-t-il en toute innocence.

— Les SS ne sont pas venus te rendre visite ? demanda Georgie. De la part de Kasper ?

— Non, à moins qu'ils ne soient ici à m'attendre ou qu'ils se cachent derrière le fauteuil juste là.

Il fit semblant de chercher jusqu'à ce qu'il réalise que Georgie le foudroyait du regard.

— Je ne plaisante pas, Max. C'est grave. Ton appartement a été fouillé et j'étais malade d'inquiétude.

— Et moi qui pensais que je ne t'intéressais pas !

Mais cette tentative de plaisanterie ne fonctionna pas. Bill se leva, grimaçant devant la tempête qui s'annonçait.

— J'y vais. Je vous laisse régler ça, annonça-t-il avant de regagner son bureau.

— Alors, qu'est-ce qu'on fait maintenant ? demanda Georgie.

Sa colère s'était évanouie après le récit de la visite de Kasper.

— Il reviendra peut-être te trouver, ajouta-t-elle. Tu aurais vu son visage. Il affichait un air suffisant, mais il était livide. Furieux que je l'ai berné.

— En tant que journalistes, on est protégés. Dans une certaine mesure. On dirait qu'il aime te menacer. Il bluffe, j'en suis certain. Mais je ferai attention.

— S'il te plaît, ne va nulle part tout seul. Assure-toi d'être toujours entouré, toujours avec des gens.

— Oui, chef, acquiesça-t-il en caricaturant le salut anglais. Mais tu sais, je suis un grand garçon.

— Tu me mets vraiment hors de moi, tu le sais ?

L'orage avait disparu. Les nuages laissaient place à un ciel bleu. Au calme.

— C'est ce qui se dit.

Comme Georgie était certaine que son appartement avait été fouillé, Max accepta de ne pas rentrer chez lui ce soir-là. Ils avaient une conférence de presse à la chancellerie, tôt le lendemain. Et ils étaient restés tard à la Taverne en compagnie des autres. Alors, ils rentrèrent tous les deux à l'appartement. Simone avait laissé un mot : elle était en mission, et Georgie se sentit soulagée d'éviter l'embarras qu'il aille la rejoindre dans sa chambre.

Ils rentrèrent à pas lents, profitant de la nuit claire, malgré le grondement de la ville au loin.

— Tu n'avais pas besoin de t'inquiéter, tu sais, lança soudain Max, brisant le silence paisible.

— Au sujet de Kasper ? Mais il est danger…

— Non, l'interrompit-il. Je ne parlais pas de ça, mais de Simone. Tu avais peur que ce soit bizarre, si elle était là à notre retour.

De quoi diable parlait-il ?

— On n'est plus ensemble. Et c'est très bien. Vraiment.

— Oh, je suis désolée, répondit Georgie, même si elle ne l'était absolument pas.

— Pourquoi ?

— Eh bien, parce qu'elle avait l'air de beaucoup t'aimer et réciproquement. Beaucoup.

— Peut-être. Un peu de fascination de part et d'autre, je pense. Mais en fait, il y a quelqu'un…

Elle tourna la tête vers lui. Elle avait besoin de le voir dans son regard, de le lire sur ses traits. Mais elle fut prise de court par un rugissement grave, juste au-dessus d'eux. Ils levèrent la tête et aperçurent un avion militaire : la reine des abeilles survolait Berlin.

Ce bruit tonitruant – celui de la guerre – poussa Max à saisir la main de Georgie et à la serrer fort. Elle se tourna à nouveau vers lui. Qu'y avait-il dans son regard ? Bon sang, pourquoi ne parvenait-elle pas à lire en lui ?

— Vous deux ! Dépêchez-vous ! Je viens de faire un cocktail dont vous me direz des nouvelles.

C'était Frida, qui se penchait par la fenêtre de l'appartement et leur faisait signe. Max relâcha sa main.

— Parfait timing, dit-il d'un ton désinvolte.

Georgie n'aurait su dire si c'était du sarcasme ou de la déception.

54
Plumé

24 août 1939

La presse était présente en force le lendemain matin. Les rumeurs allaient bon train : on disait que l'Angleterre était prête à soutenir fermement la Pologne en cas d'attaque allemande. Dans chaque camp, on se montrait implacable, mais personne ne portait le premier coup. Parce qu'alors, ce serait la guerre totale. Et tous les journalistes la redoutaient.

Max avait dormi sur le canapé et il était parti tôt pour passer à son bureau et arriver à temps à la conférence.

Épuisée, Georgie n'entendit pas son réveil et fut réveillée par Frida. Les deux jeunes femmes se démenèrent pour arriver à l'heure. Conflit imminent ou pas, Herr Bauer désapprouvait farouchement les retardataires. Son visage était si acide qu'on aurait dit qu'il avait avalé tous les citrons qui restaient dans les magasins.

Dans la rue, les choses étaient différentes. Depuis des semaines, des avions survolaient Berlin à toute heure de la journée, transitant d'aéroport en aéroport. Frida et Georgie se dirigeaient vers la chancellerie. Il y avait un bourdonnement permanent au-dessus de leurs têtes : on volait en formation. Certains citoyens regardaient, mais la plupart semblaient résignés : ils s'y étaient déjà habitués.

Les journalistes étaient tous présents et la pièce était bondée : Georgie s'assit au fond. Elle pouvait voir Max, devant, à côté du correspondant du *Times* et d'un groupe de journalistes radio de la BBC et de la NBC. Les autres journalistes étaient français, italiens ou venaient d'Europe de l'Est ; certains étaient scandinaves. Avec tant de battage politique, tout le monde voulait savoir ce qui se tramait. Les fenêtres étaient ouvertes et le bruit des avions envahissait la pièce. Herr Bauer ressemblait à un instituteur. Il tripotait ses notes et lissait sa moustache ridicule.

— Je suis certaine qu'il a des chatons dans son bureau, glissa Georgie à Frida.

Elles gloussèrent. Mais ce moment de légèreté fut de courte durée. Elles furent interrompues par le début de la conférence, mais surtout par Bill qui venait d'arriver et se tenait dans l'embrasure de la porte. Il lui adressait des signes frénétiques. Il voulait qu'elle la rejoigne et semblait désespéré.

— Qu'est-ce qui se passe ? chuchota-t-elle.

— C'est un piège, dit-il d'une voix rauque, les yeux agrandis par la peur.

— Qu'est-ce que tu veux dire ?

Son ton lui donnait la chair de poule.

— Ils ont un mandat. Ils vont arrêter Max. Une source vient tout juste de me le confirmer. C'est pour ça que je suis en retard. Himmler et Goebbels sont derrière tout ça.

Quand, comment, où et pourquoi ? Les questions-clés que tout journaliste posait lui vinrent à l'esprit. Elles s'entremêlaient dans l'esprit de Georgie, qui ressentait un besoin pressant de tout savoir. Quand ? Où ? C'était le plus important. Ils devaient tout de suite avertir Max.

Georgie rentra dans la pièce et dépassa Frida qui lui lança un regard interrogateur. Bill était passé par l'autre côté pour plus de discrétion. Plus facile à dire qu'à faire, puisque plusieurs journalistes le saluèrent. L'homme qui s'exprimait derrière le pupitre était un jeune attaché de presse. D'un ton morne, il énonça des informations sans importance jusqu'à ce que Goebbels prenne sa place. Il ne restait que quatre rangs à Georgie avant d'être aux côtés de Max, qui baissait la tête en prenant des notes. Elle était si proche de lui ! Elle devait se retenir de ne pas lui lancer un avertissement, afin de ne pas attirer l'attention. Elle regarda où en était Bill. Il tourna brusquement la tête. Pourquoi ne se concentrait-il pas sur Max ? Un instant plus tard, un bruit retentit : une bagarre près des portes. Quatre individus dépassèrent des journalistes postés près de l'entrée. Ils étaient costauds et portaient un costume, malgré la chaleur. Ils marchèrent en direction de Max. Ce dernier était plus confus qu'inquiet.

— Max Spender ? demanda l'homme.

C'était une affirmation, pas une question.

— Oui ? répondit Max, toujours curieux.

— J'ai un mandat d'arrêt. Veuillez nous suivre, s'il vous plaît.

Les journalistes retinrent leur souffle, avant de se lever. Il y eut une cacophonie de cris et de protestations : « Non, non ! Vous ne pouvez pas faire ça ! Il est journaliste ! » Mais ces hommes, sûrement la Gestapo, étaient sourds aux remarques. Ils s'apprêtaient à soulever Max par la force. Georgie ne l'entendait plus et ne le voyait plus. Elle luttait désespérément pour se frayer un chemin vers lui. Elle fut prise dans une marée d'agitation : on se dirigeait vers la porte. Elle résistait autant qu'elle le pouvait. Elle esquiva, se plaça sur le côté, contre le mur, et avança. Elle était à hauteur de Max et apercevait sa tête. Il se dirigeait vers la sortie. Elle repéra un espace vide, contourna plusieurs personnes et sortit dans le couloir. Ce fut comme respirer de l'air après s'être noyé. Elle regarda aux alentours. Bill était déjà à côté de Max et ils se parlaient, alors qu'on poussait ce dernier vers la sortie. Elle se précipita vers eux, mais fut fermement arrêtée par l'un des hommes de la Gestapo. Max se retourna et l'aperçut.

— Georgie, tout ira bien, affirma-t-il, même si ses yeux disaient tout le contraire. Appelle mon journal et l'ambassade. On se voit bientôt.

Il essaya de sourire. Et disparut. Le couloir était vide. Les journalistes semblaient déroutés. Herr Bauer décida d'annuler la conférence, sans faire allusion à Joey Goebbels qui attendait en coulisses. Pour la simple et bonne raison que le ministre de la Propagande était absent. Comme prévu. Méticuleusement. La conférence était un bluff, une mise en scène soigneusement préparée pour arrêter Max devant tout le monde, en guise d'avertissement. Georgie observa le couloir désert : pas de trace de Kasper, mais pas de doute, c'était son œuvre.

Bill la rejoignit et fit de son mieux pour la réconforter, à la manière de Rod. Georgie aurait voulu rester dans ses bras pour toujours, et se perdre dans cette étreinte qui la maintenait hors de ce cauchemar, mais ils devaient agir.

— J'appelle son éditeur à Londres, lança Bill. Toi, tu vas à l'ambassade. Plus facile pour toi, vu que tu es anglaise. Retrouve-moi à mon bureau dans une heure, d'accord ?

Elle avait à peine la force de hocher la tête. Elle était sous le choc. Max subissait les conséquences de son flirt. Au départ, elle s'était sentie fière de plaire à Kasper, puis elle l'avait manipulé. Que se passerait-il si on faisait du mal à Max à cause d'elle ?

— Georgie ? Georgie, allez. Pas le temps de réfléchir, la pressa Bill.

Il avait posé les deux mains sur ses épaules pour l'empêcher de trembler.

— Nous devons agir. Allez.

— D'accord, dans une heure.

Frida la rejoignit alors qu'elle s'éloignait et l'attrapa par l'épaule.

— Je vais voir ce que je peux faire, promit-elle. Je vais faire jouer mes contacts.

Elle parlait de ses amis nazis, mais Georgie s'en fichait, du moment que ça aidait Max.

Elle ne prêta aucune attention aux magnifiques bâtiments sur la Wilhelmstrasse. Sa carte de presse, ses larmes et sa voix tremblante la firent entrer sans attendre dans le bureau de Sam Blundon. Ami fidèle, il la fit asseoir et lui prépara un thé et un brandy. Elle avait vu des arrestations auparavant. Elle savait de quoi étaient capables les nazis quand il s'agissait des Juifs. Elle avait identifié le corps gonflé et mutilé de Paul. Mais désormais, il s'agissait de Max. Son Max.

Le tremblement incontrôlable de ses mains lui fit réaliser à quel point ils étaient devenus proches. Ils travaillaient et riaient ensemble aux mêmes blagues. Ils aimaient la bière et les pâtes. Il était son allié. Il était la voix de la raison. Il était l'assurance que ce monde, qu'ils découvraient ensemble, ne deviendrait pas incontrôlable et ne les engloutirait pas. Elle avait toujours senti qu'elle voulait écrire des choses fortes, adressées au reste du monde, mais la présence inébranlable de Max lui avait donné le courage de le faire. Il lui avait donné confiance en elle. Elle lui avait même pardonné son attitude au Ritz.

— Comme Max est un citoyen britannique, je peux demander les raisons de son arrestation, lui expliqua

Sam. Je vais demander à le voir, mais si on l'accuse d'espionnage – tu sais qu'ils en sont capables –, alors je ne pourrai rien faire.

Georgie se sentit découragée et pleine de culpabilité. Elle dit tout à Sam : les raisons pour lesquelles elle avait laissé Kasper la courtiser, l'implication de Max et le séjour des Amsel dans son appartement.

– Ah, ça rend les choses plus difficiles parce que ce Vortsch en a fait une affaire personnelle. Je pense que le mieux que nous puissions espérer, c'est que Max soit expulsé. Et rapidement.

Georgie ressentit un désespoir indicible. Elle se sentait si impuissante. Max était sûrement au QG de la Gestapo… Elle ressentait la même chose que Rubin et Sara après l'enlèvement d'Elias. Elle était terrifiée. Max n'avait pas plus de poids que ceux dont les droits avaient été bafoués et écrasés par les bottes vernies et la vanité en toc des nazis. Et pourtant, à ses yeux, il était bien différent. Son cœur saignait. Elle avait mal. Physiquement. Elle se sentait dépassée par la situation. Étrangère à tout.

Bon sang, Georgie ! Arrête de te vautrer dans le chagrin. Avance.

Elle retourna à l'Aldon retrouver Bill qui avait appelé le *Telegraph*. Max n'était pas leur seul reporter à avoir été arrêté, mais c'était le premier en cette période de début de conflit. L'éditeur avait promis de tirer toutes les ficelles, de contacter toutes ses connaissances haut placées. Des notables et des lords, s'il le fallait. Le père de Max ferait jouer son influence. Mais ça pourrait prendre du temps…

— Combien de temps ? s'écria Georgie, qui sentait qu'elle perdait le contrôle.

— Quelques jours peut-être.

— Et pendant ce temps-là, qu'est-ce qui va se passer ? Bill, toi et moi, on sait ce qui se passe au QG de la Gestapo !

— On ne peut pas raisonner comme ça, dit-il d'un ton pressant, presque autoritaire. Je pense qu'ils l'ont ligoté sur une chaise et qu'ils le font poireauter. Ils l'utilisent comme exemple, pour que la presse se tienne à carreau.

Georgie acquiesça. Elle devait y croire. Pas le choix. Elle devait se forcer à ne pas penser à Paul. À sa mort brutale et sinistre ; à son corps qui reposait sur le métal froid.

Les jours qui avaient suivi la fuite des Asmel avaient été angoissants, mais là, c'était de la torture. Georgie ne pensait qu'à Max, mais son travail l'appelait alors que la situation mondiale évoluait d'heure en heure. La nouvelle qu'ils attendaient tous arriva le jour suivant. Une journaliste, qui venait d'arriver à Berlin, avait un scoop : il y avait un char d'assaut allemand près de la frontière polonaise. Le serpent était prêt à mordre, c'était une certitude. Les Allemands ne prétendirent même pas qu'il s'agissait d'un exercice militaire. La guerre allait éclater.

Les hauts diplomates anglais et français espéraient un changement de dernière minute, mais personne n'y croyait vraiment. Le monde devait se réveiller, et vite. L'ambassade britannique recommanda à tous ses correspondants de partir sans attendre, mais c'était hors de question pour Georgie. Pas sans Max. Les autres décidèrent de ne pas partir non plus. Même les Américains. Ils se réunirent plus tôt à la Taverne. Ça ne servait à rien d'écrire quoi que ce soit : les communications entre Berlin et le monde avaient été suspendues. Les journalistes radio américains, qui avaient l'habitude d'enregistrer tard le soir, étaient assis là, à ressasser ce qui se passait. On lui posait des questions au sujet de Max, mais elle ne pouvait que secouer la tête en guise de réponse.

— Il sera accusé d'espionnage, supposa-t-elle.

— Les bâtards, lança-t-on. Ils s'arrangent avec la vérité. Ils seraient bien incapables de définir ce qu'est la liberté de la presse, même si on leur collait nos droits sous les yeux.

Bill n'était pas éméché, comme souvent à cette heure-là. Simplement belliqueux.

— Eh bien, montrons à ces bâtards qu'on ne peut pas nous vaincre aussi facilement. Bougeons-nous le cul.

On l'acclama bruyamment et l'ambiance s'allégea un instant. Puis, tout le monde regarda Frida, qui entrait. Elle rejoignit Georgie et lui chuchota à l'oreille :

— Allons aux toilettes.

Après avoir vérifié que toutes les cabines étaient vides, Frida alluma une cigarette et prit une longue bouffée, époustouflante, avec son regard provocateur.

— Selon ma source, Max sera expulsé. L'ambassade anglaise a travaillé. Mais ça ne se fera probablement pas avant quelques jours.

Georgie s'affaissa, dans un mélange de tristesse et de soulagement.

— Et est-ce qu'il va bien ? Tu sais quelque chose ?

— Pas grand-chose. Juste ce que ma source a entendu dire. Connaissant la Gestapo, il s'en sortira avec quelques bleus et quelques bosses. Il faut bien qu'ils soient dignes de leur réputation ! Ah oui ! Juste une chose.

Frida haussa les sourcils.

— Simone est partie.

— Où ? Comment ça ? demanda Georgie d'un ton pressant.

Frida était souvent énigmatique, mais pensait-elle vraiment que Simone était impliquée là-dedans ? Simone qui avait été si proche de Max et semblait l'avoir vraiment aimé ?

— Je ne sais pas, répondit Frida avant de tirer une autre bouffée. Elle disparaît souvent quand elle est sur un coup et je ne m'inquiète pas, d'habitude. Mais là, c'est différent. Elle faisait des choses bizarres ces derniers temps. Quelque chose me dit qu'elle est partie pour de bon.

Elle jeta sa cigarette dans les toilettes.

— Ça prouve qu'on ne peut faire confiance à personne, non ?

55
Découverte et effroi

29 août 1939

Georgie dormit peu et mal durant les nuits qui suivirent. Elle ne cessait de rêver de crissements de pneus. Elle revivait le soir où ils avaient fui Sachsenhausen : Kasper leur barrait la route, fier de lui, arborant un sourire malveillant et cauchemardesque. Chaque jour, elle se traînait au bureau. Elle écrivait au sujet du rationnement mis en place en Allemagne. On ne trouvait plus d'oranges, certes, mais c'était en fait toute la nourriture qui était rationnée, tout comme le savon, les chaussures et le charbon. Rien d'autre n'annonçait la guerre, mais les nazis avaient appelé le peuple à se rassembler à Nuremberg, comme chaque année, début septembre. C'était leur manière de dire au reste du monde qu'ils ne s'intéressaient pas qu'à la guerre.

Sam lui téléphona alors qu'elle était sur le point d'écrire l'une de ses cartes postales.

— Je l'ai vu, annonça-t-il.

Georgie eut le souffle coupé.

— Et ?

— Il va bien, soupira Sam. Relativement bien, pour un détenu au QG de la Gestapo. Il a quelques bleus, mais j'ai vu pire.

— Et le moral ? Il tient le coup ?

Elle pouvait à peine parler.

La voix de Sam s'allégea.

— Il va bien, Georgie. Il m'a demandé de te passer le bonjour et de te dire qu'il est un grand garçon. Je ne sais pas ce que ça veut dire.

Elle reprit son souffle. Son cœur se mit à battre plus raisonnablement.

— Ils songent à le libérer jeudi et à l'expulser dans la foulée.

— C'est dans deux jours ! Nous pourrions être en guerre demain ! Et qu'est-ce qui se passera alors ? Si on est en guerre, l'ambassade n'aura plus aucun pouvoir. Ils pourraient l'abandonner au QG.

Son cœur battit la chamade. Sam soupira bruyamment.

— Comme souvent en ce moment, il ne nous reste qu'à espérer.

Chers lecteurs,

Impossible de savoir ce que vous lirez en premier : cette carte postale ou l'annonce de l'entrée en guerre. Je penche pour la deuxième solution, vu les préparatifs en Allemagne. On rationne la nourriture et les marchandises : les Berlinois passent leur temps à chercher le nécessaire pour survivre dans leur propre ville. Les camions de marchandises sillonnent la ville, mais transportent des soldats. L'air chaud de l'été est collant et on spécule. Le rythme est ralenti par la résignation. Ainsi va la vie... du moins pour l'instant.

Au revoir, d'un pays toujours en paix, mais pour combien de temps ? On se le demande...

Votre correspondant à Berlin.

Georgie rentrait chez elle. La soirée était chaude, torride. Elle décida de traverser le Tiergarten pour admirer sa beauté. C'était peut-être la dernière fois qu'elle en aurait l'occasion. Au-delà de la verdure du parc, les gaz d'échappement des véhicules militaires avaient transformé le Berlin qu'elle avait appris à aimer en lieu sale et déplaisant. Ses citoyens avaient l'air abattus, comme si le rationnement avait été la goutte d'cau qui faisait déborder le vase. Les drapeaux étaient en berne : il n'y avait pas un souffle de vent. Elle avait longé la chancellerie. Devant, une petite foule – minuscule pour les normes nazies – arrivait à peine à se faire entendre sous le vrombissement des avions. Même le strudel du Kranzler, qui jusque-là n'avait pas été affecté par le rationnement, n'avait pas allégé son humeur. Elle partit boire un thé à l'Aldon avec Bill et fut contente qu'il ne lui dise pas « Haut les cœurs ».

La veille de l'expulsion de Max, les pensées de Georgie tourbillonnaient sans fin. Elle songeait à la guerre et à lui. Elle aurait dû se concentrer sur son travail, avec tout ce qui se produisait, mais elle ne pouvait s'empêcher d'être distraite. Plus rien ne tournait rond à Berlin, mais il y avait des choses qui sentaient très mauvais, même si elle n'arrivait pas à mettre le doigt dessus. Frida avait glané de précieuses informations au numéro 8 de la Prinz-Albrecht-Strasse, au sujet de Max. Il serait libéré à 11 heures et sortirait par l'entrée principale. Encore une fois, les nazis faisaient le show. Ils ne tolèreraient ni l'impudence ni un quelconque élan de solidarité de la part des reporters qui répondaient à leurs invitations. Illustration parfaite du mécanisme hitlérien : la peur et la menace.

— Ils l'emmèneront à l'aéroport ou à la gare ? demanda Georgie.

— Ça, je ne sais pas. S'il part en train, ils le raccompagneront jusqu'à la frontière pour être certains qu'il ne s'échappe pas.

Georgie écrivit son quota du jour et se rendit à l'appartement de Max. Elle avait eu une idée, au petit matin, alors que le sommeil lui échappait... Elle pourrait essayer de lui faire passer des vêtements sur les marches. Il y avait de grandes chances pour qu'il soit conduit à Paris et il aurait besoin de vêtements propres.

Frau Sommer et son chat eurent le bon goût de ne pas apparaître derrière le carreau et Georgie entra dans l'appartement, qui semblait ne pas avoir été visité depuis la fois précédente. Elle trouva un sac et fouilla les tiroirs pour chercher vêtements et objets de valeur. Elle avait l'impression d'être intrusive, mais elle se raisonna : s'il y avait là une photo de sa mère, il la voudrait. Et elle en trouva une, glissée sous son passeport. Elle la contempla. Une mère et son fils au visage innocent. Ils souriaient tous les deux ; elle avait passé son bras autour de lui dans un geste affectueux. Son menton était posé sur le dessus de son crâne. Une pensée la traversa. Pourquoi le passeport de Max se trouvait-il là ? Il en avait besoin pour voyager. Les nazis le savaient. Ils auraient dû le lui confisquer quand ils avaient fouillé les lieux, non ? La révélation s'insinua en elle avant de la frapper comme un coup de poing. Ce qu'elle ressentait était bien au-delà de la souffrance. C'était une terreur brûlante et déchirante. Max n'aurait pas besoin de passeport, là où il allait.

Oh, Kasper, quel petit nazi intelligent tu as été...

56
Adieux

31 août 1939

Pendant des jours, il y eut des échanges diplomatiques entre l'Allemagne et l'Angleterre. L'ambassadeur Nevile Henderson était un messager de la plus haute importance dans ce ping-pong verbal. Mais il ne s'agissait pas d'une stupide petite dispute d'école. Chaque message faisait monter la tension et aucun des deux camps ne cédait. On avait tout essayé. Hitler restait ferme, tout comme Chamberlain. La menace qui planait au-dessus de Berlin était réelle. Georgie avait la bouche sèche, tellement sèche qu'elle ne parvenait pas à effacer le goût de la terreur qui se mêlait à sa détermination.

Elle s'assit devant le QG de la Gestapo, le sac d'affaires pour Max sur ses genoux. Son sac à main était posé sur la voiture. La peur grouillait dans son ventre. Elle arborait sa résolution comme une écharpe volant au vent. Ils ne lui feraient pas ça. Ni à lui ni à elle. Pas sans qu'elle ne se batte. Le plan de Georgie était basé sur la chance et… pas grand-chose de plus. Elle n'en avait parlé à personne.

Elle avait loué une voiture et fermé le bureau. L'attente, comme d'habitude, était insupportable. Un instant, son cœur s'emballa quand elle crut voir Kasper monter les marches, mais elle se calma quand elle constata qu'il s'agissait seulement d'un jeune officier, qui adoptait la même démarche fanfaronne.

Comme l'avait dit la source, un groupe apparut à 11 heures sur les marches. Ils ne cachaient pas leur prisonnier et Georgie fut soulagée de voir Max sans menottes. Il ne boitait pas et il parlait aux hommes qui l'entouraient sans manifester la moindre rancœur. Logique. Il était persuadé de prendre un train ou un avion pour gagner un lieu sûr. La manipulation des nazis fit monter la colère de Georgie.

La voiture démarra. Max était à l'arrière, avec un homme de la Gestapo. Un autre était assis sur le siège passager, à l'avant. Elle les suivit. Elle n'avait qu'à attendre et prier pour une occasion, n'importe laquelle. Ils quittèrent la ville et prirent la direction du sud-ouest. Max devait croire naïvement qu'ils étaient en route pour la gare du Zoo où il prendrait le train pour Paris. Georgie s'ordonna de rester calme au volant, afin de garder ses distances sans les perdre de vue. Bientôt, ils dépassèrent la gare et se dirigèrent vers le nord. Peut-être contournaient-ils la ville pour rejoindre Sachsenhausen ? La voiture de la Gestapo ralentit pour passer un nouveau point de contrôle. Les tempes de Georgie palpitèrent au rythme du moteur. *On y est...* S'agissait-il de sa seule et unique chance ? Une fois qu'ils seraient sortis de la ville, il n'y en aurait sûrement plus. Elle saisit les deux sacs et rassembla tout son courage. En pilote automatique, elle sortit de la voiture après avoir éteint le contact. Elle marcha en direction de la voiture de la Gestapo en accélérant le pas, priant pour que son allure alimente son courage. Son plan devait marcher.

Allez, il est temps de mettre en application les conseils de Margot !

— C'est toi ! hurla-t-elle, en pointant du doigt un des hommes de la Gestapo, qui avait quitté la voiture et discutait avec un garde.

Il se tourna. Par réflexe, il mit la main à sa ceinture, avant de la laisser tomber quand il réalisa qu'il s'agissait d'une femme.

— Qu'est-ce que vous racontez ? demanda-t-il, furieux.

Il était grand et large. Ses muscles étaient visibles à travers sa chemise. Georgie fit appel à sa colère pour ne pas flancher. Elle pointa sur lui un doigt accusateur.

— Toi, espèce de bâtard !

Elle se tourna vers les autres : ses collègues et les passagers des voitures, juste derrière.

— Il m'a agressée. Il m'a fait boire et a profité de moi. Qu'est-ce que le Führer dirait de ça ? Souiller une femme ? Une épouse et une mère ?

Georgie poussa encore son jeu.

— Qu'est-ce que ton épouse penserait de ça, hein ?

Elle avait touché une corde sensible. Il grimaça. Georgie enfonça le clou.

— Je parie qu'elle aimerait être au courant, non ? Je sais où tu habites. Je pourrais lui rendre une petite visite. Ça te plairait ?

Elle sourit, comme si elle était prise de démence. Elle était prête à poursuivre, mais l'homme se rétracta, comme s'il faisait face à une tornade. Il encaissait la force des propos de cette mégère, dont les lèvres hurlaient la rage et dont les doigts s'agitaient comme des baïonnettes. Le chauffeur et l'homme qui était assis à côté de Max sortirent de la voiture pour calmer Georgie, mais elle les esquiva et avança. Le visage de Max était pressé contre la vitre. Il l'avait vue et avait sûrement compris. Georgie ne pouvait s'arrêter. Elle n'osait pas encore relâcher la pression.

— Oui, toi, Hans ! Je m'adresse à toi, lança-t-elle, en s'approchant de lui.

— Vous vous trompez. Ce n'est pas moi.

Il eut l'air à la fois embarrassé et terrifié par le scandale qu'elle causait.

— Eh bien, Hans, ou quel que soit ton prénom, je vais aller tout droit à la Kripo. Je trouverai ton supérieur et je vais m'assurer que tout le monde sache quel bâtard dégoûtant tu es.

Elle avait déjà mal à la gorge, mais poursuivit malgré tout. S'il n'y avait pas eu tout ce monde, les soldats se seraient moqués d'elle, mais à ce moment-là, ils voulaient juste la faire taire. Les passants s'arrêtaient pour contempler le spectacle et les voitures reculaient pour faire demi-tour.

— Nous pouvons parler de ça, mais par ici, dit « Hans » en désignant une petite cahute en bois.

Les hommes s'y étaient regroupés. L'un d'entre eux alluma une cigarette.

C'est maintenant ou jamais, Georgie. Tu vas peut-être mourir, mais fais-le.

Elle haussa les épaules, comme si elle réfléchissait à la proposition, tout en reculant de quelques pas vers la voiture de la Gestapo. Les hommes reculèrent. La scène était finie, cette idiote était apaisée. Georgie tourna les talons, bondit vers la portière et se jeta sur le siège du conducteur, après avoir lancé les sacs derrière elle. Les hommes se figèrent de stupéfaction alors qu'elle démarrait. Elle fit un demi-tour sauvage, défonça la barrière puis s'éloigna en direction de ce qui semblait être une route. N'importe quelle route ferait l'affaire. Le moteur rugissait. Elle avait compté sur l'effet de surprise, mais les hommes se bousculaient déjà pour trouver une voiture et la poursuivre. Ils emprunteraient une voiture militaire ou prendrait celle qu'elle avait abandonnée. Elle avait calculé qu'elle aurait tout de même une minute d'avance. Max resta d'abord silencieux, peut-être sous le choc, puis il prit la parole d'une voix saccadée.

— Je ne les vois pas. Pas encore.

Elle avait le pied enfoncé sur l'accélérateur, mais le véhicule avançait poussivement et les pneus crissaient sur le chemin caillouteux. Les articulations de ses mains étaient blanches tellement elle serrait le volant. Elle n'osait pas regarder dans le rétroviseur et s'en tenait à ce que Max lui disait.

— Ils sont derrière nous, ça y est, je les vois !

— Je ne peux pas aller plus vite ! s'écria-t-elle.

Après ce qui lui sembla une éternité, il hurla joyeusement :

— Tiens bon ! Ils ralentissent. Je crois qu'ils se sont arrêtés ! Je pense qu'ils ont un pneu crevé, bon Dieu !

Elle ne vérifia pas et se contenta de rouler le plus loin et le plus vite possible durant vingt minutes, jusqu'à ce qu'ils se trouvent en pleine campagne et que la jauge de carburant lui indique qu'ils seraient bientôt à sec.

— Bon sang, Georgie, qu'est-ce que tu as fait ? demanda Max alors qu'elle osait enfin ralentir.

C'était évident : il considérait qu'elle était allée trop loin, juste pour retarder son expulsion.

— On ne te conduisait pas à la gare, ni à l'aéroport, expliqua-t-elle tout simplement, les yeux fixés sur la route. Ils n'ont pas ton passeport et ils n'ont jamais eu l'intention de le récupérer pour te le donner.

— Mon Dieu. Vraiment ? Ils étaient si convaincants.

— C'est leur boulot, Max. Et ils sont excellents à ce petit jeu, au cas où tu ne l'aurais pas remarqué.

Ils se garèrent devant une ferme en piteux état et trouvèrent une carte dans la boîte à gants. Ils essayaient de comprendre où ils étaient et où aller quand un vieux monsieur, un fermier, se dirigea vers eux.

— Nous sommes juste perdus, d'accord ? chuchota Georgie alors qu'il approchait.

Elle composa un sourire.

— Est-ce que je peux vous aider ? dit l'homme.

Il n'avait pas l'accent allemand. Georgie était certaine qu'il était polonais. Peut-être juif. Ils tentèrent de lui faire croire qu'ils étaient perdus, mais le fermier observa la voiture – c'était un véhicule de la Gestapo – et ses plaques d'immatriculation. Il eut l'air méfiant. Georgie espérait que les choses tourneraient en leur faveur.

— Nous ne sommes pas de la Gestapo, annonça-t-elle brusquement, en sortant sa carte de presse, devant le regard abasourdi de Max.

C'était leur seule chance de s'en sortir. Ils devaient expliquer pourquoi ils se trouvaient dans une telle voiture. La chance leur sourit. Le fermier était juif, marié à une Allemande, et clairement anti-nazis. Ils poussèrent la voiture jusque dans sa grange et la recouvrirent d'une bâche. Il appela deux jeunes hommes musclés qui travaillaient juste à côté.

— D'ici une heure, ce ne sera plus qu'un tas de pièces détachées, annonça-t-il avec un sourire satisfait.

Le fermier et sa femme leur offrirent de dormir chez eux, mais Max et Georgie refusèrent pour ne pas les mettre en danger. À table, Max dévora sa part pendant que Georgie l'observait, cherchant sur son visage des signes de son séjour dans le QG de la Gestapo. Il avait plusieurs bleus sur les joues. Elle imagina la main qui le giflait. Et ce n'était rien à côté de son cou gonflé et violacé. Georgie eut un pincement au cœur, même si Max rayonnait de plaisir en mangeant ce bon repas. Il savourait sa liberté retrouvée. Peut-être que ses années d'internat l'avaient rendu plus fort que ce qu'elle imaginait. On leur donna un bol d'eau chaude et ils se nettoyèrent abondamment. Puis, Georgie joua de son poudrier pour masquer les blessures de Max.

— Tu as déjà pensé à être maquilleuse ? la taquina-t-il.

— Peut-être bien. Et toi, qu'est-ce que tu vas faire de ton avenir ?

— Je suis assez doué pour préparer des cocktails. Tu penses que je peux prétendre à un avenir dans ce domaine ?

À 15 heures, ils étaient allongés sur un lit de navets et de pommes de terre, dans la remorque du fermier, recouverte d'une bâche. Le dernier vol partant de Tempelhof vers l'Europe était à 17 heures. Ils devaient impérativement le prendre. Max avait affirmé que le train serait plus dangereux, car ils auraient plus de chance de se faire contrôler. Ils n'espéraient qu'une chose : que la Gestapo penserait qu'ils gagneraient la frontière en voiture, évitant l'aéroport, bien trop exposé. Et à dire vrai, il l'était. Mais une fois qu'ils auraient décollé et qu'ils seraient hors de l'espace aérien allemand, ils seraient sauvés. Ils devaient seulement affronter l'aéroport. Ils restèrent silencieux un moment, attentifs au sifflement mélodieux du fermier, dont le véhicule cahotait sur le chemin. Même si la perspective ne les réjouissait guère, il y avait assez de légumes pour se cacher en cas de contrôle.

— Je pense que si tu utilisais un navet en guise de chapeau, tu serais très élégante.

— Avec des pommes de terre en guise de boucles d'oreilles ? dit-elle en riant.

Un répit… L'épuisement et l'adrénaline leur avaient donné le sens de l'absurde.

— Tu serais la reine des pages de mode. Sûr et certain.

— Plutôt la reine des journalistes de mode ? le taquina-t-elle.

— Non, absolument pas. Tu es George Young, une journaliste redoutable. Et ma sauveuse.

Elle haussa les épaules.

— Simple routine, Max Spender, reporter extraordinaire.

— Quel gâchis : on va sûrement nous renvoyer. Je pense avoir grillé ma dernière cartouche au *Telegraph*.

— Henry ne sera pas très content de moi non plus. Peut-être que nous pourrions tout simplement partir loin, dans un endroit exotique, et en profiter pour éviter la guerre ? proposa-t-elle en rêvant. Qu'est-ce que tu en dis ?

— Oui. Avec plaisir.

Désormais, il n'y avait plus de trace d'humour dans sa voix. Il était solennel. Elle plissa les paupières dans l'obscurité pour tenter de déchiffrer l'expression de son visage et de comprendre son état d'esprit… pour la centième fois au moins depuis leur rencontre au Ritz. Et elle échoua. Encore.

— Max ?

Sa main glissa dans le noir pour trouver la sienne et leurs doigts s'entrelacèrent. Elle ne tressaillit pas, ne se dégagea pas. Sa peau était chaude. Il faisait chaud. Mais il y avait quelque chose. Comme une énergie.

— Épouse-moi, murmura-t-il.

Son rire mourut alors que le camion roulait sur un nid-de-poule et bondissait.

— Quoi ?

— Épouse-moi, s'il te plaît, Georgie Young. Bon sang, tu es épatante, courageuse et merveilleuse, et j'aurais bien de la chance si tu disais oui. Épouse-moi et on parcourra le monde ensemble : on sera la meilleure équipe de tous les temps.

Elle fut réduite au silence par son absolue certitude… Certitude de quoi ? Elle n'en savait rien.

— Mais pourquoi ?

— Parce que je t'aime.

— Mais… Quoi… Depuis quand ?

Elle qui passait son temps à écrire… Elle ne trouvait plus les mots.

— Oh, depuis une éternité, dit-il avec ferveur.

— Ne me dis pas que tu as eu le coup de foudre, Max Spender, parce que je ne te croirais pas.

Il rit.

— Non, certainement pas au Ritz. À ce moment-là, j'ai pensé que tu étais moqueuse, agressive et intelligente. Et pas qu'un peu !

Elle s'apprêta à répondre, mais il fut plus rapide.

— Et moi, j'étais arrogant, trop sûr de moi et plein de préjugés.

— Et maintenant ?

Jamais on ne lui avait fait de déclaration d'amour. Elle mourait d'envie qu'il poursuive.

— Je suis tout à toi. Ou du moins, je voudrais l'être. Je pense que tous les deux, nous sommes faits l'un pour l'autre, Georgie. Je n'aurais voulu personne d'autre que toi pour me sauver.

Il y eut un silence. Le camion bondit de nouveau ; les navets furent secoués, de nouveau. Rien n'aurait pu rendre cette journée plus étrange. Il sembla inquiet qu'elle ne réagisse pas.

— George ? Est-ce que tu peux tout de même réfléchir ?

En avait-elle besoin ? La façon dont son cœur se serrait quand elle l'imaginait dans le QG de la Gestapo… Ce n'était pas de l'amitié. Pour lui, elle avait tout risqué : son futur, sa liberté et son travail adoré. Sa vie. Le coup de poignard quand elle le voyait avec Simone… La pression de sa main sur la sienne la nuit avant son arrestation…

— Tu avais dit que tu avais quelqu'un d'autre en tête, murmura-t-elle, n'arrivant toujours pas à le croire.

— C'est toi, Georgie, soupira-t-il. C'est toi depuis si longtemps.

Il s'interrompit en fronçant les sourcils.

— Quand j'étais dans cette cellule, tu étais la seule à qui je pensais sans cesse. Je ne pouvais pas supporter l'idée de ne pas te revoir.

— Vraiment ?

— Oui, vraiment.

Il tâtonna dans l'obscurité, trouva un fil métallique qui fixait une boîte, l'arracha et le façonna de manière à former un anneau.

— Georgina Young, tu es la seule femme que j'imagine à mes côtés pour parcourir le monde. Je pense – j'espère – que tu ressens la même chose. Alors, bon sang, est-ce que tu veux m'épouser ?

Elle inspira longuement. Ils étaient en fuite, au milieu de nulle part. L'odeur terreuse des légumes emplissait ses narines. Elle n'avait aucune idée de ce qui les attendait. Mais une seule réponse s'imposa à elle.

— Oui, Maximus Titus Aurelius Spender. Bon sang, je le veux.

Il lui passa l'anneau au doigt et se pencha pour l'embrasser. Ses lèvres étaient douces, comme elle l'avait imaginé. Pas sèches, ni poussiéreuses. Avait-elle déjà imaginé cet instant ? Oui, évidemment, dans un recoin de son cœur. Les yeux fermés, ils s'enlacèrent et leurs corps se moulèrent l'un contre l'autre. Les bosses sous eux étaient comme une vague. Même si leur plaisir fut stoppé net par un à-coup, un long frisson la traversa.

Pour une fois, ce n'était pas dû à l'angoisse ou à la peur. C'était un frisson de délice. De pur délice.

— Parfait, dit-il, en lui offrant un sourire large qui découvrait ses dents blanches.

— On doit juste filer sous le nez des nazis et ne pas se faire attraper. Ni tuer.

— Routine, pour la meilleure équipe de Berlin !

Le fermier les déposa dans une petite rue, à cinq cents mètres de l'aéroport, et leur souhaita bonne chance. Georgie s'épousseta et tenta de faire comme si elle était une voyageuse normale. Elle rangea ses cheveux sous un chapeau et se maquilla plus que d'habitude. Max enfila une chemise propre et la boutonna jusqu'en haut pour cacher les marques de son cou. Ils étaient considérés comme *persona non grata* en Allemagne, mais n'avaient pas besoin de ressembler à des fugitifs désespérés. Sur le trajet, ils échafaudèrent des plans. Ils se mirent d'accord pour passer par l'entrée principale de manière éhontée, plutôt que rôder aux alentours. Ils risqueraient alors de croiser des gardes. Ils s'arrêtèrent à une cabine téléphonique : Georgie avait une faveur à demander à quelqu'un…

Tempelhof avait changé depuis leur arrivée, un an auparavant. Les militaires étaient plus nombreux que les agents de service. Ils étaient présents à chaque entrée, bien armés. Et ce vrombissement perpétuel au-dessus de leurs têtes : le trafic aérien avait augmenté. Max saisit la main de Georgie alors qu'ils rejoignaient les portes du terminal. Il la serra fort.

— Il est temps de dégainer tes excellents talents d'actrice, dit-il, rayonnant comme seul un homme qui venait de se fiancer pouvait l'être.

Georgie se rappela cette femme, au Circo, et elle rejeta sa tête en arrière en riant.

— Regarde et prends-en de la graine, Max Spender. Sois bien attentif !

Il y avait une petite queue pour rejoindre la porte d'embarquement. Les soldats vérifiaient attentivement les papiers. Ils supposaient que les SS avaient mis les frontières en alerte, mais espéraient que Tempelhof était tout en bas de la liste. Ils attendirent le bon moment... et eurent la chance qu'une femme d'un certain âge leur fournisse une occasion. Elle fouillait son sac à la recherche de son passeport pendant que le jeune soldat s'impatientait.

— Je l'ai, quelque part par là, murmurait-elle. Je suis certaine de l'avoir pris.

— Maintenant ! souffla Max en tirant Georgie par la main, en s'élançant en avant.

— On va le rater si on ne se dépêche pas, chéri ! lança-t-elle avec son meilleur accent allemand. Et notre lune de miel sera fichue !

Son visage se tordait de contrariété. Ils se présentèrent au soldat qui prit l'air terrifié en voyant ses larmes : soudainement, il avait deux cas délicats sur les bras.

— Pardon… Est-ce qu'on peut… ? Merci…

Max dépassa la vieille dame qui fouillait toujours dans son sac, et jeta un regard de complicité masculine au soldat : « S'il vous plaît, aidez-moi à ne pas décevoir ma femme. »

La vieille dame grommelait sans cesse. Le soldat se figea un instant, puis il leur fit signe d'avancer, et vite. Ils passèrent le portique et se précipitèrent au guichet.

— Une étape de franchie, marmonna Max.

— Il en reste plusieurs…

Fort heureusement, il n'y avait pas la queue. La guichetière était une jeune femme séduisante. Max usa de son charme. Georgie restait en arrière.

— Dites-moi, je me demandais si vous pouviez être mon ange gardien ? demanda-t-il alors que l'expression de son interlocutrice s'adoucissait.

Il désigna Georgie, qui avait pris l'air triste.

— Ma fiancée et moi venons de rendre visite à ses parents à Berlin, mais nous venons d'apprendre que ma mère, qui habite à Londres, est gravement malade. Nous devons partir aussi vite que possible.

Il grimaça.

— Il ne lui reste plus longtemps à vivre. Je me demandais si vous pouviez nous aider ? Si possible… Nous vous serions tellement reconnaissants.

La guichetière eut l'air de compatir.

— Je suis certaine que je peux faire ça pour vous, *sir*. Il reste une place pour le vol de 17 heures.

Elle regarda par-dessus son épaule, en direction de Georgie.

— Peut-être que votre fiancée peut prendre un autre vol ?

Georgie prit un air désespéré. Ceci dit, elle n'avait pas à surjouer, comme en témoignaient ses battements de cœur précipités.

— Oh, Max, gémit-elle, pathétique. Tu ne vas pas partir sans moi, si ? Tu ne peux pas me laisser toute seule ici, je ne le supporterais pas.

Max avait sorti une liasse de billets, comme le ferait un homme fortuné, et la guichetière prit l'air angoissé.

— Laissez-moi voir…, souffla-t-elle en examinant le plan de l'intérieur de l'avion. Je suis certaine que nous pouvons faire quelque chose… Une exception pour votre mère…

— Vraiment ? dit Max en souriant de gratitude. Ça représenterait beaucoup pour nous et pour elle.

— Pas de bagages ?

— Juste notre bagage à main, répondit Max, pris de court. Le reste suivra. Nous n'avons pas eu le temps de faire nos bagages.

Quand ils lui tendirent leurs passeports, Georgie sentit la sueur dévaler dans son dos. La guichetière était-elle méfiante ? Vérifiait-elle s'ils figuraient sur la liste de personnes recherchées ? Quand elle leur tendit leurs billets et leur souhaita bon voyage, Georgie eut du mal à le croire.

— Vous avez même le temps de boire un verre si vous vous dépêchez, avant le départ, ajouta-t-elle gaiement, quand Max lui serra la main en signe de gratitude.

— Vous êtes vraiment mon ange gardien.

Ils s'éloignèrent avec soulagement.

— Voyez-vous ça ! Ta prestation méritait un Oscar, dit Georgie alors qu'ils s'éloignaient d'un pas décidé. Rappelle-moi de ne jamais vraiment te faire confiance ! Surtout quand tu devras te faire pardonner après une dispute.

— Touché, Fräulein Young, rétorqua-t-il en serrant sa main. Mais nous n'en sommes pas là. Nous en sommes toujours à la phase d'idéalisation.

Même s'ils avaient terriblement besoin de boire un verre, ils se rendirent chacun aux toilettes et comptèrent les secondes jusqu'à ce qu'ils puissent se rejoindre à bord. Le temps passait de plus en plus lentement. Georgie n'avait presque plus d'énergie. Seuls son désir farouche de survivre et sa terreur pure l'aidaient à tenir. S'ils se faisaient prendre, ils n'auraient aucune excuse, pas même celle d'être journalistes. Ils ne pourraient se défendre. Ce serait la fin de tout.

Elle vérifia à la hâte son reflet dans le miroir et eut du mal à se reconnaître. En arrivant en Allemagne, elle était toute neuve. Elle était impatiente et naïve. Désormais, elle avait de l'expérience et avait l'air lasse, voire cynique. Cerise sur le gâteau, c'était une fugitive. Comment tout ça avait-il pu se produire ?

Ils se retrouvèrent au moment d'embarquer. Leurs mains s'entrelacèrent et ils marchèrent avec une assurance feinte jusqu'aux portes d'embarquement.

— Nous vous souhaitons un agréable voyage, lança le steward après avoir vérifié leurs billets.

En marchant sur le tarmac, Georgie avait l'impression de fuir une prison étouffante. Même le courant d'air provoqué par le moteur de l'avion était agréable à respirer, car le soleil avait disparu. Et pourtant, chaque pas qui les rapprochait de l'avion comptait, notamment parce que la main moite de Max serrait la sienne au rythme de leur avancée. Un pas de plus. Un de plus. Son pouls pulsait dans ses oreilles ; son cœur battait la chamade et Georgie luttait désespérément pour se contenir. Elle devait prêter attention au moindre bruit, et être en alerte. Elle avait besoin de savoir s'ils n'avaient pas la Gestapo aux trousses, et se tenir prête à fuir. Mais il n'y eut pas de *Halt ! Halt !* criés derrière eux. Pas encore…

Ils atteignirent les marches de l'avion. Max la traîna presque à l'intérieur. Quand ils s'assirent, il regarda à travers le hublot. Ils attachèrent leur ceinture, ne souhaitant qu'une chose : que les portes soient fermées et que l'avion décolle. Max quitta des yeux le tarmac pour sourire faiblement à Georgie. Ils y étaient presque.

Est-ce qu'elle pensait la même chose ? Oserait-elle lui sourire ?

Mais le moteur ralentit. Les stewards parlèrent à voix basse en regardant vers le bout de l'avion. Dans leur direction. C'était eux qu'ils observaient. On approchait et ils n'avaient aucune chance de fuir. Par le hublot, ils virent une voiture remonter la piste de décollage. Des SS en sortirent et se dirigèrent avec assurance vers l'avion.

Ils y étaient presque, pourtant...

Georgie se prépara à ce que les portes s'ouvrent, à ce que les aigles SS viennent attraper leur proie et à encaisser l'humiliation d'être arrêtée alors que la liberté était à portée de main. Mais rien de tel ne se produisit. Les stewards continuaient à discuter. Elle se contorsionna pour voir à travers le hublot. La mince silhouette si familière aux cheveux roux qui parlait, qui négociait… Qui semblait hausser le ton et insister. Sam Blundon. Son ange gardien. Ça dura une éternité. Max et elle transpiraient abondamment ; ils échangeaient des regards tour à tour défaitistes ou pleins d'espoir. Mais Sam remporta la partie. Dans un accès de colère, un des SS leva les bras en l'air, avant de retourner dans sa voiture, dont il claqua la portière. Sam plissa les paupières en regardant l'avion. Il les cherchait du regard et Georgie lui fit frénétiquement signe. La voyait-il ? Lui adressait-il des signes ?

Déjà, l'avion prenait son élan. Le temps n'était plus figé. Le regard de Max était incrédule, tout comme le sien : ils avaient une chance inouïe. Elle s'adossa contre son siège. Quelque chose crissa dans sa veste. Il s'agissait d'une enveloppe qu'elle n'avait pas eu le temps d'ouvrir avant de partir, le matin. Et c'était la distraction dont elle avait besoin après cette folle aventure. L'écriture, familière, lui fit battre le cœur plus fort.

Chère Georgie,

J'espère que tu vas aussi bien que Sara, les enfants et moi. Oui ! Ce dont je n'osais rêver s'est produit. Nous nous sommes retrouvés à Londres, dans ta magnifique ville natale. Mon seul regret ? Que tu n'aies pas été là pour voir ça. Le cœur de Sara s'est réparé instantanément, recousu avec des fils d'amour pur (tu vois à quel point le style journalistique m'a quitté). Pour le vieil homme que je suis, c'était... Je ne peux décrire la sensation : leurs corps innocents et respirant la santé blottis contre le mien, l'odeur de leurs cheveux... C'était comme si j'assistais à leur naissance, une deuxième fois. Merci à toi et à Max, à tous ceux qui nous ont aidés, merci, merci, merci. Je suis assis près de ton père, au moment où je t'écris, et nous buvons une pinte de bière tiède, anglaise à souhait. Il y en a une qui t'attend au bar. Rentre vite à la maison si tu le peux, mon adorable et courageuse Georgie.

À toi pour toujours, Rubin Amsel.

Quand l'avion décolla enfin, elle eut la gorge serrée. Elle était à deux doigts de fondre en larmes. Cette lettre était la meilleure des nouvelles. Mais n'était-elle pas triste aussi ? Oui et non. Elle regrettait ceux qu'elle avait perdus ou laissés derrière elle ; ceux qui avaient peu de chances de s'échapper : Margot, Karl et Elias, bien sûr, qui ne pourrait pas fuir de Sachsenhausen. Comme tellement d'autres Juifs à Berlin et ailleurs... L'assassin de Paul, victime du Reich, restait impuni et on autorisait le docteur Graf à exercer ses talents criminels. Kasper répandait le mal. Max, Rubin et elle n'avaient pas réussi à dévoiler au grand jour ce que Paul avait découvert et les intentions meurtrières d'Hitler.

Peut-être que Sam avait raison : il fallait se contenter de triomphes modestes. Comme celui du sauvetage des Amsel. La bande allait lui manquer. Berlin avait constitué son baptême du feu, sa chance de prouver sa valeur. Mais la ville allait devenir un champ de bataille. On étouffait déjà la parole des journalistes et ça ne ferait qu'empirer. Elle pourrait écrire sur la guerre ailleurs… si Max et elle avaient toujours un travail. Il était hors de question d'oublier que Georgie Young avait un nouveau compagnon. Elle pensa au futur qui l'attendait avec l'homme qui serrait toujours sa main, l'homme qu'elle aimait sans aucun doute depuis le début, sans avoir voulu l'admettre, même à elle-même.

Elle se tourna vers son visage las, et observa ses yeux fermés : il était épuisé. Elle songea au chemin qu'ils avaient parcouru depuis cette nuit torride et enivrante au Ritz. Ils avaient grandi. Ils étaient des adultes. Un homme et une femme appartenant pleinement au monde du journalisme. Sous eux, la piste de décollage, et une Allemagne bien différente de celle de leur arrivée… C'était un pays en guerre. Il y avait des rangées d'engins militaires, comme des papillons de nuit noirs, qui n'attendaient qu'à démarrer, les drapeaux cramoisis, gonflés par le vent, qui appelaient de manière sanglante à prendre les armes. L'avion s'élevait, se propulsait vers le ciel et bientôt, ils seraient hors de l'espace aérien allemand. *Peut-être pour toujours*, songea Georgie.

Crépitement dans le haut-parleur :

— Bonjour, messieurs-dames, nous espérons que vous avez apprécié votre séjour dans notre belle ville de Berlin.

Un comité de réception constitué… d'une personne les attendait à Paris, grâce à Sam qui s'était chargé de faire passer le message de leur arrivée. Mais cette silhouette, l'étreinte de ces gros bras et ce sourire immense valaient n'importe quelle foule.

— Bienvenue à Paris, gamins, dit Rod en les serrant tous les deux dans ses bras. Alors, vous vous êtes enfuis ?

— On n'avait pas le choix, on devait partir. Ils ont menacé de ne plus servir de strudels !

— Ils se foutent de nous ! s'écria Rod. Mais je vais te dire une chose : j'ai découvert la meilleure des pâtisseries et ils font des choux à la crème à tomber par terre !

57

L'inévitable

Paris, 3 septembre 1939

Trois jours plus tard, la nouvelle tomba. Georgie et Max n'auraient jamais pensé l'entendre bien à l'abri des nazis. Ils étaient installés à la terrasse d'un café. Rod était concentré et son visage barbu reposait sur ses poings serrés. Le patron alluma la radio et choisit la BBC internationale. Les clients se turent. La voix du Premier ministre Neville Chamberlain était faible, déjà teintée de défaitisme.

— Je dois vous l'annoncer…

Une rafale de vent rendit la suite de son discours inaudible.

— … Et par conséquent, nous sommes en guerre contre l'Allemagne.

La suite ? Ce n'était que des détails. Le mot fatal avait été prononcé. L'orage était là et les nuages crevaient. Une pluie diluvienne de soufre et de feu s'abattait sur le monde.

Max pressa la main de Georgie. La bague de fortune s'enfonça dans sa peau.

— Eh bien, dit-il en souriant. On ferait mieux de se mettre au boulot !

Épilogue

Carte postale de Paris,
Le 3 septembre 1939

Chers insulaires, de l'autre côté de la Manche,
À Paris, il fait encore beau, le vent fait bouger les auvents en tissu qui abritent les terrasses des cafés alors que les citoyens français et anglais se massent autour de leur radio. Quand M. Chamberlain a annoncé que nous étions en guerre contre l'Allemagne, on a pu voir des réactions variées : de la peur, du stoïcisme et du soulagement : Hitler devait être stoppé. Ni ses bottes ni son ego ne pouvaient continuer à écraser impunément les nations qu'il s'approprie d'un coup de tête.
Aimons-nous la guerre ? Non. En avons-nous peur ? Peut-être. Pouvons-nous la gagner ? Le verdict est incertain. Mais il y a ces convictions : nous pouvons faire avancer les choses. Il faut repousser la tyrannie, manifestation pure et simple du mal. On ne doit pas autoriser les tyrans à triompher. Nous ne sommes certains que d'une chose :

nous devons tout faire pour écraser notre ennemi. Le temps est venu, pour nous, pays alliés, de nous dresser et de nous battre pour la liberté.
Signé, votre correspondante allemande

NEWS CHRONICLE

6 septembre 1939, p. 6

Une journaliste du News Chronicle se marie

NOTRE JOURNALISTE, L'AUTEURE DES *CARTES POSTALES DE BERLIN*, ÉPOUSE UN CONFRÈRE.

Voici une heureuse nouvelle, au moment où la Grande-Bretagne se prépare au conflit résultant de l'invasion de la Pologne. Ancienne correspondante, Miss Georgina Young, qui avait pour pseudonyme George Young, a épousé M. Max Spender, qui était lui aussi correspondant à Berlin pour le *Daily Telegraph*. Ont assisté à la cérémonie : M. Rod Faber, correspondant en chef du *New York Times,* expulsé d'Allemagne par le régime nazi, M. Bill Porter et M. Samuel Blundon, assistant d'ambassade britannique, arrivé récemment à Paris, alors que la présence britannique à l'ambassade a drastiquement baissé à Berlin.

L'heureux couple s'est rencontré à Berlin il y a un an. Une année qu'ils décrivent comme « pleine d'aventures et riches en apprentissages ». Ils ne partiront pas tout de suite en lune de miel. Après un goûter festif au Ritz, le couple voyagera en Europe, où ils poursuivront leur mission de journalistes pour le compte du *News Chronicle* et du *Daily Telegraph*.

NEWS CHRONICLE

5 juin 1940, article illustré en dernière page

Après l'évacuation

De notre correspondante George Young, envoyée spéciale dans la ville balnéaire de Dunkerque, déserte après la spectaculaire offensive alliée sur les côtes françaises.

Dunkerque est désolé. Les gens qui restent sont affamés et désespérés. Désormais, c'est un cimetière. Les rues sont vides, comme celles d'une ville côtière britannique en plein hiver. L'évacuation est finie et il ne reste désormais que des restes de la bataille sur les larges plages : un navire de guerre français, qui gît comme une orque échouée, son ventre exposé, sa carcasse d'acier coupée en deux par des bombes allemandes. Des cadavres de fidèles chevaux, laissés là, leurs flancs toujours brillants, picorés par des goélands affamés.

Seule une poignée de ramasseurs d'épaves osent récupérer ce qu'ils peuvent. Et l'odeur… Un mélange de chair humaine et de poudre âcre prend le pas sur l'air marin. Le silence est presque complet, à part les mouettes et le moteur de notre bateau qui s'apprête à quitter les côtes françaises. Un sentiment de désolation nous envahit, alors que nous nous éloignons. Dunkerque est laissé aux mains des Allemands, qui ne vont pas tarder à l'occuper. Leurs chars et leurs troupes sont prêts à l'envahir, alors que la flotte britannique recule pour se mettre en sécurité, se regrouper et relancer le combat ailleurs.

TIME MAGAZINE

24 avril 1945

Un camp de la mort efficace, mais oublié

PAR GEORGE YOUNG. PHOTOS DE MAX SPENDER

Non loin des décombres de la ville de Berlin se trouve une autre catastrophe de cette guerre, petite en comparaison, et cachée derrière un mur en pierre de neuf pieds de haut. Sachsenhausen est l'un des camps de concentration les moins connus. Rien de comparable avec l'horreur d'Auschwitz et de Bergen-Belsen. Moins connu, oui, mais la souffrance n'est pas moins difficile à observer. Les signes de cruauté humaine sont évidents : une chaussure esseulée, laissée là, un bout de tissu, arraché d'un vêtement de détenu. Preuves des vies sacrifiées, marquées par la puanteur de la mort et de la torture.

Les pauvres âmes qui ont survécu sont squelettiques, leurs visages sont pincés et fantomatiques, leurs yeux vitreux. Ils s'emplissent d'un espoir incertain en nous voyant. Leurs sourires sont fragiles. Ils se demandent s'ils sont libres pour de bon.

J'y suis allée peu de temps avant que la guerre n'éclate. Je n'ai vu que l'extérieur. Je savais qu'on souffrait derrière ce mur, mais il faut le voir pour le croire.

Depuis son ouverture en 1936, Sachsenhausen a tenu lieu de prototype, de laboratoire pour mettre en place le fonctionnement nazi, pour perfectionner l'art de la torture et s'entraîner à tuer plus efficacement. Ainsi, on y produisait des choses et on variait les plaisirs… Tout pour réaliser l'utopie d'Hitler : il y avait un atelier de fausse monnaie ; on y testait les chaussures militaires ; les biologistes développaient leur gaz moutarde. Un camp relativement petit et discret, non loin de Berlin, mais tellement, tellement mortel…

Les prisonniers étaient de toutes sortes : opposants politiques allemands, Juifs, Roms, témoins de Jéhovah, homosexuels, asociaux, retardés mentaux, agents secrets britanniques, issus de la Direction des opérations spéciales : tous ont été emprisonnés là-bas et bon nombre d'entre eux y sont morts. En tout 30 000. Les 30 000 autres ont été forcés à quitter les lieux quelques jours avant que les Soviétiques n'arrivent pour les libérer, quand les nazis fuyaient tout en essayant de cacher leurs noirs petits secrets. Nous avons sous les yeux les restes d'un camp inhumain.

L'odeur pénètre dans nos narines, aigre et désagréable. La vue est au-delà de ce qu'on pourrait imaginer. Des baraquements disposés en éventails dans lesquels on regroupait les prisonniers, placés de telle sorte qu'ils n'échappent pas aux mitrailleuses depuis les postes de surveillance. Mitrailleuses qui tiraient sur quiconque s'aventurait au milieu des baraquements, sur cette « Zone de la mort ». Les lieux sont désormais vides, mais c'est un crève-cœur d'imaginer la vie quotidienne à Sachsenhausen ; la torture et l'abjecte cruauté, mais aussi l'humour, la ténacité et l'appétit de vivre qui ont conduit certains à s'en sortir vivants.

Ce nom ne restera pas gravé dans la conscience collective, mais Sachsenhausen doit retenir notre attention et nous marquer pour toujours.

Ce correspondant ne l'oubliera certainement pas.

DER BUND

13 mars 1946, p. 17

Le décès du docteur est considéré comme un suicide : ses éventuels liens avec les nazis ne pourront plus être prouvés

La mort d'un ancien médecin allemand, dont le corps a été retrouvé à son domicile il y a trois semaines, a officiellement été déclarée comme suicide par un médecin légiste suisse, écrit notre correspondant.

Le corps du docteur Frederik Graf, soixante-cinq ans, a été trouvé par sa femme, Lieda, après un épisode de dépression. Elle a dit à la cour des médecins légistes de Berne qu'il avait laissé une note : « Désolé ». Quand on lui a demandé pour quelle raison il pouvait être désolé, Lieda Graf a secoué la tête, envahie par l'émotion.

Docteur Graf s'est fait connaître à Berlin, dont il était originaire, à l'institut Haas, une clinique renommée pour ses soins aux personnes âgées. Mais depuis la fin de la guerre, des rumeurs pesaient sur lui, concernant ses liens avec les hauts dirigeants nazis.

Il est arrivé à Berne – certains disent qu'il a fui – en février 1945 et a accepté un poste de médecin en hôpital. Mais il prit sa retraite peu de temps après pour raison de santé. Il laisse derrière lui son épouse. Ses deux fils ont été tués lors de la bataille du jour J en France.

DAILY MIRROR

23 décembre 1947, p. 10

Un chef nazi arrêté à cause de ses yeux « inhabituels »

Le dernier jour du procès d'Auschwitz, qui a duré un mois en tout, a pris une tournure étonnante. Un officier qui travaillait dans un camp de concentration a été jugé coupable à cause de ses yeux vairons.

Le procès du commandant de sous-camp Kasper Vortsch, qui se tenait aux côtés de quarante autres gardes et officiers travaillant dans l'un des principaux camps de la mort, était voué à ne pas aboutir par manque de preuves.

Vortsch, quarante-quatre ans, n'a cessé de dire qu'on se trompait de personne.

Mais lorsque l'ancien prisonnier Egon Cussel a vu une photo de lui dans la presse, il l'a reconnu immédiatement comme « celui qui avait ces drôles d'yeux ».

« J'étais à Sachsenhausen au début de la guerre et il venait à la caserne tout le temps, a témoigné M. Cussel, lors du procès. Ils nous faisaient servir à table. Des assiettes pleines de nourriture, alors que nous n'avions droit qu'à une soupe de navet très claire. Il avait un sourire charmant, mais après le repas, il nous forçait à regarder les prisonniers rester debout des heures en position de squat. On les voyait lutter et angoisser jusqu'à ce qu'ils tombent et soient frappés. J'ai vu ses yeux vert et gris s'illuminer quand il les regardait souffrir ».

À la fin de ce témoignage accablant, M. Cussel a ajouté : « Mon frère Félix est sorti vivant d'Auschwitz et il m'a parlé d'un officier aux yeux vairons : il l'a décrit comme "un bâtard particulièrement cruel", qui aimait regardait les prisonniers faire des squats jusqu'à ce qu'ils tombent. J'ai tout de suite su de qui il parlait. Malheureusement, Félix est mort un mois après avoir quitté le camp. C'est pourquoi je suis ici, aujourd'hui. »

Vortsch a été condamné à vingt ans de prison. Il est coupable de la mort d'une centaine de détenus à Auschwitz et il n'a pas fait appel.

NEWS CHRONICLE

16 août 1950, dernière page

Un enfant issu du Kindertransport est diplômé d'Oxford

L'un des premiers enfants à avoir bénéficié de l'opération humanitaire pour sauver les enfants juifs de la tyrannie allemande vient d'obtenir son diplôme de fin d'études à Oxford.

Ester Amsel, qui a maintenant vingt et un ans, était parmi les premiers enfants à être rapatriés en Angleterre grâce au Kindertransport, avec son frère Leon, qui avait douze ans. Ester n'avait que neuf ans quand elle a dû faire ses adieux à ses parents sur un quai de gare à Berlin. Elle ne savait pas si elle les reverrait un jour.

« Je me souviens de ce jour-là, nous confie-t-elle. Ma mère essayait de ne pas pleurer et elle me disait de faire preuve de bonnes manières en Angleterre. Je réalise maintenant comme ça a dû être une épreuve pour nos parents, de nous envoyer si loin. Mais grâce à Dieu, ils l'ont fait. »

Les parents d'Ester, Rubin et Sara, ont eu la chance de pouvoir fuir l'oppression et l'antisémitisme quelques semaines avant que la guerre n'éclate. Ils ont été aidés par deux journalistes britanniques, correspondants à Berlin : l'ancien journaliste du *Daily Telegraph* Max Spender et Georgie « George » Young, qui était journaliste chez nous à l'époque.

Ces deux journalistes, qui se sont ensuite mariés, ont dû fuir l'Allemagne à la dernière minute, au moment où les chars d'assaut allemands entraient en Pologne. Ils étaient tous les deux présents pour la remise des diplômes. Ester obtient le prix d'honneur pour son excellente scolarité à l'université de Somerville. Quant à son frère, Leon, il possède une entreprise d'ingénierie à Bristol.

« Nous sommes ravis de voir Ester et Leon réussir, nous a dit Georgie Young. Les Amsel étaient comme toutes ces familles à l'époque en Allemagne : ils vivaient dans la peur et leur destin aurait pu être tellement différent sans le Kindertransport. Cela a sauvé des enfants comme Leon et Ester. Ça leur a offert un avenir. »

Une fois réunie à Londres, la famille Amsel s'est installée dans les Cotswolds, à Stroud, où M. Amsel, un ancien journaliste, a travaillé pour le *Gloucester Citizen*. « Nous avons laissé tellement de choses derrière nous, déclare-t-il. Notamment mon beau-frère Elias, qui n'a malheureusement pas survécu à son séjour à Sachsenhausen…

Mais nous sommes infiniment reconnaissants d'avoir échappé au destin terrible auquel ont été confrontées tant de familles. Nous adorons l'Angleterre et nous nous sentons chez nous, désormais. Même boire de la bière tiède ne me dérange pas ! »

Ester compte suivre les traces de son père en tant que journaliste et Georgie Young sera son modèle pour devenir une correspondante à l'étranger.

RADIO TIMES LISTINGS

Mars 1972, 16 heures, Radio 4

Trois femmes et la ville de Berlin

La correspondante de guerre renommée Georgie Young enquête sur la vie de trois de ses anciennes connaissances : Frida Borken, Simone Doucette, toutes deux journalistes dans l'Allemagne d'avant-guerre, et Margot Moller. Toutes les trois sont connues pour avoir fait partie de la Résistance en Europe. Est-ce que ces trois femmes au glamour incontesté travaillaient à la fois dans le milieu de la presse ou du cinéma, mais aussi pour le gouvernement ?

Simone est morte lors d'une mission de la Résistance française en 1943. On a révélé ensuite qu'elle était agent double pour les nazis.

Margot Moller a trouvé la gloire au sein de l'équipe de starlettes de Joseph Goebbels. Elle était informatrice pour les Alliés et a été fusillée pour trahison par les nazis.

Frida Borken, qui a été publiée une fois dans le *Time*, a disparu. Young, qui connaissait bien les trois femmes, se pose la question suivante : est-ce que Frida est vraiment une héritière qui a préféré mettre les voiles ? Si c'est le cas, où est-elle maintenant ?

THE GUARDIAN

12 octobre 1994, p. 3

Une correspondante de guerre célèbre écrit ses dernières lignes

La rue Fleet a été envahie par les gens qui souhaitaient faire leurs hommages à la journaliste plusieurs fois récompensée Georgina Young, qui est morte la semaine dernière à l'âge de quatre-vingt-deux ans. Elle a écrit ses dernières lignes juste avant de mourir.

Des centaines de gens ont assisté à la cérémonie à St Bride, l'église des journalistes au centre de Londres, pour dire au revoir à cette journaliste très appréciée qui, pendant des années, a écrit sous le pseudonyme de George pour éviter de subir les préjugés liés à son sexe. Elle était apparemment en train d'écrire un article sur les désagréments de la vieillesse quand elle a été victime d'un accident vasculaire cérébral mortel.

« Ça ressemble tellement à ma mère, de griffonner dans son carnet de notes jusqu'au dernier moment. Elle insistait toujours pour que je recopie ses notes au propre », a dit Elias dans l'un des nombreux éloges funèbres célébrant sa mémoire.

La journaliste, native des Cotswolds, a fait ses débuts dans les pages de mode du *News Chronicle*, qui n'existe plus aujourd'hui. Elle a gravi les échelons et a choisi de partir à Berlin un an avant que la guerre n'éclate. Elle y a rencontré celui qui est devenu son mari et son collègue, le reporter Max Spender. Tous deux durent quitter l'Allemagne en catastrophe après avoir aidé une famille juive à fuir. Plus tard, ils ont décrit cet épisode comme « un conte de fées et un cauchemar ».

Ils ont continué à travailler en indépendants pendant la guerre, et ensemble, ils ont couvert des faits majeurs, comme la bataille de Dunkerque, l'occupation française et néerlandaise, et le jour J. Georgie a été l'une des rares femmes à accompagner l'armée lors du Débarquement. Souvent, le couple se rendait en zone de guerre avec leur confrère Rod Faber, qui a gagné le prix Pulitzer, et qui est resté leur ami le plus proche jusqu'à sa mort à l'âge de quatre-vingt-cinq ans.

Pendant la guerre, Max s'est découvert un talent pour la photographie et on a pu lire leurs reportages illustrés dans le *Time*, dans *Life Magazine*, dans les suppléments du dimanche, et partout dans le monde. Tous deux ont reçu des distinctions pour leur travail. Max en plaisantait : « L'éclat d'obus qu'on n'a pas pu m'enlever est le seul talisman que je n'ai pas à partager avec mon épouse. »

Georgie a raconté leurs aventures en tant que reporters parcourant le monde dans ses Mémoires intitulés *Cartes postales de ma vie*. Elle a continué à travailler après la naissance de leurs deux enfants, Elias et Margot, mais seulement le samedi et le dimanche. Elle appelait ça « les reportages de guerre du week-end ». Max et elle traitaient de l'actualité brûlante. Ils se rendaient dans des zones de conflit difficiles à atteindre et récoltaient des témoignages. Ainsi, ils sont allés en Corée, au Vietnam ou encore au Cambodge.

L'un des meilleurs moments de sa carrière, selon Georgie, a été la chute du mur de Berlin, qui a rendu sa liberté à une ville qu'elle ne pouvait s'empêcher d'aimer. Avec Max, ils ont travaillé sans relâche, main dans la main, jusqu'à la mort de ce dernier, il y a deux ans, d'une crise cardiaque.

« Nous nous sommes toujours concentrés sur l'humain, a-t-elle témoigné pour Radio 4, en 1990. Derrière chaque photo, chaque mot, il y a un humain, même si on a affaire à un article de politique sans sentiment. Il y a toujours quelqu'un qui est affecté, qui est touché, qui est en lien. J'aime les mots, j'aime les utiliser pour rapporter les faits, mais quand je regarde en arrière, je sais que ce que j'ai toujours voulu, c'est que mes mots dévoilent la vérité en chacun. »

Nous laissons donc, en toute logique, le dernier mot à cette femme de talent, qui savait si habilement les entremêler. Voici l'introduction à ses Mémoires :

Cartes postales de ma vie

C'est étrange parce que quand je songe à cette époque, j'ai toujours des images en tête. Pendant des années, ma vie a été dominée par les mots, et pourtant, quand je me souviens, c'est comme si je regardais une bobine de film à la loupe, qui s'arrête, ralentit ou s'accélère quand j'ai subi des pics d'adrénaline ou lors de moments déchirants. Dieu sait qu'il y en a eu… Et à nouveau, le rythme s'accélère. De nouvelles scènes, des gens nouveaux, de nouveaux endroits. Parfois de nouveaux pays.

Mais ma première visite à Berlin – à l'époque où tout le monde retenait son souffle en attendant la guerre – est mon souvenir le plus tendre. C'était mes débuts en tant que journaliste de guerre. C'était à la fois effrayant, mais aussi étrangement excitant. J'étais séduite. J'avais faim, une faim de connaître et de dire la vérité qui m'a habitée toute ma vie, me poussant à aller toujours plus loin.

Alors oui, cette époque est précieuse pour moi. C'était le début de la guerre et le début de la construction de mon identité, en quelque sorte. Je serai toujours cette correspondante berlinoise. J'en ai la certitude.

George Young, février 1978

REMERCIEMENTS

Comme toujours, je me sens redevable envers tant de personnes qui m'ont aidée à donner naissance à ce roman, notamment depuis que j'ai arrêté d'être sage-femme, depuis cette monumentale pause pour écrire à plein temps, alors que je n'étais qu'à la moitié de ce livre.

À tous mes collègues de la maternité de Stroud, qui m'ont soutenue sans faille et m'ont offert quantité de balades et de verres de vin réconfortants. Merci pour votre oreille attentive : Gez, Kirsty, Annie, Sammi, Sarah, Isobel et Kelly, particulièrement douée dans l'art de la promenade et du verre de vin réconfortant. Hayley, Micki et Idris pour les cafés que nous avons bus ensemble et vos bons conseils.

Je remercie ma consœur Loraine Fergusson (LP Fergusson de son nom d'auteure), toujours présente, mon roc dans l'univers ébouriffant de l'édition. Ainsi que Lorna Cook, publiée chez Avon, que je n'ai pas pu encore rencontrer à cause du confinement, mais avec qui je n'ai pas cessé d'échanger des gentillesses sur les réseaux sociaux ou par le biais de Zoom. Katie Ford : tu es un soutien constant, juste en étant une légende de Stroudie.

Merci aussi à Fiona Vandenburgh-Harwood, qui a vécu un accouchement à domicile parfait et m'a permis d'être présente, mais qui parle aussi allemand et m'a généreusement aidée à traduire cette langue quand il le fallait.

À ma famille, qui a dû supporter mon angoisse, car il fallait que j'écrive et que je prépare le repas : Simon, Harry, Finn et maman, qui savait faire en sorte que je revienne rapidement sur terre. Basile, mon fidèle chien toujours désireux de manger.

Je remercie encore ma merveilleuse éditrice chez Avon : Molly Walker-Sharp, toujours là, avec un commentaire positif ou un e-mail enjoué. Elle a fait en sorte que l'écriture soit beaucoup plus facile pour moi. Je remercie aussi toutes les équipes d'Avon et Harpercollins, partout dans le monde. Sans eux, mes histoires ne seraient rien et ne voyageraient pas.

Je suis toujours aussi nulle en informatique, alors pardonnez-moi.

Merci aussi à mon adorable agent, Broo Doherty à la DHH Literary Agence. Elle m'a soutenue, a été tenace et a supporté parfois les gémissements défaitistes d'une écrivaine peu sûre d'elle. Tu as dû répondre aux courriers du cœur dans une vie antérieure !

Comme toujours, je n'aurais pas pu écrire ce livre sans ma dose vitale de café. Alors je remercie les gars du Coffee #1 à Stroud, qui, dans leur gentillesse, m'en apportaient toujours un de plus, « juste comme ça en passant ». Merci pour vos conversations et votre humour. Je tiens à ajouter le Felt Café, tout nouveau à Brimscombe, pour sa merveilleuse ambiance littéraire.

Et aux lecteurs, enfin : que serais-je sans vous ?

Plus que jamais, en ces temps étranges, j'ai compté sur les livres pour m'échapper, et je n'ai été que trop heureuse de figurer parmi les nombreux lecteurs qui achètent, absorbent et se gorgent du langage des autres. Merci de lire mon humble griffonnement.

La messagère de l'ombre

Mandy Robotham

En 1943, le monde est ravagé par la guerre. À Venise, la jeune Stella brûle de prendre part à la lutte contre les nazis et elle est recrutée par la Résistance italienne et jetée dans la gueule du loup. Durant la journée, la jeune femme travaille comme traductrice pour des officiers allemands et intercepte des informations stratégiques. La nuit, elle risque également sa vie en faisant passer des messages pour la résistance et en rédigeant un journal clandestin. C'est à la Kommandantur qu'elle tombe amoureuse d'un homme qui collabore avec les Allemands. Mais dans l'enfer de la guerre, comment croire en un quelconque avenir ensemble ? Au fur et à mesure que l'étau se resserre autour de Stella, elle découvre la part d'ombre que dissimule l'homme qu'elle aime. Leur histoire, déchirante, va faire basculer le destin de Stella dans le plus terrible des combats…

Même au cœur de l'enfer,
il y a toujours un espoir.

L'INFIRMIÈRE D'HITLER

MANDY ROBOTHAM

Dans le camp de concentration où elle officie comme sage-femme, aucune atrocité n'est épargnée à Anke. Dans des conditions impossibles, elle est obligée de mettre au monde des bébés immédiatement arrachés à leurs mères. Quand les S.S. viennent la chercher sur les ordres directs du « Bureau du Führer », Anke craint le pire. Mais elle est conduite dans une luxueuse maison, loin des horreurs de la guerre. Dans le plus grand secret, elle vient d'être recrutée pour mettre au monde le futur bébé d'Eva Braun et d'Adolf Hitler. Écartelée entre son devoir médical et sa haine du régime, la jeune femme vit dans la peur. Elle tombe pourtant amoureuse d'un jeune officier qui travaille là... Mais dans l'enfer de la guerre, alors que la survie est un combat quotidien, peut-on croire en l'avenir ?

Rester humain et trouver l'espoir au cœur de l'enfer.

Achevé d'imprimer en février 2022
sur les presses de la Nouvelle Imprimerie Laballery
58500 Clamecy (Nièvre)
Numéro d'impression : 202108

Imprimé en France

La Nouvelle Imprimerie Laballery est titulaire de la marque Imprim'Vert®